Rosamunde Pilcher, die «Königin der Bestsellerlisten» wurde 1924 in Lelant in Cornwall geboren. Dort spielen auch diese beiden Romane über die Liebe.

Rosamunde Pilcher

Sommer am Meer

◇

Stürmische Begegnung

Zwei Romane

Deutsch von
Margarete Längsfeld und
Jürgen Abel

Wunderlich Taschenbuch

Sommer am Meer
Die Originalausgabe erschien unter dem Titel
«The Empty House» bei
St. Martin's Press, New York

Stürmische Begegnung
Die Originalausgabe erschien unter dem Titel
«The Day of the Storm» bei
St. Martin's Press, New York

Neuausgabe Juli 2002

Veröffentlicht im
Rowohlt Taschenbuch Verlag GmbH,
Reinbek bei Hamburg
April 1998
Sommer am Meer
Copyright © 1992 by Rowohlt Taschenbuch
Verlag GmbH, Reinbek bei Hamburg
«The Empty House»
Copyright © 1973 by Rosamunde Pilcher
Stürmische Begegnung
Copyright © 1992 by Rowohlt Taschenbuch
Verlag GmbH, Reinbek bei Hamburg
«The Day of the Storm»
Copyright © 1975 by Rosamunde Pilcher
Alle deutschen Rechte vorbehalten
Umschlaggestaltung
any.way, Barbara Hanke/Cordula Schmidt
(Foto: ChromaZone/Premium)
Gesamtherstellung Clausen & Bosse, Leck
Printed in Germany
ISBN 3 499 26387 4

Rosamunde Pilcher

Sommer am Meer

Roman

Deutsch von Margarete Längsfeld

1

Es war gegen drei Uhr an einem sonnigen, warmen Montagnachmittag im Juli. Die Luft, die nach Heu duftete, wurde von einer Brise, die von der See her blies, gekühlt. Von der Hügelkuppe, zu der die Straße sich über die Felsschulter von Carn Edvor hinaufwand, fiel das Land schräg ab zu fernen Klippen, Ackerland, mit gelbem Stechginster durchzogen, mit Granitbrocken durchsetzt und in Dutzende von kleinen Feldern aufgeteilt. Wie eine Patchworkdecke, dachte Virginia, und sie stellte sich die Weiden als grüne Samtschnipsel vor, das grünliche Gold des frischgemähten Heus als Satin, das rosige Gold der Maiskolben als etwas Weiches, Pelziges, das sich anfassen und streicheln ließ.

Es war sehr still. Doch als sie die Augen schloß, drängten die Geräusche des Sommernachmittags sich auf; eines nach dem anderen suchten sie auf sich aufmerksam zu machen. Das leise Säuseln des Windes bewegte das Farnkraut. Von Porthkerris erklomm ein Auto den langgestreckten Hügel, schaltete in einen niedrigeren Gang, fuhr bergauf. Von weiter weg kam das emsige Brummen der Mähmaschinen. Virginia öffnete die Augen und zählte drei Maschinen. Die Entfernung ließ sie zu Spielzeuggröße schrumpfen; sie waren knallrot und winzig wie die Modellautos, die Nicholas in seinem Kinderzimmer herumschob.

Das Auto tauchte auf dem Hügelkamm wieder auf. Es fuhr sehr langsam, sämtliche Insassen betrachteten durch die heruntergekurbelten Fenster die herrliche Aussicht. Die Gesichter waren von Sonnenbrand gerötet, Brillen glitzerten, Arme quollen aus ärmellosen Blusen, das Auto machte einen überfüllten Eindruck. Als es an der Parkbucht vorüberkam, wo Virginia ihren Wagen abgestellt hatte, sah eine Frau im Fond zu ihr hinüber. Eine Sekunde lang trafen sich ihre Blicke, dann war das Auto um die nächste Kurve in Richtung Land's End verschwunden.

Virginia sah auf ihre Uhr. Viertel nach drei. Sie seufzte und stand auf, streifte Gras und Farnblätter vom Gesäß ihrer weißen Jeans und lief den Hügel hinab zu ihrem Wagen. Der Ledersitz war von der Sonne heiß wie ein Blechdach. Sie wendete den Wagen und machte sich auf den Rückweg nach Porthkerris. Unterschiedlichste Bilder gingen ihr durch den Sinn. Von Nicholas und Cara in dem fremden Londoner Kinderzimmer, die von Nanny Tag für Tag nach Kensington Gardens, von der Großmutter in den Zoo, ins Kostümmuseum und in geeignete Filme geführt wurden. In London war es bestimmt heiß, schwül und stickig. Sie fragte sich, ob sie Nicholas die Haare geschnitten hatten. Sie überlegte, ob sie ihm ein Mähmaschinenmodell kaufen und mit einem mütterlichen Begleitbrief schicken sollte.

Heute habe ich drei solcher Maschinen auf den Feldern bei Lanyon arbeiten sehen, und da dachte ich an Dich und glaubte, daß Du vielleicht eine möchtest, um herauszubekommen, wie sie funktionieren.

Ein Brief an Lady Keile, so formuliert, daß sie ihn anerkennend vorlesen würde. Nicholas sah keinen Grund, die Schrift seiner Mutter zu entziffern, wenn seine Großmutter in der Nähe und willens war, ihm den Brief vorzulesen. Virginia malte sich den anderen Brief aus, einen, der von Herzen kam.

Mein liebstes Kind, ohne Dich und Cara bin ich ohne Ansporn, ziellos. Ich fahre im Auto herum, weil mir nichts anderes einfällt, und das Auto bringt mich an Orte, die ich von früher kenne, und ich beobachte die Mähmaschine und frage mich, wer die Riesenmaschine fährt, die immense Heuballen ausspuckt, eckig und fest wie ordentlich verschnürte Pakete.

Die alten Bauernhäuser mit ihren großen Scheunen und Nebengebäuden waren an der acht Kilometer langen Küste aufgereiht wie ungeschliffene Steine an einer primitiven Halskette, so daß nicht zu erkennen war, wo die Felder von Penfolda aufhörten und die des nächsten Hofes anfingen. Und die Mähmaschinen waren so weit entfernt, daß unmöglich zu erraten war, wer die Männer waren, die sie fuhren, oder die winzigen Gestalten, die hinterher gingen und die Ballen mit Heugabeln zu Garbenhaufen schichteten, damit sie in der Mittsommersonne trockneten.

Virginia war sich nicht einmal sicher, ob er noch hier wohnte, ob er Penfolda noch bewirtschaftete, und doch konnte sie sich ihn nirgendwo anders auf dieser Welt vorstellen. Wie die Linse einer großen Kamera holte ihr geistiges Auge die geschäftige Szene dort unten zu sich heran. Die Gestalten wurden scharf, groß und deutlich, und da war er, hoch oben am Steuer der Mähmaschine, die Hemdsärmel über die braunen Unterarme hochgekrempelt, das Haar vom Wind zerzaust. Und weil es gefährlich war, so nahe heranzugehen, stattete Virginia ihn flugs mit einer Ehefrau aus, die sie sich vorstellte, wie sie mit einem Korb über die Felder ging und ihn mit einer Thermosflasche Tee, vielleicht einem Königskuchen verpflegte. Sie trug ein rosa Baumwollkleid und eine blaue Schürze, und ihre langen nackten Beine waren gebräunt.

Mrs. Eustace Philips. Mr. und Mrs. Eustace Philips aus Penfolda.

Der Wagen glitt vorsichtig über den Hügelkamm, die Bucht, die weißen Strände und fernen Landzungen breiteten sich vor Virginia aus, und weit unten, bis hin zur blauen Hafenbucht, waren die Häusergruppen und der normannische Kirchturm von Porthkerris zu sehen.

Haus Wheal, wo die Lingards lebten, bei denen Virginia wohnte, lag auf der anderen Seite von Porthkerris. Wäre sie fremd gewesen, neu in der Gegend und zum erstenmal zu Besuch, wäre sie der Hauptstraße gefolgt, die direkt in die Stadt hinunter und auf der anderen Seite hinausführte, und wäre infolgedessen hoffnungslos im kriechenden Verkehr und in den Horden zielloser Touristen steckengeblieben, die über die zu schmalen Bürgersteige hinausquollen oder an sehenswerten Ecken herumstanden, Eis schleckten, Postkarten aussuchten und in Schaufenster glotzten, die angefüllt waren mit Messingfischern, Keramikmeerjungfrauen und anderen Scheußlichkeiten, die als souvenirgeeignet galten.

Weil sie aber keine Fremde war, bog Virginia, lange bevor die Häuser begannen, nach rechts ab und nahm den schmalen, von einer hohen Hecke gesäumten Weg, der sich über den Hügel am Stadtrand wand. Dies war beileibe keine Abkürzung, im Gegenteil, doch am Ende stieß der Weg durch einen Tunnel aus wilden Rhododendren, keine fünfzig Meter vom Tor von Haus Wheal entfernt, wieder auf die Hauptstraße.

Durch ein weißes Gittertor ging es über eine holprige Zufahrt, die mit rosablühenden Steinbrechhecken gesäumt war. Das Haus im neogeorgianischen Stil war wohlproportioniert, mit einem Giebelbalkon über der Eingangstür. Die Zufahrt verlief zwischen kurzgemähten grünen Rasenflächen und Blumenbeeten, die den schweren Duft von Goldlack verströmten. Als Virginia den Wagen im Schatten des Hauses parkte, ertönte ein scharfes, rauhes Gebell, und Dora, Alice Lingards alte Spanielhündin, wechselte von der geöffneten Haustür, wo sie wegen der Kühle gelegen hatte, auf den gebohnerten Fußboden der Diele.

Virginia blieb stehen, um Dora zu tätscheln und ihr kurz ein paar Worte zu sagen, dann ging sie hinein. Sie nahm ihre Sonnenbrille ab, denn nach der strahlenden Helligkeit draußen wirkte das Haus stockfinster.

Auf der anderen Seite der Diele stand die Gartentür zum Innenhof offen, der nach Süden ging und die ganze Sonne einfing. Er war bei jedem Wetter, außer im tiefsten Winter, Alice' Lieblingsplatz. Heute hatte sie wegen der Hitze die Bambusmarkisen heruntergelassen, und die hellen Leinenstühle und niedrigen Tischchen, die schon zum Tee gedeckt waren, hatten schmale Streifen von dem Schattenmuster, das die Markisen warfen.

Auf dem Tisch in der Mitte der Diele lag die Nachmittagspost. Zwei Briefe für Virginia, beide in London abgestempelt. Sie legte Handtasche und Brille hin und nahm die Briefe. Einer war von Lady Keile und einer von Cara. Die Buchstaben waren in sorgfältiger Schreibschrift, wie sie es in der Schule lernte, gemalt, ein lieber, vertrauter Anblick.

Mrs. A. Keile
c/o Mrs. Lingard
Haus Wheal
Porthkerris (Cornwall)

Nichts war falsch. Kein Rechtschreibfehler. Virginia fragte sich, ob Cara es allein zustande gebracht hatte, oder ob Nanny ihr hatte helfen müssen. Mit den Briefen in der Hand ging sie durch die Diele nach draußen, wo ihre Gastgeberin anmutig in einem Liegestuhl lehnte, eine Näharbeit auf dem

Schoß. Sie fertigte einen Kissenbezug aus korallenrosa Samt und faßte die Kanten mit einer Seidenkordel ein. Der Stoff lag wie ein riesiges herabgefallenes Rosenblatt in ihrem Schoß.

Sie blickte auf. «Da bist du ja! Ich habe mich schon gefragt, wo du bleibst. Ich dachte, du steckst vielleicht im Stau.»

Alice Lingard war eine großgewachsene, dunkle Frau Ende Dreißig. Ihre stramme Figur stand in krassem Gegensatz zu den langen, schlanken Armen und Beinen. Sie war für Virginia eine Freundin in mittlerem Alter, das heißt zu der Generation zwischen Virginia und Virginias Mutter gehörend. Sie war eine langjährige Freundin der Familie, und vor Jahren war sie auf der Hochzeit von Virginias Mutter eine kleine Brautjungfer gewesen.

Alice selbst hatte vor ungefähr achtzehn Jahren geheiratet. Tom Lingard war damals ein junger Mann, im Begriff, den kleinen Familienbetrieb in der nahegelegenen Stadt Fourbourne zu übernehmen, der auf die Herstellung von schweren Maschinen und Geräten spezialisiert war. Unter Toms Leitung hatte die Firma expandiert, und nach einer Reihe erfolgreicher Übernahmen besaß sie nun Anteile an Betrieben von Bristol bis St. Just, dazu Schürfrechte, eine kleine Reederei und einen Vertrieb von Landbaumaschinen.

Sie hatten keine Kinder, und Alice hatte ihre natürlichen Hausfrauentalente auf Haus und Garten konzentriert. Im Laufe der Jahre hatte sie das einstmals recht phantasielose Anwesen in ein bezauberndes Haus verwandelt, mit einem Garten, der laufend von den Gartenredakteuren der Hochglanzmagazine fotografiert und beschrieben wurde. Als Virginia und ihre Mutter vor zehn Jahren nach Cornwall gekommen waren, um Ostern bei den Lingards zu verbringen, hatte die Arbeit eben erst begonnen. Da Virginia in der Zwischenzeit nie in Haus Wheal gewesen war, hatte sie es diesmal kaum wiedererkannt. Alles war geschickt verändert, gerade Linien waren aufgelockert, Einfassungen und Begrenzungen wunderbarerweise entfernt worden. Die Bäume waren gewachsen und warfen lange Schatten auf ebene Rasenflächen, die sich erstreckten, so weit das Auge reichte. Der alte Obstgarten war in einen wilden Garten verwandelt, wo sich die herrlichsten altmodischen Rosen ineinander verrankten; und wo einst Stangenbohnen und Himbeersträucher in Reih und Glied wuchsen, da standen nun Magnolien und berauschend duftende Azaleen, höher als ein Mensch reichen konnte.

Alice' erfolgreichstes Projekt aber war der Innenhof, der den Charme von Haus und Garten in sich vereinte. Geranien quollen aus Blumentöpfen, und an einer Seite hatte sie begonnen, eine dunkellila blühende Klematis an einem Spalier hochzuziehen. Vor kurzem hatte sie sich auch zu einem Klettergewächs entschlossen, und zur Zeit plünderte sie Ideen von Freunden und aus Büchern, um herauszubekommen, wie sie diese Pflanze pflegen sollte. Ihre Energien schienen unerschöpflich.

Virginia zog sich einen Stuhl heran und ließ sich hinfallen, verwundert, wie heiß und abgespannt sie sich fühlte. Sie streifte ihre Sandalen ab und stützte die nackten Füße auf einen Hocker. «Ich war nicht in Porthkerris.»

«Nein? Aber ich dachte, du warst auf der Post.»

«Ich wollte nur ein paar Briefmarken. Die kann ich ein andermal kaufen. Es waren so viele Leute unterwegs und so viele Busse, so ein schwitzendes Menschengewühl, daß ich Platzangst bekommen und gar nicht angehalten habe. Ich bin einfach weitergefahren.»

«Briefmarken kannst du von mir haben», sagte Alice. «Komm, ich schenk dir Tee ein.» Sie legte ihr Nähzeug hin, setzte sich auf, griff nach der Teekanne. Dampf stieg aus der zierlichen Tasse, duftend, erfrischend.

«Milch oder Zitrone?»

«Zitrone wäre köstlich.»

«Und an so einem heißen Tag viel erfrischender, finde ich.» Sie reichte Virginia die Tasse und lehnte sich wieder zurück. «Wohin bist du gefahren?»

«Hm... oh, in die andere Richtung...»

«Land's End?»

«Nicht so weit. Nur bis Lanyon. Ich habe den Wagen in einer Parkbucht abgestellt, mich in den Farn gesetzt und die Aussicht genossen.»

«Wie schön», sagte Alice und fädelte die Nadel ein.

«Auf den Feldern wird gerade geheut.»

«Ja, das denk ich mir.»

«Es ändert sich nie, nicht? Ich meine, Lanyon. Keine neuen Häuser, keine neuen Straßen, keine Geschäfte, keine Wohn-wagenplätze.» Sie nahm einen Mundvoll glühendheißen Lapsang Suchong und stellte die Tasse dann vorsichtig auf den gepflasterten Boden neben ihren Stuhl. «Alice, wird Penfolda noch von Eustace Philips bewirtschaftet?»

Alice hielt mit Nähen inne, nahm ihre Sonnenbrille ab und starrte Virginia an, ein fragendes Runzeln zwischen ihren dunklen Augenbrauen.

«Was weißt du von Eustace Philips? Woher kennst du ihn?»

«Alice, du hast ein schrecklich schlechtes Gedächtnis. Ihr selbst hattet mich mitgenommen, du und Tom, zu einem rie-sigen Grillfest auf den Klippen bei Penfolda. Es müssen min-destens dreißig Leute gewesen sein, und ich weiß nicht, wer es organisiert hatte, aber wir haben Würstchen am Feuer gebra-ten und Bier vom Faß getrunken. Das mußt du doch noch wissen. Und dann haben wir bei Mrs. Philips in der Küche Tee getrunken!»

«Jetzt, wo du mich erinnerst, fällt es mir wieder ein. Es war bitterkalt, aber sehr schön, und hinter Boscovey Head sahen wir den Mond aufgehen. Ja, ich erinnere mich. Aber wer hat das Grillfest veranstaltet? Eustace bestimmt nicht, er war immer zu sehr mit seinem Stall beschäftigt. Es müssen die Barnets gewesen sein. Er war Bildhauer und hatte einige Jahre in Porthkerris ein Atelier, bevor er nach London zog. Seine Frau flocht Körbe oder Gürtel oder so was, schrecklich folkloristisch, und sie hatten einen Haufen Kinder, die nie Schuhe trugen. Sie ließen sich immer die originellsten Parties einfallen. Es müssen die Barnets gewesen sein… Komisch, ich habe jahrelang nicht an sie gedacht. Und wir sind alle nach Penfolda gefahren.» Doch hier ließ ihr Gedächtnis sie im Stich. Sie sah Virginia ratlos an. «Oder nicht? Wer ist auf das Grillfest gegangen?»

«Mutter ist nicht mitgekommen. Sie sagte, so was wäre nicht ihr Fall…»

«Womit sie sehr recht hatte.»

«Aber du und ich und Tom sind hingegangen.»

«Natürlich. In Pullover und Socken gemummelt. Ich bin nicht sicher, ob ich nicht einen Pelzmantel anhatte. Aber wir sprachen von Eustace. Wie alt warst du, Virginia? Siebzehn? Daß du dich nach all den Jahren noch an Eustace Philips erinnerst!»

«Du hast meine Frage nicht beantwortet. Ist er noch in Penfolda?»

«Da der Hof seinem Vater und dessen Vater und, soviel ich weiß, davor dessen Vater gehörte, hältst du es wirklich für möglich, daß Eustace seine Sachen packen und weggehen würde?»

«Vermutlich nicht. Es ist bloß, als sie heute nachmittag das Heu eingeholt haben, da habe ich mich gefragt, ob er es war, der einen der Mähdrescher fuhr. Siehst du ihn manchmal, Alice?»

«Kaum. Nicht weil wir es nicht wollen, versteh mich

recht, aber er arbeitet schwer auf seinem Hof, und Tom hat so viel mit seinem Betrieb zu tun, daß ihre Wege sich nicht oft kreuzen. Ich nehme an, sie treffen sich manchmal bei der Hasenjagd oder auf der Dreikönigsversammlung... du kennst ja solche Veranstaltungen.»

Virginia nahm ihre Teetasse mit der Untertasse und betrachtete eingehend die gemalte Rose an der Seite. «Er ist verheiratet», sagte sie.

«Du sagst das wie eine unumstößliche Feststellung.»

«Ist es das nicht?»

«Nein. Er hat nie geheiratet. Weiß der Himmel warum. Ich fand ihn immer attraktiv, er war wie ein Naturbursche aus einem Roman von D. H. Lawrence. In Lanyon haben bestimmt eine Menge Frauen für ihn geschwärmt, aber er hat dem ganzen Haufen widerstanden. Anscheinend gefällt es ihm so.»

Eustace' Frau, so flugs in der Phantasie gezaubert, starb ebenso schnell, eine Erscheinung, vom kalten Wind der Realität ins Nichts geweht. Statt ihrer stellte Virginia sich die Küche in Penfolda vor, trist und unaufgeräumt, die vergessenen Reste der letzten Mahlzeit auf dem Tisch, Geschirr im Spülstein, ein Aschenbecher voll Zigarettenkippen.

«Wer sorgt für ihn?»

«Das weiß ich nicht. Seine Mutter ist, glaube ich, vor ein paar Jahren gestorben. Ich weiß nicht, was er macht. Vielleicht hat er eine verführerische Haushälterin oder eine zum Heimchen gezähmte Geliebte? Ich weiß es wirklich nicht.»

Und es ist mir auch schnuppe, ließ ihr Ton erkennen. Sie war mit dem Applizieren der Seidenkordel fertig, vernähte mit ein paar sauberen festen Stichen und riß den Faden mit einem kleinen Ruck ab. «So, geschafft. Ist die Farbe nicht göttlich? Aber es ist wirklich zu heiß zum Nähen.» Sie legte die Arbeit beiseite. «Ach du liebe Zeit, ich muß wohl mal nachsehen, was es zum Abendessen gibt. Was würdest du zu einem köstlichen frischen Hummer sagen?»

«‹Freut mich, dich zu sehen›, würde ich sagen.»

Alice stand auf, ihr langes Gestell überragte Virginia. «Hast du deine Post gesehen?»

«Ja, ich hab die Briefe eingesteckt.»

Alice bückte sich, um das Tablett aufzuheben. «Dann laß ich dich jetzt allein», sagte sie, «damit du sie in Ruhe lesen kannst.»

Um das Beste bis zuletzt aufzubewahren, las Virginia zuerst den Brief ihrer Schwiegermutter. Das Couvert war dunkelblau, mit marineblauem Seidenpapier gefüttert. Das Schreibpapier war dick, die Adresse schwarz auf den Briefkopf geprägt.

32 Welton Gardens, S. W. 8.

Meine liebe Virginia,

hoffentlich genießt Du das wunderbare Wetter, eine ziemliche Hitzewelle, gestern hatten wir über dreißig Grad. Ich nehme an, Du schwimmst in Alice' Pool, wie angenehm, nicht jedesmal zum Strand fahren zu müssen, wenn Du baden willst.

Beiden Kindern geht es gut, sie lassen Dich grüßen. Nanny geht jeden Tag mit ihnen in den Park. Sie nehmen ihre Teemahlzeit mit und verzehren sie dort. Ich war heute morgen mit Cara bei Harrods, um ihr ein paar neue Kleider zu kaufen, sie wird so groß und war aus den alten herausgewachsen. Eines ist blau mit aufgenähten Blumen, das andere rosa mit ein bißchen Smokarbeit. Sie werden Dir bestimmt gefallen!

Morgen gehen sie zu den Manning-Prestons zum Tee. Nanny freut sich auf einen ausführlichen Schwatz mit dem Kindermädchen, und Susan hat genau das richtige Alter für Cara. Es wäre nett, wenn sie Freundinnen würden.

Grüße Alice von mir und gib mir Bescheid, wenn Du Dich entschließt, wieder nach London zu kommen, aber wir schaffen es großartig und möchten nicht, daß Du aus irgendeinem Grund Deinen Urlaub abkürzt. Du hattest ihn wirklich nötig.

Mit lieben Grüßen
Dorothea Keile

Sie las den Brief zweimal, von widersprüchlichen Gefühlen hin und her gerissen. Doppeldeutigkeiten sprangen sie zwischen den akkurat geschriebenen, wohlgeformten Sätzen an. Sie sah ihre Kinder im Park, das versengte Londoner Gras in der Hitze vergilbt, niedergetreten und von Hunden besudelt. Sie sah den glühendheißen Morgenhimmel hoch über den Dächern, und das kleine Mädchen in Kleider gesteckt, die es weder mochte noch wollte; aber es war zu höflich, um sich zu wehren. Sie sah das große Haus der Manning-Prestons mit der Terrasse und dem gepflasterten Garten dahinter, wo Mrs. Manning-Preston ihre berühmten Cocktail-Parties gab und wohin Cara und Susan zum Spielen geschickt würden, während die Kindermädchen sich über Strickmuster unterhielten und darüber, was für ein Racker Nanny Briggs kleine Schutzbefohlene sei. Und sie sah Cara still dort stehen, versteinert vor Schüchternheit und von Susan Manning-Preston mit Verachtung behandelt, weil Cara eine Brille trug und Susan sie für ein Dummchen hielt.

Und «wir schaffen es großartig». Die Feststellung kam Virginia durch und durch zwielichtig vor. Wer war «wir»? Nanny und die Großmutter? Oder schloß es die Kinder ein, Virginias Kinder? Ließen sie Cara mit dem alten Teddy schlafen, von dem Nanny behauptete, er sei unhygienisch? Dachten sie immer daran, das Licht anzulassen, damit Nicholas nachts allein auf die Toilette gehen konnte? Und wurden sie jemals allein gelassen, unbeaufsichtigt, schmutzig, unordentlich, um in geheimen Winkeln im Garten zwecklose Spiele zu spielen, vielleicht mit einer Nuß oder einem Blatt und mit all den Phantasien, die in ihren kleinen, klugen, rätselhaften Köpfen waren?

Virginias Hände zitterten. Sie ärgerte sich über ihre Reaktion. Nanny hatte sich um die Kinder gekümmert, seit sie auf der Welt waren, sie kannte ihre Eigenarten, und niemand wurde besser mit Nicholas' Wutanfällen fertig als sie.

(Aber was bedeuteten diese Anfälle? Sollte er ihnen mit sechs Jahren nicht entwachsen sein? Von welchen Enttäuschungen wurden sie ausgelöst?)

Und Nanny war zärtlich zu Cara. Sie nähte den Puppen Kleider, strickte den Teddybären Schals und Pullover aus Wollresten. Und sie ließ Cara ihren Puppenwagen in den Park schieben; sie gingen über die Kreuzung am Albert Memorial. (Aber las sie Cara die Bücher vor, die das Kind liebte? *Die geliehenen Tage* und *Die Eisenbahnkinder* und *Der geheime Garten*, Wort für Wort?) Liebte sie die Kinder, oder betrachtete sie sie schlicht als ihren Besitz?

Ständig dieselben Fragen, die Virginia in letzter Zeit immer häufiger durch den Kopf gingen. Aber nie beantwortet wurden. In dem vollen Bewußtsein, dem Kern des Problems auszuweichen, verdrängte sie ihre Sorgen jedesmal mit einer Ausrede. Ich kann jetzt nicht darüber nachdenken, ich bin zu müde. In ein paar Jahren vielleicht, wenn Nicholas in die Vorschule kommt, vielleicht sage ich meiner Schwiegermutter dann, daß ich Nanny nicht mehr brauche; ich sage Nanny, es sei Zeit zu gehen, sich ein neues Baby zu suchen, für das sie sorgen kann. Und vielleicht bin ich im Moment einfach zu sentimental, das wäre nicht gut für die Kinder, sie sind bei Nanny besser aufgehoben; schließlich ist sie seit vierzig Jahren für Kinder da.

Einem gewohnten Beruhigungsmittel gleich, waren die abgedroschenen Ausreden ideal, um Virginias Unbehagen zu beschwichtigen. Sie steckte den blauen Brief in das vornehme Couvert zurück und wandte sich erleichtert dem zweiten zu. Die Erleichterung währte jedoch nicht lange. Cara hatte sich das Briefpapier ihrer Großmutter geborgt, doch ihre Sätze waren weder akkurat geschrieben noch wohlgeformt. Die Tinte war klecksig, und die Zeilen liefen schräg nach unten, als ob die Worte hoffnungslos bergab purzelten.

Liebste Mutter,
Hofentlich hast Du es schön. Hofentlich ist das Wetter schön. In London ist es heis. Ich muß mit Susan Maning Preston Tee trinken. Ich weis nicht, was wir spielen. Gestern abend hat Nicholas geschrien, und Großmutter mußte ihm eine Tablete geben. Er ist gans rot geworden. Ein Auge von meiner Puppe ist abgegangen, und ich kann es nicht finden. Bitte schreib mir balt, wann wir wieder nach Kirkton faren.
> In Liebe Deine Cara.
> *P. S. Vergis nicht mir zu schreiben.*

Sie faltete den Brief zusammen und steckte ihn weg. Ganz hinten im Garten, jenseits des Rasens, glitzerte Alices Swimmingpool wie ein Schmuckstück. Die kühle Luft war erfüllt von Vogelgesang und Blumenduft. Aus dem Haus hörte sie Alice mit Mrs. Jilkes, der Köchin, sprechen, zweifellos wegen des Hummers, den es zum Abendessen geben sollte.

Virginia fühlte sich hilflos, ratlos. Sie überlegte, ob sie Alice bitten sollte, die Kinder hierherholen zu können, und wußte im nächsten Augenblick, daß es ausgeschlossen war. Alice' Haus war nicht für Kinder geeignet, sie waren in ihrem Leben nicht vorgesehen. Alice würde sich maßlos ärgern, wenn Cara vergaß, ihre Gummistiefel auszuziehen, wenn Nicholas seinen Fußball in die kostbare Blumenrabatte schoß oder «Bilder» auf die Tapete malte. Ohne Nanny wäre er zweifellos unerträglich, weil er immer doppelt ungezogen war, wenn sie ihn nicht beaufsichtigte.

Ohne Nanny. Das waren die ausschlaggebenden Worte. Allein verantwortlich. Sie würde allein für sie verantwortlich sein.

Schon der bloße Gedanke machte ihr angst. Was würde sie mit ihnen anfangen? Wo würden sie wohnen? Wie Fühler tasteten ihre Gedanken suchend nach Ideen. Im Hotel? Aber die hiesigen Hotels waren vollgestopft mit Sommergästen und schrecklich teuer. Außerdem wäre Nicholas im Hotel genauso nervtötend wie in Haus Wheal. Sie erwog, einen Wohnwagen zu mieten oder mit ihnen am Strand zu zelten wie die zahllosen Tramper, die jeden Sommer einfielen, Feuer aus Treibholz machten und auf dem kühlen Sand schliefen.

Natürlich könnten sie jederzeit nach Kirkton. Irgendwann würde sie zurück müssen. Doch ihre sämtlichen Instinkte scheuten vor der Heimkehr nach Schottland zurück, vor der Heimkehr in das Haus, wo sie mit Anthony gelebt hatte, an den Ort, wo ihre Kinder geboren waren, den einzigen Ort, der für sie Heimat war. Wenn sie an Kirkton dachte, sah sie Baumschatten auf hellen Mauern flackern, das kalte Nordlicht an den weißen Zimmerdecken reflektieren; sie hörte ihre eigenen Füße die teppichlose, gebohnerte Treppe hinaufgehen. Sie dachte an die klaren Herbstabende, wenn die ersten Gänse vorüberflogen, und an den Park vor dem Haus, der sich bis ans Ufer des tiefen, rasch dahineilenden Flusses hinunterzog...

Nein, noch nicht. Cara würde warten müssen. Später würden sie vielleicht nach Kirkton zurückkehren. Noch nicht. Hinter ihr schlug eine Tür, und sie wurde durch die Ankunft des von der Arbeit heimgekehrten Tom Lingard abrupt in die Wirklichkeit zurückgeholt. Sie hörte ihn nach Alice rufen, dann seine Aktentasche auf den Dielentisch werfen und auf der Suche nach seiner Frau in den Innenhof herauskommen.

«Hallo, Virginia.» Er bückte sich und gab ihr einen flüchtigen Kuß auf den Scheitel. «Ganz allein? Wo ist Alice?»

«Sie hat in der Küche eine Besprechung mit einem Hummer.»

«Post von den Kindern? Alles bestens? Na prima…» Es war Toms Eigenart, nie eine Antwort auf seine Fragen abzuwarten. Virginia fragte sich zuweilen, ob dies das Geheimnis seines enormen Erfolgs war. «Was hast du den ganzen Tag gemacht? In der Sonne gelegen? Genau das Richtige. Hast du Lust, jetzt mit mir schwimmen zu gehen? Die Bewegung wird dir guttun nach der Faulenzerei. Alice soll auch mitkommen…» Leichten Schrittes und strotzend vor Energie ging er ins Haus und durch den Flur zur Küche, während er lauthals nach seiner Frau rief. Und Virginia, dankbar für die Aufforderung, stand auf, nahm ihre Post, ging gehorsam hinein und nach oben in ihr Zimmer, um einen Bikini anzuziehen.

2

Die Anwälte hießen Smart, Chirgwin und Williams. Zumindest waren dies die Namen auf dem Messingschild an der Tür, das so lange und gründlich poliert worden war, daß die Buchstaben ihre Schärfe verloren hatten und schwer lesbar waren. An der Tür befanden sich außerdem ein Messingklopfer und ein Messingknauf, glatt und schimmernd wie das Schild. Als Virginia den Knauf drehte und die Tür öffnete, trat sie in einen schmalen Flur mit gebohnertem braunem Linoleum und glänzendem cremefarbenem Anstrich, und sie hatte das Gefühl, daß sich hier jemand tagaus, tagein zu Tode schuftete.

Vor ihr befand sich ein Glasfenster, wie ein altmodischer Fahrkartenschalter, mit der Aufschrift AUSKUNFT. Virginia entdeckte einen Klingelknopf, und auf ihr Läuten schnellte das Fenster hoch.

«Ja?»

Erschrocken erklärte Virginia dem Gesicht hinter dem Schalter, daß sie Mr. Williams sprechen wolle.

«Haben Sie einen Termin?»

«Ja. Ich bin Mrs. Keile.»

«Einen Moment bitte.»

Das Fenster klappte herunter, und das Gesicht verzog sich. Kurz darauf ging eine Tür auf, das Gesicht erschien wieder, zusammen mit einem gutgepolsterten Körper und einem Paar Beine, die in robusten Schnürschuhen endeten.

«Bitte hier entlang, Mrs. Keile.»

Obwohl das Haus der Anwaltskanzlei ganz oben auf dem Hügel stand, der Porthkerris begrenzte, hatte Virginia nicht mit dem herrlichen Blick gerechnet, der sich ihr nun bot. Mr. Williams' Schreibtisch stand mitten im Raum auf dem Teppich. Mr. Williams war soeben im Begriff, sich zu erheben. Und hinter Mr. Williams umrahmte ein großes Panoramafenster die ganze kunterbunte, reizvolle Altstadt von Porthkerris wie ein zauberhaftes Gemälde. Hausdächer – verblaßter Schiefer und weißgetünchte Kamine – schienen sich in planlosem Durcheinander den Hügel hinabzuziehen; hier und da leuchteten ein Fenstersims mit Geranien, eine mit fröhlich bunter Wäsche beflaggte Leine, die Blätter eines in dieser Gegend unvermuteten Baumes. Jenseits der Dächer glitzerte weit unten der Hafen im Sonnenschein. Boote schaukelten vor Anker, ein weißes Segel schoß aus dem Schutz der Hafenmauer heraus und strebte der schnurgeraden Horizontlinie zu, wo sich das Blau des Meeres und des Himmels trafen. Die Luft war erfüllt vom Kreischen der Möwen, der Himmel überzogen von ihren weißen Schwingen, und als Virginia dort stand, erklang von dem normannischen Kirchturm ein einfaches Glockenspiel. Dann schlug es elf Uhr.

«Guten Morgen», sagte Mr. Williams, und Virginia wurde bewußt, daß er es schon zweimal gesagt hatte. Sie riß sich von der Aussicht los und bemühte sich, ihre Aufmerksamkeit auf ihn zu konzentrieren.

«Oh, guten Morgen. Ich bin Mrs. Keile, ich…» Aber es war unmöglich. «Wie können Sie bei so einer Aussicht arbeiten?»

«Deswegen sitze ich ja mit dem Rücken zum Fenster…»

«Es ist atemberaubend.»

«Ja, und einmalig. Wir werden oft von Künstlern gefragt, ob sie den Hafen von diesem Fenster aus malen dürfen. Man kann die ganze Anordnung der Stadt sehen, und die Farben sind immer anders und immer schön. Außer natürlich an Regentagen. Nun», sein Verhalten wechselte abrupt, als sei er begierig, an die Arbeit zu kommen und keine weitere Zeit zu verschwenden, «was kann ich für Sie tun?» Er bot ihr einen Stuhl an.

Virginia setzte sich, bemüht, nicht mehr aus dem Fenster zu sehen und sich auf die anstehende Angelegenheit zu konzentrieren. «Vielleicht bin ich hier an der falschen Adresse, aber ich kann in der ganzen Stadt keinen Immobilienmakler finden. Ich habe in der Tageszeitung nach einem Haus gesucht, aber es gibt anscheinend nichts. Und dann entdeckte ich im Telefonbuch Ihren Namen und hoffte, daß Sie mir vielleicht helfen können.»

«Ihnen helfen, ein Haus zu finden?» Mr. Williams war jung, sehr dunkel, seine Augen interessierten sich offen für die attraktive Frau, die ihm an seinem Schreibtisch gegenübersaß.

«Nur zur Miete.»

«Für wie lange?»

«Einen Monat... meine Kinder müssen in der ersten Septemberwoche wieder zur Schule.»

«Ich verstehe. Eigentlich fallen solche Angelegenheiten nicht in unser Ressort, aber ich kann Miss Leddra fragen, ob sie etwas weiß. Es ist natürlich Hochsaison, und die Stadt ist randvoll mit Gästen. Sollten Sie trotzdem etwas finden, fürchte ich, daß Sie eine horrende Miete zahlen müssen.»

«Das ist mir egal.»

«Schön, warten Sie einen Moment...»

Er ging hinaus, und Virginia hörte ihn mit der Frau sprechen, die sie hereingelassen hatte. Virginia stand auf, trat wieder ans Fenster, öffnete es weit und lachte, als eine Möwe aufgebracht vom Sims flog. Vom Meer her wehte ein kühler, frischer Wind. Ein vollbesetzter Ausflugsdampfer legte ab, und plötzlich sehnte sich Virginia, an Bord zu sein, ohne jede Verantwortung, sonnengebräunt, einen Hut mit der Aufschrift KÜSS MICH auf dem Kopf, und vor Lachen zu kreischen, wenn die ersten Wellen das Boot zum Schaukeln brächten.

Mr. Williams kam zurück. «Können Sie einen Augenblick warten? Miss Leddra sieht gerade nach…»

«Ja, natürlich.» Sie setzte sich wieder auf ihren Stuhl.

«Wohnen Sie in Porthkerris?» fragte Mr. Williams im Plauderton.

«Ja, bei Freunden. Bei den Lingards in Haus Wheal.»

Sein Verhalten war weder beiläufig noch vertraulich gewesen, doch mit einemmal wurde er beinahe ehrfürchtig.

«Oh. Ein bezauberndes Anwesen.»

«Ja. Alice hat es wunderschön hergerichtet.»

«Sind Sie früher schon einmal dagewesen?»

«Ja, vor zehn Jahren. Aber seitdem nicht mehr.»

«Sind Ihre Kinder auch hier?»

«Nein, sie sind in London bei ihrer Großmutter. Aber ich möchte sie, wenn es geht, zu mir holen.»

«Sind Sie in London zu Hause?»

«Nein. Meine Schwiegermutter wohnt in London.» Mr. Williams wartete. «Zu Hause bin ich… wir leben in Schottland.»

Er wirkte begeistert… Virginia hatte keine Ahnung, wieso es ihn begeisterte, daß sie in Schottland lebte. «Wie herrlich! In welcher Gegend?»

«Pertshire.»

«Da ist es am schönsten. Meine Frau und ich haben vorigen Sommer dort Urlaub gemacht. Dieser Frieden, die leeren Straßen, die Ruhe. Wie können Sie es hier aushalten?»

Virginia hatte eben zur Antwort angesetzt, als das Gespräch glücklicherweise von Miss Leddra unterbrochen wurde, die mit einem Stapel Papiere hereinkam.

«Hier, Mr. Williams. Das ist es, Bosithick. Und der Brief

von Mr. Kernow, daß er es vermieten will, wenn wir für August einen Mieter finden können. Aber nur an einen geeigneten Mieter, Mr. Williams. Darauf besteht er unbedingt.»

Mr. Williams nahm die Papiere und lächelte Virginia über den Stapel hinweg an.

«Sind Sie eine geeignete Mieterin, Mrs. Keile?»

«Kommt darauf an, was Sie mir bieten, oder?»

«Es ist nicht direkt in Porthkerris... danke schön, Miss Leddra... aber nicht sehr weit außerhalb... in Lanyon, genauer gesagt...»

«Lanyon!»

Es mußte sich entsetzt angehört haben, denn Mr. Williams nahm Lanyon sogleich energisch in Schutz. «Es ist ein ganz entzückendes Fleckchen, der schönste Küstenstrich weit und breit.»

«Ich wollte nicht sagen, daß es mir nicht gefällt. Ich war nur überrascht.»

«Inwiefern?»

Er hatte den durchdringenden Blick eines Vogels. «Aus keinem besonderen Grund. Erzählen Sie mir von dem Haus.»

Er erzählte. Es sei ein altes Cottage, weder schick noch schön, dem aber der bescheidene Ruhm gebühre, daß ein bekannter Schriftsteller in den zwanziger Jahren dort gewohnt und gearbeitet hatte.

Virginia fragte: «Welcher?»

«Verzeihung?»

«Welcher bekannte Schriftsteller?»

«Oh, Entschuldigung. Aubrey Crane. Wußten Sie nicht, daß er einige Jahre in dieser Gegend gelebt hat?»

Virginia hatte es nicht gewußt. Doch Aubrey Crane hatte zu den zahlreichen Schriftstellern gehört, die Virginias Mutter nicht schätzte. Sie erinnerte sich an die kühle Miene ihrer Mutter, die geschürzten Lippen, wann immer seine Bücher

erwähnt wurden, erinnerte sich, wie sie sofort in die Bibliothek zurückgebracht wurden, bevor die junge Virginia einen
Blick hineinwerfen konnte. Aus irgendeinem Grund schien
dies das Cottage namens Bosithick um so begehrenswerter zu
machen. «Weiter», sagte Virginia.

Mr. Williams fuhr fort. Das alte Cottage sei ein wenig mo-
dernisiert worden... es gebe ein neues Badezimmer, eine Toilette und einen Elektroherd.

«Wem gehört es?» fragte Virginia.

«Mr. Kernow ist der Neffe der alten Dame, der das Haus
gehört hat. Sie hat es ihm vererbt, aber er wohnt in Plymouth
und benutzt es nur in den Ferien. Er wollte diesen Sommer
mit seiner Familie kommen, aber seine Frau ist krank geworden und kann die Reise nicht machen. Da wir Mr. Kernows
Anwälte sind, hat er uns mit der Angelegenheit betraut, mit
der Anweisung, daß wir das Haus nur an jemanden vermieten, bei dem man sich darauf verlassen kann, daß er es in Ordnung hält.»

«Wie groß ist es?»

Mr. Williams ging seine Papiere durch. «Mal sehen, Küche,
Wohnzimmer, ein Bad im Parterre, Diele und drei Zimmer
oben.»

«Hat es einen Garten?»

«Keinen richtigen.»

«Wie weit liegt es von der Straße ab?»

«Etwa hundert Meter einen Feldweg entlang, soweit ich
mich erinnere.»

«Könnte ich es sofort haben?»

«Ich sehe keinen Hinderungsgrund. Aber Sie müssen es
sich zuerst ansehen.»

«Ja, natürlich... wann kann ich es sehen?»

«Heute? Morgen?»

«Morgen vormittag.»

«Ich werde Sie selbst begleiten.»

«Danke, Mr. Williams.» Virginia stand auf und steuerte auf die Tür zu, und er mußte sich beeilen, um Virginia zuvorzukommen und sie ihr aufzuhalten.

«Nur eins noch, Mrs. Keile.»

«Was?»

«Sie haben nicht nach der Miete gefragt.»

Sie lächelte. «Nein, oder? Auf Wiedersehen, Mr. Williams.»

Virginia sagte Alice und Tom nichts. Sie wollte nicht in Worte fassen, was bestenfalls eine vage Idee war. Sie wollte sich nicht in eine Diskussion verwickeln, sich nicht überzeugen lassen, daß entweder die Kinder am besten in London bei ihrer Großmutter blieben oder daß Alice über die möglichen Beschädigungen hinwegsehen könnte, die die Kinder vielleicht in Haus Wheal anrichten würden, und darauf bestünde, sie bei sich aufzunehmen. Wenn Virginia etwas gefunden hätte, wo sie wohnen konnten, wollte sie Alice vor vollendete Tatsachen stellen. Und dann würde Alice ihr vielleicht helfen, die schwerste Hürde zu nehmen, nämlich die Großmutter zu überreden, die Kinder ohne Nanny nach Cornwall zu lassen. Allein die Aussicht auf diese Zerreißprobe bewirkte, daß Virginia im Geiste kehrtmachte und die Flucht ergriff, aber zunächst galt es andere, kleinere Hindernisse zu überwinden, und sie war entschlossen, diese selbst in Angriff zu nehmen.

Alice war eine perfekte Gastgeberin. Als Virginia ihr sagte, daß sie den Vormittag fort sein würde, kam es ihr nicht in den Sinn, sie zu fragen, was sie vorhabe. Sie sagte nur: «Wirst du zum Mittagessen dasein?»

«Ich glaube nicht… Sagen wir lieber, nein…»

«Dann sehen wir uns zum Tee. Danach gehen wir zusammen schwimmen.»

«Himmlisch», sagte Virginia. Sie gab Alice einen Kuß und

ging hinaus, stieg in ihren Wagen und fuhr den Hügel hinunter nach Porthkerris. Sie parkte den Wagen am Bahnhof und ging zur Anwaltskanzlei, um Mr. Williams abzuholen.

«Mrs. Keile, es tut mir unendlich leid, aber ich kann Sie heute morgen nicht nach Bosithick begleiten. Eine alte Klientin kommt aus Turo, und ich muß hier sein, um sie zu empfangen; ich hoffe, Sie haben Verständnis! Hier sind die Schlüssel zum Haus, ich habe eine ausführliche Zeichnung gemacht, damit Sie es finden... ich glaube nicht, daß Sie es verfehlen können. Macht es Ihnen etwas aus, allein hinzufahren, oder möchten Sie, daß Miss Leddra mitkommt?»

Virginia stellte sich die furchteinflößende Miss Leddra vor und versicherte, sie komme gut allein zurecht. Sie bekam einen Ring mit großen Schlüsseln ausgehändigt, jeder mit einem Holzschildchen versehen. Haustür, Kohleschuppen, Turmzimmer. «Sie müssen auf den Feldweg achten», sagte Mr. Williams zu ihr, als sie zur Tür gingen. «Er ist ziemlich holprig, und vor dem Tor von Bosithick ist kein Platz zum Wenden, aber wenn Sie den Weg weiterfahren bis zu einem alten Bauernhof, können Sie dort umdrehen. So, wenn Sie meinen, daß Sie zurechtkommen... es tut mir schrecklich leid, aber ich werde selbstverständlich hier sein, um zu hören, was Sie von dem Haus halten. Ach ja, Mrs. Keile, es steht seit einigen Monaten leer. Versuchen Sie sich nicht beeinflussen zu lassen, wenn es Ihnen ein bißchen muffig vorkommt. Reißen Sie einfach die Fenster auf und stellen Sie es sich mit einem lustig flackernden Kaminfeuer vor.»

Ein wenig entmutigt von diesen abschließenden Bemerkungen, ging Virginia zu ihrem Wagen. Die Schlüssel zu dem unbekannten Haus wogen schwer wie Blei in ihrer Handtasche. Ganz plötzlich sehnte sie sich nach Gesellschaft und zog sogar einen verrückten Augenblick lang in Betracht, nach Haus Wheal zurückzufahren, Alice ein Geständnis abzulegen und sie zu überreden, mit nach Lanyon zu kommen und ihr ein wenig moralische Unterstützung zu leisten. Aber das war lächerlich. Es galt nur, ein kleines Cottage zu besichtigen und entweder zu mieten oder zu verwerfen. Das konnte bestimmt jeder Dummkopf zustande bringen... sogar Virginia.

Das Wetter war noch schön und der Verkehr noch fürchterlich. Sie kroch in der langen Autoschlange in die Stadt hinein und auf der anderen Seite hinaus. Oben auf dem Hügel, wo die Straße sich gabelte, wurde der Verkehr ein wenig ruhiger, und sie konnte etwas beschleunigen und eine Reihe bummelnder Autos überholen. Als sie über die Heide fuhr und das Meer sich unter ihr ausbreitete, hob sich ihre Stimmung. Die Straße wand sich wie ein graues Band über den farnbedeckten Hang; zu ihrer Linken ragte die große Felsnase von Carn Edvor empor, lila gefleckt von Heidekraut, und zu ihrer Rechten fiel das Land, das vertraute Patchworkmuster aus Feldern und Bauernhöfen, das sie erst vor zwei Tagen betrachtet hatte, zum Meer hin ab.

Mr. Williams hatte ihr gesagt, sie solle auf eine Gruppe windschiefer Weißdornsträucher am Straßenrand achten. Dahinter komme eine steile Kurve und dann der schmale Feldweg, der zum Meer hinunterführe. Es war nicht mehr als ein steiniger Pfad, von einer hohen Dornenhecke gesäumt. Virginia schaltete in den niedrigsten Gang und kroch vorsichtig hügelab, bemüht, Huckeln und Schlaglöchern auszuweichen und nicht an den Schaden zu denken, den die stacheligen Sträucher dem Lack ihres Wagens zufügten.

Von einem Haus war nichts zu sehen, bis sie um eine steile Kurve bog und es direkt vor ihr lag. Eine Mauer, dahinter ein Giebel und ein Schieferdach. Sie hielt auf dem Weg an, nahm ihre Handtasche und stieg aus. Ein kalter, salziger Wind blies vom Meer, und es roch nach Stechginster. Sie ging zum Tor und wollte es öffnen, doch die Angeln waren zerbrochen, und sie mußte es anheben, bevor sie sich hindurchzwängen konnte. Ein schmaler Pfad führte zu ein paar Steinstufen und dann zum Haus hinunter, und Virginia sah, daß es langgestreckt und niedrig war, mit Giebeln im Norden und Süden. Auf der Nordseite, mit Blick zum Meer, war ein Zimmer mit einem eckigen Turm angebaut worden. Der Turm verlieh dem Haus ein seltsam weihevolles Aussehen, das Virginia abschreckte. Es gab keinen nennenswerten Garten, doch auf der Südseite wogte ein ungemähtes Rasenstück im Wind, und zwei schiefe Pfosten hielten die Reste einer Wäscheleine.

Sie ging die Stufen hinunter und über einen naßkalten Weg an der Hausseite entlang zur Eingangstür. Diese war einst dunkelrot gestrichen gewesen und jetzt mit aufspringenden Sonnenblasen genarbt. Virginia nahm den Schlüssel heraus, steckte ihn ins Schlüsselloch, drehte Türknauf und Schlüssel zusammen herum, und sofort schwang die Tür geräuschlos nach innen. Sie sah eine winzige Treppe, einen abgelaufenen Teppich auf nackten Dielen; es roch feucht und nach ... Mäusen? Sie schluckte nervös. Sie haßte Mäuse, aber nachdem sie nun so weit gekommen war, konnte sie ebensogut die zwei abgetretenen Stufen hinaufgehen und behutsam über die Schwelle treten.

Sie brauchte nicht lange für den alten Teil des Hauses, für einen Blick in die kleine Küche mit dem unzulänglichen Herd und dem fleckigen Ausguß, das Wohnzimmer, das vollgestopft war mit lauter verschiedenen Sesseln. In der Vertiefung des riesigen alten Kamins saß ein Elektroofen wie ein wildes Tier in der Öffnung seiner Höhle. Fadenscheinige Baumwollgardinen hingen an den Fenstern voller Fliegendreck, und auf einer Anrichte türmten sich mehr oder weniger angeschlagene Tassen, Teller und Schüsseln in allen Größen und Formen.

Ohne viel Hoffnung ging Virginia nach oben. Die Schlafzimmer waren düster, mit winzigen Fenstern und unpassenden, viel zu großen Möbeln. Sie kehrte zum Treppenabsatz zurück, ging noch eine Treppe höher zu einer geschlossenen Tür und öffnete sie. Nach der Düsternis des übrigen Hauses war sie geblendet von dem hellen Nordlicht, das sie unvermittelt überfiel. Benommen trat sie blindlings in einen erstaunlichen Raum. Klein, vollkommen quadratisch, mit Fenstern an drei Wänden, lag er weit über dem Meer wie die Kommandobrücke eines Schiffes, mit einem Blick auf die Küste, der wohl über mehr als zwanzig Kilometer reichte.

Ein Fenstersitz mit einem verblichenen Bezug verlief an der Nordseite des Raums. Das Zimmer war mit einem gescheuerten Tisch und einem alten Flechtteppich ausgestattet, und mitten im Raum befand sich, wie eine dekorative Brunneneinfassung, das schmiedeeiserne Geländer einer Wendeltreppe, die direkt in den Raum darunter führte, die «Diele» aus Mr. Williams' Beschreibung.

Vorsichtig stieg Virginia hinunter. Der Raum wurde von einem enormen Jugendstilkamin beherrscht. Dahinter lag das Badezimmer; eine weitere Tür, und sie war wieder da, wo sie angefangen hatte, in dem dunklen, bedrückenden Wohnzimmer.

Es war ein außergewöhnliches, ein schreckliches Haus. Es umschloß sie, wartete, daß sie zu einem Entschluß käme, verachtete ihre Furchtsamkeit. Um sich Zeit zu lassen, ging sie wieder in das Turmzimmer hinauf, setzte sich auf den Fenstersitz und kramte in ihrer Handtasche nach einer Zigarette. Ihre letzte. Sie würde welche kaufen müssen. Sie zündete sie an und betrachtete den gescheuerten Tisch, die verblaßten Farben des Teppichs und wußte, dies war Aubrey Cranes Arbeitszimmer gewesen, wo er sich die lüsternen Liebesgeschichten abgerungen hatte, deren Lektüre Virginia nie erlaubt worden war. Sie sah ihn, bärtig und mit Knickerbokkern, und seine konventionelle Erscheinung strafte die Passionen seines rebellischen Herzens Lügen. Im Sommer hatte er vielleicht diese Fenster weit aufgerissen, um all die Gerüche und Geräusche des Landes einzufangen, das Tosen der See, das Pfeifen des Windes. Aber im Winter konnte es bitterkalt sein, und er mußte in Decken gehüllt und mit schmerzenden, frostbeuligen Fingern in gestrickten Wollhandschuhen geschrieben haben ...

Irgendwo im Zimmer brummte eine Fliege und stieß gegen die Fensterscheibe. Virginia lehnte die Stirn an das kühle Glas, starrte blicklos auf die Aussicht und begann eine der endlosen Für-und-wider-Diskussionen, die sie seit Jahren mit sich selbst führte.

Ich kann nicht hierherziehen.

Warum nicht?

Ich hasse es. Es ist gespenstisch und beängstigend. Es hat eine schauerliche Atmosphäre.

Das bildest du dir nur ein.

Das Haus ist unmöglich. Ausgeschlossen, die Kinder hierherzuholen. Sie haben noch nie in so einem Haus gewohnt. Außerdem können sie nirgendwo spielen.

Sie haben die ganze Welt zum Spielen. Die Felder, die Klippen und das Meer.

Aber sich um sie zu kümmern ... das Waschen und Bügeln, und die Kocherei. Und es gibt keinen Kühlschrank, und wie mache ich Wasser heiß?

Ich dachte, es käme nur darauf an, die Kinder bei dir zu haben, fort von London.

Sie sind in London bei Nanny besser aufgehoben als in einem solchen Haus.

So hast du gestern aber nicht gedacht.

Ich kann sie nicht hierherholen. Ich wüßte nicht, wo anfangen. Ganz auf mich allein gestellt.

Was wirst du also tun?

Ich weiß nicht. Mit Alice reden, vielleicht hätte ich vorher mit ihr reden sollen. Sie hat selbst keine Kinder, aber sie wird es verstehen. Vielleicht weiß sie ein anderes kleines Haus. Sie wird es verstehen. Sie wird mir helfen. Sie muß mir helfen.

War wohl nichts, sagte ihre eigene kühle, strenge Stimme, *mit all den entschiedenen Entschlüssen.*

Wütend drückte Virginia die halbgerauchte Zigarette aus, zertrat sie mit dem Absatz, stand auf, ging hinunter, nahm die Schlüssel und schloß die Tür hinter sich ab. Sie ging den Weg zurück durchs Tor, machte es zu. Das Haus beobachtete sie, die kleinen Schlafzimmerfenster waren wie spöttische Augen. Sie riß sich von ihrem Blick los und begab sich in den Schutz ihres Wagens. Es war Viertel nach zwölf. Sie brauchte Zigaretten und wurde in Haus Wheal nicht zum Mittagessen erwartet, deshalb schlug sie, als sie gewendet hatte und wieder auf der Hauptstraße war, nicht die Richtung nach Porthkerris ein, sondern fuhr in der anderen Richtung das kurze Stück nach Lanyon und hielt schließlich auf dem mit Kopfsteinen gepflasterten Platz, der auf einer Seite von der Kirche mit dem eckigen Turm und auf der anderen von einem kleinen weißgetünchten Pub namens The Mermaid's Arms flankiert war.

Wegen des schönen Wetters waren vor dem Pub Tische und Stühle aufgestellt, mit bunten Sonnenschirmen und Kübeln mit orangengelber Kapuzinerkresse. Ein Mann und eine Frau in Urlaubskleidung saßen dort und tranken Bier, ihr kleiner Junge spielte mit einem Hündchen. Als Virginia näher kam, blickten sie auf, um mit einem Lächeln zu grüßen, und Virginia lächelte zurück und ging an ihnen vorbei durch die Tür, wobei sie unter dem geschwärzten Sturz instinktiv den Kopf einzog.

Der Innenraum war dunkel getäfelt, niedrig, trübe erhellt von winzigen, mit Spitzengardinen verschleierten Fenstern;

es roch kühl und moderig, aber nicht unangenehm. Ein paar Gestalten, in der Düsternis kaum zu erkennen, saßen an der Wand oder an kleinen wackligen Tischen, und hinter der Bar rieb der Barmann, eingerahmt von hängenden Bierkrügen, in Hemdsärmeln und einem karierten ärmellosen Pullover, mit einem Geschirrtuch Gläser blank.

«... weiß nicht, wie das kommt, William», sagte er zu einem Gast, der trübsinnig auf einem Barhocker saß, mit einer Zigarette, die fast nur aus Asche bestand, und einem Glas Bier, «... aber du stellst die Abfallkörbe auf, und kein Mensch schmeißt nix rein...»

«Rr...» machte William, nickte traurig und streute Zigarettenasche in sein Bier.

«Das Zeug fliegt über die ganze Straße, und die Verwaltung kommt sie nicht ausleeren. Sind ja auch häßliche alte Kästen, wir wären ohne besser dran. Sind ja früher auch ohne ganz gut ausgekommen...» Er stellte das fertigpolierte Glas geräuschvoll ab und wandte sich Virginia zu.

«Ja bitte, Madam?»

Er war ein typischer Cornwaller, in der Sprechweise, im Aussehen, in den Farben. Rotes, windgegerbtes Gesicht, blaue Augen, schwarze Haare.

Virginia fragte nach Zigaretten.

«Hab bloß Päckchen zu zwanzig. Recht so?» Er drehte sich um, nahm sie aus dem Regal und schlitzte die Packung gekonnt mit dem Daumennagel auf. «Schöner Tag, wie? Machen Sie hier Urlaub?»

«Ja.» Sie war seit Jahren in keinem Pub gewesen. In Schottland nahm man Frauen nicht mit ins Pub. Sie hatte die Atmosphäre vergessen, die gemütliche Kameradschaftlichkeit. Sie sagte: «Haben Sie Cola?»

Er machte ein erstauntes Gesicht. «Klar hab ich Cola. Für die Kinder. Woll'n Se eine?»

«Bitte.»

Er langte nach einer Flasche, öffnete sie geschickt, goß ein Glas ein und schob es ihr über die Theke hin.

«Ich hab eben zu William hier gesagt, die Straße nach Porthkerris ist 'ne Schande...» Virginia zog sich einen Barhocker heran und setzte sich, um zuzuhören. «...der ganze Unrat, der da rumliegt. Die Urlauber wissen anscheinend nicht wohin mit ihrem Abfall. Man sollte meinen, wenn sie in so 'ne herrliche Gegend kommen, würden sie ihren Verstand gebrauchen, mit dem sie geboren sind, und ihr Papierzeug im Wagen mit nach Hause nehmen und nicht am Straßenrand liegenlassen. Sie quatschen von Naturschutz und Umwelt, aber, mein Gott...»

Er war wieder bei dem Thema, das offensichtlich sein Steckenpferd war, nach dem wohlberechneten beifälligen Grunzen zu urteilen, das aus allen Ecken des Raums kam. Virginia zündete sich eine Zigarette an. Draußen auf dem sonnigen Platz fuhr ein Wagen vor, der Motor verstummte, eine Tür knallte. Sie hörte eine Männerstimme guten Morgen sagen, dann kamen hinter ihr Schritte durch die Tür und in die Bar.

«...ich hab deswegen an unseren Abgeordneten geschrieben und gefragt, wer die Chose saubermachen soll, er hat geantwortet, die Gemeindeverwaltung ist verantwortlich, aber ich hab zurückgeschrieben...» Über Virginias Kopf hinweg sichtete er den neuen Gast. «Hallo! Lange nicht gesehen.»

«Immer noch bei den Abfallkörben, Joe?»

«Junge, du kennst mich, ich reite 'n Thema zu Tode, wie 'n Terrier, der 'ne Ratte tötet. Was soll's denn sein?»

«Ein Bier.»

Joe drehte sich um, um das Bier zu zapfen, und der Neuankömmling trat näher und stellte sich zwischen Virginia und den trübsinnigen William. Sie hatte seine Stimme gleich erkannt, so wie sie seinen Schritt erkannt hatte, als er über die gefliese Schwelle von The Mermaid's Arms trat.

Sie nahm einen Schluck Cola, setzte das Glas ab. Ihre Zigarette schmeckte auf einmal bitter; sie drückte sie aus und wandte den Kopf, um ihn anzusehen, und sie sah das blaue Hemd mit den von seinen braunen Unterarmen hochgekrempelten Ärmeln und die kurzgeschnittenen, struppigen braunen Haare, eng an seinem Kopf anliegend wie ein Pelz. Und weil nichts anderes zu tun war, sagte sie: «Hallo Eustace.»

Erschrocken schnellte sein Kopf herum, und er machte ein Gesicht wie einer, der plötzlich in den Bauch geboxt wurde, verwirrt und begriffsstutzig. Sie sagte rasch: «Ich bin's wirklich», und er lächelte ungläubig, kläglich, als wüßte er, daß er sich zum Narren hatte machen lassen.

«Virginia.»

Sie sagte noch einmal dümmlich: «Hallo.»

«Um Himmels willen, was tust du hier?»

Sie war sich bewußt, daß alle Ohren im Raum auf ihre Antwort warteten. Sie gab sie ganz locker und lässig. «Zigaretten kaufen. Was trinken.»

«Das habe ich nicht gemeint. Ich meine, in Cornwall. Hier, in Lanyon.»

«Ich mach Ferien. Ich wohne bei den Lingards in Porthkerris.»

«Wie lange bist du schon hier?»

«Ungefähr eine Woche...»

«Und was machst du hier draußen?»

Doch bevor sie dazu kam, es ihm zu sagen, hatte der Barmann Eustaces Bierkrug über die Theke geschoben, und Eustace war durch die Suche nach dem passenden Geld in seiner Hosentasche abgelenkt.

«Alte Freunde, wie?» fragte Joe und sah Virginia mit

neuem Interesse an, und sie sagte: «Ja, ich nehme an, so könnte man es nennen.»

«Ich habe sie zehn Jahre nicht gesehen», erklärte Eustace ihm, während er die Münzen über die Theke schob. Er sah auf Virginias Glas. «Was trinkst du?»

«Cola.»

«Nimm dein Glas mit nach draußen, wir können uns in die Sonne setzen.»

Sie folgte ihm, sich der Blicke bewußt, die ihnen nachstierten. Die unersättliche Neugier. Draußen im Sonnenschein stellten sie ihre Gläser auf einen Holztisch und setzten sich nebeneinander auf eine Bank, das Gesicht in die Sonne, den Rücken an der weißgetünchten Mauer des Pubs.

«Es macht dir doch nichts aus, hier draußen zu sitzen? Drinnen können wir kein Wort reden, ohne daß es binnen einer halben Stunde in der ganzen Gegend herumgeht.»

«Ich sitze gerne draußen.»

Er saß so dicht neben ihr, daß Virginia seine rauhe, wettergegerbte Haut ganz deutlich erkennen konnte, das Netz kleiner Fältchen um seine Augen, die ersten weißen Strähnen in dem dichten braunen Haar. Sie dachte, ich bin wieder bei ihm.

Er sagte: «Erzähl.»

«Was?»

«Wie es dir ergangen ist.» Und dann rasch: «Ich weiß, daß du geheiratet hast.»

«Ja. Fast sofort.»

«Das dürfte der Saison in London ein Ende gemacht haben, vor der dir so gegraut hat.»

«Ja.»

«Und dem Debütantinnenball.»

«Statt dessen habe ich Hochzeit gefeiert.»

«Mrs. Anthony Keile. Ich habe die Anzeige in der Zeitung gesehen.» Virginia sagte nichts. «Wo lebst du jetzt?»

«In Schottland. Wir haben ein Haus in Schottland...»

«Und Kinder?»

«Ja, zwei. Einen Jungen und ein Mädchen.»

«Wie alt sind sie?» Er war ehrlich interessiert, und ihr fiel ein, wie gern die Cornwaller Kinder hatten, wie Mrs. Jilkes beim Anblick von niedlichen kleinen Großneffen oder Großnichten jedesmal feuchte Augen bekam.

«Das Mädchen ist acht und der Junge sechs.»

«Hast du sie dabei?»

«Nein, sie sind in London. Bei ihrer Großmutter.»

«Und dein Mann? Ist er hier? Was macht er heute morgen? Golf spielen?»

Sie starrte ihn an, und zum erstenmal akzeptierte sie, daß eine persönliche Tragödie eben dies ist: persönlich. Die eigene Existenz kann zerbrechen, aber das heißt nicht, daß der Rest der Welt es unbedingt weiß oder daß es sie etwas angeht. Es gab keinen Grund, daß Eustace es wußte.

Sie legte die Hände auf die Tischkante, richtete sie aus, als sei ihre Anordnung von größter Wichtigkeit. Sie sagte: «Anthony ist tot.» Ihre Hände schienen mit einemmal unkörperlich, beinahe durchsichtig, die Handgelenke zu dünn, die langen mandelförmigen, korallenrot lackierten Nägel zart wie Blütenblätter. Sie wünschte plötzlich glühend, daß sie nicht so seien, sondern stark, braun und tüchtig, mit tiefen Schmutzrillen, die Fingernägel abgenutzt von Gartenarbeit und Kartoffelschälen und Karottenschaben. Sie spürte Eustace' Blick auf sich. Sie konnte es nicht ertragen, ihm leid zu tun.

Er fragte: «Wie ist das passiert?»

«Er kam bei einem Autounfall ums Leben. Er ist ertrunken.»

«Ertrunken?»

«Wir haben einen Fluß in Kirkton... da wohnen wir in

41

Schottland. Der Fluß fließt zwischen dem Haus und der Straße, man muß über die Brücke. Und er ist nach Hause gekommen und ins Schleudern geraten, oder er hat die Kurve falsch eingeschätzt, und der Wagen durchbrach das Holzgeländer und stürzte in den Fluß. Es hatte viel geregnet, es war ein nasser Monat gewesen, der Fluß hatte Hochwasser, und der Wagen sank auf den Grund. Ein Taucher mußte hinunter... mit einem Kabel. Und die Polizei hat ihn schließlich herausgewunden...» Ihre Stimme verlor sich.

Er fragte leise: «Wann?»

«Vor drei Monaten.»

«Noch nicht lange her.»

«Nein. Aber es gab so viel zu tun, so viel zu erledigen. Ich weiß nicht, wo die Zeit geblieben ist. Und dann hab ich mir einen Bazillus eingefangen, eine Art Grippe, und wurde sie nicht wieder los, deshalb sagte meine Schwiegermutter, sie würde die Kinder in London zu sich nehmen, und ich bin hierher zu Alice gekommen.»

«Wann reist du wieder ab?»

«Ich weiß nicht.»

Er schwieg. Nach einer Weile nahm er sein Bierglas und trank es aus. Als er es hinstellte, sagte er: «Hast du einen Wagen hier?»

«Ja.» Sie zeigte hin. «Der blaue Triumph.»

«Dann trink aus, wir fahren nach Penfolda.» Virginia starrte ihn an. «Was ist daran so erstaunlich? Es ist Zeit zum Essen. Ich hab Fleischpasteten im Ofen. Möchtest du mitkommen und eine mit mir essen?»

«... Ja.»

«Dann komm. Ich bin mit meinem Landrover da. Du kannst hinter mir herfahren.»

«In Ordnung.»

Er stand auf. «Schön, fahren wir.»

3

Sie war früher einmal in Penfolda gewesen, nur ein einziges Mal, an einem kühlen Frühlingsabend, damals vor zehn Jahren.

«Wir sind auf eine Party eingeladen», hatte Alice an jenem Tag beim Mittagessen verkündet.

Virginias Mutter war sogleich hingerissen. Sie war ungeheuer gesellig, und da sie eine siebzehnjährige Tochter hatte, die in die Gesellschaft eingeführt werden sollte, brauchte man eine Party nur zu erwähnen, um ihrer Aufmerksamkeit sicher zu sein.

«Fabelhaft! Wo? Bei wem?»

Alice lachte sie aus. Alice gehörte zu den wenigen Leuten, die Rowena Parsons auslachen konnten, ohne daß sie böse wurde, aber Alice kannte sie ja auch schon seit vielen Jahren.

«Freu dich nicht zu früh. Es ist nicht ganz dein Fall.»

«Meine liebe Alice, ich weiß nicht, was du meinst. Erklär's mir!»

«Es ist ein Ehepaar namens Barnet, Amos und Fenella Barnet. Du hast vielleicht von ihm gehört. Er ist Bildhauer, sehr modern, sehr avantgardistisch. Sie haben sich in Porthkerris in einem alten Atelier einquartiert, und sie haben einen Haufen unerzogener Kinder.»

Ohne noch weitere Beschreibungen abzuwarten, sagte Virginia: «Wollen wir nicht hingehen?» Es hörte sich genau nach der Art von Leuten an, die sie schon immer kennenlernen wollte.

Mrs. Parsons gestattete sich ein kleines Runzeln zwischen ihren hübsch gezeichneten Augenbrauen. «Findet die Party im Atelier statt?» wollte sie wissen. Offenbar mutmaßte sie scharfe Getränke und Marihuanazigaretten.

«Nein, draußen in Lanyon auf einem Hof namens Penfolda. Es ist ein Grillfest auf den Klippen. Lagerfeuer und Bratwürstchen…» Alice sah, daß Virginia unbedingt hinwollte. «…Ich glaube, es wird sehr lustig.»

«Ich finde, es hört sich gräßlich an», sagte Mrs. Parsons.

«Ich hatte nicht gedacht, daß du mitkommen wolltest. Aber Tom und ich gehen hin. Wir können Virginia mitnehmen.»

Mrs. Parsons richtete ihren kühlen Blick auf ihre Tochter. «Möchtest du auf ein Grillfest gehen?»

Virginia zog die Schultern hoch. «Es könnte lustig werden.» Sie hatte längst gelernt, daß es sich nie auszahlte, sich über irgend etwas zu begeistert zu zeigen.

«Na gut», sagte ihre Mutter, während sie sich Zitronenpudding nahm. «Wenn du dir davon einen amüsanten Abend versprichst und es Alice und Tom nichts ausmacht, dich mitzunehmen… aber zieh dich um Himmels willen warm an. Es ist bestimmt eiskalt. Viel zu kalt für ein Picknick, sollte man meinen.»

Sie hatte recht. Es war kalt. Ein klarer, türkisblauer Abend; der Felsvorsprung von Carn Edvor hob sich schwarz vom Himmel ab, und vom Land her wehte ein kalter, schneidender Wind. Auf der Fahrt hügelan blickte Virginia nach Porthkerris zurück. Weit unten blinkten die Lichter der Stadt, die vom tintenschwarzen Wasser des Hafens zurückgeworfen wurden. Jenseits der Bucht auf der fernen Landspitze schickte der Leuchtturm sein Warnsignal aus. Ein Blitz. Pause. Ein Blitz. Eine längere Pause. Vorsicht, Gefahr.

Virginia versprach sich alles mögliche von dem bevorstehenden Abend. Plötzlich aufgeregt, drehte sie sich um und beugte sich vor, lehnte das Kinn auf die Arme, die sie auf der Rückenlehne von Alice' Sitz verschränkt hatte, eine spontane, unbeholfene Geste, die Reflexion einer natürlichen Hochstimmung, die gewöhnlich unter dem Einfluß der dominanten Mutter unterdrückt wurde.

«Alice, wo ist das, wo wir hinfahren?»

«Penfolda. Es ist ein Bauernhof, kurz vor Lanyon.»

«Wer wohnt da?»

«Mrs. Philips. Eine Witwe. Mit ihrem Sohn Eustace.»

«Was macht er?»

«Den Hof bewirtschaften, Dummchen. Ich hab dir doch gesagt, es ist ein Bauernhof.»

«Sind sie mit den Barnets befreundet?»

«Müssen sie wohl. In dieser Gegend wohnen eine Menge Künstler. Aber ich habe keine Ahnung, wie sie sich kennengelernt haben.»

Tom sagte: «Vermutlich im Mermaid's.»

«Was ist das?»

«The Mermaid's Arms, das Pub in Lanyon. Samstagabends gehen alle mit ihren Frauen dahin, um sich zu treffen und zu trinken.»

«Wer kommt sonst noch zu der Party?»

«Da bin ich genau so schlau wie du.»

«Hast du gar keine Ahnung?»

«Also...» Alice legte los. «Künstler, Schriftsteller, Dichter, Gammler, Aussteiger, Bauern und vielleicht ein paar ziemlich langweilige und konventionelle Leute wie wir.»

Virginia legte ihren Arm um sie. «Ihr seid nicht langweilig oder konventionell. Ihr seid super.»

«Wer weiß, ob du uns noch ganz so super findest, wenn der Abend um ist. Vielleicht findest du alles ganz schrecklich, also beiß die Zähne zusammen und bewahr dir dein Urteil für später auf.»

Voll Vorfreude lehnte Virginia sich zurück ins Dunkel des Wagens. *Ich finde es bestimmt nicht schrecklich.*

Wie Leuchtkäfer strömten Autoscheinwerfer aus allen Richtungen nach Penfolda. Von der Straße aus war das hellerleuchtete Bauernhaus zu sehen. Sie reihten sich in die Schlange der verschiedensten Fahrzeuge ein, die sich holpernd und ächzend über einen schmalen, löchrigen Weg schoben und schließlich in einen Hof eingewiesen wurden, der in einen provisorischen Parkplatz verwandelt worden war. Die Luft war erfüllt von Stimmen und Lachen, als Freunde Freunde begrüßten, und schon bahnte sich ein steter Strom von Menschen einen Weg über einen Mauertritt und die Weiden hinab zu den Klippen. Manche waren in Decken gehüllt, manche trugen altmodische Laternen bei sich, einige – Virginia war heilfroh, daß ihre Mutter nicht mitgekommen war – ein paar klimpernde Flaschen.

Jemand sagte: «Tom! Was machst du denn hier?», und Tom und Alice blieben stehen, um auf ihre Freunde zu warten. Virginia ging weiter, sie genoß das Gefühl, allein zu sein. Die sanfte dunkle Luft ringsum roch nach Torf, Seetang und Holzrauch. Der Himmel war noch nicht dunkel, und die See war von einem so tiefen Blau, daß sie fast schwarz wirkte. Virginia ging durch eine Maueröffnung und sah unter sich am Ende eines Feldes die goldenen Flammen des Feuers, das bereits umringt war von Laternen und den Gestalten und Schatten von etwa dreißig Leuten. Als sie näher kam, wurden Gesichter erkennbar, vom Licht des Feuers erhellt, sie lachten und schwatzten, jeder kannte jeden. Auf einem Holzpodest stand ein Faß Bier, aus dem ständig Gläser randvoll gefüllt wurden, und es roch nach gebratenen Kartoffeln und verbranntem Fett. Einer hatte eine Gitarre mitgebracht und begann zu spielen, und nach und nach scharten sich die Leute um ihn und ließen unsichere Stimmen zu einem Lied erklingen.

There is a ship
And she sails the sea,
She's loaded deep
As deep can be.
But not as deep
As the love I'm in…

Ein junger Mann, der im Laufschritt an Virginia vorbei wollte, stolperte im Dunkeln und rumpelte mit ihr zusammen. «Verzeihung.» Er packte ihren Arm, um zugleich sich und sie zu stützen. Er hielt seine Laterne hoch, so daß das Licht auf ihr Gesicht fiel. «Wer bist du?»

«Virginia.»

«Welche Virginia?»

«Virginia Parsons.»

Mit seinen langen Haaren und dem Band um die Stirn sah er wie ein Apache aus.

«Ein neues Gesicht. Bist du allein hier?»

«N… nein. Ich bin mit Alice und Tom gekommen, aber…» Sie sah sich um. «Ich habe sie verloren… sie müssen irgendwo sein…»

«Ich bin Dominic Barnet.»

«Oh… dann ist das deine Party…»

«Nein, eigentlich die von meinem Vater. Zumindest hat er das Faß Bier gestiftet, und deshalb ist es seine Party, und meine Mutter hat die Würstchen gekauft. Komm, holen wir uns was zu trinken», und er packte ihren Arm noch fester und bugsierte sie in das wuselnde, vom Feuer erhellte Treiben. «He, Dad, hier hat jemand noch nichts zu trinken…»

Eine riesige bärtige Gestalt, die in dem seltsamen Licht mittelalterlich wirkte, richtete sich vom Zapfhahn auf. «Hier hat sie was», sagte er, und unversehens hielt Virginia einen riesigen Krug Bier in der Hand. «Und hier ist was zu essen.» Von einem Tablett fischte der junge Mann ein Würstchen, das an einem Stock aufgespießt war, und reichte es ihr. Virginia nahm es und wollte sich gerade auf ein höfliches Geplauder einlassen, als Dominic im Kreis des Feuerscheins ein bekanntes Gesicht entdeckte, «Mariana!» oder einen ähnlich klingenden Namen rief und verschwand. Virginia war wieder allein.

Sie suchte im Dunkeln nach den Lingards, konnte sie aber nicht finden. Doch weil alle anderen saßen, setzte sie sich auch, mit dem riesigen Bierkrug in der einen Hand und dem Würstchen, das zum Essen noch zu heiß war, in der anderen. Der Feuerschein erhitzte ihr Gesicht, der Wind in ihrem Rükken war kalt und blies ihr die Haare nach vorne. Sie nahm einen Schluck Bier. Sie hatte noch nie Bier getrunken und mußte sofort niesen. Sie nieste heftig, und hinter ihr sagte jemand: «Gesundheit.»

Virginia erholte sich von der Nieserei, sagte: «Danke» und blickte auf, um zu sehen, wer ihr Gesundheit gewünscht hatte. Es war ein großer junger Mann in Cordhose und Gummistiefeln und einem dicken Norwegerpullover. Er grinste auf sie herunter; der Feuerschein verlieh seinem braunen Gesicht die Farbe von Kupfer.

Sie sagte: «Das Bier war schuld, daß ich niesen mußte.»

Er hockte sich neben sie, nahm ihr vorsichtig den Krug aus der Hand und stellte ihn zwischen sie beide auf die Erde. «Vielleicht mußt du noch mal niesen und würdest es verschütten. Wär schade drum.»

«Ja.»

«Du mußt mit den Barnets befreundet sein.»

«Warum sagst du das?»

«Ich habe dich noch nie gesehen.»

«Bin ich aber nicht. Ich bin mit den Lingards hier.»

«Alice und Tom? Sind sie hier?»

«Ja, irgendwo.»

Er klang so erfreut über die Anwesenheit der Lingards, daß Virginia erwartete, er würde sie auf der Stelle suchen gehen; statt dessen machte er es sich im Gras neben ihr bequem und schien ganz zufrieden zu sein, zu schweigen und amüsiert die anderen Leute zu beobachten. Virginia aß ihr Würstchen, und als sie fertig war und er immer noch nichts gesagt hatte, beschloß sie, es noch einmal zu versuchen.

«Bist du mit den Barnets befreundet?»

«Hm…» In seinen Betrachtungen unterbrochen, sah er sie mit klaren blauen Augen an, ohne zu blinzeln. «Wie bitte?»

«Ich wollte nur wissen, ob du mit den Barnets befreundet bist, weiter nichts.»

Er lachte. «Das will ich meinen. Es sind meine Felder, die sie entweihen.»

«Dann mußt du Eustace Philips sein.»

Er überlegte. «Ja», sagte er schließlich, «das muß ich wohl.»

Bald danach wurde er weggerufen… Einige von seinen Kühen waren von einem angrenzenden Feld herübergewandert, und ein dümmliches Mädchen, das zuviel getrunken hatte, glaubte sich von einem Stier angegriffen und hatte einen hysterischen Anfall bekommen. Eustace ging nach dem Rechten sehen, und Virginia wurde kurz darauf von Alice und Tom in Beschlag genommen, und obwohl sie den ganzen restlichen Abend nach ihm Ausschau hielt, sah sie Eustace Philips nicht wieder.

Die ausgelassene Party jedoch war ein denkwürdiger Erfolg. Als das Bier um Mitternacht zu Ende war und Flaschen kreisten, als alles aufgegessen war und Treibholz auf das Feuer gehäuft wurde, bis die Flammen fünf Meter hoch oder noch höher schossen, meinte Alice vorsichtig, daß es vielleicht eine gute Idee sei, nach Hause zu fahren.

«Deine Mutter ist bestimmt noch auf und denkt, du bist entweder vergewaltigt worden oder ins Meer gefallen. Und Tom muß morgen früh um neun im Büro sein, außerdem wird es jetzt wirklich bitterkalt. Was meinst du? Hast du genug? Hast du dich amüsiert?»

«Ja, sehr», sagte Virginia. Es fiel ihr schwer, sich loszureisen.

Doch es war Zeit. Sie schlenderten schweigend fort vom Feuer und von dem Lärm, die abfallenden Felder hinunter zum Bauernhaus.

Jetzt war nur noch ein einziges Fenster zu ebener Erde erleuchtet, aber der Vollmond, eine große weiße Scheibe, schwebte hoch am Himmel und füllte die Nacht mit silbrigem Licht. Als sie über die Mauer in den Hof kamen, ging im Haus eine Tür auf, gelbes Licht strömte nach draußen auf das Kopfsteinpflaster, und eine Stimme rief durch die Nacht: «Tom! Alice! Kommt herein, trinkt eine Tasse Tee oder Kaffee – irgendwas zum Aufwärmen, bevor ihr nach Hause fahrt.»

«Hallo, Eustace.» Tom ging auf das Haus zu. «Wir dachten, du bist schlafen gegangen.»

«Ich bleib nicht bis zum Morgengrauen auf den Klippen, das kann ich euch sagen. Wollt ihr was trinken?»

«Ich hätte gern einen Whisky», sagte Tom.

«Und ich einen Tee», sagte Alice. «Prima Idee! Wir sind durchgefroren. Macht es auch nicht zuviel Umstände?»

«Mutter ist noch auf, sie möchte euch gern sehen. Sie hat Wasser aufgesetzt...»

Sie gingen alle ins Haus, in eine getäfelte Diele mit niedriger Decke und einem Fußboden aus Schieferplatten und mit bunten Teppichen. Unter den Deckenbalken mußte Eustace Philips fast den Kopf einziehen...

Alice knöpfte ihren Mantel auf. «Eustace, kennst du Virginia schon? Sie wohnt bei uns.»

«Ja, sicher», aber er beachtete sie kaum. «Kommt in die Küche, da ist es am wärmsten. Mutter, die Lingards sind da. Alice möchte einen Tee. Und Tom möchte einen Whisky, und...» Er sah Virginia an. «Was möchtest du?»

«Tee, bitte.»

Alice und Mrs. Philips machten sich gleich in der Küche zu schaffen, Mrs. Philips mit Teekanne und Wasserkessel, Alice mit Tassen und Untertassen, die sie von der bemalten Anrichte nahm. Dabei plauderten sie über die Party der Barnets und lachten über das Mädchen, das die Kuh für einen Stier gehalten hatte. Die zwei Männer setzten sich mit Gläsern, einem Siphon und einer Flasche Scotch an den gescheuerten Küchentisch.

Virginia setzte sich auch, sie quetschte sich auf den Fenstersitz am Kopfende des Tisches und lauschte, ohne richtig hinzuhören, auf das angenehme Stimmengemurmel. Sie war sehr müde, benommen von der Wärme und Behaglichkeit der Küche nach der bitteren Kälte draußen, und leicht benebelt von dem ungewohnten Bier.

In die Falten ihres Mantels versunken, die Hände tief in den Taschen, sah sie sich um und fand, daß sie nie in einem so einladenden, behaglichen Raum gewesen war. Die Decke hatte Balken mit alten Eisenhaken zum Schinkenräuchern, und die tiefen Fensterbänke waren voll blühender Geranien. Auf einem riesigen Herd summte der Kessel, auf einem Korbstuhl hatte sich eine Katze zusammengerollt; an der Wand entdeckte sie einen Landwirtschaftskalender; die Vorhänge waren aus karierter Baumwolle, und es roch warm nach frischgebackenem Brot.

Mrs. Philips war so klein wie ihr Sohn groß war, grauhaarig, sehr adrett. Sie sah aus, als hätte sie seit dem Tag ihrer Geburt nie aufgehört zu arbeiten und wolle es auch gar nicht anders haben, und als sie und Alice geschickt und flink in der

Küche hantierten und leise über die unkonventionellen Barnets plauderten, beobachtete Virginia sie und wünschte, sie könnte genau so eine Mutter haben. Ruhig und gutgelaunt mit einer großen gemütlichen Küche, und immer einen Kessel mit kochendem Wasser bereit für eine Tasse Tee.

Als der Tee fertig war, setzten sich die Frauen zu den anderen an den Tisch. Mrs. Philips schenkte für Virginia eine Tasse ein und reichte sie ihr, und Virginia setzte sich aufrecht, zog die Hände aus den Taschen, nahm die Tasse und vergaß auch nicht, danke zu sagen.

Mrs. Philips lachte. «Du bist müde», sagte sie.

«Ja», sagte Virginia. Alle sahen sie an, aber sie rührte ihren Tee um und mochte nicht aufsehen, weil sie diesem blauen, verwirrenden Blick nicht begegnen wollte.

Aber schließlich war es Zeit zu gehen. Wieder in ihren Mänteln, standen sie gedrängt in der kleinen Diele. Die Lingards und Mrs. Philips waren schon an der offenen Haustür, als Eustace hinter Virginia sprach.

«Auf Wiedersehen», sagte er.

«Oh.» Sie drehte sich verwirrt um. «Auf Wiedersehen.» Sie streckte ihre Hand aus, aber vielleicht sah er sie nicht, denn er nahm sie nicht. «Danke, daß ich kommen durfte.»

Er machte ein amüsiertes Gesicht. «Es war mir ein Vergnügen. Du mußt ein andermal wiederkommen.»

Und auf dem ganzen Heimweg hütete sie diese Worte wie ein wunderbares Geschenk von ihm. Doch sie kam nie nach Penfolda zurück.

Bis heute, zehn Jahre später, an einem ausnehmend schönen Julinachmittag. Die Gräben am Straßenrand strotzten von Kuckucksblumen und leuchtendgelbem Huflattich, der Stechginster war flammend rot, und das Farnkraut auf den Klippen hob sich smaragdgrün von der hyazinthenfarbenen Sommersee ab.

Virginia war so in ihre heutigen Besorgungen vertieft gewesen, Schlüssel holen, das Cottage in Bosithik suchen, praktische Fragen wie Kochherde, Kühlschränke, Bettwäsche und Geschirr bedenken, daß der ganze herrliche Vormittag nahezu unbemerkt vergangen war. Doch jetzt war er Teil von etwas, das vor langer Zeit geschehen war und woran Virginia sich nun erinnerte: Wie das Leuchtfeuer über die dunkle See blitzte und wie sie ohne ersichtlichen Grund plötzlich von einer wunderbaren Vorfreude erwärmt gewesen war.

Aber du bist nicht mehr siebzehn. Du bist eine Frau von siebenundzwanzig, unabhängig, mit zwei Kindern, einem Auto und einem Haus in Schottland. Das Leben hält keine derartigen Überraschungen mehr bereit. Alles ist anders. Nichts bleibt immer gleich.

An der höchsten Stelle des Feldweges, der nach Penfolda führte, war ein Holzgestell für die Milchkannen. Der Weg wand sich steil zwischen hohen Mauern. Von Winterwinden deformierte Weißdornsträucher lehnten daran, und als Virginia dem Heck von Eustace' Landrover um die Hausecke folgte, erschienen zwei schwarzweiße Collies, die mit ihrem Gebell einen solchen Radau veranstalteten, daß die braunen Leghornhühner zu gackern anfingen und schleunigst einen Unterschlupf suchten.

Eustace hatte seinen Landrover im Schatten der Scheune geparkt und war schon ausgestiegen. Sachte schob er die Hunde mit dem Fuß aus dem Weg. Virginia stellte ihren Wagen hinter seinem ab und stieg aus. Sogleich rasten die Collies zu ihr hin; bellend und tollend versuchten sie, die Vorderpfoten auf ihre Knie zu legen, und sie reckten sich, um ihr das Gesicht zu lecken.

«Runter… runter mit euch, ihr Teufel!»

«Es macht mir nichts…» Sie streichelte ihre schmalen Köpfe, ihr dickes Fell. «Wie heißen sie?»

«Beaker und Ben. Das ist Beaker, und das ist Ben… Schluß jetzt, Burschen! Das machen sie immer…»

Er gab sich rauh und herzlich, als sei er während der kurzen Fahrt zu dem Schluß gekommen, daß dies das richtige Verhalten sei, wenn der Rest des Tages nicht zu einer Art Totengedenken für Anthony Keile werden sollte. Und Virginia ging dankbar darauf ein. Die lärmende Begrüßung der Hunde half das Eis brechen, und so gingen sie ganz natürlich und zwanglos auf dem kopfsteingepflasterten Weg ins Haus.

Sie sah die Balken, den Steinfußboden, die Teppiche. Unverändert.

«Ich kann mich an alles erinnern.»

Der Duft nach heißer Pastete ließ einem das Wasser im Mund zusammenlaufen. Eustace ging vor Virginia durch die Küchentür ins Haus und zum Herd hinüber, schnappte im Vorbeigehen einen Topflappen von einem Handtuchhalter, hockte sich vor den Backofen und machte die Klappe auf.

«Sie sind nicht verbrannt, nein?» fragte sie besorgt. Wohlduftender Rauch entwich dem Ofen.

«Nein, genau richtig.»

Er schloß die Ofentür und stand auf.

Sie sagte: «Hast du die gemacht?»

«Ich? Du machst Witze.»

«Wer denn?»

«Mrs. Thomas, meine Haushälterin… möchtest du was trinken?» Er ging an den Kühlschrank und nahm eine Dose Bier aus der Innenseite der Tür.

«Nein danke.»

Er lächelte. «Cola hab ich nicht da.»

«Ich möchte nichts trinken.»

Während sie redeten, sah Virginia sich um, ängstlich, daß etwas in diesem herrlichen Raum verändert sein, daß Eustace die Möbel umgestellt, die Wände gestrichen haben könnte.

Aber alles war genau, wie sie es in Erinnerung hatte. Der in die Fensternische gezogene gescheuerte Tisch, die Geranien auf den Fensterbänken, die Anrichte mit buntem Geschirr. Nach all den Jahren bildete der Raum nach wie vor den Inbegriff dessen, was eine Küche sein sollte: der Mittelpunkt des Hauses.

Als sie Kirkton übernommen hatten und es vom Keller bis zum Speicher renovierten, hatte sie genau so eine Küche haben wollen wie die in Penfolda. Einen behaglichen, warmen Raum, wo die Familie sich um den gescheuerten Tisch versammelte, um Tee zu trinken und zu schwatzen.

«Wer will sich schon in einer Küche aufhalten?» hatte Anthony ohne jedes Verständnis gefragt.

«Alle. Eine Bauernküche ist wie ein Wohnzimmer.»

«Ich werde bestimmt nicht in der Küche wohnen, das kann ich dir sagen.»

Und er bestellte Einbauten aus rostfreiem Stahl und Arbeitsflächen aus leuchtendem Kunststoff und einen schwarzweißen Fußboden in Schachbrettmuster, auf dem jeder Abdruck zu sehen und der höllisch schwer sauberzuhalten war.

Jetzt lehnte sich Virginia an den Tisch und sagte mit tiefer Befriedigung: «Ich hatte Angst, es hätte sich verändert, aber es ist alles noch genauso.»

«Warum sollte es sich verändert haben?»

«Ohne Grund. Ich hatte es nur befürchtet. Vieles ändert sich. Eustace, Alice hat mir erzählt, daß deine Mutter gestorben ist... das tut mir leid.»

«Ja, vor zwei Jahren. Sie ist gestürzt. Bekam dann Lungenentzündung.» Er warf die leere Dose in den Abfalleimer und drehte sich Virginia zu, um sie anzusehen. «Und deine Mutter?»

Seine Stimme war ausdruckslos; Virginia konnte keinen sarkastischen oder mißbilligenden Unterton darin entdecken.

«Sie ist gestorben, Eustace. Sie wurde ein paar Jahre, nachdem Anthony und ich geheiratet hatten, sehr krank. Es war schrecklich, weil sie so lange krank war. Und es war schwierig, weil sie in London war und ich in Kirkton… ich konnte nicht die ganze Zeit bei ihr sein.»

«Ich nehme an, du warst die einzige Angehörige, die sie hatte?»

«Ja. Das machte es ja so schwierig. Ich habe sie besucht, so oft ich konnte, aber am Ende mußten wir sie nach Schottland holen, und schließlich kam sie in Relkirk in ein Pflegeheim, und dort ist sie gestorben.»

«Das muß schlimm gewesen sein.»

«Ja. Und sie war noch so jung. Es ist seltsam, wenn die Mutter stirbt. Erst dann wird man wirklich erwachsen.» Sie berichtigte: «Ich nehme zumindest an, daß manche Leute es so empfinden. Du warst lange vorher erwachsen.»

«Das weiß ich nicht», sagte Eustace, «aber ich weiß, was du meinst.»

«Nun, es ist Jahre her. Laß uns nicht über unerfreuliche Dinge reden. Erzähl mir von dir und Mrs. Thomas. Weißt du, was Alice Lingard gesagt hat? Du hättest entweder eine zum Heimchen gezähmte Geliebte oder eine verführerische Haushälterin. Ich kann es nicht erwarten, sie kennenzulernen.»

«Du wirst aber warten müssen. Sie ist in Penzance, ihre Schwester besuchen.»

«Wohnt sie in Penfolda?»

«Sie hat das Cottage hinter dem Haus. Früher waren das mal drei Cottages, bevor mein Großvater den Hof gekauft hat. Drei Familien haben hier gewohnt und ein paar Morgen beackert. Vermutlich hatten sie ein halbes Dutzend Milchkühe und haben ihre Söhne in die Zinngrube geschickt, um sich über Wasser zu halten.»

«Vorgestern», sagte Virginia, «bin ich nach Lanyon gefahren und habe auf dem Hügel gesessen, und draußen waren Mähdrescher und Männer beim Heumachen. Ich dachte, einer von ihnen könntest du gewesen sein.»

«Könnte sein.»

Sie sagte: «Ich dachte, du wärst verheiratet.»

«Bin ich nicht.»

«Ich weiß. Alice Lingard hat es mir gesagt.»

Eustace nahm Messer und Gabeln aus einer Schublade und begann den Tisch zu decken, aber Virginia hielt ihn zurück. «Es ist zu schön, um drinnen zu sitzen. Können wir die Pastete nicht im Garten essen?»

Eustace machte ein erstauntes Gesicht, sagte aber: «In Ordnung», gab ihr einen Korb für Besteck und Teller, Salz und Pfeffer und Gläser, nahm die glühendheißen Pasteten vorsichtig aus dem Ofen und legte sie auf eine große geblümte Porzellanplatte. Dann gingen sie hinaus in die Sonne, in den verwilderten kleinen Bauerngarten. Das Gras mußte gemäht werden, die Blumenbeete prunkten mit fröhlichen Blümchen, und auf einer Wäscheleine flatterten strahlendweiße Laken und Kissenbezüge.

Eustace hatte keine Gartenmöbel; sie setzten sich ins hohe Gras, wo Margeriten und Wegerich wuchsen, und breiteten ihr Picknickgeschirr um sich aus.

Die Pasteten waren umwerfend, und in derselben Zeit, in der Virginia ihre erst halb gegessen hatte und mit dem Rest kämpfte, hatte Eustace, auf einen Ellbogen gestützt, seine ganz und gar vertilgt.

Sie sagte: «Ich kann nicht mehr» und gab ihm den Rest von ihrer, den er gelassen verdrückte. Er sagte, den Mund voll Pastete und Kartoffeln: «Wenn ich nicht so hungrig wäre, würde ich dich zwingen aufzuessen, damit du ein bißchen dicker wirst.»

«Ich möchte nicht dick sein.»

«Aber du bist viel zu dünn. Du warst ja immer sehr zierlich, aber jetzt siehst du aus, als könnte dich ein Windhauch umwehen. Und du hast die Haare abgeschnitten. Früher waren sie lang, bis auf den Rücken, und flogen im Wind.» Er umschloß ihr Handgelenk mit Daumen und Zeigefinger. «An dir ist nichts dran.»

«Das kommt vielleicht von der Grippe.»

«Ich dachte, du müßtest ungeheuer auseinandergegangen sein, nachdem du jahrelang Porridge und Heringe und Haggis gegessen hast.»

«Du meinst, das essen die Leute in Schottland?»

«So wurde es mir erzählt.» Er ließ ihre Hand los und aß ruhig die Pastete auf, dann stellte er das Geschirr zusammen und trug alles im Korb ins Haus. Virginia machte Anstalten zu helfen, doch er sagte, sie solle bleiben, wo sie sei, und sie legte sich ins Gras und sah auf das graue Scheunendach, auf die Möwen, die dort hockten, und auf die flüchtigen Gebilde aus kleinen, weißen Schönwetterwolken, die von der See her über den unglaublich blauen Himmel gejagt wurden.

Eustace kam mit Zigaretten, grünen Äpfeln und einer Thermoskanne Tee zurück. Virginia blieb liegen, er warf ihr einen Apfel zu, setzte sich wieder neben sie und schraubte den Deckel der Thermoskanne auf.

«Erzähl mir von Schottland.»

Virginia drehte den kühlen, glatten Apfel zwischen ihren Händen. «Was soll ich dir erzählen?»

«Was hat dein Mann gemacht?»

«Wie meinst du das?»

«Hatte er keinen Job?»

«Keinen richtigen. Kein Achtstundentag. Er hatte das Gut geerbt…»

«Kirkton?»

«Ja, Kirkton… von einem Onkel. Ein riesengroßes Haus

und etwa tausend Morgen Land, und nachdem wir das Haus in Ordnung gebracht hatten, beanspruchte das Gut seine meiste Zeit. Er hat Bäume gepflanzt und betrieb Landwirtschaft auf ziemlich herrschaftliche Art... ich meine, er hatte einen Verwalter, der im Bauernhaus wohnte, Mr. McGregor. Eigentlich hat er die meiste Arbeit getan, aber Anthony war dauernd beschäftigt. Das heißt», schloß sie matt, «er war in der Lage, seine Tage auszufüllen.»

Während der Saison an fünf Tagen in der Woche schießen, angeln und Golf spielen. Nach Norden fahren zur Pirschjagd, jeden Winter für ein paar Monate nach St. Moritz. Es war sinnlos, einem Mann wie Eustace Philips von einem Mann wie Anthony Keile zu erzählen. Sie gehörten verschiedenen Welten an.

«Und was ist jetzt mit Kirkton?»

«Wie gesagt, der Verwalter kümmert sich darum.»

«Und das Haus?»

«Es steht leer. Das heißt, die Möbel sind alle da, aber es wohnt niemand drin.»

«Wirst du in das leere Haus zurückkehren?»

«Ich denke ja. Irgendwann.»

«Und die Kinder?»

«Sie sind bei Anthonys Mutter in London.»

«Warum sind sie nicht bei dir?» fragte Eustace. Es hörte sich nicht kritisch an, nur neugierig, als wollte er es einfach wissen.

«Es schien mir einfach eine gute Idee, allein herzukommen. Alice Lingard hatte mir geschrieben und mich eingeladen, und so bin ich gekommen.»

«Warum hast du die Kinder nicht mitgebracht?»

«Ach, ich weiß nicht...» Sogar ihr selbst kam ihre Stimme gewollt beiläufig vor, nicht überzeugend. «Alice hat keine Kinder, und ihr Haus ist nicht für Kinder eingerichtet... ich meine, alles ist so kostbar und zerbrechlich. Du weißt, wie das ist.»

«Ehrlich gesagt, ich weiß es nicht, aber sprich weiter.»

«Außerdem hat Lady Keile sie gerne bei sich...»

«Lady Keile?»

«Anthonys Mutter. Und Nanny ist gerne in London, weil sie früher bei Lady Keile gearbeitet hat. Sie war schon Anthonys Kindermädchen.»

«Ich dachte, die Kinder sind schon recht groß?»

«Cara ist acht und Nicholas sechs.»

«Aber warum brauchen sie ein Kindermädchen? Warum kannst du dich nicht um sie kümmern?»

Virginia hatte sich diese Frage im Laufe der Zeit unzählige Male gestellt und keine Antwort darauf gefunden, und nun für Eustace aus heiterem Himmel eine Antwort formulieren zu müssen, rief einen unsinnigen Widerwillen in ihr hervor.

«Wie meinst du das?»

«Genau wie ich's sage.»

«Ich kümmere mich ja um sie. Ich meine, ich bin oft mit ihnen zusammen...»

«Wenn sie erst kürzlich ihren Vater verloren haben, ist ihre Mutter bestimmt der einzige Mensch, den sie jetzt brauchen, nicht eine Großmutter und ein altes ererbtes Kindermädchen. Sie werden denken, alle hätten sie im Stich gelassen.»

«Sie werden nichts dergleichen denken.»

«Wenn du so sicher bist, warum regst du dich dann so auf?»

«Weil ich es nicht mag, daß du dich einmischst und deine Meinung über etwas zum besten gibst, wovon du nichts weißt.»

«Ich weiß einiges von dir.»

«Was weißt du?»

«Ich weiß, daß du dich schon immer gerne herumschubsen ließest.»

«Und wer schubst mich herum?»

«Das weiß ich nicht so genau.» Sie stellte mit Erstaunen fest, daß er eiskalt und genauso wütend wurde wie sie. «Aber grob geschätzt würde ich sagen, deine Schwiegermutter. Vielleicht hat sie, als deine Mutter abtrat, ihre Stelle übernommen?»

«Wag es nicht, so von meiner Mutter zu sprechen.»

«Aber es ist wahr, oder?»

«Nein.»

«Dann hol deine Kinder hierher. Es ist unmenschlich, sie in den Sommerferien in London zu lassen, bei diesem Wetter, wenn sie an der See und auf den Feldern herumtollen sollten. Los, raff dich auf, ruf deine Schwiegermutter an und sag ihr, sie soll sie in den Zug setzen. Und wenn Alice Lingard sie im Haus Wheal nicht haben will, weil sie Angst hat, daß ihr Nippes kaputtgeht, dann bring sie in einem Gasthaus unter oder miete ein Cottage...»

«Genau das habe ich vor, das muß ich mir nicht erst von dir sagen lassen.»

«Dann machst du dich am besten gleich auf die Suche.»

«Hab ich schon getan.»

Er verstummte vorübergehend, und sie dachte: Das hat ihm den Wind aus den Segeln genommen.

Aber nur vorübergehend. «Hast du etwas gefunden?»

«Ich habe mir heute morgen ein Haus angesehen, aber es war unmöglich.»

«Wo?»

«Hier, in Lanyon.» Er wartete. «Es heißt Bosithick», fügte sie unwillig hinzu.

«Bosithick!» Er schien begeistert. «Aber das ist ein wundervolles Haus.»

«Es ist ein schreckliches Haus.»

«Schrecklich?» Er traute seinen Ohren nicht. «Du meinst

das Cottage auf dem Hügel, wo Aubrey Crane gewohnt hat? Das die Kernows von einer alten Tante geerbt haben?»

«Genau, und es ist unheimlich und völlig unmöglich.»

«Was heißt unheimlich? Spukt's da drin?»

«Ich weiß nicht. Eben unheimlich.»

«Wenn der Geist von Aubrey Crane dort herumspukt, könnte es ganz amüsant für dich werden. Meine Mutter hat ihn gekannt, sie sagte, er war ein lieber Mensch. Und er hatte Kinder sehr gern», fügte er hinzu, was Virginia als klassisches Beispiel für einen Trugschluß erschien.

«Ist mir egal, was er für ein Mensch war, ich nehme das Haus nicht.»

«Warum nicht?»

«Darum.»

«Nenn mir drei gute Gründe…»

Virginia war mit ihrer Geduld am Ende. «Ach, um Himmels willen…» Sie wollte aufstehen, doch ehe sie ganz auf den Beinen war, packte Eustace mit für einen so großen Mann unerwarteter Geschwindigkeit ihr Handgelenk und zog sie wieder ins Gras. Sie sah ihm wütend in die Augen. Sie waren kalt wie blaue Steine.

«Drei gute Gründe», wiederholte er.

Sie sah auf seine Hand an ihrem Arm hinunter. Er machte keine Anstalten loszulassen. Sie sagte: «Es hat keinen Kühlschrank.»

«Ich leih dir einen Fliegenschrank. Grund Nummer zwei?»

«Hab ich dir schon gesagt. Es hat eine gespenstische Atmosphäre. Die Kinder haben nie in so einem Haus gelebt. Sie würden sich ängstigen.»

«Nur wenn sie so ein Spatzenhirn haben wie ihre Mutter. Jetzt Nummer drei.»

Verzweifelt suchte sie nach einem guten, unumstößlichen

Grund, der Eustace von ihrem namenlosen Horror vor dem merkwüdigen kleinen Haus auf dem Hügel überzeugen würde. Aber alles was sie vorbrachte, war eine Reihe kleinmütiger Ausreden, jede lahmer als die vorherige. «Es ist zu klein, und es ist schmutzig, und wo soll ich die Kindersachen waschen, und ich weiß nicht mal, ob es ein Bügeleisen gibt oder einen Rasenmäher. Und es hat keinen Garten, bloß eine winzige Wiese zum Wäscheaufhängen, und die Möbel drinnen sind so deprimierend und…»

Er unterbrach sie. «Das sind keine Gründe, Virginia, das weißt du. Es sind bloß lauter faule Ausreden.»

«Faule Ausreden wofür?»

«Damit es keine Auseinandersetzung mit deiner Schwiegermutter oder der alten Nanny oder beiden gibt. Damit du keinen Aufstand machen und dich durchsetzen mußt, um deine eigenen Kinder so aufzuziehen, wie du es willst.»

Wut auf ihn sammelte sich in ihrer Kehle, ein Klumpen, der sie sprachlos machte. Sie fühlte das Blut in ihre Wangen schießen, sie fing an zu zittern, doch obwohl er dies alles gesehen haben mußte, fuhr er ruhig fort, all die schrecklichen Dinge auszusprechen, die eine Stimme in ihrem Hinterkopf ihr seit Jahren sagte; nur hatte sie nie die Courage besessen, auf sie zu achten.

«Ich glaube, du scherst dich nicht die Bohne um deine Kinder. Du willst dich nicht mit ihnen abgeben. Immer hat jemand anders die Wäsche gewaschen und gebügelt, und du willst jetzt nicht damit anfangen. Du bist viel zu träge, um mit ihnen Picknicks zu veranstalten und ihnen vorzulesen und sie ins Bett zu bringen. Es hat überhaupt nichts mit Bosithick zu tun. Egal, welches Haus du fändest, du würdest immer etwas auszusetzen haben. Jede Ausrede wäre dir recht, solange du dir nur nicht eingestehen mußt, daß es dir einfach zuviel Mühe macht, dich selbst um deine Kinder zu kümmern.»

Noch bevor er den Satz beendet hatte, war sie aufgesprungen und hatte ihm ihren Arm entrissen.

«Das ist nicht wahr! Nichts davon ist wahr! Ich will sie bei mir haben! Ich habe sie hierhaben wollen, seit ich hierhergekommen bin!»

«Dann hol sie her, du kleiner Dummkopf...» Er war ebenfalls aufgestanden, und sie schrien sich aus unmittelbarer Nähe an, als müßten sie eine ganze Wüste mit ihrer Stimme überwinden.

«Das tu ich ja: Genau das habe ich vor.»

«Das glaub ich erst, wenn's passiert ist.»

Sie machte kehrt und floh und war in ihrem Wagen, ehe ihr einfiel, daß ihre Handtasche noch auf dem Küchentisch lag. Tränenüberströmt rannte sie aus dem Auto und ins Haus, bevor Eustace sie einholte. Dann zurück zum Wagen, wütend gewendet, was in dem engen Hof gefährlich war, dann mit heulendem Motor den Feldweg entlang, so daß loser Kies von den Hinterrädern aufsprang.

«Virginia!»

Durch ihre Tränen sah sie ihn im Rückspiegel weit hinter ihr stehen. Sie drückte den Fuß aufs Gaspedal und bog in die Hauptstraße ein, ohne abzuwarten, ob etwas käme. Zum Glück kam nichts, und sie fuhr den ganzen Weg nach Porthkerris, in die Stadt hinein und auf der anderen Seite hinaus, ohne im Tempo nachzugeben, bis sie den Wagen vor der Anwaltskanzlei im Parkverbot stehenließ und hineinrannte.

Diesmal läutete sie nicht, sie wartete auch nicht auf Miss Leddra, sondern stürmte durch das Vorzimmer und riß die Tür zu Mr. Williams' Büro auf. Mr. Williams wurde im Gespräch mit einer autokratischen alten Dame aus Truro unterbrochen, die zum siebtenmal ihr Testament änderte.

Sowohl Mr. Williams als auch die alte Dame verstummten vor Erstaunen und starrten Virginia mit offenen Mündern an.

Mr. Williams, der sich als erster faßte, erhob sich mühsam. «Mrs. Keile!» Doch bevor er ein weiteres Wort sagen konnte, hatte Virginia die Schüssel von Bosithik auf seinen Schreibtisch geworfen und gesagt: «Ich nehme es. Ich nehme es auf der Stelle. Und sobald meine Kinder hier sind, ziehe ich ein!»

4

Entschuldige, Virginia», sagte
Alice, «aber ich glaube, du machst einen schrecklichen Fehler. Mehr noch, es ist der klassische Fehler vieler Menschen,
wenn sie plötzlich allein auf der Welt sind. Du handelst impulsiv, du hast dir das alles nicht richtig überlegt...»

«O doch, ich habe es mir ganz genau überlegt.»

«Aber die Kinder haben es gut bei Nanny und deiner
Schwiegermutter, das weißt du. Sie führen dort einfach ihr
Leben fort, wie sie es in Kirkton gewohnt waren, und das hilft
ihnen, sich geborgen zu fühlen. Ihr Vater ist tot, und nichts
wird für sie jemals wieder sein wie vorher. Aber wenn Verän-
derungen sein müssen, laß sie wenigstens langsam geschehen,
nach und nach, laß Cara und Nicholas Zeit, sich daran zu
gewöhnen.»

«Es sind meine Kinder.»

«Aber du hast dich nie um sie gekümmert. Du hast sie nie
für dich allein gehabt, außer die paar Male, als Nanny sich zu
einem Urlaub überreden ließ. Sie werden eine Strapaze für
dich sein, und ehrlich gesagt, Virginia, ich glaube nicht, daß
du dem im Augenblick körperlich gewachsen bist. Schließlich
bist du hierhergekommen, um dich von einer abscheulichen
Grippe zu erholen und ganz allgemein ein bißchen Ruhe und
Frieden zu haben, Zeit zu finden, über das Schreckliche hinwegzukommen. Das darfst du dir nicht zerstören. Du
brauchst alle deine Kräfte, wenn du demnächst nach Kirkton
zurückgehst und lernen mußt, ohne Anthony zu leben.»

«Ich geh nicht nach Kirkton. Ich geh nach Bosithick. Ich
habe schon die Miete für die erste Woche bezahlt.»

Alice verlor die Geduld, und ihr Gesichtsausdruck wurde zornig.

«Aber das ist lächerlich! Schau, wenn du deine Kinder unbedingt hierhaben willst, dann hol sie meinetwegen, sie können hier wohnen, aber laß Nanny um Himmels willen mitkommen.»

Gestern noch hätte diese Idee verlockend sein können. Doch heute zog Virginia sie nicht mal in Erwägung.

«Ich bin fest entschlossen.»

«Aber warum hast du mir nichts gesagt? Warum hast du es nicht mit mir besprochen?»

«Ich weiß nicht. Ich mußte es einfach allein entscheiden.»

«Und wo ist Bosithick?»

«An der Straße nach Lanyon... man kann es von der Straße aus nicht sehen, aber es hat einen Turm...»

«Das Haus, wo Aubrey Crane gewohnt hat? Aber Virginia, das ist schauderhaft. Nichts als Heide, Wind und Klippen. Da bist du vollkommen im Abseits!»

Virginia versuchte, einen Scherz daraus zu machen. «Du mußt mich besuchen kommen. Um dich zu überzeugen, daß die Kinder und ich uns nicht langsam gegenseitig zum Wahnsinn treiben.»

Doch Alice lachte nicht, und als Virginia ihre gerunzelte Stirn und den mißbilligenden Zug um ihren Mund sah, mußte sie zu ihrer Verwunderung plötzlich an ihre Mutter denken. Es war, als sei Alice nicht mehr Virginias ältere Freundin, sondern als sei sie eine Generation zurückgeschwenkt und sage der jungen Virginia aus dieser erhabenen Höhe, daß sie ein Dummkopf sei. Aber vielleicht war das gar nicht so erstaunlich. Alice hatte Rowena Parsons lange vor Virginias Geburt gekannt, und da sie selbst keine Kinder hatte, mit denen sie fertig werden mußte, hatten ihr Verhalten und ihre Ansichten sich nicht verändert.

Schließlich sagte sie: «Ich will mich ja nicht einmischen, aber ich kenne dich seit deiner Geburt und kann nicht untätig zusehen, wie du so etwas Verrücktes tust.»

«Was ist daran verrückt, daß man im Urlaub seine Kinder bei sich haben will?»

«Du weißt, daß es nicht nur das ist, Virginia. Wenn du sie Lady Keile und Nanny ohne ihr Einverständnis wegnimmst, und ich bezweifle sehr, daß du es bekommen wirst, dann gibt es einen Mordskrach.»

Beim Gedanken daran wurde Virginia übel. «Ja, ich weiß.»

«Nanny wird es vermutlich sehr übelnehmen und kündigen.»

«Ich weiß.»

«Deine Schwiegermutter wird alles tun, um dich zu bremsen.»

«Das weiß ich auch.»

Alice starrte sie an, als habe sie eine Fremde vor sich. Dann zuckte sie unvermittelt die Achseln und lachte resigniert. «Ich verstehe dich nicht. Was hat dich zu diesem plötzlichen Entschluß bewogen?»

Virginia hatte ihre Begegnung mit Eustace Philips nicht erwähnt und gedachte auch nicht, es zu tun.

«Nichts. Nichts Besonderes.»

«Das muß die Seeluft sein», meinte Alice. «Seltsam, wie sie sich auf die Menschen auswirkt.» Sie hob eine Zeitung auf, die auf den Boden gefallen war, und legte sie sehr sorgfältig zusammen. «Wann fährst du nach London?»

«Morgen.»

«Und Lady Keile?»

«Ich rufe sie heute abend an. Und Alice, entschuldige. Und danke, daß du so lieb warst.»

«Ich war nicht lieb, ich war kritisch und ablehnend. Aber

irgendwie denke ich immer, du bist jung und hilflos. Ich fühle mich für dich verantwortlich.»

«Ich bin siebenundzwanzig. Und ich bin nicht hilflos. Und ich bin für mich selbst verantwortlich.»

Nanny ging ans Telefon. «Ja?»

«Nanny?»

«Ja.»

«Ich bin's. Mrs. Keile.»

«Oh, hallo! Möchten Sie Lady Keile sprechen?»

«Ist sie da?»

«Moment, ich hole sie.»

«Nanny?»

«Ja?»

«Wie geht's den Kindern?»

«Oh, sehr gut, wunderbar. Hab sie gerade ins Bett gebracht.» (Das wurde rasch eingeworfen für den Fall, daß Virginia sie sprechen wollte.)

«Ist es heiß?»

«O ja. Herrlich. Prächtiges Wetter. Warten Sie, ich sage Lady Keile, daß Sie dran sind.»

Sie hörte Nanny den Hörer hinlegen, ihre Schritte die Diele durchqueren, ihre ferne Stimme: «Lady Keile!»

Virginia wartete. *Wäre ich eine Frau, die gerne trinkt, hätte ich jetzt ein Glas in der Hand. Ein hohes Glas mit goldbraunem Whisky.* Aber sie hatte keines, und das drohende Verhängnis lag ihr schwer im Magen.

Wieder Schritte, exakt bemessen, unverkennbar. Der Hörer wurde wieder aufgenommen.

«Virginia?»

«Ja, ich bin's.»

Die Situation wurde gräßlich kompliziert, weil Virginia nie wußte, wie sie ihre Schwiegermutter anreden sollte. «Sag

Mutter zu mir», hatte sie liebevoll gemeint, sobald Virginia und Anthony verheiratet waren, aber irgendwie war das unmöglich. Und «Lady Keile» war noch schlimmer. Virginia hatte sich aus der Affäre gezogen, indem sie Lady Keile nie Briefe schrieb, sondern nur Postkarten oder Telegramme schickte und sie immer nur mit «du» anredete.

«Wie schön, dich zu hören, Liebes. Wie fühlst du dich?»

«Es geht mir sehr gut...»

«Und das Wetter? Ich glaube, ihr habt eine Hitzewelle.»

«Ja, es ist unglaublich. Hör mal...»

«Wie geht es Alice?»

«Auch sehr gut...»

«Und die Kinderchen waren schwimmen... die Turners haben einen herrlichen Pool im Garten. Sie hatten Cara und Nicholas heute nachmittag eingeladen. Wie schade, daß sie schon im Bett sind, warum hast du nicht früher angerufen?»

Virginia sagte: «Ich habe dir etwas zu sagen.»

«Ja?»

Virginia schloß die Hand um den Hörer, bis ihre Knöchel schmerzten. «Ich habe ein kleines Cottage gefunden, ganz hier in der Nähe. Es liegt am Meer, und ich dachte, es wäre schön für die Kinder, wenn sie herkommen und wir den Rest der Ferien zusammen verbringen könnten.»

Sie hielt inne, wartete auf eine Bemerkung, aber es blieb still.

«Weißt du, das Wetter ist so schön, und ich habe so ein schlechtes Gewissen, weil ich es ganz allein genieße... und ein bißchen Seeluft würde ihnen guttun, bevor wir zurück nach Schottland und sie wieder zur Schule müssen.»

Lady Keile sagte: «Ein Cottage? Aber ich denke, du wohnst bei Alice Lingard?»

«Ja, bis jetzt. Ich rufe von Haus Wheal an. Aber ich habe das Cottage gemietet.»

«Das verstehe ich nicht.»

«Ich möchte, daß die Kinder herkommen und den Rest der Ferien mit mir verbringen. Ich komme morgen mit dem Zug, um sie abzuholen.»

«Aber was ist das für ein Cottage?»

«Ein Cottage eben. Ein Ferienhaus...»

«Schön, wenn du es so willst...» Virginia setzte zu einem Seufzer der Erleichterung an. «...Aber wie schade für Nanny. Sie hat nicht oft Gelegenheit, nach London zu kommen und ihre Freundinnen zu sehen.» Die Erleichterung erstarb jäh. Virginia ging wieder zum Angriff über.

«Nanny braucht nicht mitzukommen.»

Lady Keile war perplex. «Entschuldige, die Verbindung ist so schlecht, ich dachte, du hast gesagt, Nanny braucht nicht mitzukommen.»

«Richtig. Ich kann mich selbst um die Kinder kümmern. Für Nanny ist sowieso kein Platz. Ich meine, es ist kein Zimmer für sie da, auch kein Spielzimmer... und es ist schrecklich einsam, sie würde sich da nicht wohl fühlen.»

«Du meinst, du willst Nanny die Kinder wegnehmen?»

«Ja.»

«Aber das wird ihr großen Kummer machen.»

«Ja, leider, aber...»

«Virginia...» Lady Keiles Stimme war aufgebracht, betrübt, «Virginia, das können wir nicht am Telefon besprechen.»

Virginia stellte sich Nanny vor, wie sie auf dem Treppenabsatz dem Telefongespräch lauschte.

«Müssen wir ja nicht. Ich komme morgen nach London. Ich bin gegen fünf bei euch. Dann können wir es besprechen.»

«Ich denke», sagte Lady Keile, «das wäre das Beste.»

Und sie hängte ein.

Am nächsten Morgen fuhr Virginia nach Penzance, ließ ihren Wagen auf dem Bahnhofsparkplatz stehen und stieg in den Zug nach London. Es war wieder ein heißer, wolkenloser Morgen; sie hatte keine Zeit gehabt, einen Platz zu reservieren, und obwohl sie einen Gepäckträger erwischte und ihm ein großzügiges Trinkgeld gab, konnte er ihr nur eine freie Ecke in einem Abteil besorgen, das schon unerträglich voll war. Ihre Mitreisenden hatten ihren Jahresurlaub hinter sich und fuhren nach Hause, mißmutig und untröstlich bei dem Gedanken, an die Arbeit zurückzukehren, und unwillig, Meer und Strände an einem so herrlichen Tag zu verlassen.

Eine Familie war darunter, Vater, Mutter und zwei Kinder. Das Baby schlief friedlich in den Armen der Mutter, aber als die Sonne am windstillen Himmel höher stieg und der Zug durch die flirrende Hitze nordwärts ratterte, wurde das andere Kind, ein Junge, immer mürrischer; er wimmerte und quengelte, gab keine Ruhe und trat Virginia mit seinen schmutzigen Sandalen jedesmal auf die Füße, wenn er aus dem Fenster sehen wollte. Um das Kind zu beruhigen, kaufte der Vater ihm schließlich eine Orangeade, doch kaum war die Flasche geöffnet, machte der Zug einen Ruck, und der ganze Inhalt ergoß sich auf Virginias Kleid.

Das Kind wurde prompt von seiner verzweifelten Mutter geohrfeigt und fing an zu brüllen. Das Baby wachte auf und stimmte heulend in das Gebrüll seines Bruders ein. Der Vater sagte: «Schau, was du getan hast», und schüttelte das Kind gehörig, und Virginia, die versuchte, sich mit Papiertüchern zu säubern, beschwichtigte, es sei nicht schlimm, es sei nicht zu ändern, es sei überhaupt nicht schlimm.

Das Geschrei des Kindes ging nach und nach in Schluckauf und Schluchzen über. Eine Flasche wurde hervorgekramt und dem Baby in den Mund gestopft. Es saugte ein bißchen, hielt inne, rappelte sich zum Sitzen hoch und übergab sich.

Virginia zündete sich eine Zigarette an, sah starr aus dem

Fenster und betete: «Mach, daß Cara und Nicholas nie so sind. Mach, daß sie nie auf einer Eisenbahnfahrt so sind, sonst drehe ich total durch.»

In London war es schwül und stickig, der höhlenartige Paddington-Bahnhof war erfüllt von gräßlichem Lärm und ziellos hastenden Menschenmassen. Als Virginia aus dem Zug gestiegen war, ging sie, ihren Koffer in der Hand, in ihrem zerknitterten, fleckigen, klebrigen Kleid den Bahnsteig entlang zum Fahrkartenschalter, und wie ein Geheimagent, der sich seinen Fluchtweg sichert, kaufte sie Fahrkarten und reservierte für den nächsten Morgen drei Plätze im «Riviera». Erst dann ging sie zum Taxistand, wartete in der langen Schlange und ergatterte schließlich ein Taxi.

«Melton Gardens zweiunddreißig, bitte. Kensington.»

«In Ordnung. Steigen Sie ein.»

Sie fuhren in Sussex Gardens durch den Park. Auf dem braunen Rasen tummelten sich picknickende Familien, spärlich bekleidete Kinder, unterm Schatten der Bäume verschlungene Pärchen. In der Brompton Road blühte es bunt in den Blumenkästen an den Fenstern, die Schaufenster waren voll mit Kleidung «für die Reise», der erste Schwung Berufstätige wurde in die U-Bahn-Station Knightsbridge gesogen, ein steter Menschenstrom.

Das Taxi bog in das Geflecht aus stillen Plätzen hinter der Kensington High Street, schob sich durch enge, mit geparkten Autos gesäumte Straßen und bog schließlich um die Ecke nach Melton Gardens.

«Es ist das Haus bei dem Briefkasten.»

Das Taxi hielt. Virginia stieg aus, stellte ihren Koffer auf den Bürgersteig, nahm das Fahrgeld aus ihrer Handtasche. Der Fahrer sagte: «Vielen Dank» und schaltete sein Schild auf «Frei». Virginia nahm ihren Koffer, und just als sie sich dem Haus zuwandte, ging die schwarzgestrichene Tür auf, und ihre Schwiegermutter stand bereit, um sie hereinzulassen.

Lady Keile war eine große, schlanke, ungemein gut aussehende Dame. Sogar an diesem stickigen Tag wirkte sie kühl und makellos, ihr Leinenkleid war vollkommen unzerknittert, kein einziges Haar war verrutscht.

Virginia ging die Stufen zu ihr hinauf.

«Wie geschickt du meine Ankunft abgepaßt hast.»

«Ich stand am Wohnzimmerfenster und habe das Taxi gesehen.»

Ihre Miene war freundlich, lächelnd, aber unerbittlich; sie sah aus wie die Vorsteherin einer Irrenanstalt, die eine neue Patientin aufnimmt. Sie begrüßten sich, indem sie die Wangen aneinanderlegten.

«Hattest du eine schlimme Reise?» Sie schloß die Haustür. In der kühlen, in blassen Farben gehaltenen Diele roch es nach Bienenwachs und Rosen. Am hinteren Ende führten Stufen zu einer Glastür, und dahinter war der Garten zu sehen, die Kastanie, die Kinderschaukel.

«Ja, schauderhaft. Ich fühle mich so schmutzig; ein ungezogenes Kind hat mich von oben bis unten mit Orangensaft begossen.» Es war still im Haus. «Wo sind die Kinder?»

Lady Keile ging voran die Treppe hinauf ins Wohnzimmer. «Sie sind mit Nanny draußen. Ich dachte, es ist vielleicht besser so. Sie bleiben nicht lange, höchstens eine halbe Stunde. Das läßt uns Zeit, alles durchzusprechen.»

Virginia stapfte hinter ihr drein und sagte nichts. Oben angekommen, überquerte Lady Keile den schmalen Flur und trat ins Wohnzimmer. Virginia folgte ihr, und trotz ihrer inneren Unruhe war sie wie immer überwältigt von der zeitlosen Schönheit des Raumes, den herrlichen Proportionen der hohen Fenster, die zur Straße hinausgingen; sie waren heute offen, die zarten Gardinen bewegten sich leicht. Hohe Spiegel reflektierten das Licht und auf Hochglanz polierte antike Möbel, große Vitrinen mit blau-weißen Meißener Tellern und die Blumen, mit denen Lady Keile sich stets umgab.

Sie sahen sich über den hellen Teppichboden hinweg an. Lady Keile sagte: «Machen wir es uns doch gemütlich», und ließ sich, gerade wie ein Ladestock, auf einem ausladenden französischen Sessel nieder.

Virginia setzte sich ganz vorne auf die Sofakante und bemühte sich, sich nicht wie eine Hausangestellte bei einem Einstellungsgespräch vorzukommen. Sie sagte: «Es gibt eigentlich nichts zu besprechen.»

«Ich dachte, ich müßte dich gestern abend am Telefon mißverstanden haben.»

«Nein, du hast mich nicht mißverstanden. Ich habe vor zwei Tagen beschlossen, die Kinder zu mir zu holen. Ich fand es lächerlich, daß ich in Cornwall bin, und sie sind in London, zumal in den Sommerferien. Darauf bin ich zu einem Anwalt gegangen und habe das Häuschen gefunden. Ich habe die Miete bezahlt, und ich habe die Schlüssel. Ich kann sofort einziehen.»

«Weiß Alice Lingard davon?»

»Natürlich. Sie hat angeboten, die Kinder in Haus Wheal aufzunehmen, aber da hatte ich den Vertrag schon abgeschlossen und konnte nicht mehr zurück.»

«Aber Virginia, es kann doch nicht wirklich dein Ernst sein, daß du sie ohne Nanny mitnehmen willst?»

«Doch.»

«Aber das schaffst du nie.»

«Ich muß es versuchen.»

«Das heißt, du willst die Kinder für dich allein.»

«Ja.»

«Findest du nicht, daß das ein bißchen... egoistisch von dir ist?»

«Egoistisch?»

«Ja, egoistisch. Du denkst gar nicht an die Kinder, nicht wahr? Nur an dich.»

«Vielleicht denke ich an mich, aber an die Kinder denke ich auch.»

«Das kann nicht sein, wenn du beabsichtigst, sie von Nanny zu trennen.»

«Hast du mit ihr gesprochen?»

«Das mußte ich natürlich. Sie mußte schließlich erfahren, was du vorhast, sofern ich dich richtig verstanden habe. Aber ich hatte gehofft, dich umstimmen zu können.»

«Was hat sie gesagt?»

«Nicht viel. Aber ich habe ihr angemerkt, daß sie erschüttert war.»

«Ja, das glaube ich gern.»

«Du mußt an Nanny denken, Virginia. Die Kinder sind ihr Leben. Du mußt Rücksicht auf sie nehmen.»

«Ich sehe beim besten Willen nicht, was sie damit zu tun hat.»

«Natürlich hat sie etwas damit zu tun. Sie hat mit allem zu tun, was uns angeht. Sie gehört seit Jahren zur Familie, seit Anthony ein Baby war. Sie hat sich für deine Kinder aufgeopfert. Und du sagst, sie hat nichts damit zu tun.»

«Sie war nicht mein Kindermädchen», sagte Virginia. «Sie hat sich nicht um mich gekümmert, als ich klein war. Du kannst nicht von mir erwarten, daß ich dasselbe für sie empfinde wie du.»

«Willst du wirklich behaupten, du fühlst keinerlei Bindung an sie? Nachdem du deine Kinder von ihr hast aufziehen lassen? Nachdem du acht Jahre in Kirkton mit ihr unter einem Dach gelebt hast? Ich muß sagen, du hast mich getäuscht. Ich dachte immer, ihr hättet euch gut verstanden.»

«Wenn wir uns gut verstanden haben, dann lag es an mir.

Weil ich Nanny bei jeder Kleinigkeit nachgegeben habe, nur um des lieben Friedens willen. Denn wenn etwas nicht nach ihrem Willen ging, war sie tagelang beleidigt, und das konnte ich einfach nicht ertragen.»

«Ich dachte immer, du wärst die Herrin in deinem eigenen Haus.»

«Dann hast du dich geirrt. Und selbst wenn ich den Mut zu einem Krach mit Nanny aufgebracht und sie gebeten hätte zu gehen, hätte Anthony es nicht zugelassen. Er hielt große Stücke auf sie.»

Bei der Erwähnung ihres Sohnes war Lady Keile etwas blaß geworden. Sie hielt die Schultern bewußt gerade, die Hände fest im Schoß verschränkt. Sie sagte eisig: «Und ich nehme an, darauf muß nun keine Rücksicht mehr genommen werden.»

Virginia bereute es augenblicklich. «Du weißt, daß ich das nicht gemeint habe. Aber ich bin jetzt allein. Die Kinder sind alles, was ich habe. Vielleicht bin ich egoistisch, aber ich brauche sie. Ich muß sie um mich haben, unbedingt. Sie haben mir so gefehlt.»

Auf der anderen Straßenseite hielt ein Auto, ein Mann schimpfte, eine Frau antwortete ihm mit schriller, wütender Stimme. Als sei der Lärm mehr, als sie ertragen könne, stand Lady Keile auf und schloß das Fenster.

Sie sagte: «Mir werden sie auch fehlen.»

Hätten wir uns jemals nahegestanden, dachte Virginia, dann würde ich sie jetzt in die Arme nehmen und ihr den Trost schenken, nach dem sie sich sehnt. Aber das war nicht möglich. Sie hatten Zuneigung und Respekt füreinander empfunden. Aber keine Liebe, keine Vertrautheit.

«Ja, das kann ich mir denken. Du warst so gut zu ihnen und zu mir. Und es tut mir leid.»

Ihre Schwiegermutter wandte sich vom Fenster ab. Sie hatte sich und ihre Gefühle wieder in der Hand. «Ich denke», sagte sie, «es wäre eine gute Idee, eine Tasse Tee zu trinken.» Und damit steuerte sie auf die Klingelschnur neben dem Kamin zu.

Die Kinder kamen um halb sechs zurück. Die Haustür ging auf und zu, und ihre Stimmen erklangen aus der Diele. Virginia setzte ihre Teetasse ab und saß ganz still. Lady Keile wartete, bis die Schritte am Treppenabsatz vor der Wohnzimmertür vorüber und auf dem Weg nach oben ins Kinderzimmer waren. Dann ging sie die Tür öffnen.

«Cara, Nicholas.»

«Hallo, Großmama.»

«Hier ist Besuch für euch.»

«Wer?»

«Eine Überraschung. Kommt, seht selbst.»

Viel später, als die Kinder hinaufgegangen waren, um zu baden und zu essen, nachdem Virginia selbst gebadet und ein sauberes, kühles Seidenkleid angezogen hatte, und bevor der Gong zum Abendessen ertönte, ging sie ins Kinderzimmer hinauf, um mit Nanny zu reden.

Virginia traf sie allein an, damit beschäftigt, das Abendbrotgeschirr der Kinder ab- und das Zimmer aufzuräumen, bevor sie sich wie allabendlich vor den Fernseher setzte.

Nicht daß es nötig gewesen wäre, das Zimmer aufzuräumen. Aber Nanny konnte nicht abschalten, bevor nicht jedes Kissen auf dem Sofa ausgerichtet, alles Spielzeug weggeräumt, die schmutzigen Kleider der Kinder in der Wäsche und die frischen für den nächsten Morgen zurechtgelegt waren. So war sie immer gewesen, schwelgend in der mustergültigen, nach ihren eigenen strengen Maßstäben geschaffenen Ordnung. Und sie hatte immer gleich ausgesehen, eine adrette, magere Frau, inzwischen über sechzig, aber kaum eine Spur Grau in den dunklen Haaren, die sie zu einem Knoten geschlungen trug. Sie schien alterslos, der Typ, der unverändert blieb, bis sie als alte Frau plötzlich senil werden und sterben würde.

Sie blickte auf, als Virginia ins Zimmer trat, und sah dann hastig wieder weg.

«Hallo, Nanny.»

«Guten Abend.»

Sie verhielt sich ausgesprochen eisig. Virginia schloß die Tür und setzte sich auf die Armlehne des Sofas. Es gab nur eine Möglichkeit, mit Nanny fertig zu werden, wenn sie schlecht gelaunt war, nämlich gleich mit der Tür ins Haus zu fallen. «Es tut mir leid, Nanny.»

«Ich weiß nicht, was Sie meinen, das ist mal sicher.»

«Ich meine, daß ich die Kinder abhole. Wir fahren morgen früh nach Cornwall. Ich habe Plätze im Zug reserviert.» Nanny legte die karierte Tischdecke zusammen, Ecke auf Ecke zu einem akkuraten Quadrat. «Lady Keile sagt, sie hat mit Ihnen gesprochen.»

«Sie hat was von einem idiotischen Plan erwähnt... aber ich konnte kaum glauben, daß mein Gehör mir keinen Streich gespielt hat.»

«Sind Sie beleidigt, weil ich die Kinder mitnehme, oder weil Sie nicht auch mitkommen?»

«Wer ist beleidigt? Niemand ist beleidigt, das ist mal sicher...»

«Dann finden Sie es eine gute Idee?»

«Nein, finde ich nicht. Aber auf meine Meinung scheint man ja keinen Wert mehr zu legen.»

Sie legte die Decke in die Tischschublade und schob die Schublade mit einem kleinen Knall zu, der ihren kaum verhaltenen Zorn verriet. Doch ihre Miene blieb kühl, ihr Mund gestrafft.

«Sie wissen sehr wohl, daß wir Wert auf Ihre Meinung legen. Sie haben so viel für die Kinder getan. Sie dürfen nicht denken, daß ich undankbar bin. Aber sie sind keine Babies mehr.»

«Und was soll das heißen, wenn ich fragen darf?»

«Bloß, daß ich mich jetzt um sie kümmern kann.»

Nanny wandte sich vom Tisch ab. Zum erstenmal trafen sich ihre Blicke, und als sie sich gegenseitig musterten, sah Virginia, wie die Zornesröte sich langsam auf Nannys Hals, über ihr Gesicht bis hinauf zum Haaransatz ausbreitete.

Sie sagte: «Wollen Sie mir kündigen?»

«Nein, das hatte ich eigentlich nicht vor. Aber da wir schon darüber reden, wäre es vielleicht das beste. Für Sie selbst und für alle anderen. Ja, vielleicht wäre es besser für Sie.»

«Und wieso wäre es besser für mich? Mein ganzes Leben habe ich dieser Familie gewidmet, ich habe mich von Anfang an um Anthony gekümmert, und es gab keinen Grund, weshalb ich nach Schottland kommen und für Ihre Babies sorgen sollte, ich wollte da nie hin, ich wollte nicht weg aus London, aber Lady Keile hat mich gebeten, und weil es ihre Familie war, bin ich gegangen, es war ein wirkliches Opfer für mich, und dies ist nun der Dank dafür…»

«Nanny…» Virginia unterbrach sie sachte, als Nanny innehielt, um Atem zu schöpfen, «…eben deswegen wäre es besser für Sie. Aus genau diesem Grund. Wäre es nicht besser, einen klaren Strich zu ziehen und sich vielleicht eines neuen Babys anzunehmen, einer neuen kleinen Familie? Sie haben selbst immer gesagt, ein Kinderzimmer ohne kleines Baby ist kein richtiges Kinderzimmer, und Nicholas ist jetzt sechs.»

«Ich hätte nie gedacht, daß ich diesen Tag erleben müßte.»

«Und wenn Sie das nicht wollen, warum sprechen Sie dann nicht mit Lady Keile? Sie könnten eine Vereinbarung mit ihr treffen. Sie verstehen sich so gut, und Sie sind gerne in London bei Ihren vielen Freundinnen…»

«Ich brauche Ihre Vorschläge nicht, vielen Dank. Die

besten Jahre meines Lebens habe ich geopfert, um Ihre Kinder großzuziehen, ich habe keinen Dank erwartet... es wäre nie soweit gekommen, wenn der arme Anthony... wenn Anthony noch lebte...»

So ging es ewig weiter, und Virginia hörte zu, ließ die Schmähungen über sich ergehen. Sie sagte sich, dies sei das mindeste, was sie tun könne. Es war vorbei, es war geschafft, sie war frei. Nur darauf kam es an. Höflich zu warten, bis Nanny fertig war, war nichts weiter als eine Respektsbezeugung, ein Tribut des Siegers an den Besiegten nach einer blutrünstigen, jedoch ehrenhaften Schlacht.

Danach ging sie den Kindern gute Nacht sagen. Nicholas schlief schon, aber Cara war noch in ihr Buch vertieft. Als ihre Mutter ins Zimmer kam, lösten ihre Augen sich langsam von der Buchseite, und sie sah auf. Virginia setzte sich auf die Bettkante.

«Was liest du da?»

Cara zeigte es ihr. *«Die Schatzsucher.»*

«Oh, das kenne ich. Wo hast du es gefunden?»

«Im Bücherregal im Kinderzimmer.»

Sie markierte die Seite in ihrem Buch sorgsam mit einem Lesezeichen, das sie selbst in Kreuzstich gestickt hatte, klappte das Buch zu und legte es auf ihr Nachtkästchen. «Hast du eben mit Nanny gesprochen?»

«Ja.»

«Sie war den ganzen Tag so komisch.»

«So?»

«Weißt du, was sie hat? Ist es was Schlimmes?»

Eine Achtjährige hatte es schwer, wenn sie so aufmerksam war, so empfänglich für Stimmungen. Zumal wenn sie schüchtern und nicht besonders hübsch war und eine runde Nickelbrille tragen mußte, die sie wie eine Eule aussehen ließ.

«Nein, nicht richtig schlimm. Es wird sich nur etwas ändern.»

«Und was?»

«Ich fahre morgen mit dem Zug zurück nach Cornwall und nehme dich und Nicholas mit. Magst du?»

«Du meinst…» Caras Gesicht leuchtete auf. «Wohnen wir bei Tante Alice?»

«Nein, wir haben ein Haus für uns allein, ein lustiges kleines Häuschen namens Bosithick. Und wir müssen die ganze Hausarbeit allein machen und selber kochen…»

«Kommt Nanny nicht mit?»

«Nein. Nanny bleibt hier.»

Langes Schweigen. Virginia fragte: «Macht es dir etwas aus?»

«Nein, gar nicht. Aber ihr bestimmt. Deswegen war sie so komisch.»

«Es ist nicht leicht für Nanny. Ihr seid von Geburt an ihre Babies gewesen. Aber ich finde, ihr seid Nanny allmählich entwachsen, genau wie ihr aus den Kleidern herauswachst… ihr seid beide groß genug, um selbständig zu werden.»

«Wohnt Nanny dann nicht mehr bei uns?»

«Nein.»

«Wo denn?»

«Vielleicht findet sie wieder ein kleines Baby, für das sie sorgen kann. Oder sie bleibt hier bei Großmama.»

«Sie ist gerne in London», sagte Cara. «Das hat sie mir gesagt. Viel lieber als in Schottland.»

«Na siehst du!»

Cara dachte einen Augenblick darüber nach, dann sagte sie: «Wann fahren wir nach Cornwall?»

«Hab ich dir doch schon gesagt. Morgen, mit dem Zug.»

«Um wieviel Uhr?» Sie wollte immer alles ganz genau wissen.

«Um halb zehn. Wir fahren mit dem Taxi zum Bahnhof.»

«Und wann fahren wir wieder nach Kirkton?»

«Wenn die Ferien um sind, nehme ich an. Wenn ihr wieder zur Schule müßt.» Cara schwieg. Es war unmöglich zu sagen, was sie dachte. Virginia sagte: «Jetzt mußt du aber schlafen, es wird Zeit... wir haben morgen einen langen Tag vor uns», und sie nahm Cara sachte die Brille ab und gab ihr einen Gutenachtkuß.

Doch als sie zur Tür ging, sagte Cara: «Mami?»

Virginia drehte sich um. «Ja?»

«Du bist gekommen.»

Virginia runzelte verständnislos die Stirn.

«Du bist gekommen», sagte Cara wieder. «Ich wollte, daß du mir schreibst, aber du bist lieber hergekommen.»

Virginia dachte an Caras Brief, der alles ins Rollen gebracht hatte. Sie lächelte. «Ja», sagte sie, «ich bin gekommen. Ich fand es besser so.» Und sie ging aus dem Zimmer und nach unten, um die Qual eines schweigsamen Abendessens in Lady Keiles Gesellschaft über sich ergehen zu lassen.

5

Virginia erwachte mit dem un-
gewohnten Gefühl, etwas vollbracht zu haben. Sie fühlte sich
entschlossen und stark, was so neu für sie war, daß es sich
lohnte, noch ein Weilchen still liegen zu bleiben, um dieses
Gefühl auszukosten. In Lady Keiles superbequemem Gäste-
bett, in hohlsaumbesticktes Leinen und federleichte Decken
gehüllt, sah sie den Sonnenschein an diesem neuen herrlichen
Sommermorgen in langen goldenen Strahlen durch die Blätter
der Kastanie dringen. Das Schlimmste war vorüber, die ge-
fürchteten Hürden waren genommen, und in ein paar
Stunden würde sie mit den Kindern im Zug sein. Sie sagte
sich, daß sie sich seit dem gestrigen Abend nie wieder scheuen
würde, etwas anzupacken; keine Schwierigkeit sei unüber-
windlich, kein Problem zu verzwickt. Sie ließ ihre Phantasie
vorsichtig zu den bevorstehenden Wochen schweifen, zu den
Widrigkeiten, wenn sie allein mit Cara und Nicholas fertig
werden mußte, zu den Unannehmlichkeiten und Unzuläng-
lichkeiten des kleinen Hauses, das sie so kurzentschlossen gemietet hatte, und trotzdem blieb ihre gute Laune ungetrübt.
Sie hatte das Schlimmste hinter sich. Von nun an würde alles
anders.

Es war halb acht. Sie stand auf, freute sich über das schöne
Wetter, das Vogelgezwitscher, das angenehm ferne Summen
des Verkehrs. Sie wusch sich, zog sich an, packte ihre Sachen,
zog ihr Bett ab und ging nach unten.

Nanny und die Kinder frühstückten im Kinderzimmer,
und Lady Keile nahm ihr Frühstück in ihrem Schlafzimmer
ein. Aber da dies ein perfekt organisierter Haushalt war, stand

auf dem Rechaud im Eßzimmer Kaffee für Virginia bereit, und am Kopfende des polierten Tisches war ein einzelnes Gedeck aufgelegt.

Sie trank zwei Tassen glühendheißen Kaffee und aß Toast mit Orangenmarmelade. Dann nahm sie den Schlüssel vom Dielentisch, schloß die Haustür auf und ging durch die morgendlich stillen Straßen zu dem kleinen altmodischen Lebensmittelgeschäft, wo Lady Keile Stammkundin war. Sie kaufte genügend Vorräte, um für den Anfang versorgt zu sein, wenn sie in Bosithick ankamen. Brot und Butter, Speck und Eier, Kaffee und Kakao, weiße Bohnen in Tomatensoße (die Nicholas so liebte, ihm aber von Nanny vorenthalten wurden), Tomatensuppe und Schokoladenplätzchen. Milch und Gemüse würde sie dort erstehen müssen, Fleisch und Fisch hatten bis später Zeit. Sie bezahlte, der Kaufmann packte ihr alles in einen stabilen Pappkarton, und ihre schwere Last auf beiden Armen vor sich hertragend, ging sie nach Melton Gardens zurück.

Sie traf die Kinder und Lady Keile unten an. Von Nanny war nichts zu sehen, aber die kleinen Koffer, zweifellos akkurat gepackt, standen nebeneinander in der Diele. Virginia stellte den Lebensmittelkarton mit einem Plumps daneben ab.

«Hallo, Mami!»

«Hallo.» Sie gab beiden einen Kuß. Sie waren sauber und adrett, reisefertig, Cara in einem blauen Baumwollkleid, Nicholas in Shorts und einem gestreiften Hemd, die dunklen Haare glatt gebürstet. «Wo warst du?» wollte er wissen.

«Lebensmittel kaufen. Wir werden vermutlich keine Zeit zum Einkaufen haben, wenn wir in Penzance ankommen; es wäre schlimm, wenn wir nichts zu essen hätten.»

«Ich hab nichts gewußt, bis Cara es mir heute morgen gesagt hat. Wie ich aufgewacht bin, hab ich nicht gewußt, daß wir Eisenbahn fahren.»

«Entschuldige. Du hast gestern abend schon geschlafen, als ich kam, um es euch zu sagen, und ich wollte dich nicht wekken.»

«Ich wünschte, du hättest mich aufgeweckt. Ich hab nichts gewußt, bis zum Frühstück.» Er war sehr aufgebracht.

Virginia lächelte ihm zu, dann sah sie ihre Schwiegermutter an. Lady Keile war abgespannt und blaß. Ansonsten sah sie aus wie immer, perfekt gepflegt, vollkommen Herr der Situation. Virginia fragte sich, ob sie überhaupt geschlafen hatte.

«Du solltest nach einem Taxi telefonieren», sagte Lady Keile. «Sonst verpaßt ihr am Ende noch den Zug. Am besten erledigt man immer alles frühzeitig. Die Nummer ist neben dem Telefon.»

Virginia wünschte, das wäre ihr selber eingefallen, und tat wie geheißen. Die Uhr in der Diele schlug Viertel nach neun. Binnen zehn Minuten war das Taxi da, und sie waren zum Aufbruch bereit.

«Aber wir müssen Nanny auf Wiedersehen sagen», sagte Cara.

Virginia sagte: «Ja, natürlich. Wo ist Nanny?»

«Im Kinderzimmer.» Cara wollte zur Treppe, aber Virginia sagte: «Nein.»

Cara drehte sich um und machte große Augen vor Schreck über diesen ungewohnten Ton ihrer Mutter.

«Aber wir müssen ihr auf Wiedersehen sagen.»

«Natürlich. Nanny wird herunterkommen und sich von euch verabschieden. Ich gehe jetzt nach oben und sage ihr, daß wir gleich losfahren. Seht ihr zu, daß ihr alles beisammen habt.»

Sie fand Nanny emsig mit einer vollkommen überflüssigen Arbeit beschäftigt.

«Nanny, wir fahren jetzt.»

«Ach ja.»

«Die Kinder möchten Ihnen auf Wiedersehen sagen.»

Schweigen.

Gestern abend hatte Virginia Mitleid mit ihr gehabt und sie auf seltsame Weise respektiert. Doch jetzt hätte sie Nanny am liebsten an den Schultern gepackt und sie geschüttelt, bis ihr sturer Kopf herunterfiel. «Nanny, das ist doch lächerlich. So können Sie es nicht enden lassen. Kommen Sie herunter und sagen Sie ihnen auf Wiedersehen.»

Es war der erste direkte Befehl, den sie Nanny je erteilt hatte. Der erste, dachte sie, und der letzte. Wie Cara war auch Nanny sichtlich erschüttert. Sie zögerte einen Moment, ihr Mund bewegte sich, sie strengte sich offensichtlich an, sich eine Ausrede einfallen zu lassen. Virginia sah ihr fest in die Augen. Nanny versuchte, sie so lange anzustarren, bis sie wegsah, wurde aber besiegt, und sie wandte die Augen ab. Das war Virginias endgültiger Triumph.

«Sehr wohl, Madam», sagte Nanny und folgte Virginia hinunter in die Diele. Die Kinder liefen freudig zu ihr, umarmten und küßten sie, als sei sie der einzige Mensch auf der Welt, den sie liebten, und sobald diese Liebesbezeugung vollzogen war, liefen sie die Stufen hinunter zu dem wartenden Taxi.

«Auf Wiedersehen», sagte Virginia zu ihrer Schwiegermutter. Mehr gab es nicht zu sagen. Sie legten wieder die Wangen aneinander und küßten in die Luft. «Auf Wiedersehen, Nanny.» Doch Nanny war schon wieder auf dem Weg nach oben ins Kinderzimmer; sie angelte nach ihrem Taschentuch und putzte sich die Nase. Nur ihre aufwärts stampfenden Beine waren zu sehen, und im nächsten Augenblick erreichte sie den Treppenabsatz, bog um die Ecke und verschwand.

Virginia hätte sich wegen des Benehmens ihrer Kinder keine Sorgen zu machen brauchen. Das neue Abenteuer der Bahnfahrt machte sie nicht aufgeregt, sondern stumm. Sie hatten noch nicht viele Ferienreisen gemacht und waren noch nie an der See gewesen, und wenn sie zu ihrer Großmutter nach London fuhren, waren sie, schon im Schlafanzug, in den Nachtzug verfrachtet worden und hatten die ganze Reise durchgeschlafen.

Jetzt sahen sie aus dem Fenster auf die rasende Landschaft, als hätten sie noch nie Felder, Bauernhöfe, Kühe oder Städte gesehen. Als der Reiz des Neuen nach einer Weile abflaute, wickelte Nicholas das Geschenk aus, das Virginia ihm am Paddington-Bahnhof gekauft hatte, und lächelte zufrieden, als er den kleinen roten Traktor sah.

Er sagte: «Der sieht aus wie der von Kirkton. Mr. McGregor hatte genauso einen Messey Fergusson.» Er drehte die Räder, machte leise Traktorgeräusche und ließ das Spielzeug auf der Polsterung der Britischen Eisenbahnen hin und her rollen.

Aber Cara schlug ihr Comic-Heft nicht einmal auf. Es lag auf ihrem Schoß, und sie sah unverwandt aus dem Fenster, die gewölbte Stirn ans Glas gelehnt; die wachen Augen hinter ihrer Brille ließen sich nichts entgehen.

Um halb eins gingen sie Mittag essen. Das war wieder ein neues Abenteuer: den Gang entlang schlingern und geschwind durch die schaurigen Verbindungen zwischen den Waggons eilen. Der Speisewagen entzückte sie, die Tische und die kleinen Lämpchen, der geduldige Ober, der sie wie Erwachsene behandelte und ihnen eine Speisekarte reichte.

«Und was wünschen Madam?» fragte der Ober, und Cara lief rot an und kicherte verlegen, als sie merkte, daß sie gemeint war, und man mußte ihr helfen, Tomatensuppe und Bratfisch zu bestellen und das weltbewegende Problem zu lösen, ob sie zum Nachtisch weißes oder rosa Eis essen sollte.

Als Virginia ihre Gesichter betrachtete, dachte sie: Weil es für sie neu und aufregend ist, ist es auch für mich neu und aufregend. Einfache, normale Vorgänge werden etwas Besonderes, weil ich sie mit Caras Augen sehe. Und wenn Nicholas mir Fragen stellt, die ich nicht beantworten kann, werde ich nachschlagen, und so werde ich mich informieren und bilden und eine glänzende Gesprächspartnerin sein.

Das war eine lustige Vorstellung. Sie lachte plötzlich, und Cara sah sie an, und dann lachte sie auch, ohne zu wissen, was so spaßig war, aber voller Freude, es mit ihrer Mutter zu teilen.

«Wann bist du zum erstenmal mit dem Zug nach Cornwall gefahren?» fragte Cara.

«Als ich siebzehn war. Vor zehn Jahren.»

«Nicht als du ein kleines Mädchen warst wie ich?»

«Nein. Da bin ich immer zu einer Tante nach Sussex gefahren.»

Inzwischen war es Nachmittag, und sie hatten das Abteil für sich allein. Nicholas, für den der Gang ein regelrechtes Abenteuer war, hatte beschlossen, dort draußen zu bleiben, und sie konnte ihn sehen, wie er breitbeinig dastand und sich bemühte, sein Leichtgewicht mit dem Schlingern des Zuges in Einklang zu bringen.

«Erzähl.»

«Was? Von Sussex?»

«Nein. Wie du nach Cornwall gekommen bist.»

«Wir sind einfach hingefahren, meine Mutter und ich, und haben bei Alice und Tom Lingard gewohnt. Ich war gerade mit der Schule fertig, und Alice hatte uns geschrieben und uns eingeladen, und meine Mutter meinte, es wäre schön, Ferien zu machen.»

«War es in den Sommerferien?»

«Nein, es war Ostern. Im Frühling. Die Narzissen haben geblüht, und die Böschungen am Bahndamm waren voll mit Schlüsselblumen.»

«War es heiß?»

«Nicht richtig. Aber sonnig, und viel wärmer als in Schottland. In Schottland haben wir nie einen richtigen Frühling, nicht? An einem Tag ist noch Winter, und am nächsten Tag haben alle Bäume schon Blätter, und es ist Sommer. So ist es mir jedenfalls immer vorgekommen. In Cornwall dauert der Frühling lange... deswegen können dort die vielen herrlichen Blumen wachsen, die dann zum Verkaufen nach Covent Garden geschickt werden.»

«Warst du schwimmen?»

«Nein, das Meer war eiskalt.»

«Aber in Tante Alice' Schwimmbad?»

«Damals hatte sie noch kein Schwimmbad.»

«Dürfen wir in Tante Alice' Schwimmbad schwimmen?»

«Aber sicher.»

«Und im Meer?»

«Ja, wir suchen uns einen schönen Strand, und dort gehen wir schwimmen.»

«Ich... ich kann aber nicht gut schwimmen.»

«Im Meer geht es leichter als in normalem Wasser. Das Salz hilft dir, oben zu bleiben.»

«Spritzen einem die Wellen denn nicht ins Gesicht?»

«Ein bißchen. Aber das macht Spaß.»

Cara dachte darüber nach. Sie hatte es nicht gern, wenn ihr Gesicht naß wurde. Ohne ihre Brille war alles verschwommen, und mit der Brille konnte sie nicht schwimmen.

«Was hast du sonst noch gemacht?»

«Wir sind im Auto spazierengefahren und einkaufen gegangen. Wenn es warm war, saßen wir im Garten, und Alice hat Freundinnen zum Tee und Bekannte zum Abendessen eingeladen. Und ab und zu bin ich spazierengegangen. Man kann dort herrliche Spaziergänge machen. Hinter dem Haus einen Hügel hinauf, oder nach Porthkerris hinunter. Die Straßen sind steil und schmal, so schmal, daß ein Auto kaum durchkommt. Und es gab eine Menge streunende Katzen, und den Hafen mit Fischerbooten, und die alten Männer saßen dort und genossen den Sonnenschein. Bei Flut schaukelten die Boote im tiefen Wasser, und bei Ebbe war nur goldener Sand da, und die Boote lehnten alle schief nach einer Seite.»

«Sind sie nicht umgekippt?»

«Glaub ich nicht.»

«Warum nicht?»

«Keine Ahnung», sagte Virginia.

Es hatte einen besonderen Tag gegeben, einen Apriltag, windig und sonnig. Es war Flut, und Virginia erinnerte sich an den Salzgeruch, vermischt mit den typischen Hafengerüchen von Teer und frischer Farbe.

Im Schutz des Kais war das Wasser glatt und klar. Doch jenseits des Hafens war das Meer rauh und dunkel, überzogen mit weißen Schaumkronen, und am Ende der Bucht schlugen die hohen Wellen gegen die Felsen am Fuße des Leuchtturms, und weißer Gischt spritzte auf, fast so hoch wie der Leuchtturm selbst.

Es war eine Woche nach dem Grillabend in Lanyon, und Virginia war ausnahmsweise allein. Alice war nach Penzance zu einer Ausschußsitzung gefahren, Tom Lingard war in Plymouth, Mrs. Jilkes, die Köchin, hatte ihren freien Nachmittag und war mit einem gewaltigen Hut losgezogen, um die Frau ihres Cousins zu besuchen, und Mrs. Parsons machte ihren wöchentlichen Besuch beim Friseur.

«Du wirst dich allein amüsieren müssen», hatte sie beim Mittagessen zu Virginia gesagt.

«Ich hab nichts dagegen.»

«Was wirst du tun?»

«Ich weiß nicht. Irgendwas.»

In dem leeren Haus, den leeren Nachmittag vor sich wie ein Geschenk, hatte sie eine Reihe von Möglichkeiten erwogen. Aber der Tag war zu herrlich, um verschwendet zu werden. Sie war einfach losgegangen, und ihre Füße hatten sie zu dem schmalen Pfad getragen, der zu den Klippen führte, dann den Klippenweg entlang und hinunter zu dem weißen, sichelförmigen Strand. Im Sommer würde er mit bunten Zelten, Eisbuden und lärmenden Urlaubern mit Strandbällen und Sonnenschirmen bevölkert sein, doch im April waren noch keine Gäste da, und der Sand lag rein, von den Winterstürmen gewaschen, und Virginias Schritte hinterließen Abdrücke, sauber und präzise wie Stiche.

Am Ende des Strands führte ein Weg bergauf, und bald hatte sie sich in einem Gewirr schmaler Straßen verlaufen, die sich zwischen alten, sonnenverblichenen Häusern wanden. Sie stieß auf Steinstufen und unvermutete Gassen und folgte ihnen, bis sie plötzlich um eine Ecke bog und direkt am Hafen war. Im flirrenden Sonnenschein sah sie die buntgestrichenen Boote, das pfauengrüne Wasser. Möwen kreisten kreischend über ihr, ihre großen Schwingen hoben sich wie weiße Segel vor dem Blau ab, und überall regte sich Leben; ein regelrechter Frühjahrsputz war im Gange. Ladenfronten wurden weiß getüncht, Fenster geputzt, Taue aufgerollt, Decks geschrubbt, Netze geflickt.

Am Rand des Kais hatte ein Verkäufer hoffnungsvoll seinen strahlendweißen Eiskarren mit der verführerischen Aufschrift «Fred Hoskings, hausgemachtes Eis, das beste von Cornwall» aufgestellt, und Virginia bekam plötzlich Lust auf Eis und wünschte, sie hätte Geld mitgenommen. An einem solchen Tag in der Sonne zu sitzen und Eis zu schlecken schien ihr mit einemmal das höchste an Luxus. Je mehr sie daran dachte, desto begehrenswerter wurde es, und sie kramte in sämtlichen Taschen, in der Hoffnung, ein vergessenes Geldstück zu finden, aber da war nichts, nicht mal ein Halfpenny.

Sie setzte sich auf einen Poller und sah betrübt auf das Deck eines Fischerbootes, wo ein Junge in einem salzbefleckten Kittel auf einem Spirituskocher Tee aufbrühte. Sie versuchte, nicht an das Eis zu denken, als hinter ihr, wie die Erhörung eines Gebetes, eine Stimme erklang.

«Hallo.»

Virginia blickte über die Schulter, wischte sich die langen Haare aus dem Gesicht und sah ihn dastehen, gegen den Wind gestemmt, ein Päckchen unter dem Arm. Er trug einen blauen Rollkragenpullover, in dem er wie ein Seemann aussah.

Sie stand auf. «Hallo.»

«Ich dachte mir, daß du es bist», sagte Eustace Philips, «aber ich war mir nicht sicher. Was machst du hier?»

«Nichts. Ich bin bloß spazierengegangen und hab hier Pause gemacht, um mir die Boote anzusehen.»

«Ein herrlicher Tag heute.»

«Ja.»

Seine blauen Augen blitzten amüsiert. «Wo ist Alice Lingard?»

«In Penzance... auf einer Sitzung...»

«Dann bist du ganz allein?»

«Ja.» Sie hatte ausgelatschte blaue Turnschuhe an, Bluejeans und einen weißen Pullover mit Zopfmuster, und sie war zu ihrem Kummer überzeugt, daß ihre Naivität sich nicht nur aufs peinlichste in ihrer Kleidung zeigte, sondern auch in ihrer Unfähigkeit zu belangloser Konversation.

Sie sah auf sein Päckchen. «Und was machst du hier?»

«Ich hab eine neue Plane für den Heuschober besorgt. Der Wind hat die alte heute nacht in Fetzen gerissen.»

«Dann gehst du jetzt wohl zurück?»

«Nicht gleich. Und du?»

«Ich hab nichts vor. Seh mich bloß um.»

«Kennst du die Stadt noch nicht?»

«So weit wie heute bin ich noch nie gekommen.»

«Dann komm, ich zeig sie dir.»

Sie gingen den Kai entlang, gemächlich im Gleichschritt. Er sah den Eiskarren und blieb stehen. «Hallo, Fred.»

Der Eismann, in seiner blendendweißen Jacke wie ein Cricket-Schiedsrichter, drehte sich um, und als er Eustace erkannte, breitete sich ein Lächeln über seine Züge, die braun und schrumpelig waren wie eine Walnuß.

«Tag, Eustace. Wie geht's?»

«Gut, und dir?»

«Nicht schlecht. Seh dich nicht oft hier unten. Wie steht's in Lanyon?»

«Prima. Viel Arbeit.» Eustace nickte zu dem Karren. «Du bist früh draußen. Hier ist kein Mensch, um Eis zu kaufen.»

«Ach weißt du, wer zuerst kommt, mahlt zuerst, sag ich immer.»

Eustace sah Virginia an. «Möchtest du ein Eis?»

Sie konnte sich nicht erinnern, daß ihr je ein Mensch genau das angeboten. hatte, was sie sich am meisten wünschte. «Gerne, aber ich habe kein Geld bei mir.»

Eustace grinste. «Das größte, das du hast», sagte er zu Fred und griff in die Gesäßtasche seiner Hose.

Er führte Virginia den ganzen Kai entlang, durch kopfsteingepflasterte Straßen, von deren Existenz sie nichts geahnt hatte, über kleine, unerwartete Plätze, wo die Häuser gelbe Türen und Blumenkästen hatten, an Höfen mit Wäscheleinen und Steintreppen vorbei, wo Katzen in der Sonne lagen und sich putzten. Schließlich kamen sie an einen Nordstrand, der mit der Front zum Wind lag. Die langen Brecher rollten jadegrün heran, und die Sonne stand hinter ihnen, und die Luft war neblig von sprühendem Schaum.

«Als ich ein Junge war», sagte Eustace zu ihr, die Stimme gegen den Wind erhoben, «bin ich immer mit einem Surfbrett hierhergekommen. Es war ein kleines aus Holz, das mein Onkel mir gemacht hatte, mit einem aufgemalten Gesicht. Aber heute haben sie Surfbretter aus Glasfaser. Und sie surfen das ganze Jahr, Sommer wie Winter.»

«Ist es nicht kalt?»

«Sie haben Spezialanzüge an.»

Sie kamen an einen Deich, in dessen Biegung eine Holzbank stand, und Eustace, der offenbar fand, sie seien genug gelaufen, ließ sich nieder, mit dem Rücken zum Deich und dem Gesicht zur Sonne, und streckte die langen Beine von sich.

Virginia, die soeben den Rest von ihrem Rieseneis vertilgte, setzte sich neben ihn. Er beobachtete sie, und als sie den letzten Mundvoll verdrückt hatte und die Finger an den Knien ihrer Jeans abwischte, sagte er: «Hat's geschmeckt?»

Sein Gesicht war ernst, doch seine Augen lachten sie aus. Es machte ihr nichts. «Prima, sehr gut. Du hättest auch eines essen sollen.»

«Ich bin zu groß und zu alt, um eisschleckend durch die Straßen zu laufen.»

«Dafür werde ich nie zu groß oder zu alt sein.»

«Wie alt bist du?»

«Siebzehn, bald achtzehn.»

«Bist du mit der Schule fertig?»

«Ja, letzten Sommer.»

«Was machst du jetzt?»

«Nichts.»

«Gehst du auf die Uni?»

Sie war geschmeichelt, daß er sie für so intelligent hielt. «Meine Güte, nein.»

«Was hast du denn vor?»

Virginia wünschte, er hätte nicht gefragt.

«Hm, ich denke, nächsten Winter werde ich wohl kochen oder Steno und Schreibmaschine lernen oder was ähnlich Grauenhaftes. Aber meine Mutter hat diesen Tick, daß ich den Sommer über nach London und auf all die Parties gehen soll, damit ich die richtigen Leute kennenlerne und mich in den gesellschaftlichen Strudel stürze.»

«Ich glaube», sagte Eustace, «das nennt man ‹eine Saison erleben›.» Sein Tonfall ließ deutlich erkennen, daß er von dieser Idee so wenig hielt wie sie selbst.

«Bitte nicht. Mich packt das kalte Grausen.»

«Kaum zu glauben, daß es heutzutage noch Leute gibt, die Wert auf so was legen.»

«Ich weiß, es ist unvorstellbar. Aber es gibt sie noch. Und meine Mutter ist eine von ihnen. Sie hat sich schon mit einigen anderen Müttern zu schauerlichen Teegesellschaften zusammengetan. Sie hat sogar schon das Datum für einen Ball festgelegt, aber ich werde alles versuchen, um es ihr auszureden. Kannst du dir was Schlimmeres vorstellen als einen Debütantinnenball?»

«Nein, aber ich bin ja auch keine süßen Siebzehn.» Virginia schnitt ihm eine Grimasse. «Wenn du so dagegen bist, warum weigerst du dich nicht einfach und sagst deiner Mutter, du hättest lieber das Geld für ein Rückflugticket nach Australien oder so was?»

«Hab ich ja gemacht. Ich hab's zumindest versucht. Aber du kennst meine Mutter nicht. Sie hört nie auf das, was ich sage, sie sagt einfach, es ist so wichtig, die richtigen Leute kennenzulernen und auf die richtigen Parties eingeladen und an den richtigen Orten gesehen zu werden.»

«Kannst du nicht versuchen, deinen Vater auf deine Seite zu ziehen?»

«Ich hab keinen Vater. Zumindest sehe ich ihn nie, sie haben sich scheiden lassen, als ich ein Baby war.»

«Verstehe.» Er fügte ohne große Zuversicht hinzu: «Kopf hoch... wer weiß, vielleicht macht es dir ja Spaß.»

«Ich werde es von Anfang bis Ende hassen.»

«Woher weißt du das?»

«Weil ich nicht zu Parties tauge und vor Fremden keinen Ton herausbringe und mir nie einfällt, was ich mit jungen Männern reden könnte.»

«Bei mir fällt dir eine Menge ein.»

«Aber du bist anders.»

«Inwiefern?»

«Du bist älter. Ich meine, du bist nicht jung.» Eustace lachte, und Virginia wurde verlegen. «Ich meine, du bist nicht richtig jung, wie ein- oder zweiundzwanzig.» Er lachte immer noch. Sie legte die Stirn in Falten. «Wie alt bist du?»

«Achtundzwanzig. Ich werde bald neunundzwanzig.»

«Du hast es gut. Ich wünschte, ich wäre achtundzwanzig.»

«Dann», sagte Eustace, «wärst du wahrscheinlich jetzt nicht hier.»

Ganz plötzlich wurde es dunkel und kalt. Virginia schauderte. Sie blickte hoch und sah, daß die Sonne hinter einer großen grauen Wolke verschwunden war, die Vorhut einer Schlechtwetterfront, die von Westen heranfegte.

«Aus und vorbei», sagte Eustace. «Das Schönste vom Tag hätten wir hinter uns. Bis heute abend wird es regnen.» Er sah auf seine Uhr. «Es ist fast vier, Zeit, daß ich nach Hause komme. Wie kommst du zurück?»

«Zu Fuß, denke ich.»

«Soll ich dich fahren?»

«Hast du ein Auto?»

«Ich hab einen Landrover, er steht an der Kirche.»

«Ist es ein Umweg für dich?»

«Nein. Ich kann über die Heide nach Lanyon zurückfahren.»

«Schön, wenn du meinst...»

Auf der Fahrt nach Haus Wheal versank Virginia in Schweigen. Aber es war ein natürliches, kameradschaftliches Schweigen, ganz behaglich, und es hatte nichts damit zu tun, daß sie schüchtern war oder ihr nichts einfiel, was sie sagen könnte. Sie konnte sich nicht erinnern, wann sie sich je mit einem Menschen so unbefangen gefühlt hatte – schon gar nicht mit einem Mann, den sie erst so kurze Zeit kannte. Der Landrover war ein altes Vehikel, die Sitze waren schäbig und staubig, auf dem Fußboden lagen Strohreste, und es roch leicht nach Mist. Virginia störte das nicht im geringsten, es gefiel ihr vielmehr, weil es zu Penfolda gehörte.

Ihr wurde klar, daß sie sich mehr als alles andere wünschte, dorthin zurückzukehren, den Hof und die Felder bei Tageslicht zu sehen, das Vieh zu besichtigen und sich herumführen zu lassen, vielleicht den Rest des Bauernhauses sehen zu dürfen und zum Tee in der beneidenswerten Küche eingeladen zu werden. Dazuzugehören.

Sie kamen den Hügel hinter der Stadt hinauf, wo man sämtliche Häuser des alten Wohnviertels zu Hotels umgestaltet hatte. Die Gärten waren eingeebnet und in Parkplätze verwandelt worden, und die Häuser hatten verglaste Veranden. Wintergärten und Palmen hoben sich düster gegen den grauen Himmel ab, und städtische Blumenbeete waren mit schnurgeraden Reihen von Narzissen bepflanzt.

Hoch über der See wurde die Straße eben. Eustace schaltete in den höchsten Gang und sagte: «Wann fährst du wieder nach London?»

«Ich weiß nicht. Ungefähr in einer Woche.»

«Möchtest du noch einmal nach Penfolda kommen?»

Dies war das zweite Mal an diesem Tag, daß er ihr anbot,

was sie sich am meisten wünschte. Sie fragte sich, ob er über-
sinnliche Kräfte hatte.

«Ja, liebend gern.»

«Meine Mutter war sehr angetan von dir. Sie bekommt
nicht oft ein neues Gesicht zu sehen. Sie würde sich freuen,
wenn du zum Tee zu ihr kommen würdest.»

«Das tu ich gern.»

«Wie willst du nach Lanyon kommen?» fragte Eustace, die
Augen auf die Straße gerichtet.

«Ich könnte mir Alice' Wagen borgen. Sie gibt ihn mir bestimmt, wenn ich sie frage. Ich würde sehr vorsichtig sein.»

«Kannst du Auto fahren?»

«Natürlich. Sonst würde ich mir doch den Wagen nicht
ausleihen.» Sie lächelte ihn an. Nicht weil es ein Witz sein
sollte, sondern weil sie sich mit einemmal so wohl fühlte.

«Schön, ich geb dir Bescheid», sagte Eustace auf seine be-
dächtige Art. «Ich frage meine Mutter, an welchem Tag es ihr
am besten paßt, und ruf dich an, einverstanden?»

Sie stellte sich vor, wie sie auf den Anruf wartete, wie das
Telefon läutete, wie sie Eustace' Stimme in der Leitung hörte.
Sie strahlte innerlich vor Glück.

«In Ordnung.»

«Weißt du die Nummer?»

«Porthkerris drei-zwo-fünf.»

«Die kann ich mir merken.».

Sie waren an Haus Wheal angekommen. Er bog durch das
weiße Tor und brauste die Zufahrt zwischen den Steinbrechhecken hinauf.

«Da wären wir!» Er bremste mit einem scharfen Ruck, daß
der Kies aufspritzte. «Heil zu Hause angekommen, gerade
rechtzeitig zum Tee.»

«Vielen Dank.»

Er lehnte sich aufs Lenkrad und lächelte. «Keine Ursache.»

«Danke für alles. Für das Eis und alles.»

«Gern geschehen.» Er griff vor ihr her und öffnete ihr die Tür. Virginia sprang auf den Kies hinunter. Just in diesem Augenblick ging die Haustür auf, und Mrs. Parsons erschien in einem himbeerroten Wollkostüm und einer weißen Seidenbluse mit einer akkuraten Schleife am Hals.

«Virginia!»

Virginia drehte sich um. Ihre Mutter kam auf sie zu, makellos wie immer, doch ihre kurzen dunklen Haare flogen unbekümmert im Wind. Sie waren an diesem Nachmittag offensichtlich nicht in Form gebracht worden.

«Mutter!»

«Wo bist du gewesen?» Das Lächeln war freundlich, interessiert.

«Ich dachte, du warst beim Friseur.»

«Das Mädchen, das mich immer bedient, liegt mit einer Erkältung im Bett. Sie haben mir natürlich ein anderes Mädchen angeboten, aber das war die, die sonst immer die Haare auf dem Boden zusammenkehrt, und da habe ich dankend abgelehnt.» Immer noch lächelnd, sah sie an Virginia vorbei zu dem wartenden Eustace. «Und wer hat dich zurückgebracht?»

«Oh, Eustace Philips...»

Eustace beschloß auszusteigen. Er sprang auf den Kies und kam vor dem Landrover herum, um sich vorstellen zu lassen. Virginia betrachtete ihn nun mit den Augen ihrer Mutter und haßte sich dafür; die breiten, kräftigen Schultern unter dem Seemannspullover, das sonnengebräunte Gesicht, die starken, schwieligen Hände.

Mrs. Parsons begrüßte ihn freundlich. «Guten Tag.»

«Hallo», sagte Eustace und sah ihr in die Augen, ohne zu blinzeln. Sie hatte die Hand halb ausgestreckt, aber Eustace sah sie entweder nicht, oder er zog es vor, sie zu ignorieren.

Mrs. Parsons ließ die Hand sinken. Ihr Verhalten wurde eine winzige Spur kühler.

«Wo hat Virginia Sie kennengelernt?» Die Frage war arglos, ja schelmisch gemeint.

Eustace lehnte sich an den Landrover und verschränkte die Arme. «Ich wohne in Lanyon, ich bewirtschafte Penfolda...»

«Natürlich, das Grillfest. Ja, ich habe alles darüber gehört. Wie nett, daß ihr euch heute wiedergetroffen habt.»

«Rein zufällig», sagte Eustace bestimmt.

«Oh, um so netter!» Sie lächelte. «Wir wollen gerade Tee trinken, Mr. Philips. Möchten Sie uns Gesellschaft leisten?»

Eustace schüttelte den Kopf. Seine Augen ließen ihr Gesicht nicht los. «Siebzig Kühe warten auf mich, um gemolken zu werden. Ich muß nach Hause...»

«Oh, natürlich. Ich möchte Sie nicht von der Arbeit abhalten.» Sie sprach im Ton der Dame des Hauses, die den Gärtner entläßt, aber noch lächelte sie.

«Das würde ich auch nicht zulassen», sagte Eustace und stieg wieder ein. «Auf Wiedersehen, Virginia.»

«Oh. Auf Wiedersehen», sagte Virginia matt. «Und danke fürs Nachhausebringen.»

«Ich ruf dich an.»

«Ja, tu das.»

Er nickte ihr ein letztes Mal zu, dann ließ er den Motor an, legte den ersten Gang ein, und ohne einen Blick zurück sauste er die Zufahrt hinunter und verschwand. Virginia und ihre Mutter blieben in einer Staubwolke zurück und starrten ihm nach.

«Na so was!» sagte Mrs. Parsons lachend, aber sichtlich gereizt.

Virginia sagte nichts. Es gab nichts zu sagen.

«So ein uriger junger Mann! Ich muß schon sagen, hier

unten begegnet man allen möglichen Typen. Weswegen will er dich anrufen?»

Ihr Tonfall besagte, daß Eustace Philips so etwas wie ein Witz sei, ein Witz, den sie und Virginia gleichermaßen komisch fanden.

«Er meinte, ich könnte vielleicht nach Lanyon kommen und mit seiner Mutter Tee trinken.»

«Ach wie schön, eine richtige Landhausidylle!» Es begann ganz leicht zu regnen. Mrs. Parsons betrachtete den bedeckten Himmel und schauderte. «Wieso stehen wir hier draußen im Wind? Komm, der Tee wartet…»

Virginia hatte das Schaudern ihrer Mutter nicht weiter beachtet, doch am nächsten Morgen klagte Mrs. Parsons über Unwohlsein, sie habe eine Erkältung, sagte sie, eine Magenverstimmung, sie werde im Haus bleiben. Da das Wetter ohnehin schrecklich war, fand niemand etwas dabei. Alice machte im Wohnzimmer Feuer, und dort ruhte Mrs. Parsons auf dem Sofa, eine leichte Mohairdecke auf den Knien.

«So schlecht fühle ich mich nun auch wieder nicht», sagte sie zu Virginia, «ihr könnt ruhig gehen, du und Alice, ihr braucht auf mich keine Rücksicht zu nehmen.»

«Was meinst du damit, wir können ruhig gehen? Wohin?»

«Nach Falmouth. Zum Mittagessen ins Haus Pendrane.» Virginia machte ein verständnisloses Gesicht. «Liebes, schau nicht so dämlich. Mrs. Menheniot hat uns vor einer Ewigkeit eingeladen. Sie möchte uns den Garten zeigen.»

«Mir hat keiner was gesagt», sagte Virginia. Sie wollte nicht. Es würde ein Tagesausflug werden, nach Falmouth und zurück, zu Mittag essen und den langweiligen Garten besichtigen. Sie wollte hierbleiben, beim Telefon, und auf Eustace' Anruf warten.

«Dann sage ich es dir jetzt. Du mußt dich umziehen. Du kannst nicht in Jeans zum Mittagessen gehen. Willst du nicht die hübsche blaue Bluse anziehen, die ich dir gekauft habe? Oder den Kilt? Mrs. Menheniot findet deinen Kilt bestimmt lustig.»

Wäre sie eine andere Mutter gewesen, hätte Virginia sie gebeten, auf das Telefon aufzupassen und ihr auszurichten, wenn jemand für sie anrief. Aber ihre Mutter konnte Eustace nicht leiden. Sie fand ihn unmanierlich, ungehobelt, und mit ihrer ironischen Bemerkung von der Landhausidylle hatte sie ihm offiziell den Stempel ihrer Mißbilligung aufgedrückt. Seit seiner Abfahrt war sein Name nicht erwähnt worden, und als Virginia gestern beim Abendessen mehr als einmal versucht hatte, Alice und Tom von ihrer zufälligen Begegnung zu erzählen, riß ihre Mutter jedesmal rigoros das Gespräch an sich und unterbrach es, wenn nötig, um es in genehmere Bahnen zu lenken. Während Virginia sich umzog, ging sie mit sich zu Rate, was sie tun sollte.

Als sie schließlich den Schottenrock und einen kanariengelben Pullover angezogen und die dunklen Haare gebürstet hatte, bis sie glänzten, ging sie zu Mrs. Jilkes in die Küche. Mrs. Jilkes war ihre Freundin geworden. An einem regnerischen Nachmittag hatte sie Virginia beigebracht, Hörnchen zu backen und sie gleichzeitig freimütig mit Informationen hinsichtlich der Gesundheit und Langlebigkeit von Mrs. Jilkes' zahllosen Verwandten gefüttert.

«Tag, Virginia.»

Sie war dabei, Pasteten zu füllen. Virginia schnappte sich einen Happen und begann geistesabwesend zu essen.

«Nicht doch! Sonst sind Sie ja schon satt und haben keinen Platz mehr fürs Mittagessen.»

«Ich wünschte, ich müßte da nicht hin. Mrs. Jilkes, wenn ein Anruf für mich kommt, würden Sie ihn entgegennehmen?»

Mrs. Jilkes verdrehte mit gezierter Miene die Augen. «So

so, Sie erwarten einen Anruf? Wohl von einem jungen Mann, wie?»

Virginia wurde rot. «Hm, ja, stimmt. Aber Sie passen auf, ja?»

«Keine Bange, meine Liebe. Ah, Mrs. Lingard ruft... wird Zeit, daß Sie losfahren. Und ich sehe nach Ihrer Mutter und bringe ihr mittags ein Tablett mit einem Happen zu essen rein.»

Sie waren erst um halb sechs wieder zu Hause. Alice ging sofort ins Wohnzimmer, um sich nach Rowena Parsons' Befinden zu erkundigen und ihr alles zu berichten, was sie getan und gesehen hatten. Virginia war auf dem Weg zur Treppe, aber kaum hatte sich die Wohnzimmertür geschlossen, machte sie kehrt und sauste durch den Küchenflur.

«Mrs. Jilkes!»

«Wieder zurück?»

«Ist ein Anruf gekommen?»

«Ja, das Telefon hat zwei-, dreimal geläutet, aber Ihre Mutter hat abgenommen.»

«Mutter?»

«Ja, sie hat sich den Apparat ins Wohnzimmer umstellen lassen. Sie müssen sie fragen, ob jemand für Sie angerufen hat.»

Virginia ging aus der Küche, über den Flur zurück, durch die Diele und ins Wohnzimmer. Über Alice Lingards Kopf hinweg suchten ihre Augen den Blick ihrer Mutter und hielten ihn fest. Mrs. Parsons lächelte.

«Liebling! Ich habe schon alles gehört. War es lustig?»

«Ganz nett.» Sie wartete, um ihrer Mutter die Möglichkeit zu geben, ihr auszurichten, daß ein Anruf für sie gekommen war.

«Ganz nett? Mehr nicht? Soviel ich weiß, war Mrs. Menheniots Neffe da?»

«...Ja.»

Schon war das Bild des kinnlosen jungen Mannes so verschwommen, daß sie sich kaum an sein Gesicht erinnern konnte. Vielleicht würde Eustace morgen anrufen. Er konnte heute nicht angerufen haben. Virginia kannte ihre Mutter. Sie wußte, daß Mrs. Parsons trotz aller Mißbilligung solchen Verpflichtungen wie dem Ausrichten von Telefonanrufen äußerst korrekt nachkam. Mütter waren so. Sie mußten so sein. Denn wenn sie sich in ihrem Leben nicht nach dem Verhaltenskodex richten würden, den sie predigten, hätten sie jedes Recht auf das Vertrauen ihrer Kinder verloren. Und ohne Vertrauen konnte es keine Zuneigung geben. Und wo keine Zuneigung war, da war nichts.

Am nächsten Tag regnete es. Den ganzen Vormittag. Virginia saß in der Diele am Kamin, tat, als lese sie ein Buch, und stürzte jedesmal ans Telefon, wenn es klingelte. Es war nie für sie, es war nie Eustace.

Nach dem Mittagessen bat ihre Mutter sie, nach Porthkerris zur Apotheke zu gehen und ein Rezept einzulösen. Virginia sagte, sie wolle nicht gehen.

«...es gießt in Strömen.»

«Ein bißchen Regen wird dir nicht schaden. Und die Bewegung tut dir gut. Du hast den ganzen Tag im Haus gesessen und dieses alberne Buch gelesen.»

«Es ist kein albernes Buch.»

«Egal, aber du hast gelesen. Zieh dir Gummistiefel und einen Regenmantel an, dann merkst du den Regen gar nicht...»

Widerspruch war sinnlos. Mit resignierter Miene holte Virginia ihren Regenmantel. Als sie auf dem Bürgersteig, der dunkelgrau war unter den tropfenden Bäumen, zur Stadt stapfte, versuchte sie sich das Undenkbare vorzustellen, daß Eustace sie nie anrufen würde.

Er hatte gesagt, er würde ganz bestimmt anrufen, aber alles

hing wohl davon ab, was seine Mutter sagte, wann sie Zeit hatte, wann Virginia sich das Auto borgen und nach Lanyon fahren konnte.

Vielleicht hatte Mrs. Philips es sich anders überlegt. Vielleicht hatte sie gesagt: «Also wirklich, Eustace, ich habe keine Zeit für Teegesellschaften... was hast du dir dabei gedacht, als du ihr sagtest, sie kann hierherkommen?»

Vielleicht hatte aber auch Eustace es sich anders überlegt, nachdem er Virginias Mutter begegnet war. Es hieß ja, wenn man wissen wollte, wie ein Mädchen später als Frau sein würde, brauche man nur ihre Mutter anzusehen. Vielleicht hatte Eustace nicht gefallen, was er sah. Sie erinnerte sich an den Trotz in seinen blauen Augen und an die bitteren letzten Sätze.

«Ich möchte Sie nicht von der Arbeit abhalten.»

«Das würde ich auch nicht zulassen.»

Vielleicht hatte er vergessen anzurufen. Vielleicht hatte er es sich reiflich überlegt. Oder vielleicht – und das war entmutigend – hatte Virginia seine Freundlichkeit mißdeutet, alle ihre Probleme auf ihn abgewälzt und sein Mitgefühl erregt. Vielleicht war das alles. Sie tat ihm nur leid.

Aber er hat gesagt, er würde anrufen. Er hat es gesagt.

Sie löste das Rezept ein und machte sich wieder auf den Heimweg. Es regnete immer noch. Gegenüber der Apotheke, auf der anderen Straßenseite, stand eine Telefonzelle. Sie war leer. Es wäre ganz einfach. Es würde keine Minute dauern, seine Nummer herauszusuchen und zu wählen. Sie hatte ihr Portemonnaie in der Tasche, mit Kleingeld für das Gespräch. *Ich bin's, Virginia*, würde sie sagen, in scherzhaftem Ton, und ihn aufziehen. *Ich dachte, du wolltest mich anrufen!*

Sie stellte sich das Gespräch vor.

«Eustace?»

«Ja?»

«Ich bin's, Virginia.»

«Virginia?»

«Virginia Parsons.»

«Ach ja, Virginia Parsons. Was willst du?»

Doch an dieser Stelle verließ sie der Mut, und Virginia überquerte nicht die Straße zur Telefonzelle, sondern ging den Hügel hinauf, den Regen im Gesicht und die Tabletten für ihre Mutter in der Tasche ihres Regenmantels.

Als sie zur Haustür hereinkam, hörte sie das Telefon klingeln, doch bis sie die Gummistiefel ausgezogen hatte, war es verstummt, und als sie ins Wohnzimmer kam, legte ihre Mutter gerade den Hörer auf.

Sie hob die Augenbrauen, als sie ihre atemlose Tochter erblickte.

«Was ist mit dir?»

«Ich ... ich dachte, es könnte für mich sein.»

«Nein. Da hatte sich jemand verwählt. Hast du meine Tabletten, Schätzchen?»

«Ja», sagte Virginia matt.

«Lieb von dir. Und der Spaziergang hat dir gutgetan, das sehe ich dir an. Du hast wieder ganz rote Backen.»

Am nächsten Tag verkündete Mrs. Parsons aus heiterem Himmel, sie müßten nach London zurück. Alice war erstaunt. «Aber Rowena, ich dachte, ihr würdet noch mindestens eine Woche bleiben.»

«Mein Herz, wir würden liebend gerne noch bleiben, aber du weißt ja, wir haben einen aufregenden Sommer vor uns, und es gibt eine Menge zu organisieren. Wir können unmöglich noch eine Woche hier herumsitzen und uns amüsieren, so gern ich es möchte.»

«Dann bleib wenigstens noch übers Wochenende.»

Ja, bleib übers Wochenende, betete Virginia. *Bitte, bitte, bitte, bleib übers Wochenende.*

Aber es nützte nichts. «Oh, nur zu gerne, aber wir müssen nach Hause... spätestens Freitag, leider. Ich muß gleich Plätze im Zug reservieren.»

«Wie schade, aber wenn es dir wirklich ernst ist...»

«Ja, mein Herz, es ist mir wirklich ernst.»

Mach, daß er sich erinnert. Mach, daß er anruft. Es bleibt mir keine Zeit mehr, nach Penfolda zu fahren, aber ich könnte ihm wenigstens auf Wiedersehen sagen, ich würde wissen, daß es ihm ernst war... vielleicht kann ich sagen, daß ich ihm schreibe, vielleicht kann ich ihm meine Adresse geben.

«Liebes, du solltest deine Sachen packen. Laß nichts liegen, es wäre lästig für die arme Alice, ein Päckchen hinterherschikken zu müssen. Vergiß deinen Regenmantel nicht.»

Heute abend. Heute abend ruft er an. Er wird sagen, tut mir leid, aber ich bin weggewesen; ich hatte so viel zu tun, daß ich keine Minute Zeit hatte; ich war krank.

«Virginia! Komm, trag dich ins Gästebuch ein! Hier, unter meinem Namen. O Alice, meine Liebe, es waren herrliche Ferien bei euch. Die reine Wonne. Wir haben es beide sehr genossen, nicht wahr, Virginia? Schade, daß wir wegmüssen.»

Sie reisten ab. Alice fuhr sie zum Bahnhof, begleitete sie bis zu ihrem Erster-Klasse-Abteil, wo die Eckplätze für sie reserviert waren. Der Gepäckträger wurde angesichts von Mrs. Parsons' teurem Reisegepäck ganz ehrerbietig.

«Komm bald wieder», sagte Alice, als Virginia sich aus dem Fenster beugte, um ihr einen Kuß zu geben.

«Ja.»

«Es war schön, dich bei uns zu haben.»

Es war die letzte Chance. *Sag Eustace, ich mußte weg. Sag ihm für mich Lebewohl.* Die Pfeife schrillte, der Zug setzte sich in Bewegung. *Ruf ihn an, wenn du nach Hause kommst.*

«Auf Wiedersehen, Virginia.»

Grüß ihn von mir. Sag ihm, ich liebe ihn.

Bis Truro war ihr Jammer so offensichtlich, mit Schniefen und Schluchzen und Tränen, daß ihre Mutter es nicht mehr übersehen konnte.

«Oh, Liebes.» Sie legte ihre Zeitung hin. «Was fehlt dir?»

«Nichts.» Virginia stand mit verquollenem Gesicht am Fenster, ohne etwas zu sehen.

«Aber dir fehlt doch etwas.» Sie legte ihre Hand sachte auf Virginias Knie. «War es dieser junge Mann?»

«Welcher junge Mann?»

«Der junge Mann in dem Landrover, Eustace Philips? Hat er dir das Herz gebrochen?» Virginia konnte vor lauter Weinen nicht antworten. Ihre Mutter fuhr fort, beruhigend, gütig: «Sei nicht so unglücklich. Es ist wohl das erste Mal, daß ein Mann dir weh getan hat, aber ich kann dir versichern, es ist bestimmt nicht das letzte Mal. Glaub mir, die Männer sind selbstsüchtige Kreaturen.»

«Eustace war nicht so.»

«Nein?»

«Er war lieb. Er ist der einzige Mann, den ich wirklich gemocht habe.» Sie putzte sich kräftig die Nase und sah ihre Mutter an. «Du konntest ihn nicht leiden, nicht?»

Mrs. Parsons war einen Moment sprachlos über diese ungewöhnliche Direktheit. «Nun ja... sagen wir, Typen wie er waren nie mein Fall.»

«Du meinst, es hat dir nicht gepaßt, daß er Landwirt ist?»

«Das habe ich nicht gesagt.»

«Nein, aber das hast du gemeint. Du magst bloß kinnlose Weichlinge wie Mrs. Menheniots Neffen.»

«Ich kenne Mrs. Menheniots Neffen nicht.»

«Nein, aber den hättest du gemocht.»

Mrs. Parsons antwortete nicht sofort. Doch nach einer Weile sagte sie: «Vergiß ihn, Virginia. Jedes Mädchen muß eine unglückliche Liebe haben, ehe sie den Richtigen kennenlernt und schließlich heiratet. Und wir beide werden diesen Sommer viel Spaß haben. Es wäre ein Jammer, es dir zu verderben, indem du etwas nachweinst, das vermutlich gar nicht existiert hat.»

«Ja.» Virginia wischte sich die Augen und steckte das durchweichte Taschentuch in ihre Handtasche.

«Braves Mädchen. So, und jetzt keine Tränen mehr.» Und zufrieden, weil sie die Wogen geglättet hatte, lehnte Mrs. Parsons sich zurück und nahm ihre Zeitung wieder zur Hand. Doch kurz darauf ließ sie, durch irgend etwas beunruhigt, die Zeitung sinken und sah, daß Virginia sie unverwandt beobachtete, mit einem Ausdruck in den dunklen Augen, den sie noch nie gesehen hatte.

«Was ist?»

Virginia sagte: «Er hat gesagt, er würde anrufen. Er hat es versprochen.»

«Und?»

«Hat er angerufen? Ich weiß, du konntest ihn nicht leiden. Hast du den Anruf angenommen und mir nichts gesagt?»

Ihre Mutter zögerte keine Sekunde. «Liebes! Was für eine Anschuldigung! Natürlich nicht. Du hast doch nicht wirklich gedacht…»

«Nein», sagte Virginia matt, als das letzte Fünkchen Hoffnung erstarb. «Nein, das habe ich nicht gedacht.» Sie lehnte die Stirn an die schmierige Fensterscheibe, und die rasende Landschaft strömte mit allem anderen, das geschehen war, für immer fort in die Vergangenheit.

Das war im April. Im Mai traf Virginia sich mit einer alten Schulfreundin, die sie zu einem Wochenende auf dem Lande einlud.

«Ich hab Geburtstag, irre super, Mami hat gesagt, ich kann einladen, wen ich will, du mußt wahrscheinlich auf dem Speicher schlafen, aber das macht dir nichts aus, oder? Unsere Familie ist wahnsinnig unorganisiert.«

Virginia hielt dies alles für etwas übertrieben. Sie nahm die Einladung an. «Wie komme ich hin?»

«Du könntest mit dem Zug fahren, und jemand könnte dich abholen, aber das ist schrecklich umständlich. Ich sag dir was, mein Cousin kommt wahrscheinlich auch, er hat ein Auto und nimmt mich vielleicht mit. Ich frag ihn, ob er noch Platz für dich hat. Du wirst dich wahrscheinlich nach hinten zum Gepäck quetschen oder auf dem Schalthebel sitzen müssen, aber immer noch besser als das Gedränge in der Eisenbahn...»

Erstaunlicherweise hielt sie Wort. Das Auto war ein dunkelblaues Mercedes-Coupé. Nachdem er Virginias Gepäck in dem übervollen Kofferraum verstaut hatte, wurde sie aufgefordert, sich vorne zwischen die Freundin und den Cousin zu zwängen. Der Cousin war groß und blond, mit langen Beinen und einem grauen Anzug, und seine modisch geschnittenen Haare quollen unter der Krempe seines braunen Filzhutes hervor.

Sein Name war Anthony Keile.

6

Müde und abgespannt von der Reise, mit allen Problemen von Bosithick noch vor sich, stieg Virginia in Penzance aus dem Zug. Sie füllte die Lungen mit der kühlen Seeluft und war froh, zurück zu sein. Es war Ebbe, die Luft roch streng nach Seetang. Jenseits der Bucht ragte St. Michael's Mount golden in der Abendsonne auf, und wo kleine Bäche und flache Tümpel mit Meerwasser die Farbe des Himmels reflektierten, war der nasse Sand blau gestreift.

Zum Glück war ein Gepäckträger zur Stelle. Als sie ihm und seinem Karren aus dem Bahnhof folgten, fragte Nicholas: «Wohnen wir hier?»

«Nein, wir fahren nach Lanyon.»

«Womit?»

«Ich hab dir doch gesagt, ich hab mein Auto hier stehenlassen.»

«Woher weißt du, daß es keiner gestohlen hat?»

«Weil ich von hier aus sehen kann, daß es auf uns wartet.»

Es dauerte eine Weile, bis sie ihre ganze Habe auf dem Rücksitz verstaut hatten. Aber am Ende war alles untergebracht, zuoberst der Pappkarton mit den Lebensmitteln. Virginia gab dem Träger ein Trinkgeld, und sie stiegen alle drei vorne ein, Cara in der Mitte, die Tür auf Nicholas' Seite sicher verriegelt.

Virginia hatte das Verdeck zurückgeklappt und sich einen Schal um den Kopf gebunden, aber Cara blies der Wind die Haare nach vorn ins Gesicht.

«Wie lange dauert es, bis wir da sind?»

«Nicht lange, ungefähr eine halbe Stunde.»

«Wie sieht das Haus aus?»

«Wart's nur ab.»

Auf der Hügelkuppe hielt sie an, und sie blickten zurück, um die Aussicht zu betrachten, die herrliche Mount's Bay, still und blau, erfüllt von der Wärme des zu Ende gehenden Tages. Ringsum waren kleine Felder, und die Gräben waren blau von wildem Krätzkraut. Sie fuhren weiter, hinunter in ein kleines Tal mit uralten Eichen und einer Brücke, unter der ein Bach floß, einer alten Mühle und einem Dorf. Dann wand sich die Straße wieder hinauf zur Heide, und unversehens lag der gerade, helle Horizont des Atlantiks vor ihnen, der westlich im Sonnenglast glitzerte.

«Ich dachte, das Meer ist hinter uns», sagte Nicholas. «Ist das noch ein Meer?»

«Scheint so.»

«Ist das unseres? Gehen wir da baden?»

«Ich denke schon.»

«Gibt's da einen Strand?»

«Ich hatte keine Zeit nachzusehen. Auf jeden Fall gibt es viele steile Klippen.»

«Ich will einen Strand. Mit Sand. Du sollst mir einen Eimer und eine Schaufel kaufen.»

«Alles zu seiner Zeit», sagte Virginia. «Eins nach dem anderen, ja?»

«Du sollst mir morgen einen Eimer und eine Schaufel kaufen.»

Sie stießen auf die Hauptstraße und bogen ostwärts ab, parallel zur Küste. Sie ließen Lanyon und die Straße nach Penfolda hinter sich, erklommen den Hügel und kamen zu den windschiefen Weißdornsträuchern, die die Abzweigung nach Bosithick markierten.

«Wir sind da!»

«Aber da ist ja gar kein Haus.»

«Du wirst es gleich sehen.»

Rumpelnd ruckelte das Auto den Feldweg entlang. Von unten klapperte es unheilvoll, rechts und links rückten die hohen Stechginsterbüsche bedrohlich nahe, und Cara, die um die Lebensmittel fürchtete, griff mit einer Hand nach hinten, um den Karton festzuhalten. Sie holperten um die letzte Ecke, fuhren in einer beängstigenden Kurve die Grasböschung hoch und kamen mit einem Ruck zum Stehen. Virginia zog die Handbremse an und stellte den Motor ab. Die Kinder blieben im Auto sitzen und starrten auf das Haus.

In Penzance war kein Wind gegangen, die Luft war mild und warm gewesen. Hier war ein schwaches Wimmern zu hören, und es war kühl. Die zerrissene Wäscheleine bewegte sich im Wind, und das hohe Gras auf der Mauer lag flach wie ein von einer Hand glattgestrichener Pelzmantel.

Und da war noch etwas. Etwas stimmte nicht. Virginia starrte einen Moment in die Luft, versuchte zu ergründen, was es war. Und dann sagte es Cara: «Der Schornstein raucht.»

Virginia fuhr zusammen. Ein unbehaglicher Schauer lief ihr wie kaltes Wasser den Rücken hinunter. Es war, als hätten sie das Haus überrascht, als hätten die namenlosen, ungeahnten Wesen, die es sonst behausten, nicht mit ihnen gerechnet.

Cara spürte Virginias Unruhe. «Was hast du?»

«Nichts.» Sie klang zuversichtlicher, als ihr zumute war. «Ich war nur überrascht. Gehen wir nachsehen.»

Sie stiegen aus. Gepäck und Lebensmittel ließen sie im Auto. Virginia stieß das Tor auf und trat beiseite, um die Kinder vorzulassen, während sie in ihrer Tasche nach dem Schlüsselring kramte.

Sie gingen voran; Nicholas rannte, um zu erkunden, was hinter der Hausecke lag, Cara stapfte vorsichtig, als dringe sie unbefugt hier ein; sie wich einem alten Teppich aus, einem umgefallenen Blumentopf, die Hände fest verschränkt, um ja nicht in Versuchung zu geraten, etwas anzufassen.

Zusammen öffneten sie die Haustür. Als sie nach innen schwang, sagte Cara: «Meinst du, es sind Zigeuner?»

«Zigeuner, wieso?»

«Die das Feuer angemacht haben.»

«Das werden wir gleich sehen…» Der Geruch nach Mäusen und Feuchtigkeit war verschwunden. Das Haus strahlte Frische und Wärme aus, und als sie ins Wohnzimmer traten, fanden sie es erhellt vom Feuerschein. Die ganze Atmosphäre des Hauses war verwandelt, es war nicht mehr düster und bedrückend – im Gegenteil, es wirkte ausgesprochen heiter. Der gräßliche Elektroofen war verschwunden, und am Kamin stand ein großer, bis obenhin mit Brennholz gefüllter Binsenkorb.

Das Feuer und die letzten Sonnenstrahlen, die durch das Westfenster fielen, machten das Zimmer sehr warm. Als Virginia ein Fenster öffnen ging, sah sie durch die offene Küchentür eine Schüssel mit braunen Eiern und eine Milchkanne aus weißer Emaille auf dem Tisch. Sie ging in die Küche und blieb erstaunt mittendrin stehen. Jemand war hier gewesen und hatte saubergemacht. Der Spülstein glänzte, die Gardinen waren gewaschen.

Cara stahl sich hinter ihr herein, immer noch vorsichtig. «Ob das Feen waren?» sagte sie.

«Das waren keine Feen», sagte Virginia lächelnd. «Das war Alice.»

«Tante Alice Lingard?»

«Ja, sie ist ein Schatz, nicht? Sie hat so getan, als paßte es ihr nicht, daß wir nach Bosithick ziehen, und dann geht sie her und macht so etwas. Aber das sieht Alice ähnlich. Sie ist so lieb. Wir müssen morgen zu ihr gehen und uns bedanken. Ich würde sie ja anrufen, bloß, wir haben kein Telefon.»

«Ich mag Telefone sowieso nicht leiden. Und ich will zu ihr gehen. Ich will das Schwimmbad sehen.»

«Wenn du deinen Badeanzug ausgepackt hast, kannst du schwimmen gehen.»

Cara starrte ihre Mutter an. Virginia meinte, sie sei mit ihren Gedanken noch beim Schwimmen, doch zu ihrer Überraschung sagte Cara: «Wie ist sie reingekommen?»

«Wer?»

«Tante Alice. Wir haben doch den Schlüssel.»

«Oh. Sie wird sich bei Mr. Williams einen Ersatzschlüssel geholt haben. Nun, womit wollen wir anfangen?»

Nicholas erschien in der Tür. «Zuerst guck ich mir das ganze Haus an, und dann will ich Tee und was essen. Ich bin am Verhungern!»

«Nimm Cara mit.»

«Ich will bei dir bleiben.»

«Nein.» Virginia gab ihr einen sachten Schubs. «Du gehst mit, und dann sagt ihr mir, wie euch das Haus gefällt. Sagt mir, ob es nicht das komischste Haus ist, das ihr je gesehen habt. Und ich setze Wasser auf, dann kochen wir ein paar Eier, und hinterher holen wir alle Sachen aus dem Auto und packen aus und beziehen die Betten.»

«Sind nicht mal die Betten gemacht?»

«Nein, wir müssen alles selber machen. Wir sind jetzt ganz auf uns gestellt.»

Irgendwie war es ihnen bis zum Abend gelungen, einigermaßen Ordnung zu schaffen, aber bis sie den Schalter für den Heißwasserboiler und den Schrank mit dem Bettzeug gefunden und entschieden hatten, wer in welchem Bett schlief, verging sehr viel Zeit. Nicholas wollte Bohnen mit Tomatensoße auf Toast zum Abendessen, aber sie konnten keinen Toaster finden, und der Grill im Backofen wollte nicht funktionieren; also bekam Nicholas Bohnen auf Brot.

«Wir brauchen Spülmittel und einen Schrubber und Tee und Kaffee…» Virginia kramte nach einem Blatt Papier und einem Stift und begann eifrig eine Einkaufsliste.

Cara plapperte weiter: «…und Seife fürs Badezimmer und Zeug, um die Wanne zu schrubben. Die hat sooo einen gräßlichen Schmutzrand.»

«Und einen Eimer und eine Schaufel», sagte Nicholas.

«Und einen Kühlschrank brauchen wir auch», sagte Cara. «Wir haben nichts, wo wir unsere Eßsachen reintun können, und wenn wir sie einfach rumliegen lassen, wird alles schimmelig.»

Virginia sagte: «Vielleicht können wir uns einen Fliegenschrank leihen», dann fiel ihr ein, wer ihr einen angeboten hatte; daraufhin betrachtete sie stirnrunzelnd ihre Einkaufsliste und wechselte geschwind das Thema.

Als der kleine Boiler schließlich aufgeheizt war, badeten sie in dem dürftigen Badezimmer, Cara und Nicholas zusammen, und dann Virginia rasch, bevor das Wasser kalt wurde. In Bademänteln kochten sie im Feuerschein Kakao…

«Hier gibt's nicht mal einen Fernseher.»

«Oder ein Radio.»

«Oder eine Uhr», sagte Nicholas munter.

Virginia lächelte und sah auf ihre Armbanduhr. «Wenn du es genau wissen willst, es ist zehn nach neun.»

«Zehn nach neun! Wir müßten schon seit einer Ewigkeit im Bett sein.»

«Ist doch ganz egal», sagte sie.

«Egal? Nanny würde einen Knall kriegen!»

Virginia lehnte sich in ihren Sessel zurück, streckte die Beine aus und bewegte die Zehen in der Wärme des Feuers. «Ich weiß», sagte sie.

Als die Kinder im Bett waren, gab sie ihnen einen Kuß, ließ die Tür zur Treppe offen, zeigte ihnen, wo der Lichtschalter war und ging über den schmalen Flur und die zwei Stufen zum Turmzimmer hinauf.

Es war kalt. Sie setzte sich ans Fenster und blickte über die stillen, schattigen Felder hinaus. Die See lag perlgrau im Dämmerlicht, und das Nachglühen des Sonnenuntergangs machte am Himmel lange korallenrosa Streifen. Im Westen hatten sich Wolken aufgebaut. Sie türmten sich am Horizont, mit goldenen und rosigen Lichtstrahlen durchwoben, doch nach und nach verschwanden auch diese letzten Reste von Licht. Die Wolken wurden schwarz, und im Osten schwebte, schmal wie eine Wimper, der Neumond am Himmel.

Eines nach dem anderen blinkten Lichter in der sanften Dunkelheit auf, die ganze Küste entlang, in Bauernhäusern, Cottages und Scheunen. Hier leuchtete ein Fenster, viereckig, gelb. Dort zuckte ein Licht über einen Hof. Die Scheinwerfer eines Autos bohrten sich durch einen Feldweg und bogen in die Hauptstraße nach Lanyon ein. Virginia fragte sich, ob es Eustace Philips auf dem Weg zum Mermaid's Arms sei. Sie fragte sich außerdem, ob er wohl vorbeikommen würde, um zu sehen, wie es ihnen erginge, oder ob er verschlossen und eingeschnappt warten würde, bis Virginia ihm gewissermaßen einen Ölzweig reichte. Sie sagte sich, daß es sich lohnen würde, und sei es nur um der Genugtuung willen, sein Gesicht zu sehen, wenn er feststellte, wie gut sie allein mit Cara und Nicholas zurechtkam.

Doch am nächsten Tag war alles anders.

In der Nacht war der Wind stärker geworden, und die dunklen Wolken, die sich am Vorabend am Horizont zusammengebraut hatten, wurden landeinwärts geweht und brachten schwere Regengüsse mit. Virginia wurde von dem Gurgeln in den Rinnsteinen, dem Trommeln der Regentropfen an die Fensterscheibe aufgeweckt. Ihr Schlafzimmer war so düster, daß sie die Lampe anknipsen mußte, um zu sehen, wie spät es war. Acht Uhr.

Sie stieg aus dem Bett und schloß das Fenster. Die Dielenbretter unter ihren Füßen waren ganz naß. Der Regen verhüllte alles, sie konnte nur wenige Meter weit sehen. Es war, als wäre sie auf einem Schiff, das einsam in einem Meer aus Regen trieb. Sie hoffte, daß die Kinder erst in ein paar Stunden aufwachen würden.

Sie zog eine lange Hose und ihren dicksten Pullover an, ging nach unten und stellte fest, daß der Regen durch den Schornstein gedrungen war und das Feuer gelöscht hatte. Das Zimmer fühlte sich feucht und kühl an. Streichhölzer waren vorhanden, aber keine Feueranzünder; es gab Holzscheite, aber kein Anmachholz. Sie zog einen Regenmantel an, ging durch den Regen in den halbverfallenen Gartenschuppen und fand ein Beil, stumpf von Alter und Mißbrauch. Auf der Steinstufe vor der Haustür zerhackte sie unter beträchtlicher Gefahr ein dickes Scheit zu Anmachholz, nahm dann Zeitungspapier, das zwischen ihre Lebensmittel gestopft gewesen war, und entfachte ein kleines Feuer. Die Späne zersplitterten und knisterten, und nachdem ein paar dunkle Schwaden ins Zimmer gezogen waren, stieg der Rauch in den Schornstein hinauf, wie es sich gehörte. Virginia schichtete Scheite aufs Feuer und überließ es sich selbst.

Cara erschien, als sie Frühstück machte.

«Mami!»

«Hallo, mein Schätzchen.» Sie gab ihr einen Kuß. Cara hatte himmelblaue Shorts an, ein gelbes T-Shirt und ein dünnes Strickjäckchen. «Ist dir warm genug?»

«Nein», sagte Cara. Ihre feinen, glatten Haare waren mit einer Spange zusammengefaßt, ihre Brille saß schief. Virginia rückte sie ihr gerade. «Dann zieh dir wärmere Sachen an. Frühstück ist noch nicht fertig.»

«Aber ich habe keine anderen Sachen. In meinem Koffer ist nichts mehr drin. Nanny hat nichts anderes eingepackt.»

«Das kann ich nicht glauben!» Sie sahen sich an. «Keine Jeans und Regenmäntel und Gummistiefel?»

Cara schüttelte den Kopf. «Sie hat wohl gedacht, hier ist es heiß.»

«Ja, vermutlich», sagte Virginia sanft, während sie Nanny innerlich verfluchte. «Aber man sollte meinen, sie verstünde genug vom Packen, um einen Regenmantel in den Koffer zu tun.»

«Wir haben ja was für den Regen, bloß keine richtigen Regenmäntel.»

Sie machte ein so banges Gesicht, daß Virginia lächelte. «Ist nicht so schlimm.»

«Was machen wir jetzt?»

«Wir müssen euch was zum Anziehen kaufen.»

«Heute?»

«Warum nicht? Bei diesem Wetter können wir sonst nichts unternehmen.»

«Gehen wir Tante Alice besuchen und in ihrem Schwimmbad schwimmen?»

«Das heben wir uns für schöneres Wetter auf. Sie wird es uns nicht übelnehmen.»

Sie fuhren im strömenden Regen nach Penzance. Auf der Hügelkuppe herrschte dichter Nebel. Die Schwaden tanzten im Wind, lockerten sich hier und da und gaben einen Blick auf die Straße frei, schlossen sich dann wieder, so daß Virginia kaum das Ende der Kühlerhaube sehen konnte.

Penzance war überflutet vom Regen, Verkehr und von enttäuschten Urlaubern, die das Wetter von ihrem üblichen Zeitvertreib abhielt. Sie verstopften die Bürgersteige, standen in Ladeneingängen herum, umkreisten ziellos die Ladentische auf der Suche nach etwas, das sie kaufen könnten. Hinter den beschlagenen Fenstern der Cafés und Eisdielen konnte man sie dichtgedrängt an kleinen Tischen sitzen sehen, wo sie gemächlich tranken, schleckten, kauten; sie wollten den unvermeidlichen Moment, wo sie wieder in den Regen mußten, möglichst lange hinausschieben.

Virginia fuhr zehn Minuten herum, bis sie einen Parkplatz fand. Im Regen suchten sie in den verstopften Straßen, bis sie zu einem Geschäft kamen, wo es Ölzeug für Fischer und riesige hüfthohe Gummistiefel, Laternen und Taue zu kaufen gab. Sie gingen hinein, Virginia kaufte Cara und Nicholas Jeans und dunkelblaue Rollkragenpullover, schwarze Regenmäntel und Südwester, in denen die Kinder fast ganz verschwanden. Die neuen Regenmäntel und Südwester zogen sie gleich an, das übrige wurde in braunes Papier gepackt. Virginia nahm das Päckchen, bezahlte und ging mit den Kindern, die in ihren neuen Mänteln steif wie Roboter und durch die Krempen ihrer Hüte fast blind waren, wieder auf die Straße.

Es goß immer noch. «Ich will jetzt nach Hause», sagte Cara.

«Da wir schon mal hier sind, können wir Fisch oder Fleisch kaufen. Und Kartoffeln, Möhren oder Erbsen haben wir auch keine. Vielleicht gibt es hier einen Supermarkt.»

«Ich will einen Eimer und eine Schaufel», sagte Nicholas.

Virginia tat, als ob sie es nicht hörte. Sie fanden den Supermarkt und reihten sich in die herdengleiche Masse ein: Schlange stehen, aussuchen, warten, bezahlen, die Waren in Einkaufstüten laden und aus dem Laden schleppen.

Die Rinnsteine gluckerten, Wasser ergoß sich aus Regenrinnen.

«Cara, kannst du das wirklich alles tragen?»

«Ja», sagte Cara, die vom Gewicht der Tüte auf eine Seite gezogen wurde.

«Gib Nicholas die Hälfte ab.»

«Ich will einen Eimer und eine Schaufel», sagte Nicholas.

Aber Virginia hatte kein Geld mehr. Sie wollte ihm gerade sagen, er müsse warten, bis sie das nächste Mal einkaufen gingen, aber da hob er das Gesicht unter der Krempe des Südwesters, seine Augen waren riesengroß und füllten sich mit Tränen. «Ich will einen Eimer und eine Schaufel.»

«Kriegst du ja. Aber ich muß zuerst eine Bank finden und Geld holen.»

Die Tränen verschwanden wie durch Zauber. «Ich hab eine Bank gesehen!»

Sie fanden die Bank; auch hier war vor den Schaltern eine Schlange.

Die Kinder setzten sich erschöpft auf eine Lederbank, wie zwei kleine alte Leutchen, das Kinn auf die Brust gesenkt, die Beine vor sich hingestreckt, ohne Rücksicht darauf, daß jemand darüber stolpern könnte. Virginia wartete in einer Schlange, holte dann ihre Scheckkarte hervor und schrieb einen Scheck aus.

«Sind Sie im Urlaub hier?» fragte der junge Kassierer. Virginia staunte, daß er am Ende eines solchen Vormittags noch gutgelaunt sein konnte.

«Ja.»

«Bis morgen klärt es sich auf, Sie werden sehen.»

«Das will ich hoffen.»

Als letztes erstanden sie einen roten Eimer und eine blaue Schaufel. Vollbepackt gingen sie zum Auto; der Weg führte die ganze Zeit bergauf. Nicholas, der mit der Schaufel auf den Eimer schlug wie auf eine Trommel, latschte hinterher. Mehr als einmal mußte Virginia sich umdrehen und auf ihn warten, ihn ermahnen, einen Schritt schneller zu gehen. Schließlich verlor sie die Geduld. «Los, Nicholas, beeil dich!» Eine Passantin hörte den unterdrückten Zorn in ihrer Stimme und sah ihr nach, ihre Miene zeigte höchste Mißbilligung über eine so lieblose, ungeduldige Mutter.

Und dabei war erst ein einziger Vormittag vergangen.

Es regnete immer noch. Endlich langten sie beim Auto an, beluden den Kofferraum mit Paketen, zogen die triefenden Regenmäntel aus, stopften auch sie in den Kofferraum, kletterten in den Wagen, schlugen die Tür zu, unendlich froh, daß sie endlich im Trockenen saßen.

«So», sagte Nicholas, der immer noch mit der Schaufel auf den Eimer einschlug, «weißt du, was ich jetzt will?»

Virginia sah auf ihre Uhr. Es war kurz vor eins. «Essen?» riet sie.

Ich würde am liebsten nach Haus Wheal fahren, wo Mrs. Jilkes das Mittagessen fertig hat und im Wohnzimmer ein fröhliches Feuer flackert und jede Menge Illustrierte und Zeitungen liegen und es den ganzen Nachmittag nichts zu tun gibt.

«Ja, das auch. Aber noch was anderes.»

«Keine Ahnung.»

«Du mußt raten. Du darfst dreimal raten.»

«Hm.» Sie überlegte. «Willst du aufs Klo?»

«Nein. Jetzt noch nicht.»

«Willst du einen Schluck Wasser trinken?»

«Nein.»

«Ich geb's auf.»

«Ich will heute nachmittag an den Strand und graben. Mit meinem neuen Eimer und meiner Schaufel.»

Der junge Mann in der Bank behielt recht mit seiner Wetterprognose. Gegen Abend drehte der Wind, und die Wolken wurden über die Heide fortgetrieben. Zuerst erschienen kleine Flecken am Himmel, dann wurden sie größer und heller, und schließlich brach die Abendsonne durch und ging triumphierend in prächtigen Rosa- und Rottönen unter.

«Ist der Himmel abends rot, hat der Schäfer keine Not», sagte Cara, als sie zu Bett gingen. «Das bedeutet, morgen ist schönes Wetter.»

Und es stimmte.

«Ich will an den Strand und mit meinem Eimer und meiner Schaufel graben», sagte Nicholas.

«Wir gehen ja an den Strand», sagte Virginia bestimmt, «aber zuerst müssen wir zu Tante Alice, sonst denkt sie, wir sind die unhöflichsten und undankbarsten Leute, die sie je gekannt hat.»

«Warum?» fragte Nicholas.

«Weil sie das Haus für uns hergerichtet hat, und wir haben noch nicht mal danke schön gesagt... iß dein Ei auf, Nicholas, es wird sonst kalt.»

«Ich will Cornflakes.»

«Müssen wir erst kaufen», sagte Virginia, und Cara holte Bleistift und Einkaufsliste, und sie schrieben Cornflakes unter Topfkratzer, Erdnußbutter, Zucker, Trockenerbsen, Marmelade, Waschpulver und Käse. Virginia hatte noch nie im Leben so viel eingekauft.

Sie schickte sie spielen, während sie das Frühstücksgeschirr spülte und nach oben ging, um die Betten zu machen. Das Kinderzimmer war mit Kleidungsstücken übersät. Virginia hatte sich immer eingebildet, ihre Kinder seien ordentlich, doch jetzt wurde ihr klar, daß es Nanny gewesen war, die stets hinter ihnen herging und alles aufhob und wegräumte, was sie fallen ließen. Sie sammelte die Sachen auf, wußte nicht, ob sie getragen oder frisch waren, nahm eine Socke von der Kommode und vermied es sorgfältig, eine zerknüllte Papiertüte mit zwei klebrigen Bonbons anzurühren, die in der Ecke lag.

Sie stieß auf einen großen, schweinsledernen Fotorahmen. Er gehörte Cara, und Nanny hatte ihn eingepackt; in welcher Absicht, konnte Virginia nur vermuten. Eine Seite nahm eine Reihe kleiner Fotos ein, viele von Cara selbst aufgenommen, mit mehr Liebe als Kunstfertigkeit angeordnet. Die Hausfront, ziemlich verwackelt; die Hunde, die Landarbeiter auf dem Traktor; eine Luftansicht von Kirkton und ein, zwei Ansichtskarten. Auf der anderen Seite ein eindrucksvolles Porträt von Anthony, im Atelier aufgenommen und scharf ausgeleuchtet, Anthony im Halbprofil, so daß seine Haare weißblond aussahen und sein Kinn kantig und entschlossen wirkte. Der Fotograf hatte den Eindruck eines starken Mannes gehabt, aber Virginia kannte die zusammengekniffenen Augen und den schwachen, hübschen Mund. Und sie sah den gestreiften Kragen des Turnbull and Asher-Hemdes, die diskret gemusterte italienische Seidenkrawatte, und sie dachte daran, welch großen Wert Anthony auf Kleidung gelegt hatte, die ihm genauso wichtig war wie sein Auto, die Einrichtung seines Hauses und sein Lebensstil. Virginia hatte all diese Dinge immer für nebensächlich gehalten und geglaubt, daß sie vom Charakter des einzelnen geprägt würden. Aber bei Anthony Keile war es umgekehrt gewesen. Er hatte den kleinsten Details stets höchste Wichtigkeit eingeräumt, als hätte er erkannt, daß sie die Säulen seines Images waren, ohne die seine unzulängliche Persönlichkeit sich in nichts auflösen würde.

Die Kinderkleider auf dem Arm ging sie nach unten und wusch sie in dem kleinen Waschbecken. Als sie hinausging, um sie auf der zusammengeknoteten Wäscheleine aufzuhängen, traf sie nur Nicholas an, der allein mit seinem roten Traktor, ein paar Kieselsteinen und Grasbüscheln spielte. Er hatte seinen neuen marineblauen Rollkragenpullover an und war bereits vor Hitze puterrot im Gesicht, aber Virginia hütete sich anzudeuten, es sei vielleicht angebracht, den Pullover auszuziehen.

«Was spielst du?»

«Ach, bloß so.»

«Ist das Gras Stroh?»

«Kann sein.»

Virginia hängte die letzte Hose auf. «Wo ist Cara?»

«Drinnen.»

«Sie wird vermutlich lesen», sagte Virginia und ging hinein, sie zu suchen. Aber Cara las nicht; sie saß im Turmzimmer am Fenster und blickte starr über die Felder auf das Meer. Als Virginia in der Tür erschien, wandte sie langsam den Kopf, gedankenverloren, ohne etwas zu erkennen.

«Cara...?»

Die Augen hinter der Brille wurden lebendig. Sie lächelte. «Hallo. Gehen wir jetzt?»

«Ich bin soweit, wenn du soweit bist.» Sie setzte sich neben Cara. «Was machst du? Nachdenken oder die Aussicht betrachten?»

«Beides.»

«Woran hast du gedacht?»

«Ich hab überlegt, wie lange wir wohl hierbleiben...»

«Oh – ungefähr einen Monat, denke ich. Ich hab's für einen Monat gemietet.»

«Aber wir müssen zurück nach Schottland, nicht? Wir müssen wieder nach Kirkton.»

«Ja, wir müssen wieder zurück. Allein schon, weil dort deine Schule ist.» Sie wartete. «Willst du nicht?»

«Kommt Nanny nicht mit?»

«Ich glaube kaum.»

«Das wird komisch, nicht, Kirkton ohne Daddy oder Nanny? Es ist so groß, bloß für uns drei. Ich glaube, darum gefällt mir dieses Haus. Es hat genau die richtige Größe.»

«Ich dachte, du würdest es vielleicht nicht mögen.»

«Ich finde es wunderschön. Und erst dieses Zimmer. So

eins habe ich noch nie gesehen, die Treppe nach unten mittendrin, und so viele Fenster, daß man den ganzen Himmel
sieht.» Sie wurde offensichtlich nicht von dem Eindruck ge-
plagt, daß es hier spukte. «Aber warum sind hier gar keine
Möbel drin?»

«Ich glaube, es wurde als Arbeitszimmer gebaut. Vor fünfzig Jahren hat hier ein Mann gewohnt, der Bücher geschrieben hat und sehr berühmt war.»

«Wie hat er ausgesehen?»

«Das weiß ich nicht. Ich vermute, er hatte einen Bart, und
vielleicht war er sehr unordentlich und hat vergessen, seine
Sockenhalter hochzuziehen und hat seinen Anzug falsch ge-
knöpft. Schriftsteller sind oft sehr zerstreut.»

«Wie hat er geheißen?»

«Aubrey Crane.»

«Der war bestimmt nett», sagte Cara, «wenn er sich so ein
schönes Zimmer ausgesucht hat. Man kann einfach hier sitzen
und alles sehen, was passiert.»

«Ja», sagte Virginia, und sie sahen zusammen auf die Patch-
work-Felder, wo Kühe friedlich grasten; das Gras war nach
dem Regen smaragdgrün, Mauern und schiefe Torpfosten
waren von Brombeersträuchern überwuchert, die in ein, zwei
Monaten schwer von süßen, schwarzen Früchten sein würden. Im Westen brummte ein Traktor. Virginia drückte den
Kopf an die Fensterscheibe und sah den roten Fleck, knallig
wie ein Briefkasten, und den Mann hinter dem Steuer mit
einem Hemd, das so blau war wie der Himmel.

«Wer ist das?» fragte Cara.

«Eustace Philips.»

«Kennst du ihn?»

«Ja. Er bewirtschaftet Penfolda.»

«Gehören ihm die ganzen Felder?»

«Ich nehme es an.»

«Wann hast du ihn kennengelernt?»

«Vor langer Zeit.»

«Weiß er, daß du hier bist?»

«Ja, ich glaube schon.»

«Dann kommt er bestimmt mal vorbei, was trinken oder so.»

Virginia lächelte. «Ja, vielleicht. Jetzt komm, kämm dir die Haare und mach dich fertig. Wir gehen Tante Alice besuchen.»

«Soll ich meine Badesachen mitnehmen? Können wir in ihrem Schwimmbad schwimmen?»

«Gute Idee.»

«Ich wünschte, wir hätten ein Schwimmbad.»

«Was, hier? Im Garten wäre kein Platz dafür.»

«Nein, nicht hier. In Kirkton.»

«Das ließe sich ohne weiteres machen», sagte Virginia spontan. «Wenn du wirklich eines willst. Aber laß uns jetzt gehen, sonst haben wir bis zum Mittagessen nichts getan als hier gesessen und geredet.»

Aber als sie nach Haus Wheal kamen, trafen sie nur Mrs. Jilkes an. Virginia hatte geläutet, aber nur der Form halber, dann hatte sie sofort die Tür geöffnet und war, gefolgt von den Kindern, in die Diele getreten. Sie wartete, daß die Hunde bellten und Alice' Stimme «Wer ist da» sagte und Alice in der Wohnzimmertür erschien. Aber alles blieb still, und nur das langsame Ticken der Standuhr neben dem Kamin war zu hören.

«Alice?»

Irgendwo ging eine Tür auf und zu, und Mrs. Jilkes kam über den Küchenflur, wie ein Schiff unter vollen Segeln in ihrer gestärkten weißen Schürze. «Wer ist da?» Sie hörte sich ausgesprochen mürrisch an, bis sie Virginia mit den Kindern sah.

Da lächelte sie. «Oh, Mrs. Keile, haben Sie mich überrascht, ich konnte ja nicht ahnen, daß Sie es waren. Und das sind Ihre Kinder. Gott, sind die niedlich, seid ihr nicht niedlich?» wollte sie im Plauderton von Cara wissen, der so eine Frage noch nie gestellt worden war. Sie überlegte, ob sie «nein» sagen sollte, weil sie wußte, daß sie nicht niedlich war, aber sie war zu schüchtern, um etwas zu sagen. Sie starrte Mrs. Jilkes bloß an.

«Du bist Cara, nicht? Und Nicholas. Wie ich sehe, habt ihr eure Badesachen mitgebracht. Köpfchen in das Wasser, wie?» Sie wandte sich wieder an Virginia. «Mrs. Lingard ist nicht da.»

«Ach.»

«Sie ist weg, seit Sie weg sind. Mr. Lingard mußte zu einem großen Bankett in London, und Mrs. Lingard hat plötzlich beschlossen mitzufahren. Sie sagte, sie war schon eine ganze Weile nicht mehr in London. Aber heute abend ist sie wieder zu Hause.»

Virginia versuchte, daraus schlau zu werden. «Sie meinen, sie ist seit Donnerstag weg?»

«Donnerstag nachmittag ist sie abgefahren.»

«Aber... Bosithick... der Kamin war an, als wir hinkamen, und alles war geputzt, und jemand hatte uns Eier und Milch hingestellt... ich dachte, das war Mrs. Lingard.»

Mrs. Jilkes setzte eine gezierte Miene auf. «Nein. Aber ich will Ihnen sagen, wer es war.»

«Wer?»

«Eustace Philips.»

«Eustace?»

«Nun tun Sie nicht so entsetzt, er hat schließlich nichts Schlimmes getan.»

«Aber woher wissen Sie, daß es Eustace war?»

«Weil er mich angerufen hat», sagte Mrs. Jilkes wichtigtuerisch. «Das heißt, er wollte mit Mrs. Lingard telefonieren, aber weil sie in London war, hab ich mit ihm gesprochen. Er hat gefragt, ob irgend jemand was macht in Bosithick, ehe Sie mit den Kindern hinkommen, und ich hab gesagt, ich weiß nicht, und daß Mrs. Lingard nicht da ist, und er hat gesagt, na macht nichts, ich kümmere mich darum, und das war alles. Hat er's gut gemacht?»

«Soll das heißen, er ist hingegangen und hat das Haus geputzt?»

«O nein. Eustace wüßte ja nicht mal, wo bei einem Staubwedel vorne und hinten ist. Das wird Mrs. Thomas gewesen sein. Die würde die Fliesen vom Fußboden runterschrubben, wenn man sie ließe.»

Cara schob ihre Hand in Virginias. «Ist das der Mann auf dem Traktor, den wir heute morgen gesehen haben?»

«Ja», sagte Virginia verwirrt.

«Aber wird er nicht denken, wir sind schrecklich unhöflich? Wir haben nicht danke gesagt.»

«Ich weiß. Wir müssen heute nachmittag hingehen. Wenn wir zurückkommen, gehen wir nach Penfolda und erklären es.»

Nicholas wurde zornig. «Aber du hast gesagt, ich darf mit meinem Eimer und meiner Schaufel am Strand graben!»

Mrs. Jilkes wußte eine aufsässige Stimme auf Anhieb zu erkennen. Sie beugte sich zu Nicholas hinunter, die Hände auf den Knien, ihr Gesicht dicht vor seinem, ihre Stimme verführerisch.

«Magst du nicht schwimmen gehen? Und wenn du aus dem Wasser kommst, darfst du mit deiner Mami und deiner Schwester hereinkommen und Kartoffelauflauf mit Hackfleisch essen, in der Küche bei Mrs. Jilkes...»

«Aber, Mrs. Jilkes...»

«Nein.» Mrs. Jilkes quittierte Virginias Unterbrechung mit

einem Kopfschütteln. «Es macht keine Umstände. Wartet alles bloß drauf, daß es aufgegessen wird. Und ich hab erst vorhin gedacht, daß das Haus so leer ist und daß ich da drin rumklappere wie eine Erbse in einer Trommel.» Sie strahlte Cara an. «Möchtest du das nicht gerne, mein Schätzchen?»

Sie war so gütig, daß Caras Schüchternheit schmolz. Sie sagte: «Ja, bitte.»

An diesem warmen Sonntagnachmittag spazierten sie querfeldein nach Penfolda, über die Stoppelfelder, wo Virginia erst vor einer Woche den Erntearbeitern zugesehen hatte, und über die Weiden. Über Zauntritte aus Granitstein, die über die Gräben gelegt waren, gelangten sie von einem Feld zum anderen. Als sie sich dem Hof näherten, sahen sie die Entenställe, die Gatter, den betonierten Viehhof, die Melkräume. Die Gatter öffnend und sorgsam hinter sich schließend, überquerten sie das Gelände und kamen in dem alten kopfsteingepflasterten Hof heraus. Sie hörten Schrubbgeräusche, nasse Borsten auf Stein, und Virginia ging zu einer offenen Tür, die in einen Stall mit Boxen führte, und sah einen Mann beim Ausmisten. Eine verblichene blaue Baskenmütze saß hinten auf seinem lockigen grauen Kopf, und er trug eine altmodische Arbeitshose mit Schnallen.

Er bemerkte Virginia und hielt mit Schrubben inne. Sie sagte: «Verzeihung, ich suche Mr. Philips...»

«Er muß hier irgendwo sein... hinterm Haus, glaube ich...»

«Dann gehen wir mal nachsehen.»

Sie gingen durch ein Gatter und einen Weg entlang, der zwischen dem Bauernhaus und dem verwilderten kleinen Garten verlief, wo sie mit Eustace Pastete gegessen hatte. Eine getigerte Katze saß an einem warmen Sonnenplätzchen vor der Haustür. Cara hockte sich hin, um sie zu streicheln, und Virginia klopfte an die Tür. Schritte waren zu hören, die Tür ging auf, und da stand eine kleine rundliche Frau, in ein schwarzes Kleid gezwängt; mit ihrer bedruckten Schürze sah sie aus wie ein neu aufgepolsterter Sessel. Hinter ihr aus der Küche kam ein leckerer Geruch, die Erinnerung an ein herzhaftes Sonntagsmahl.

«Ja?»

«Ich bin Virginia Keile... von Bosithick...»

«O ja...»

Das rosige Gesicht legte sich lächelnd in Falten, die Wangen schoben sich zu zwei kleinen Knubbeln zusammen.

«Sie müssen Mrs. Thomas sein.»

«Stimmt genau... und das sind Ihre Kinder?»

«Ja. Cara und Nicholas. Es tut uns so leid, weil wir nicht früher gekommen sind, um uns bei Ihnen fürs Putzen zu bedanken, und für die Eier und die Milch und das Feuerholz und alles.»

«Ach, das war ich nicht. Ich hab bloß ein bißchen saubergemacht und gelüftet. Eustace hat das Holz hingeschafft, er hat eine Fuhre hinten auf den Traktor geladen... und da hat er auch gleich Eier und Milch dagelassen. Wir dachten, Sie hatten keine Zeit, um alles zu besorgen, bevor Sie nach London gefahren sind... es ist traurig, in ein schmutziges Heim zu kommen; das konnten wir nicht zulassen.»

«Wir wären schon früher gekommen, aber wir dachten, es war Mrs. Lingard...»

«Sie möchten Eustace sprechen, ja? Er ist hinten im Gemüsegarten und gräbt mir einen Eimer Kartoffeln aus.» Sie lächelte auf Cara hinunter. «Magst du die kleine Miezekatze?»

«Ja, die ist süß.»

«Sie hat Junge in der Scheune. Möchtest du sie sehen?»

«Ist ihr das recht?»

«Sie hat nichts dagegen. Kommt mit, Mrs. Thomas zeigt euch, wo's langgeht.»

Sie ging zur Scheune, die Kinder hinterdrein; sie drehten sich kein einziges Mal nach ihrer Mutter um, so begierig waren sie, die Kätzchen zu sehen. Virginia ging den Gartenweg entlang, durch ein mit Efeu überranktes Drehtürchen. Eustace' blaues Hemd war hinter den Erbsenranken zu sehen. Virginia ging hin und fand ihn beim Ausgraben einer Furche Kartoffeln. Rund und glatt wie Meerkiesel steckten sie in der schokoladenbraunen Erde.

«Eustace.»

Er blickte über die Schulter und sah sie. Sie wartete auf ein Lächeln von ihm, aber es kam keines. Sie fragte sich, ob er beleidigt sei. Er richtete sich auf und stützte sich auf den Forkenstiel.

«Hallo.» Er sagte es, als sei er überrascht, sie hier zu sehen.

«Ich bin gekommen, um dir zu danken. Und mich zu entschuldigen.»

Er schob die Forke von einer Hand in die andere. «Entschuldigen, wofür?»

«Ich habe nicht gewußt, daß du das Holz gebracht und Feuer gemacht hast und alles. Ich dachte, es war Alice Lingard. Deswegen sind wir nicht früher hergekommen.»

«Ach das», sagte Eustace, und sie überlegte, ob es noch etwas gab, wofür sie sich entschuldigen sollte.

«Das war schrecklich nett. Die Milch und die Eier und alles. Es sah gleich ganz anders aus.» Sie hielt inne, aus Furcht, unaufrichtig zu klingen. «Aber wie bist du ins Haus gekommen?»

Eustace rammte die Zinken der Forke in die Erde und ging auf Virginia zu. «Wir haben einen Schlüssel hier. Als meine Mutter jungverheiratet war, ist sie manchmal drüben gewesen und hat ein bißchen für den alten Mr. Crane gearbeitet. Seine Frau war krank, meine Mutter hat das Haus geputzt. Er hat ihr einen Schlüssel gegeben, und seither hängt er bei uns an der Garderobe.»

Er blieb neben ihr stehen, sah auf sie hinunter, und plötzlich lächelte er. Seine blauen Augen zogen sich belustigt zusammen, und da wußte sie, daß ihre Befürchtungen nicht gerechtfertigt waren und er ihr nicht böse war. Er sagte: «Du hast also doch beschlossen, das Haus zu nehmen.»

Zerknirscht sagte Virginia: «Ja.»

«Mir war schrecklich zumute, weil ich all die Sachen zu dir gesagt habe und du dich so aufgeregt hast. Ich hab die Beherrschung verloren, das hätte ich nicht tun sollen.»

«Du hattest ja recht. Es war genau, was ich brauchte, um zu einem Entschluß zu kommen.»

«Deswegen habe ich das Feuerholz und die anderen Sachen hingebracht. Das war das mindeste, was ich tun konnte. Du brauchst bestimmt wieder Milch...»

«Könnten wir nicht jeden Tag welche von dir haben?»

«Wenn jemand kommt und sie abholt.»

«Ich kann kommen, oder eines von den Kindern. Ich habe es vorher nicht gewußt, aber über die Felder und die Mauertritte ist es überhaupt keine Entfernung.»

Sie machten sich auf den Weg zum Gatter.

«Sind deine Kinder hier?»

«Sie sind mit Mrs. Thomas Kätzchen angucken.»

Eustace lachte. «Sie werden sich in sie verlieben, mach dich darauf gefaßt. Ein Siamkater aus der Nachbarschaft hat die kleine getigerte Mieze erwischt. So süße Kätzchen hast du noch nie gesehen.» Er hielt Virginia das Gatter auf. «Sie haben blaue Augen und...»

Er blieb stehen, sah über ihren Kopf hinweg, wie Cara und Nicholas langsam, vorsichtig aus der Scheune kamen, die Hände wiegend gewölbt, die Köpfe bewundernd gesenkt. «Was hab ich dir gesagt?» sagte Eustace und schloß das Gatter.

Die Kinder kamen den Wiesenhang heran, knöcheltief, knietief in Wegerich und großen weißen Margeriten. Und ganz plötzlich sah Virginia sie mit neuen Augen, mit Eustace' Augen, als sehe sie sie zum erstenmal. Den blonden Kopf und den dunklen, die blauen Augen und die braunen. Die Sonne flimmerte auf Caras Brille, so daß sie blinkte wie die Scheinwerfer eines kleinen Autos. Die neuen, zu groß gekauften Jeans rutschten ihnen über die Hüften, und Nicholas' Hemd hing über seinen festen, runden kleinen Popo.

Eine plötzliche Aufwallung von Liebe schnürte ihr die Kehle zu, ihre Augen brannten von ungeweinten Tränen. Sie waren so wehrlos, so verletzlich, und aus irgendeinem Grunde kam es so sehr darauf an, daß sie einen guten Eindruck auf Eustace machten.

Nicholas entdeckte seine Mutter. «Guck mal, was wir haben, Mami. Mrs. Thomas hat gesagt, wir dürfen sie nach draußen bringen.»

«Ja», sagte Cara, «sie sind ganz winzig, und sie haben die Augen…» Sie sah Eustace hinter ihrer Mutter und verstummte, blieb auf der Stelle stehen, das Gesicht verschlossen; ihre Augen hinter ihrer Brille musterten ihn.

Aber Nicholas kam heran. «Guck, Mami, du mußt es dir angucken. Es ist ganz pelzig, und es hat winzige Krallen. Aber ich weiß nicht, ob's ein Männchen oder Weibchen ist. Mrs. Thomas sagt, sie kann's nicht erkennen.» Er blickte auf, sah Eustace und lächelte ihm gewinnend ins Gesicht. «Mrs. Thomas hat gesagt, sie saugen nicht mehr an ihrer Mama, die ist zu dünn geworden, sie hat ihnen ein Tellerchen mit Milch hingestellt, und sie schlabbern, und sie haben ganz winzige Zungen», berichtete er Eustace.

Mit seinem langen braunen Finger kraulte Eustace das Kätzchen am Kopf. Virginia sagte: «Nicholas, das ist Mr. Philips, sag schön guten Tag.»

«Guten Tag. Mrs. Thomas hat gesagt, wenn wir eines wollen, dürfen wir eines haben, aber wir müssen dich erst fragen. Ach bitte, Mami, es ist so klein, es kann in meinem Bett schlafen, und ich kann für es sorgen.»

Virginia hatte sämtliche klassischen Argumente parat, die Eltern vorbrachten, die in derselben Situation waren wie sie. *Zu klein, um schon von seiner Mutter getrennt zu werden. Es braucht sie noch, um es zu wärmen. Wir sind nur über die Ferien in Bosithick, stell dir nur vor, wie es auf der Fahrt nach Schottland leiden würde.*

Eustace hatte den Kartoffeleimer abgestellt und ging zu Cara, die ihr Kätzchen an sich gedrückt hielt. Virginia, die mit ihr litt, sah ihn in die Hocke gehen, so daß er auf Caras Höhe war, und sachte ihre Finger lösen. «Du darfst es nicht zu eng halten, sonst kriegt es keine Luft.»

«Ich hab Angst, daß ich es fallen lasse.»

«Du läßt es schon nicht fallen. Es will gucken, was los ist auf der Welt. Es hat noch nie die helle Sonne gesehen.» Er lächelte das Kätzchen an, dann Cara. Und als sie langsam zurücklächelte, vergaß man die häßliche Brille, die gewölbte Stirn und die dünnen Haare und sah nur ihren reizenden Ausdruck.

Kurz darauf schickte er sie die Kätzchen zurückbringen. Zu Virginia sagte er, sie solle draußen in der Sonne bleiben, und er ging mit den Kartoffeln für Mrs. Thomas ins Haus, um nach einer Minute mit einem Päckchen Zigaretten und einer Tafel Schokolade wieder zu erscheinen. Sie legten sich ins hohe Gras, wo sie schon einmal gelegen hatten, und die Kinder kamen hinzu.

Er gab ihnen die Schokolade, aber sprach mit ihnen wie mit Erwachsenen. Was habt ihr gemacht? Was habt ihr gestern gemacht, als es so geregnet hat? Seid ihr schon schwimmen gewesen?

Sie erzählten es ihm, wobei sie sich gegenseitig übertönten; nachdem Cara ihre Schüchternheit überwunden hatte, war sie genau so begierig wie Nicholas, sich mitzuteilen.

«Wir haben Regenmäntel gekauft, und wir sind klitschenaß geworden. Und Mami mußte auf die Bank, Geld holen, und Nicholas hat einen Eimer und eine Schaufel gekriegt.»

«Aber ich war noch nicht am Strand graben!»

«Und heute morgen waren wir bei Lingards schwimmen. In Tante Alice' Schwimmbad. Aber wir sind noch nicht im Meer geschwommen.»

Eustace hob die Augenbrauen. «Ihr seid nicht im Meer geschwommen und nicht am Strand gewesen? Das geht aber nicht!»

«Mami sagt, sie hat keine Zeit…»

«Aber sie hat es mir versprochen.» Als Nicholas sein Kummer wieder einfiel, war er empört. «Sie hat gesagt, heute darf ich mit der Schaufel graben, aber ich war noch gar nicht im Sand.»

Virginia lachte über ihn, worauf er noch zorniger wurde. «Ist doch wahr, und das wünsch ich mir am allermeisten.»

«Schön», sagte Eustace, «wenn du dir das am allermeisten wünschst, wieso sitzen wir dann hier rum und quasseln uns die Seele aus dem Leib?»

Nicholas sah Eustace mit mißtrauisch zusammengekniffenen Augen an. «Du meinst, wir gehen an den Strand?»

«Warum nicht?»

«Jetzt?» Nicholas traute seinen Ohren nicht.

«Möchtest du lieber was anderes machen?»

«Nein, gar nicht.» Er sprang auf die Füße. «Wo gehen wir hin? Nach Porthkerris?»

«Nein, dahin nicht – da ist es gräßlich voll. Wir gehen an unseren Privatstrand, den keiner kennt; der gehört nur zu Penfolda und Bosithick.»

Virginia war verblüfft. «Ich wußte nicht, daß wir einen Strand haben. Ich dachte, da wären bloß Klippen.»

Inzwischen war auch Eustace auf den Beinen. «Ich zeig's euch... kommt, wir fahren mit dem Landrover.»

«Mein Eimer und meine Schaufel sind in unserem Haus.»

«Die holen wir unterwegs ab.»

«Und unsere Badesachen», sagte Cara.

«Die auch.»

Er ging ins Haus, um seine Sachen zu holen, rief Mrs. Thomas etwas zu, ging voraus durchs Tor und über den Hof. Er pfiff, und die Hunde kamen bellend um die Scheune gesaust; sie wußten, der Pfiff bedeutete spazierengehen, Gerüche, Kaninchen, vielleicht ein Bad. Sie kletterten alle mitsamt den Hunden in den Landrover, und Cara, die ihre Scheu jetzt ganz überwunden hatte, kreischte vor Vergnügen, als sie aus dem kopfsteingepflasterten Hof rumpelten und holpernd auf dem Feldweg zur Hauptstraße fuhren.

«Ist es weit?» fragte sie Eustace.

«Überhaupt nicht.»

«Wie heißt der Strand?»

«Jack Carley's Bucht. Und es ist nichts für Babies, nur für große Kinder, die auf sich aufpassen und die Klippe runterklettern können.»

Sie versicherten ihm hastig, daß sie schon groß seien, und Virginia betrachtete Nicholas' Gesicht und sah die Freude und Zufriedenheit, weil ihm endlich vergönnt war, was er sich den ganzen Tag gewünscht hatte. Und er würde es sofort tun. Keiner sagte, vielleicht morgen, oder er solle abwarten oder Geduld haben. Und sie wußte genau, wie ihm zumute war, denn vor langer Zeit hatte Eustace genau dasselbe Wunder für die junge Virginia vollbracht und ihr das Eis gekauft, das sie sich sehnlichst gewünscht hatte, und sie dann aus heiterem Himmel nach Penfolda eingeladen.

7

Sie ließen den Landrover auf dem verlassenen Bauernhof hinter Bosithick stehen und machten sich zu Fuß auf den Weg zum Meer. Anfangs, als es quer über die Felder ging, liefen sie zu viert nebeneinander; Eustace nahm Nicholas an der Hand, damit er nicht zurückblieb. Als aber dann die Felder von Brombeer- und Farngestrüpp abgelöst wurden, gingen sie hintereinander, Eustace voran, über bröckelnde Mäuerchen und einen Bach, wo die Binsen den Kleinen bis an die Schultern reichten. Dann wieder über einen Mauertritt, und da verschwand der Pfad unter wild wucherndem Farnkraut. Nur mühsam bahnten sie sich ihren Weg. Plötzlich fiel der Boden steil ab, und der Pfad führte im Zickzack durchs Unterholz direkt an den Rand der Klippe. Dahinter öffnete sich freier Raum, blaue Luft. Kreisende, schreiende Möwen und das ferne, schäumende Meer.

An dieser Stelle mündete die Küste in einer zerklüfteten Landspitze aus großen Granitbrocken. Dazwischen waren ebene, grüne Grasnarben, mit lila Heidekraut gefleckt, und als die vier den Windungen des Pfades zwischen den Gesteinsbrocken folgten, tat sich nach und nach weit unten eine kleine, geschützte Bucht auf. Über den Felsen war die See purpurn und über dem Sand jadegrün. Der schmale Strand war von den Resten eines alten Deiches begrenzt. Dahinter stieg der Hang bis zum grünen Klippenrand an, von dem ein Süßwasserbach in kleinen Kaskaden herabstürzte. Und oberhalb des Deiches schmiegten sich die Reste einer verfallenen Hütte an den Fuß der Klippe, mit zerbrochenen Fensterscheiben und fehlenden Dachziegeln.

Die vier stellten sich in der sanften Brise nebeneinander und blickten hinunter. Es war ein verwirrendes Gefühl. Virginia fragte sich, ob die Kinder Angst bekämen, aber keines von beiden schien die schwindelerregende Höhe zu beunruhigen.

«Da ist ein Haus», sagte Cara.

«Da hat Jack Carley gewohnt.»

«Wo wohnt er jetzt?»

«Bei den Engeln, nehme ich an.»

«Hast du ihn gekannt?»

«Ja. Er war schon ein alter Mann, als ich ein kleiner Junge war. Er hatte es nicht gern, wenn Leute hierherkamen. Erwachsene Leute. Er hatte einen großen Hund, der hat gebellt und sie weggejagt.»

«Aber du durftest kommen?»

«O ja.» Eustace grinste Nicholas an. «Soll ich dich tragen, oder schaffst du es allein?»

Nicholas spähte über den Klippenrand. Der Pfad verlor sich unter ihm aus dem Blickfeld. Nicholas ließ sich nicht abschrecken.

«Nein, ich will nicht getragen werden. Aber geh du lieber vor.»

Vorneweg aber gingen die Hunde, furchtlos, sicher auf den Beinen wie Ziegen. Die Menschen folgten in behutsamerem Tempo, doch Virginia stellte fest, daß der Weg nicht so gefährlich war, wie er aussah. Der Boden unter den Füßen war hart, und an steilen Stellen hatte man Stufen gebaut, die mit Treibholz unterlegt oder einfach aus Zement gegossen waren.

Viel schneller als erwartet kamen sie heil unten an. Über ihnen ragte die Klippe dunkel und kalt im Schatten auf, doch als sie zum Strand hinunterhüpften und wieder in die Sonne kamen, war der Sand warm, und von dem Häuschen ging ein

Teergeruch aus. Es war nichts zu hören außer den Möwen und das schäumende Meer und das Plätschern des Baches.

Die kleine Bucht hatte etwas Unwirkliches, als seien sie Zeit und Raum entrückt. Die Luft war still, die Sonne brannte, der Sand war weiß und das grüne Wasser glasklar. Die Kinder zogen sich aus und gingen mit Nicholas' Eimer und Schaufel gleich ans Wasser, wo sie sich daranmachten, eine mit Gräben und eimerförmigen Türmen bewehrte Sandburg zu bauen.

«Wenn die Flut kommt, spült sie die ganze Burg weg», sagte Cara.

«Nein, tut sie nicht, weil wir nämlich einen ganz ganz tiefen Graben machen, und dann geht das Wasser da rein.»

«Wenn die Flut höher ist als die Burg, spült sie sie weg.»

Nicholas überlegte. «Ja, aber das dauert eine Ewigkeit.»

Dies war ein Tag, den sie ihr Leben lang nicht vergessen würden. Virginia stellte sich ihre erwachsenen Kinder vor, wie sie sich sehnsüchtig zurückerinnerten.

Es gab dort eine kleine Bucht und eine verfallene Hütte und keine Menschenseele, nur wir und zwei Hunde, und wir mußten einen selbstmörderischen Weg hinunterklettern.

Wer ist mit uns gegangen?

Eustace Philips.

Aber wer war das?

Das weiß ich nicht mehr... er muß Bauer gewesen sein, jemand aus der Nachbarschaft.

Und sie würden sich über Kleinigkeiten streiten.

Dort floß ein Bach.

Nein, das war ein Wasserfall.

Quer über den Strand floß ein Bach von oben herunter. Ich kann mich ganz deutlich erinnern. Und wir haben ihn mit einer Sandbank gestaut.

Einen Wasserfall gab's. Und ich hatte eine neue Schaufel.

Als Flut war, gingen sie alle schwimmen. Das Wasser war klar, salzig und grün und sehr kalt. Virginia hatte ihre Bademütze vergessen, ihre dunklen Haare lagen glatt am Kopf an. Ihr Schatten bewegte sich wie eine seltsame neue Fischart über den steinigen Meeresgrund. Cara im Arm, trieb sie zwischen See und Himmel, die Augen von Wasser und Sonnenschein geblendet. Die Luft war vom Kreischen der Möwen und von dem steten Murmeln der sanften Brandung erfüllt.

Ihr wurde kalt. Die Kinder jedoch zeigten keinerlei Anzeichen von Frösteln, daher ließ sie sie bei Eustace, ging aus dem Wasser und setzte sich in den trockenen Sand.

Sie mußte sich direkt in den Sand setzen, weil sie weder Matten noch übergroße Badetücher mitgebracht hatten. Und auch keinen Kamm und Lippenstift, Kekse oder Strickzeug, keine Thermosflasche mit Tee, keine Strickjacke. Weder Rosinenkuchen noch Schokoladenplätzchen, kein Geld zum Ponyreiten oder für den Eismann.

Schließlich kam Cara mit klappernden Zähnen zu ihr. Virginia hüllte sie in ein Handtuch und trocknete sie sachte ab. «Wenn du so weiter machst, kannst du bald prima schwimmen.»

«Wie spät ist es?» fragte Cara.

Ihre Mutter blinzelte in die Sonne. «Ich schätze, bald fünf... ich weiß es nicht.»

«Wir haben noch nicht Tee getrunken.»

«Nein, und ich glaube, es gibt auch keinen.»

«Keinen Tee?»

«Nur heute, ist doch nicht so schlimm. Nachher gibt's Abendessen.»

Cara zog ein Gesicht, erhob aber keine Einwände. Nicholas dagegen brüllte lautstark, als er feststellen mußte, daß Virginia nichts zu essen mitgenommen hatte.

«Ich hab aber Hunger.»

«Es tut mir leid.»

«Nanny hatte immer Knabberzeug dabei, und du hast nichts.»

«Ich hab's vergessen. Wir hatten es so eilig, und da hab ich nicht an Kekse gedacht.»

«Und was soll ich jetzt essen?»

Eustace schnappte diese letzten Worte auf, als er triefend über den Strand kam. «Was ist los?» Er bückte sich nach einem Handtuch.

«Ich hab solchen Hunger, und Mami hat nichts zu essen mitgenommen.»

«Wie schrecklich», sagte Eustace ohne Mitgefühl.

Nicholas bedachte ihn mit einem langen, vernichtenden Blick, drehte sich um, wollte still schmollend wieder zu seiner Burg. Doch Eustace faßte seinen Arm, zog ihn sachte zurück, drückte ihn an seine Knie und rieb ihn zerstreut mit dem Handtuch ab, ganz so, als ob er einen Hund streichelte.

Virginia sagte beschwichtigend: «Ich glaube, wir müssen sowieso bald gehen.»

«Warum?» fragte Eustace.

«Ich dachte, du müßtest die vielen Kühe melken.»

«Das macht Bert.»

«Bert?»

«Er war heute in Penfolda, die Boxen ausmisten.»

«Ah, ja.»

«Er hat früher bei meinem Vater gearbeitet, jetzt hat er sich zur Ruhe gesetzt, aber er kommt jeden zweiten Sonntag und geht mir zur Hand. Er tut es gern, Mrs. Thomas gibt ihm was Gutes zu essen, und ich habe ein paar Stunden für mich.»

Nicholas ärgerte sich über das sinnlose Geplauder. Er zappelte in Eustace' Händen, sah ihn wütend an. «Ich hab Hunger.»

«Ich auch», sagte Cara wehmütig, wenn auch nicht ganz so vehement.

«Hört mal», sagte Eustace.

Die Kinder spitzten die Ohren. Über den Lärm des Meeres und der Möwen hinweg hörten sie ein anderes Geräusch. Das leise Tuckern eines Motors, das immer näher kam.

«Was ist das?»

«Wart's nur ab.»

Das Geräusch wurde lauter. Bald sahen sie ein kleines offenes Boot um die Landspitze biegen und sich nähern, weiß mit einem blauen Streifen, das in einem weißen Gischtnebel auf den Wellen ritt. Eine gedrungene Gestalt stand am Heck. Langsam schwenkte es in die geschützte Bucht, der Motor erstarb zu einem steten Pochen...

«Na also!» sagte Eustace, zufrieden wie ein Zauberer, dem ein schwieriger Trick gelungen war.

«Wer ist das?» fragte Virginia.

«Das ist Tommy Bassett aus Porthkerris. Er kommt seine Hummerkörbe einsammeln.»

«Aber er hat bestimmt keine Kekse», sagte Nicholas, der sich nicht so leicht ablenken ließ.

«Nein. Aber vielleicht etwas anderes. Soll ich mal nachsehen?»

«O ja.» Es klang zweifelnd.

Eustace ließ Nicholas los, ging über den Sand und watete ins Wasser, tauchte mitten durch eine pfauengrüne Welle und kraulte mit kräftigen, gleichmäßigen Zügen weit hinaus zu dem schaukelnden Boot. Die Hummerkörbe wurden schon an Bord gehievt. Die Fischer leerten einen und warfen ihn zurück, dann sahen sie Eustace kommen, blieben stehen und sahen ihm zu.

«He, Junge!» Seine Stimme wurde auf dem Wasser bis zu ihnen getragen.

Sie sahen Eustace mit den Händen die Dollborde fassen, einen Moment dort hängen, sich dann kräftig abstoßen und aus dem Wasser in das schaukelnde Boot stemmen.

«Ist der aber weit geschwommen», sagte Cara.

Nicholas sagte: «Hoffentlich bringt er keinen Hummer mit.»

«Warum nicht?»

«Weil Hummer Scheren haben.»

Im Boot war offensichtlich eine Unterhaltung im Gange. Doch schließlich stand Eustace auf, und sie sahen, daß er so etwas wie ein Bündel trug. Er kletterte von Bord und schwamm zurück, langsamer diesmal, von seinem geheimnisvollen Bündel behindert. Dieses entpuppte sich wahrhaftig als ein Einkaufsnetz, naß und triefend, und es enthielt ein Dutzend schillernde Makrelen.

Nicholas wollte gerade sagen: «Ich mag keinen Fisch», aber er fing Eustace' Blick auf und hielt den Mund.

«Ich dachte, er könnte vielleicht ein paar haben», erklärte Eustace. «Er wirft meistens eine Angel aus, wenn er zu den Körben rausfährt.» Er lächelte Cara an. «Hast du schon mal Makrelen gegessen?»

«Glaub ich nicht», sagte Cara, «aber daß er dir das Netz gegeben hat!» Das schien ihr viel erstaunlicher als die geschenkten Makrelen. «Will er es nicht wiederhaben?»

«Davon hat er nichts gesagt.»

«Nehmen wir die Fische mit nach Bosithick?»

«Wozu? Nein, wir braten sie hier... kommt, ihr könnt mir helfen.»

Er klaubte sechs oder sieben große Steine auf, rund und glatt, legte sie zu einem Kreis, und mit Streichhölzern, einem alten zerknüllten Zigarettenpäckchen und ein paar Treibholzspänen fachte er ein Feuerchen an, schickte die Kinder weiteres Holz sammeln, und bald hatten sie ein richtiges lo-

derndes Feuer. Und als die Asche grau war und beim Hinein-
blasen rot aufglühte, legte er die Fische in einer Reihe hinein.
Es gab ein Zischen und Knistern, und bald darauf stieg köstlicher Duft auf.

«Aber wir haben keine Messer und Gabeln», sagte Cara.

«Finger gibt es schon viel länger als Gabeln.»

«Aber es ist heiß.»

Cara und Nicholas hockten sich ans Feuer, Kopf an Kopf,
nackt bis auf ihre Badehosen und eine dünne Sandschicht. Sie
sahen wie Wilde aus und vollkommen zufrieden.

Cara beobachtete Eustace' geschickte Hände. «Hast du das
schon mal gemacht?»

«Was, einen Stock geschnitzt?»

«Nein, Feuer gemacht und Fische gebraten.»

«Schon oft. Makrelen kann man nur so zubereiten und essen, frisch aus dem Meer.»

«Hast du das auch gemacht, als du ein kleiner Junge
warst?»

«Ja.»

«Hat da der alte Mann gelebt, Jack Carley?»

«Ja. Er ist herausgekommen, hat sich zu uns an den Strand
gesetzt. Mit einer Flasche Rum und einer stinkigen alten
Pfeife saß er da und spann so haarsträubende Geschichten,
daß wir nie recht wußten, ob sie wahr waren.»

«Was für Geschichten?»

«Oh, Abenteuer... er war in der ganzen Welt herumge-
kommen, hatte alles gemacht. War Koch auf einem Tanker,
Holzfäller, hat Straßen und Schienen gebaut, im Bergwerk
gearbeitet. Er ist fünf Jahre oder länger in Chile gewesen, hat
dort gearbeitet und kam als reicher Mann nach Hause, aber
binnen zwölf Monaten war das Geld futsch, und dann zog er
wieder los.»

«Aber er ist zurückgekommen.»

«Ja, er ist zurückgekommen. Zurück in Jack Carley's Bucht.» Cara schauderte. «Ist dir kalt?»

«Nanny sagt immer, da geht ein Geist über dein Grab.»

«Dann zieh einen Pullover an, der hält die Geister fern, und gleich ist das Essen fertig.»

Als Virginia ihn mit den Kindern sah, dachte sie daran, wieviel Anthony entgangen war, weil er nie etwas mit ihnen zu tun haben wollte. Wäre Cara hübsch gewesen, vielleicht hätte er sie dann beachtet, Cara, die sich nach Zuwendung und Liebe sehnte und ihren Vater für den wunderbarsten Menschen auf der Welt hielt. Aber sie war unscheinbar und schüchtern, und er hatte sich nie Mühe gegeben zu verbergen, daß er sich ihrer schämte. Und Nicholas... mit Nicholas hätte es anders sein können. Wenn er alt genug gewesen wäre, hätte Anthony ihm Schießen, Golf spielen und Angeln beigebracht, sie wären Kumpel geworden und zusammen herumgezogen. Aber Anthony war tot, und nichts davon würde geschehen, und es tat ihr leid, daß sie sich nie erinnern würden, mit ihm geschwommen zu sein, sie würden nie mit ihm an einem Lagerfeuer hocken, seinen Geschichten lauschen und seinen geschickten Händen zusehen, die Holzspieße schnitzten, um sie statt Gabeln zu benutzen.

Die sinkende Sonne schien direkt auf sie herab, die See flimmerte und blendete. Bald würde es Abend sein und dunkel. Und Jack Carley hatte hier gelebt, so wie Aubrey Crane in Bosithick gelebt hatte. Man sah sie nicht. Man hörte sie nicht. Und wußte doch, daß sie noch da waren.

Diese Gegenwärtigkeit der Vergangenheit war beunruhigend, aber irgendwie natürlich und daher nicht wirklich beängstigend. Und in dieser Gegend konnte man unmöglich als nervöse oder ängstliche Person existieren, denn hinter der Schönheit war es ein wildes Land, und überall lauerte Gefahr. In der tiefen, tückischen See mit ihren Strudeln und unerwar-

147

teten Strömungen. Auf den Klippen und in den Höhlen, die so rasch von der Flut abgeschnitten und überspült wurden. Sogar die stillen Felder, über die sie heute nachmittag gegangen waren, verbargen ungeahnte Schrecken; verlassene Minen, tiefe Gruben und Schächte, schwarz wie Brunnen, lagen unter dem Farnkraut verborgen. Und Reste von Fellen und Federn, kleine gebleichte Knochen zeugten von den Füchsen, die in Erdlöchern unter dem Stechginster ihre Lager bauten.

Und wenn es Nacht wurde, hob die Eule zu ihrem Raubvogelgeheul an, und der Dachs kam hervor, um zu graben und zu stöbern. Die Aufregungen der Jagd waren nichts für ihn. Er war es zufrieden, mitten in der Nacht den Deckel eines Mülleimers herunterzustoßen, wobei er ein solches Getöse verursachte, daß die Bauersfrau in kaltem Angstschweiß aufwachte.

«Mami, der Fisch ist gar.» Caras Stimme unterbrach Virginias Gedanken. Sie blickte auf und sah Cara einen Stock hochhalten, ein Stück Fisch gefährlich an der Spitze aufgespießt. «Komm her, nimm es, schnell, bevor es runterfällt!» Ihre Stimme war verzweifelt, und Virginia stand auf, klopfte den Sand von ihrem Badeanzug und ging zu den anderen.

Im Nachglühen der sinkenden Sonne, bei ablandigem Wind, der ihnen kühl in die Gesichter blies, wanderten sie langsam nach Hause. Die Kinder waren schläfrig und still. Nicholas war nicht zu stolz, sich von Eustace huckepack nehmen zu lassen; Virginia trug die nassen Badesachen und Handtücher in dem Einkaufsnetz, in dem zuvor die Makrelen gelegen hatten, und half Cara mit der anderen Hand. Sie waren alle sandig, salzig, zerzaust, ermattet, der Pfad war steil und die Kletterei durch das Farngestrüpp und das tückische Unterholz anstrengend. Doch am Ende langten sie oben auf den Feldern an, und von da an ging es sich leicht. Hinter ihnen reflektierte das im Halblicht schimmernde Meer alle Farben des Himmels, und vor ihnen in der Senke lag Bosithick, und über die Straße dahinter flackerten hin und wieder die Scheinwerfer eines fahrenden Autos.

Einige von Eustace' Kühen waren durch eine Lücke in der Hecke auf das obere Feld gewandert. Braun und weiß ragten sie im Dämmerlicht auf, machten muntere Kaugeräusche und hoben die Köpfe, als die kleine Prozession vorüberging.

Nicholas beugte sich vor und sprach in Eustace' Ohr: «Kommst du mit zu uns?»

Er lächelte. «Zeit, daß ich nach Hause komme.»

«Es wäre schön, wenn du zum Abendessen bleiben würdest.»

«Du hast doch schon zu Abend gegessen.»

«Ich dachte, das war Teezeit.»

«Sag bloß nicht, du hast noch Platz im Bauch.»

Nicholas gähnte. «Nein, vielleicht nicht.»

«Ich koche euch Kakao, den könnt ihr im Bett trinken», versprach Virginia.

«Ja», sagte Nicholas. «Aber es wär schön, wenn Eustace mitkommen und uns was erzählen würde, solange wir baden.»

Cara stimmte ein: «Ja, Mami kann uns Kakao machen, und du kannst uns was erzählen.»

«Ich mach noch mehr», sagte Eustace. «Ich schrubbe euch den Sand vom Rücken.»

Sie kicherten in hellen Tönen, als sei das furchtbar komisch, und sobald sie im Haus waren, rasten sie ins Badezimmer und kabbelten sich um die Wasserhähne. Unheilvolle Spritzgeräusche kamen durch die Tür, und Eustace krempelte die Ärmel auf und ging hinein, um der Tollerei ein Ende zu bereiten. Virginia hörte ihn sagen: «Still jetzt, ihr versenkt das Schiff, wenn ihr nicht aufpaßt.»

Sie überließ ihm die Kinder, ging mit dem Fischnetz in die

Küche, kippte die Badesachen und die sandverkrusteten Handtücher in den Spülstein, wusch sie aus, trug sie in den dunklen Garten, fand tastend die Wäscheleine und hängte die Sachen auf. Sie blähten sich und flatterten im Dunkeln wie Gespenster.

Wieder in der Küche, goß sie Milch in einen Topf, setzte sie auf, blieb, an den Herd gelehnt, dabei stehen, gähnte ein wenig. Sie hob eine Hand an die Augen und merkte, daß ihr Gesicht rauh war von Sand. Sie nahm den kleinen Spiegel und einen Kamm aus ihrer Handtasche, lehnte den Spiegel an ein Bord der Anrichte und versuchte, ihre Haare zu ordnen, aber sie waren steif und verklebt vom Salz und voll Sand. Heimlich wünschte sie, daß es hier eine Dusche zum Haarewaschen gäbe, denn den Kopf unter den Wasserhahn zu halten, war ihr zu umständlich. In dem spärlichen Licht sah ihr Bild sie aus dem runden Spiegel an; sie hatte Sommersprossen auf dem Nasenrücken, aber ihre Augen waren umschattet, dunkel wie zwei Löcher in ihrem Gesicht.

Die Milch im Kochtopf stieg hoch. Sie machte zwei Becher Kakao und stellte sie auf ein Tablett. Auf dem Weg nach oben sah sie, daß das Badezimmer leer war. Eine Spur von nassen Handtüchern und Fußabdrücken führte die Treppe hinauf. Auf dem Flur hörte sie Stimmen. Die Kinderzimmertür stand offen.

Virginia blieb stehen und beobachtete das sich ihr bietende Schauspiel. Eustace saß mit dem Rücken zu ihr auf Caras Bett, die Kinder hockten auf Nicholas' Bett. Alle drei hatten die Köpfe zusammengesteckt, und Eustace bekam eine Führung durch Caras Fotografien geboten.

«Und das ist Daddy. Hier, der große. Sieht er nicht schrecklich gut aus?» Das war Cara, geschwätzig, wie sie sein konnte, wenn sie allen Zwang vergaß. «Und das ist unser Haus in Schottland, das ist mein Schlafzimmer, und das ist

Nicholas' Schlafzimmer, und das ganz oben ist unser Spielzimmer...»

«Das da ist mein Schlafzimmer!»

«Hab ich doch gesagt, du Dummkopf. Und das hier ist
Nannys Zimmer, und das ist Mamis Zimmer, aber die hinte-
ren Zimmer kannst du nicht sehen, weil die um die Ecke sind.
Und das hier ist eine Luftaufnahme...»

«Die hat ein Mann in einem Flugzeug gemacht...»

«Und das ist der Park und der Fluß. Und das ist der Garten
mit der Mauer drum.»

«Und das ist Mr. McGregor auf seinem Traktor, und das ist
Bob und das Fergie.»

Eustace kam nicht mehr ganz mit. «Halt mal, wer sind Bob
und Fergie?»

«Bob hilft Mr. McGregor, und Fergie hilft dem Gärtner.
Fergie kann Dudelsack spielen, und weißt du, wer es ihm beigebracht hat? Sein Onkel. Und weißt du, wie sein Onkel
heißt? Monkel.» Triumphierend gab Nicholas die Antwort.

Eustace sagte: «Onkel Monkel.»

«Und das hier ist Daddy beim Skilaufen in St. Moritz, und
das sind wir alle zusammen bei der Moorhuhnjagd, aber wir
waren bloß beim Picknick dabei, wir sind nicht den Berg rauf-
gegangen. Und dies ist ein Stückchen von dem Fluß, wo wir
manchmal schwimmen gehen, aber man darf nicht immer
rein, weil es manchmal gefährlich ist, und die Kieselsteine tun
an den Füßen weh. Aber Mami hat gesagt, wir können ein
Schwimmbad kriegen, wenn wir wieder in Kirkton sind, genauso eines wie Tante Alice hat...»

«Und hier, das ist Daddys Auto, es ist ein ganz großer
Jaguar. Es ist ein...» Nicholas stockte. «Es war ein großer
Jaguar.» Er endete tapfer: «Ein grüner.»

An dieser Stelle unterbrach Virginia: «Hier ist euer
Kakao.»

«O Mami, wir haben Eustace die ganzen Fotos von Kirkton gezeigt.»

«Ja, ich hab's gehört.»

«Das war sehr nett», sagte Eustace. «Jetzt weiß ich alles über Schottland.»

Er stand auf, wie um Virginia aus dem Weg zu gehen, und stellte den Fotorahmen wieder auf die Kommode.

Die Kinder stiegen ins Bett. «Du mußt uns eines Tages mal besuchen kommen. Das soll er doch, ja, Mami? Er kann im Gästezimmer schlafen, ja?»

«Vielleicht», sagte Virginia. «Aber Eustace ist sehr beschäftigt.»

«Stimmt», sagte Eustace. «Hab immer viel zu tun. Und nun», er ging zu der offenen Tür, «gute Nacht.»

«Gute Nacht, Eustace. Und danke, daß du mit uns zum Strand gegangen bist.»

«Träumt nicht von Jack Carley.»

«Wenn ich's doch tu, hab ich keine Angst.»

«So ist's recht. Gute Nacht, Nicholas.»

«Gute Nacht. Bis morgen.»

Virginia bat ihn: «Geh noch nicht. Ich komm in einer Minute runter.»

«Ich warte unten», versprach er.

Der Kakao wurde brav unter Gähnen getrunken. Die Augen fielen ihnen zu. Sie legten sich hin, Virginia gab ihnen einen Gutenachtkuß. Als sie Nicholas küßte, tat er etwas Überraschendes. Dieses sonst so zurückhaltende Kind legte seine Arme um ihren Hals und drückte seine Wange an ihre.

Sie sagte sanft: «Was ist?»

«Da war es schön, nicht?»

«Du meinst an dem kleinen Strand?»

«Nein, das Haus, wo Eustace wohnt.»

«Penfolda.»

«Gehen wir da wieder hin?»

«Aber sicher.»

«Das kleine Kätzchen hab ich gern.»

«Ich weiß.»

«Eustace ist unten.»

«Ja.»

«Dann kann ich euch reden hören.» Seine Stimme drückte höchste Zufriedenheit aus. «Ich hör euch reden, reden, reden.»

«Findest du das gemütlich?»

«Ich glaub schon», sagte Nicholas.

Die Kinder waren fast eingeschlafen, aber Virginia blieb noch bei ihnen, ging rasch im Zimmer umher, las die verstreuten Kleidungsstücke auf, faltete sie zusammen und legte sie, säuberlich wie Nanny, auf die Sitze der zwei wackeligen Korbstühle. Danach schloß sie das Fenster halb, denn die Nachtluft wurde kühl, und zog die dünnen Gardinen zu. Sogleich wirkte das Zimmer im spärlichen Licht der Nachttischlampe behaglich; die einzigen Geräusche waren das Ticken von Caras Uhr und das Atmen der Kinder.

In diesem Augenblick war sie voller Liebe. Zu ihren Kindern, zu diesem seltsamen kleinen Haus, zu dem Mann, der unten auf sie wartete. Und sie hatte auch ein wunderbares Gefühl von Erfüllung, das Gefühl, daß alles richtig war. Es wird das erste Mal sein, dachte sie, daß ich mit Eustace allein bin, mit unendlich viel Zeit. Nur wir beide. Sie würde den Kamin anzünden, die Vorhänge zuziehen und ihm eine Kanne Kaffee machen. Wenn sie wollten, könnten sie die ganze Nacht reden. Sie könnten zusammensein.

Cara und Nicholas waren eingeschlafen. Sie knipste das Licht aus und ging hinunter, wo sie zu ihrer Verwunderung unversehens Dunkelheit umfing. Für einen unglaublichen Augenblick dachte sie, Eustace habe es sich anders überlegt und sei schon gegangen, doch dann sah sie ihn am Fenster stehen; er rauchte und beobachtete, wie das letzte Licht am Himmel erstarb. Ein Schatten dieses Lichts lag auf seinem Gesicht, doch als er ihre Schritte hörte, drehte er sich um, und sie konnte nichts in seinem Gesicht erkennen.

Sie sagte: «Ich dachte, du wärst gegangen.»

«Nein. Ich bin noch da.»

Die Dunkelheit machte Virginia unsicher. Sie knipste die Tischlampe an, die sanftes gelbes Licht verbreitete. Sie wartete, daß er sprach, und als er nichts sagte, nur dastand und rauchte, begann sie, die Stille mit Worten zu füllen.

«Ich... ich weiß nicht, was mit dem Abendessen ist. Möchtest du etwas? Ich weiß nicht mal, wie spät es ist.»

«Ich brauche nichts.»

«Ich könnte Kaffee kochen.»

«Du hast nicht zufällig eine Dose Bier?»

Sie machte eine hilflose Geste. «Nein, Eustace. Tut mir leid. Ich habe keines gekauft. Ich trinke nie Bier.» Das hörte sich prüde an, als hätte sie etwas gegen Bier. «Ich meine, es schmeckt mir einfach nicht.» Sie lächelte, bemüht, es scherzhaft klingen zu lassen.

«Macht nichts.»

Das Lächeln erstarb. Virginia schluckte. «Möchtest du wirklich keinen Kaffee?»

«Nein, danke.» Er sah sich nach etwas um, wo er seine Zigarette ausdrücken konnte. Sie holte ihm eine Untertasse, stellte sie auf den Tisch, und er zerkrümelte die Kippe, als hätte er einen persönlichen Groll gegen sie.

«Ich muß gehen.»

«Aber...»

Er drehte sich zu ihr hin, wartete, daß sie zu Ende spreche. Sie verlor den Mut. «Ja. Es war ein schöner Tag. Es war nett von dir, uns deine Zeit zu opfern und uns die Bucht zu zeigen und… alles.» Ihre Stimme klang schrill und förmlich, als ob sie einen Basar eröffnete. «Den Kindern hat es gefallen.»

«Es sind liebe Kinder.»

«Ja. Ich…»

«Wann fährst du nach Schottland zurück?»

Die abrupte Frage, seine kühle Stimme waren erschrekkend. Ihr war plötzlich kalt, in schlimmer Vorahnung rieselte ihr ein Schauder wie eisiges Wasser über den Rücken.

«Ich… ich weiß nicht genau.» Sie griff nach der Rückenlehne eines Holzstuhles und lehnte sich dagegen, als müßte sie sich abstützen. «Warum fragst du?»

«Du wirst zurück müssen.»

Es war eine Feststellung, keine Frage. Sie führte dazu, daß Virginia in mangelndem Selbstvertrauen die schlimmsten Schlüsse zog. Eustace erwartete, ja wünschte, daß sie abreiste. Sie hörte sich mit erstaunlicher Leichtigkeit zu ihm sagen: «Ja sicher, irgendwann. Es ist schließlich mein Zuhause. Die Heimat der Kinder.»

«Ich hatte bis heute abend nicht gewußt, daß es ein so großer Besitz ist.»

«Ach, du meinst Caras Fotos.»

«Aber du hast ja viele Leute, die dir bei der Bewirtschaftung helfen.»

«Ich leite das Gut nicht, Eustace.»

«Solltest du aber. Du solltest etwas von Landwirtschaft lernen. Du würdest staunen, wie vielfältig das ist. Du solltest dich dafür interessieren, etwas Neues anfangen. Eine Herde Aberdeen Angus-Rinder. Hat dein Mann je an so was gedacht? Daß man einen guten Bullen auf dem Markt in Perth für sechzig-, siebzigtausend Pfund verkaufen könnte?»

Es war wie ein Alptraum, verrückt und sinnlos. Sie sagte: «Ist das wahr?», aber ihr Mund war trocken, und die Worte waren kaum zu hören.

«Natürlich. Und wer weiß, eines Tages hast du vielleicht was wirklich Großes aufgebaut, das du an deinen Jungen weitergeben kannst.»

«Ja.»

Er sagte wieder: «Ich muß gehen.» Der Anflug eines Lächelns huschte über sein Gesicht. «Es war ein schöner Tag.»

Doch Virginia erinnerte sich an einen schöneren, einen anderen Tag, den sie mit Eustace verbracht hatte, einen Frühlingsnachmittag mit Sonne und Wind, als er ihr ein Eis kaufte und sie später nach Hause fuhr. Und er hatte versprochen, sie anzurufen, hatte es dann vergessen oder es sich vielleicht anders überlegt. Sie hatte den ganzen Nachmittag gewartet, daß er ihr erzählen würde, was wirklich geschehen war. Sie hatte erwartet, daß er die Vergangenheit zur Sprache bringen würde, vielleicht als Geschichte, an der er die Kinder teilhaben ließ, oder als harmlose Rückschau, zwei alte Freunde, die sich nach Jahren erinnerten. Aber er hatte nichts gesagt. Und nun würde sie es nie erfahren.

«Ja.» Sie ließ den Stuhl los, richtete sich auf, verschränkte die Arme vor der Brust, als wolle sie sich warm halten. «Ein besonderer Tag. Einer von der Art, die man nie vergißt.»

Er ging um den Tisch herum zu ihr, Virginia wandte sich von ihm ab und öffnete die Tür. Kühle Luft, die süß und feucht roch, strömte herein. Die Nacht war von einem saphirblauen Himmel voll leuchtender Sterne überwölbt. Aus der Dunkelheit kam der lange, traurige Schrei eines Brachvogels.

Eustace trat neben sie. «Gute Nacht, Virginia.»

«Gute Nacht, Eustace.»

Und er ging die Stufen hinunter, fort von ihr, über den Mauertritt und über die Felder zu dem alten Bauernhof, wo er seinen Wagen abgestellt hatte. Die Dunkelheit verschluckte ihn. Virginia schloß und verriegelte die Tür, ging in die Küche, spülte die Kakaobecher der Kinder ab, langsam, sorgfältig. Sie hörte seinen Landrover am Tor vorbeiknirschen, den Feldweg zur Hauptstraße entlang, sie hörte das Motorengeräusch immer leiser werden in der stillen Nacht, aber sie blickte kein einziges Mal von ihrem Tun auf. Als die Becher abgetrocknet waren und es nichts mehr zu tun gab, merkte sie, daß sie müde war. Sie knipste die Lampen aus, ging langsam nach oben, zog sich aus und stieg ins Bett. Ihr Körper war erschöpft, doch ihr Kopf fühlte sich an, als hätte sie sich eine Woche lang von schwarzem Kaffee ernährt.

Er liebt dich nicht.

Das habe ich auch nie angenommen.

Aber du warst dabei, es anzunehmen. Seit heute nachmittag.

Dann hab ich mich eben geirrt. Es gibt keine gemeinsame Zukunft für uns. Das hat er mir sehr deutlich zu verstehen gegeben.

Was hattest du denn gedacht, was passieren würde?

Ich hatte gedacht, er würde darüber sprechen können, was vor zehn Jahren passiert ist.

Nichts ist passiert. Und warum sollte er sich noch daran erinnern?

Weil ich mich erinnert habe. Weil Eustace für mich der wichtigste Mensch war, das Allerwichtigste, was mir je passiert ist.

Du hast dich nicht erinnert. Du hast Anthony Keile geheiratet.

Sie hatten im Juli in London geheiratet, Virginia in einem cremefarbenen Satinkleid mit einer zwei Meter langen Schleppe und einem Schleier, der Lady Keiles Großmutter gehört hatte, Anthony in einem grauen Gehrock und einer tadellos geschnittenen gestreiften Hose. Als sie mit einem kleinen Gefolge von bebänderten Brautjungfern aus der St. Michaelskirche am Chester Square traten, läuteten die Glocken, die Sonne schien, und die paar neugierigen Frauen, die gemerkt hatten, daß hier eine Hochzeit stattfand und gespannt warteten, bis das Portal aufging, stießen Oohs und Aahs hervor.

Die Aufregung, der Champagner, die Wonnen, geliebt, beglückwünscht und geküßt zu werden, hielten Virginia in Trab, bis es Zeit war, hinaufzugehen und sich umzuziehen. Ihre Mutter war da, allgegenwärtig, tüchtig, um den Reißverschluß des eng anliegenden Satinkleides zu öffnen, die Nadeln aus dem geliehenen Diadem und dem duftigen Schleier zu lösen.

«Oh, mein Liebes, alles ist wunderbar gelaufen. Und du sahst wirklich bezaubernd aus, aber vielleicht sollte ich so etwas Eingebildetes über mein eigenes Kind gar nicht sagen... Herzchen, du zitterst ja, ist dir kalt?»

«Nein, mir ist nicht kalt.»

«Zieh andere Schuhe an, und ich helf dir in dein Kleid.»

Es war von kräftigem Rosa, mit einem passenden, mit Blütenblättern verzierten Hut, ein reizendes nutzloses Ensemble, das sie nie wieder tragen würde. Sie stellte sich vor, wie sie von der Hochzeitsreise zurückkehrte, immer noch in knisternder Seide und Blütenblättern, die nun ein wenig zerknittert und an den Rändern braun waren. (Aber sie konnten natürlich nicht braun werden, es waren künstliche Blütenblätter...)

«Dein Koffer ist im Kofferraum von Anthonys Wagen. Eine gute Idee, ein Taxi zur Wohnung zu nehmen und den Wagen dort abzuholen. So könnt ihr diesen gräßlichen Unfug mit den Blechdosen und alten Schuhen umgehen.»

Geschrei und Füßegetrappel waren im Flur vor dem Schlafzimmer zu hören. Anthonys Stimme machte ein komisches Geräusch wie ein Jagdhorn. «Horch! Hört sich an, als ob er fertig wäre.» Sie gab Virginia einen energischen Kuß. «Mach's gut, mein Liebling.»

Die Tür öffnete sich, und Anthony stand da, in dem Anzug,

den er speziell für die Reise ausgewählt hatte, und mit einem großen Strohhut auf dem Kopf. Er war ziemlich betrunken.

«Hier bist du! Auf nach Südfrankreich, mein Schatz, deshalb hab ich den Hut auf.»

Mrs. Parsons lachte nachsichtig, nahm ihm den Hut ab, glättete mit ihren langen Fingern seine Haare und zog seine Krawatte gerade. Sie hätte die Braut sein können, nicht Virginia, die diese kleine Zeremonie mit völlig ausdrucksloser Miene beobachtete. Anthony streckte seine Hand nach ihr aus. «Komm», sagte er, «es wird Zeit.»

Der bestellte Wagen, mit Konfetti übersät, brachte sie zur Wohnung der Parsons, wo Anthonys Auto auf sie wartete. Es war geplant, daß sie gleich in seinen Wagen steigen und zum Flughafen fahren sollten, aber Virginia hatte einen Wohnungsschlüssel in ihrer Handtasche, und sie gingen hinein und in die Küche. Virginia band sich eine Schürze vor das rosa Kleid, Anthony setzte sich auf den Tisch und sah ihr zu, als sie ihm einen schwarzen Kaffee aufbrühte.

Man hatte ihnen für die Hochzeitsreise eine Villa in Antibes zur Verfügung gestellt. Am zweiten Tag ihres Aufenthalts hatte Anthony einen alten Freund getroffen, und als die erste Woche um war, kannte er alle und jeden am Ort. Virginia redete sich ein, daß sie dies erwartet, es sich so gewünscht hatte. Anthonys Geselligkeit machte einen Teil seines Charmes aus und gehörte zu den Dingen, die sie von vornherein angezogen hatten. Zudem wurde schon nach einem Tag klar, daß sie sich eigentlich nicht viel zu sagen hatten. Ihre Tischgespräche verliefen ausgesprochen schleppend. Da wurde ihr klar, daß sie bis jetzt nie miteinander allein gewesen waren.

Sie lernten ein englisches Ehepaar kennen; Hugh House war Schriftsteller. Sie hatten ein Haus bei Cap Ferrat gemietet. Janey, seine Frau, war älter als Virginia, und Virginia mochte sie, konnte sich gut mit ihr unterhalten. Als sie einmal vor dem Haus auf der Terrasse saßen und auf die Rückkehr der Männer warteten, die zu den Felsen gegangen waren, hatte Janey gefragt: «Wie lange kennst du Anthony schon, Honey?» Sie hatte als Kind in den Vereinigten Staaten gelebt, und hatte sie auch keinen amerikanischen Akzent, so war ihre Sprache doch mit Worten und Wendungen gespickt, die ihre Herkunft verrieten.

«Nicht lange. Wir haben uns im Mai kennengelernt.»

«Liebe auf den ersten Blick, hm?»

«Ich weiß nicht. Kann schon sein.»

«Wie alt bist du?»

«Achtzehn.»

«Das ist sehr jung, um sich festzulegen. Ich kann mir nicht vorstellen, daß Anthony in den nächsten Jahren zur Ruhe kommt.»

«Es wird ihm nichts anderes übrigbleiben», meinte Virginia. «Wir werden in Schottland leben. Anthony hat Kirkton geerbt, ein Gut, das seinem Onkel gehört hat. Er war Junggeselle. Dort werden wir wohnen.»

«Denkst du, Anthony latscht die ganze Zeit in einem Tweedanzug mit Dreck an den Stiefeln herum?»

«Das nicht. Aber ich kann mir nicht vorstellen, daß das Leben in Schottland genauso ist wie in London.»

«O nein», sagte Janey, die schon dort gewesen war. «Aber erwarte nicht das einfache Leben, sonst wirst du enttäuscht.»

Aber Virginia erwartete das einfache Leben. Sie war nie in Kirkton, ja noch nie in Schottland gewesen, doch sie hatte einmal die Osterferien bei einer Schulfreundin in Northumberland verbracht und meinte, Schottland sei ganz ähnlich. Sie stellte sich Kirkton als ein verschachteltes, aus Stein gebautes Gutshaus mit niedrigen Räumen, gekachelten Fußböden und abgetretenen Orientteppichen vor, einem Speisezimmer mit großem Holzfeuer im Kamin und Jagddrucken an den Wänden.

Statt dessen erwartete sie ein großer, elegant proportionierter klassizistischer Bau mit Schiebefenstern, die das Sonnenlicht reflektierten, und einer Steintreppe, die von der Wagenauffahrt zur Eingangstür führte.

Hinter dem Kiesweg war Rasen, dahinter eine Grenzmauer, dann kam der Park mit riesigen Buchen, der sanft zu der fernen Flußbiegung abfiel.

Überwältigt war Virginia Anthony gefolgt, die Treppe hinauf und durch die Tür. Das Haus war leer, altmodisch und unmöbliert. Sie wollten es gemeinsam einrichten. Diese gewaltige Aufgabe reizte Virginia, doch als sie es sagte, setzte er sich über sie hinweg.

«Wir beauftragen Philip Sayer damit, das ist der Innenarchitekt, der meine Mutter in London eingerichtet hat. Sonst machen wir nur irgendwelche Fehler, und das Haus wird ein grauenhaftes Stilgemisch.»

Virginia dachte insgeheim, sie würde ihre eigenen Fehler dem unfehlbaren Geschmack eines anderen vorziehen – es wäre gemütlicher; aber sie sagte nichts.

«Und dies ist der Salon. Dahinter befinden sich die Bibliothek und das Eßzimmer. Küche und so weiter sind unten.»

Es hallte in dem hohen Raum, die Prismen der Kristall-Lüster an der reichverzierten Decke glitzerten. Die Wände waren getäfelt, die hohen Fenster hatten herrliche Simse. Es war staubig, und Virginia fröstelte ein wenig.

Sie stiegen auf einer elegant geschwungenen Treppe in den ersten Stock. Ihre Schritte auf den gebohnerten Stufen hallten durch das leere Haus. Oben waren die Schlafzimmer, ein jedes mit eigenem Bad, die Ankleidezimmer, Wäscheschränke, sogar ein Boudoir.

«Was soll ich mit einem Boudoir?» wollte Virginia wissen.

«Du kannst hineingehen et bouder un peu, und wenn du nicht weißt, was das ist, das ist das französische Wort für schmollen. Ach komm, mach nicht so ein entsetztes Gesicht; zeig mir lieber, daß du dich freust.»

«Es ist so groß.»

«Du tust gerade so, als wär's Buckingham Palace.»

«Ich war noch nie in so einem großen Haus. Ich hätte nie gedacht, daß ich einmal in so einem Haus wohnen würde.»

«Wirst du aber, also gewöhn dich lieber daran.»

Am Ende standen sie wieder draußen beim Wagen und sahen zu der eleganten, gleichmäßig von Fenstern unterteilten Vorderfront hinauf. Virginia schob die Hände in ihre Manteltaschen und sagte: «Wo ist der Garten?»

«Was meinst du?»

«Ich meine Blumenbeete und so. Du weißt schon. Ein Garten.»

Aber der Garten war achthundert Meter entfernt, von einer Mauer umschlossen. Sie fuhren hin und stießen auf einen Gärtner und Obst und Gemüse, pflückfertig, in Reih und Glied wie Soldaten. «Das ist der Garten», sagte Anthony.

«Oh», sagte Virginia.

«Was soll das heißen?»

«Nichts. Bloß oh.»

Der Innenarchitekt traf pünktlich ein. Ihm auf den Fersen folgten Lieferanten und Lastwagen, Bauarbeiter, Stukkateure, Anstreicher, Männer mit Teppichen, Männer mit Vorhängen, Männer mit Möbelwagen, die Möbel ausschütteten wie Füllhörner, endlos, als würden sie niemals leer.

Virginia ließ alles geschehen. «Ja», sagte sie, egal welchen Samtton Philip Sayer vorschlug. «Ja», wenn er an viktorianische Messingbetten mit dicken gehäkelten Tagesdecken fürs Gästezimmer dachte. «Typisch viktorianisches Landleben, meine Liebe.»

Nur ein einziges Mal hatte sie die Stimme zu einer eigenen Idee erhoben, als es um die Küche ging. Sie wollte sie so haben wie die einzige Küche, an die sie sich erinnerte, den herrlichen Raum in Penfolda mit seinem Flair von Beständigkeit, der Verheißung von leckerem Gekochtem, der Katze auf dem Stuhl und den üppigen Geranien auf der Fensterbank.

«Eine Bauernküche! So eine möchte ich. Eine Bauernküche ist wie ein Wohnzimmer.»

«Ich werde bestimmt nicht in der Küche wohnen, das kann ich dir sagen.»

Sie hatte Anthony nachgegeben, denn es war nicht ihr Haus. Und es war nicht ihr Geld, mit dem die Spülen aus rostfreiem Stahl bezahlt wurden, der schwarzweiße Fußboden und der selbstreinigende Backofen mit eingebautem Grill.

Als das Haus fertig war, war Virginia schwanger.

«Wie wunderbar für Nanny!» sagte Lady Keile.

«Wieso?»

«Herzchen, sie ist in London und arbeitet gelegentlich, aber sie sehnt sich so sehr nach einem neuen Baby. Sicher wird sie nicht sehr darauf erpicht sein, aus London wegzugehen, aber sie findet leicht Anschluß, du weißt, wie groß ihr Bekanntenkreis ist. Ihr Netz ist weiter gespannt als das des Rundfunks, sag ich immer. Und das obere Stockwerk ist für Kinderzimmer gemacht, das sieht man an dem Törchen am Treppenabsatz und an den vergitterten Fenstern. Fabelhaft sonnig. Hellblau, denke ich, was meinst du? Die Teppiche, meine ich, und französische Chintzvorhänge…»

Virginia versuchte, sich zu wehren: *Nein, ich will mich selbst um mein Baby kümmern.* Aber ihr war so übel, als sie mit Cara schwanger war, sie fühlte sich matt und unwohl, und als sie sich wieder stark genug fühlte, um sich mit der Situation auseinanderzusetzen, waren die Kinderzimmer schon eingerichtet, und Nanny war da, starr, unverrückbar.

*Sie soll bleiben. Nur bis das Baby da ist und ich wieder auf
den Beinen bin. Sie kann ein, zwei Monate bleiben, dann sag
ich ihr, sie kann wieder nach London gehen, weil ich selbst für
mein Kind sorgen will.*

Doch dann ergaben sich neue Komplikationen. Virginias
Mutter in London klagte über Schmerzen und Müdigkeit; sie
glaubte, daß sie stark abnehme. Virginia fuhr sogleich zu ihr,
und von da an war sie zwischen ihrem Baby in Schottland und
ihrer Mutter in London hin- und hergerissen. Während sie
mit der Eisenbahn von hier nach da pendelte, wurde ihr klar,
daß es Irrsinn war, Nanny zu entlassen, bevor Mrs. Parsons
genesen war. Aber sie genas freilich nicht, und als der ganze
grauenhafte Alptraum vorüber war, war Nicholas geboren,
und nachdem nun zwei Kinder zu versorgen waren, war
Nanny endgültig etabliert.

In Kirkton waren sie in einem Umkreis von circa fünfzehn
Kilometern von geselligen Nachbarn umgeben. Junge Ehepaare mit genügend Zeit und Geld, manche mit kleinen Kindern wie sie selber, alle mit denselben Interessen wie Anthony.

Um den Schein zu wahren, widmete Anthony einen Teil
seiner Zeit dem Gut, redete mit McGregor, dem Verwalter,
erkundete, was nach Meinung von McGregor zu tun war, und
beauftragte ihn sodann, es zu tun. Den Rest des Tages hatte er
für sich, und er nutzte ihn ganz und gar, um genau das zu tun,
was er wollte. Schottland ist wie geschaffen für männliche
Vergnügungen, und es gab immer etwas zu jagen, im Sommer
Moorhühner, im Herbst und Winter Rebhühner und Fasane.
Es gab Flüsse zum Angeln und Golfplätze, und das Gesell-
schaftsleben war noch ausgelassener als vormals in London.

Virginia angelte nicht, noch spielte sie Golf, und Anthony
würde sie auch nicht aufgefordert haben, ihm dabei Gesellschaft zu leisten, selbst wenn sie es gewollt hätte. Er zog die

Gesellschaft seiner Kameraden vor. Von Virginia wurde erwartet, daß sie nur zugegen war, wenn sie ausdrücklich als Paar eingeladen waren, zu einem Abendessen oder einem Ball oder vielleicht zu einem Mittagessen vor einem Jagdausflug. Dann litt sie Qualen bei der Entscheidung, was sie anziehen sollte, und kreuzte unweigerlich in etwas auf, was alle Welt im Vorjahr getragen hatte.

Sie war nach wie vor schüchtern. Und da sie keinen Alkohol trank, gab es auch kein Mittel, um ihr über ihre Hemmungen hinwegzuhelfen. Die Männer, Anthonys Freunde, fanden sie offensichtlich langweilig. Und die Frauen waren zwar liebenswürdig, verunsicherten sie aber mit ihren Witzen und ihren unverständlichen Anspielungen auf Orte, Personen und Ereignisse, die nur sie kannten. Sie waren wie eine Gruppe Mädchen, die alle dieselbe Schule besucht hatten.

Einmal bekamen sie auf der Heimfahrt von einer Abendeinladung Streit. Virginia hatte nicht die Absicht zu streiten, aber sie war müde und unglücklich, und Anthony war mehr als nur ein bißchen betrunken. Er trank immer zuviel, wenn er in Gesellschaft war, fast als werde es von ihm erwartet. An diesem Abend machte es ihn aggressiv und schlecht gelaunt.

«Na, hast du dich amüsiert?»

«Nicht besonders.»

«Nach dem Gesicht zu urteilen, das du ziehst, hat es dir keinen Spaß gemacht.»

«Ich war müde.»

«Du bist immer müde. Dabei scheinst du nie etwas zu tun.»

«Vielleicht bin ich deswegen müde.»

«Was hat das zu bedeuten?»

«Ach nichts.»

«Es muß doch was zu bedeuten haben.»

«Also gut, es bedeutet, daß ich mich langweile und mich einsam fühle.»

«Ich kann nichts dafür.»

«Nein? Du bist nie da... manchmal bist du den ganzen Tag nicht zu Hause. Mittags ißt du in Relkirk im Club... ich bekomme dich überhaupt nicht zu sehen.»

«Okay. Ich bin wie hundert andere Männer auch. Was glaubst du denn, was ihre Frauen machen?»

«Ich habe mich schon gefragt, was sie mit ihrer Zeit anfangen. Sag du's mir.»

«Sie sind dauernd unterwegs. Sie besuchen sich gegenseitig, bringen die Kinder zum Pony Club, spielen Bridge, arbeiten im Garten, schätze ich.»

«Ich kann nicht Bridge spielen», sagte Virginia, «und die Kinder wollen nicht Pony reiten, und ich würde gerne im Garten arbeiten, aber Kirkton hat ja keinen, bloß ein von Mauern abgeschirmtes Gefängnis für Blumen und einen mißmutigen Gärtner, der mir nicht mal erlaubt, einen Strauß Gladiolen zu schneiden, ohne ihn vorher zu fragen.»

«Ach, um Himmels willen...»

«Manchmal beobachte ich samstags in Relkirk andere Leute, gewöhnliche Ehepaare. Sie gehen zusammen bei Regen oder Sonnenschein einkaufen, sie haben ihre Kinder bei sich, sie lutschen Eis, und dann laden sie ihre Pakete in schäbige kleine Autos und fahren nach Hause. Sie sehen alle miteinander glücklich und zufrieden aus.»

«O Gott. Das kannst du unmöglich wollen.»

«Ich will nicht einsam sein.»

«Einsamkeit ist ein Seelenzustand. Daran kannst nur du selbst etwas ändern.»

«Bist du nie einsam gewesen, Anthony?»

«Nein.»

«Dann hast du mich nicht geheiratet, um Gesellschaft zu haben. Und du hast mich nicht geheiratet, weil ich eine glänzende Unterhalterin bin.»

«Nein.» Kalte Zustimmung. Sein Profil war wie versteinert.

«Warum dann?»

«Du warst hübsch. Du hattest einen gewissen scheuen Charme. Du warst ganz reizend. Meine Mutter fand dich ganz reizend. Sie fand deine Mutter ganz reizend. Sie fand die ganze verdammte Abmachung reizend.»

«Du hast mich doch nicht geheiratet, weil deine Mutter es dir gesagt hat.»

«Nein. Aber irgendwen mußte ich schließlich heiraten, und du bist zu einer ausgesprochen günstigen Zeit aufgekreuzt.»

«Was soll das heißen?»

Er erwiderte nichts darauf. Er fuhr ein paar Minuten schweigend weiter, vielleicht bewog ihn ein Rest von Anstand, ihr nicht die Wahrheit zu sagen, jetzt nicht, niemals. Aber nachdem Virginia so weit gekommen war, beging sie den Fehler, ihn zu bedrängen. «Anthony, ich verstehe das nicht», und er verlor die Beherrschung und sagte es ihr.

«Weil ich Kirkton nur unter der Bedingung geerbt habe, daß ich verheiratet sein müßte, wenn ich es übernehme. Onkel Arthur meinte, ich würde nie zur Ruhe kommen, ich würde Haus und Hof vergammeln lassen, wenn ich als Junggeselle einzöge... Ich weiß nicht, was er sich dabei gedacht hat, aber er bestand darauf, daß ich nur als verheirateter Mann in Kirkton lebe.»

«Darum also!»

Anthony zog die Stirn kraus. «Bist du gekränkt?»

«Ich glaube nicht. Sollte ich?»

Er tastete nach ihrer Hand... der Wagen schlingerte ein wenig, als seine Finger ihre umschlossen. Er sagte: «Laß gut sein. Unsere Ehe ist vielleicht nicht besser, aber ganz bestimmt nicht schlechter als andere. Es tut manchmal gut, offen zu sein und die Verhältnisse zu klären. Es ist besser, wenn wir beide wissen, woran wir sind.»

Sie sagte: «Bereust du, daß du mich geheiratet hast?»

«Nein. Bereuen nicht. Ich bedauere nur, daß es sein mußte, solange wir beide noch so jung waren.»

Eines Tages war sie allein im Haus. Ganz allein. Es war Samstagnachmittag. Mr. McGregor, der Gutsverwalter, war mit seiner Frau in Relkirk. Anthony war Golf spielen, und Nanny war mit den Kindern spazieren. Ein leeres Haus und nichts zu tun. Keine Wäsche zu waschen, kein Kuchen zu backen, nichts zu bügeln, kein Unkraut zu jäten. Virginia ging von Zimmer zu Zimmer, wie eine Fremde, die für die Besichtigung Eintritt bezahlt hatte. Ihre Schritte hallten auf der gebohnerten Treppe, die Uhr tickte, überall herrschte Ordnung und Sauberkeit. Anthony liebte es so. Es war sein Werk. Hierfür hatte er sie geheiratet. Am Ende kam sie in die Diele, öffnete die Haustür, ging die Stufen hinunter auf den Kiesweg, dachte, vielleicht könnte sie Nanny und die Kinder in der Ferne erspähen; sie wollte ihnen entgegenlaufen und Cara hochheben, sie umarmen und festhalten, und sei es nur, um zu beweisen, daß sie wirklich existierte, daß sie kein Traumkind war, das Virginia wie eine frustrierte Jungfer nur in ihrer Einbildung empfangen hatte.

Aber von Nanny war nichts zu sehen, und nach einer Weile ging sie wieder ins Haus, weil es kein Ziel gab, wo sie hätte hingehen können.

In der Nachbarschaft lebte eine hübsche junge Frau namens Liz, die mit einem jungen Rechtsanwalt verheiratet war. Er arbeitete in Edinburgh, aber sie wohnten nur anderthalb Kilometer von Kirkton entfernt in einem alten ehemaligen Pfarrhaus, mit einem verwilderten Garten, in dem im Frühling Narzissen blühten, und einer Koppel für die Ponies.

Liz hatte kleine Kinder, Hunde, eine Katze, einen Papagei,

aber – vielleicht, weil sie ihren Mann vermißte, der die ganze Woche in Edinburgh war, vielleicht auch, weil sie einfach gerne unter Menschen war – sie hatte immer ein volles Haus. Fremde Kinder hopsten auf den Ponies herum, saßen zur Teezeit zuhauf am Eßzimmertisch, spielten auf dem Rasen Ball. Wenn sie nicht ganze Familien bei sich wohnen hatte, dann hatte sie den Tag über zahlreiche Gäste, verköstigte sie mit Rinderbraten, Steaks und Nierenpasteten, himmlischen altmodischen Puddings und selbstgemachtem Eis. Ihr Getränkevorrat, dem die Horden, die durch ihre gastliche Tür kamen, erschreckend zusetzten, war stets für jeden Gast zugänglich, der einer flüssigen Erfrischung bedurfte.

«Bedien dich», rief sie durch die offene Tür, während sie ein dreigängiges Menü für zehn unerwartete Gäste zauberte. «Eis ist im Kühlschrank, falls der Kübel leer ist.»

Anthony bewunderte sie natürlich, er flirtete munter und offen mit ihr, tat schrecklich eifersüchtig, wenn die Wochenenden nahten und ihr Mann nach Hause kam.

«Schmeiß den verdammten Kerl raus», sagte er zu Liz, und sie brach entzückt in lautes Lachen aus wie alle, die es hörten. Virginia lächelte, und über ihre Köpfe hinweg begegnete sie dem Blick von Liz' Ehemann. Er war ein stiller junger Mann, und obwohl er lächelnd dort stand, ein Glas in der Hand, ließ sich unmöglich erraten, was er dachte.

«Du mußt auf deinen Mann aufpassen», sagte eine andere Frau zu Virginia, aber sie erwiderte nur: «Das tu ich seit Jahren», und sie wechselte das Thema oder wandte sich jemand anderem zu.

An einem Dienstag rief Anthony aus dem Club in Relkirk an. «Virginia, hör zu, ich hab mich in ein Pokerspiel verrannt, Gott weiß, wann ich nach Hause komme. Warte nicht auf mich, ich esse hier einen Happen. Bis später.»

«In Ordnung. Verlier nicht zuviel Geld.»

«Ich gewinne», sagte er. «Dann kauf ich dir einen Nerz-mantel.»

«Das ist genau, was ich brauche.»

Er kam nach Mitternacht die Treppe heraufgestolpert. Sie hörte ihn in seinem Ankleidezimmer rumoren, Sachen hin-werfen, Schubladen öffnen und schließen, wegen eines Man-schettenknopfes oder eines Knopfes fluchen.

Kurz darauf hörte sie ihn zu Bett gehen. Das Licht unter der offenen Tür ging aus, es wurde ganz dunkel. Und Virginia fragte sich, ob er beschlossen hatte, aus Rücksicht auf sie in seinem Ankleidezimmer zu schlafen, oder ob es einen triftige-ren Grund dafür gebe.

Sie erfuhr es bald. Der Kreis, in dem sie verkehrten, war zu klein für Geheimnisse. «Virginia, Schätzchen, ich hab dir ja gesagt, paß auf deinen schlimmen Mann auf.»

«Was hat er denn getan?»

«Du bist wunderbar, daß du dich nie aus der Fassung brin-gen läßt. Du weißt bestimmt alles darüber.»

«Worüber?»

«Schätzchen, sein intimes Abendessen mit Liz.»

«...ach ja, natürlich, vorigen Dienstag.»

«Er ist ein alter Teufel. Er dachte wohl, niemand würde etwas merken. Aber dann haben Midge und Johnny Gray spontan beschlossen, zum Abendessen ins Strathcorrie Arms zu gehen. Es hat einen neuen Geschäftsführer. Es ist jetzt ziemlich düster und schick, und man ißt dort sehr gut. Sie gingen also hin, und da waren Anthony und Liz, ganz ver-schmust in einer Ecke. Und du hast es die ganze Zeit gewußt!»

«Ja.»

«Und es macht dir nichts aus?»

«Nein.»

Das war das Schlimme. Es machte ihr nichts aus. Sie war

apathisch, sie hatte Anthony und seinen neckischen Schuljungencharme satt, der sich bei ihr längst abgenutzt hatte. Und dies war nicht die erste Affäre. Es war vorher passiert und würde zweifellos wieder passieren, und es war erschreckend, auf die bevorstehenden Jahre zu blicken und sich für immer an diesen faden Abklatsch eines Peter Pan gebunden zu sehen.

Sie dachte an Scheidung, aber sie wußte, sie würde sich nie von Anthony scheiden lassen, nicht nur der Kinder wegen, sondern weil sie eben Virginia war und einen solchen Weg ebensowenig gehen konnte, wie sie auf den Mond fliegen konnte.

Sie war nicht glücklich, aber was nützte es, ihr Versagen, ihre Enttäuschung in die Welt hinauszuposaunen? Anthony liebte sie nicht, hatte sie nie geliebt. Aber sie hatte ihn auch nie geliebt. Wenn er Virginia geheiratet hatte, um Kirkton zu bekommen, dann hatte sie Anthony in einer Krise geheiratet, als sie furchtbar unglücklich war, und in dem verzweifelten Versuch, der Saison in London zu entgehen, die ihre Mutter für sie geplant hatte und die zu guter Letzt in dem Alptraum von einem Debütantinnenball gipfeln sollte.

Sie war nicht glücklich, aber sie hatte praktisch alles. Ein schönes Haus, einen gutaussehenden Ehemann und die Kinder. Die Kinder machten alles wett. Für sie wollte sie ihre kriselnde Ehe kitten, für sie wollte sie eine Welt der Geborgenheit errichten, wie sie sie nie wieder erleben würden.

An dem Abend, als Anthony getötet wurde, war er bei Liz gewesen. Er war auf dem Rückweg von Relkirk auf einen Drink in dem ehemaligen Pfarrhaus vorbeigekommen und eingeladen worden, zum Abendessen zu bleiben.

Er rief Virginia an.

«Liz hat die Cannons da. Sie möchte, daß ich hier esse und den vierten Mann beim Bridge mache. Ich komm irgendwann spät nach Hause. Bleib nicht auf.»

Liz' Schrank mit der Whiskyflasche stand wie immer offen. Und wie immer bediente Anthony sich freizügig. Es war zwei Uhr, als er sich in einer schwarzen, sternenlosen Nacht auf den Heimweg machte. Es goß in Strömen. Es hatte seit Tagen geregnet, der Fluß hatte Hochwasser. Später kam die Polizei mit Maßbändern und Kreide, sie maßen die Schleuderspuren, hängten sich über das durchgebrochene Brückengeländer und blickten in das schlammige, reißende Wasser. Und Virginia stand im strömenden Regen dabei und sah den Tauchern zu. Ein freundlicher Polizist redete ihr zu, nach Hause zu gehen, aber sie wollte nicht, weil sie aus irgendeinem Grunde hier sein mußte, weil er ihr Mann gewesen war und der Vater ihrer Kinder.

Und sie erinnerte sich, was er an dem Abend gesagt hatte, als er ihr von Kirkton erzählte. *Ich bedauere nur, daß es sein mußte, solange wir beide noch so jung waren.*

8

Die Nacht verging langsam. Die Sekunden und Minuten tickten auf Virginias Armbanduhr, die sie auf ihren Nachttisch gelegt hatte. Jetzt nahm sie sie in die Hand. Es war fast drei Uhr morgens. Sie stieg aus dem Bett, hüllte sich in eine Steppdecke und setzte sich auf den Fußboden ans offene Fenster. Die Dämmerung nahte, doch noch war es dunkel und ganz still. In der Ferne konnte sie die sachte Bewegung der See vernehmen wie leises Atmen. Sie hörte das Rupfen und Käuen der Kühe auf den Feldern, das Rascheln, Wispern und Kriechen in Hecken und Erdlöchern und den Schrei einer Nachteule.

Die Erinnerung an Liz quälte sie. Liz war zu Anthonys Beerdigung gekommen, mit einem Gesicht, aus dem Gram und Schuldbewußtsein so offenkundig sprachen, daß man sich instinktiv abwendete, um den Schmerz nicht mitansehen zu müssen. Bald danach war ihr Mann mit ihr nach Südfrankreich in Urlaub gefahren, und Virginia hatte sie nicht wiedergesehen.

Aber sie wußte, daß sie nach Schottland zurück mußte, möglichst bald, und sei es nur, um mit Liz ins reine zu kommen. Um Liz zu überzeugen, daß sie keine Schuld traf, um – so weit das menschenmöglich war – wieder Freundschaft mit ihr zu schließen. Sie dachte an die Rückkehr nach Kirkton, und ihre Phantasie trat diesmal nicht die Flucht an, sondern sah die Fahrt ruhig und ohne Schrecken vor sich. Sie sah sich die Straße entlangfahren, über die Brücke und dann die Zufahrt zwischen den üppigen Parkwiesen hinauf. Sie kam zu der kurvigen Auffahrt vor dem Haus, ging die Stufen hinauf und durch die Haustür hinein. Doch das gewohnte Gefühl von Einsamkeit, von einer zugeschnappten Falle war nicht mehr da, nur die Trauer, daß dem Leben der Menschen, die in diesem schönen Haus gewohnt hatten, kein dauerhafter Zusammenhalt beschieden gewesen war, sondern es sich aufgedröselt hatte wie ein Strang schlecht gesponnenes Garn, bis schließlich nur noch Fadenreste blieben.

Sie würde das Haus verkaufen. Irgendwo, irgendwann hatte sich in ihrem Unterbewußtsein dieser Entschluß gebildet, und er präsentierte sich ihr nun als vollendete Tatsache. Wieweit dies mit Eustace Philips zusammenhing, konnte Virginia im Moment nicht sagen. Später würde sich zweifellos alles von selbst ergeben. Fürs erste spürte sie eine ungeheure Erleichterung, wie das Abschütteln einer zu lange getragenen Last, und sie fühlte Dankbarkeit, wie wenn eine andere Person hinzugekommen wäre und den Entschluß für sie gefaßt hätte.

Sie würde Kirkton verkaufen. Ein anderes Haus kaufen, ein kleines... irgendwo. Auch das würde sich später von selbst ergeben. Sie wollte ein neues Heim schaffen, Freundschaften schließen, einen Garten anlegen, einen kleinen Hund anschaffen, ein Kätzchen, einen Kanarienvogel. Schulen für die Kinder finden, die Ferien mit Vergnügungen füllen, zu denen ihr früher das Selbstvertrauen gefehlt hatte. Sie wollte Ski laufen lernen, und sie würden zusammen Skiferien machen. Sie würde Drachen kaufen und Fahrräder flicken, Cara alle Bücher lesen lassen, die sie wollte, und mit der richtigen Mütze auf dem Kopf zu Nicholas' Sportveranstaltungen gehen und wunderbare Leistungen vollbringen, wie etwa beim Eierlaufen gewinnen.

Und es würde geschehen, weil sie es geschehen ließ. Es gab keinen Eustace mehr, keine Träume, aber andere gute Dinge waren beständig. Stolz etwa und Entschlußkraft. Und die Kinder. Die Kinder. Sie lächelte in dem Wissen, daß sie bei allem was sie tat, immer standhaft in ihre Richtung sehen würde, wie der Zeiger des Kompasses, der stets nach Norden wies.

Langsam wurde ihr kalt. Das erste Licht der Dämmerung streifte den Himmel. Sie stand vom Fußboden auf, nahm eine Schlaftablette mit einem Glas Wasser und ging ins Bett. Als sie die Augen wieder aufschlug, schien ihr die Sonne vom hohen Himmel voll ins Gesicht, und von unten kam ein schreckliches Getöse, ein Hämmern an der Haustür und eine Stimme, die ihren Namen rief.

«Virginia! Ich bin's, Alice! Wach auf, oder seid ihr alle tot?»

Benommen von Schrecken und Schlaf taumelte Virginia aus dem Bett und beugte sich aus dem Fenster. «Alice! Mach nicht solchen Lärm. Die Kinder schlafen.»

Alice blickte mit erstaunter Miene hinauf. Ihre Stimme sank zu einem übertriebenen Bühnengeflüster. «Ich dachte schon, ihr wärt alle hops gegangen. Es ist nach zehn. Komm runter und mach mir auf!»

Gähnend und nicht ganz bei sich, tastete Virginia nach ihrem Morgenrock, schob ihre Füße in Pantoffeln und ging nach unten. Unterwegs blieb sie an der offenen Kinderzimmertür stehen. Zu ihrer Verwunderung schliefen sie noch, unbehelligt von Alice' Geschrei. Es mußte gestern abend spät geworden sein. Viel später, als sie gedacht hatte.

Sie schloß die Tür auf, um Alice und eine Flut von Sonnenlicht hereinzulassen. Alice trug ein flottes blaues Leinenkleid und einen Seidenschal um den Kopf. Sie war wie immer strahlend, kläräugig und erschreckend munter.

«Schläfst du immer so lange?»

«Nein, aber...» Virginia unterdrückte ein Gähnen, «...ich konnte heute nacht nicht schlafen. Schließlich hab ich eine Tablette genommen. Davon war ich völlig weg.»

«Und die Kinder?»

«Ihnen hab ich keine Tablette gegeben, aber sie schlafen trotzdem noch. Es war spät gestern, wir waren den ganzen Tag draußen.» Sie gähnte wieder, hielt krampfhaft die Augen offen. «Wie wär's mit Kaffee?»

Alice machte ein amüsiertes Gesicht. «Du siehst allerdings aus, als könntest du einen gebrauchen. Ich sag dir was, ich mach Kaffee, und du siehst zu, daß du wach wirst und dir was anziehst. Ich kann nicht gut mit dir reden, wenn du in diesem Zustand bist.» Sie legte ihre Handtasche resolut auf den Tisch. «Ich muß sagen, das Häuschen ist gar nicht übel. Ah, hier ist die Küche. Ein bißchen altmodisch vielleicht, aber es ist alles da...»

Virginia ließ Badewasser ein, stieg in die Wanne und wusch sich die Haare. Danach ging sie in ein Handtuch gehüllt nach oben, nahm frische Sachen aus der Schublade und ein noch ungetragenes Baumwollkleid aus dem Kleiderschrank. Sie zog Sandalen an, kämmte die klatschnassen Haare, und mit einem sauberen Gefühl und erstaunlicherweise hungrig ging sie wieder zu Alice hinunter.

Sie fand sie eifrig beschäftigt, der Wasserkessel war aufgesetzt, die Kanne mit Kaffee bereit, Becher standen auf dem Tisch.

«Oh, da bist du ja schon... es ist gleich fertig. Ich mach uns einen anständigen Kaffee, ich hab die dünne Plörre satt, du nicht?»

Virginia setzte sich auf die Tischkante. «Wann bist du aus London zurückgekommen?»

«Gestern abend.»

«War's nett?»

«Ja, aber ich bin nicht hierhergekommen, um von London zu erzählen.»

«So, und was führt dich an einem Montagmorgen um zehn Uhr hierher?»

«Neugierde», sagte Alice, «die pure, unverhüllte Neugierde.»

«Meinetwegen?»

«Wegen Eustace Philips!»

Virginia sagte: «Das verstehe ich nicht.»

«Mrs. Jilkes hat es mir erzählt. Ich war kaum zur Haustür herein, als ich alles zu hören bekam. Sie sagte, daß Eustace angerufen hatte, als ich weg war, um zu fragen, ob jemand Bosithick für dich und die Kinder herrichtete. Und als er hörte, daß ich in London war, sagte er, er würde das selbst übernehmen.»

«Ja, richtig... das hat er getan.»

«Aber Virginia... du hast von Eustace gesprochen, aber du hast mir nicht erzählt, daß du ihn getroffen hast.»

«Nein?» Virginia zog die Stirn kraus. «Nein, hab ich nicht, wie?»

«Aber wann hast du ihn getroffen?»

«An dem Tag, als ich das Cottage besichtigt habe. Erinnerst du dich? Ich sagte, ich sei zum Mittagessen nicht zurück. Ich bin in Lanyon in ein Pub gegangen, um Zigaretten zu kaufen, und da hab ich ihn getroffen.»

«Aber warum hast du nichts davon gesagt? Gab es einen besonderen Grund, weshalb ich es nicht wissen sollte?»

«Nein.» Sie versuchte sich zu erinnern.

«Aber ich vermute, du wolltest nicht von ihm sprechen.»

Virginia lächelte. «Es war nicht gerade ein freundschaftliches Wiedersehen. Wir hatten furchtbaren Streit...»

«Aber hattest du vor, ihn zu treffen?»

«Nein. Es war reiner Zufall.»

«Und er hat sich an dich erinnert? Nach so langer Zeit? Er hatte dich doch bloß das eine Mal auf dem Grillfest gesehen.»

«Nein», sagte Virginia. «Ich hab ihn wiedergesehen.»

«Wann?»

«Etwa eine Woche nach dem Grillfest. Ich hab ihn in Porthkerris getroffen. Wir haben den Nachmittag zusammen verbracht, und er hat mich nach Haus Wheal gefahren. Du hast ihn nicht gesehen, weil du an dem Tag nicht da warst. Aber meine Mutter war da. Sie hat es mitgekriegt.»

«Aber warum habt ihr so ein Geheimnis daraus gemacht?»

«Es war kein Geheimnis, Alice. Meine Mutter konnte Eustace bloß nicht leiden. Ich muß zugeben, er hat sich nicht gerade bemüht, Eindruck auf sie zu machen; er war grob, und der Landrover war mit Stroh, Matsch und Mist verschmiert. Das paßte meiner Mutter weiß Gott nicht in den Kram. Sie hat den ganzen Vorfall als eine Art Witz abgetan, aber ich merkte, daß Eustace sie verärgert hatte und daß sie ihn nicht mochte.»

«Aber du hättest mit mir über ihn sprechen können. Immerhin hatte ich dich mit Eustace bekannt gemacht.»

«Hab ich ja versucht, aber jedesmal wenn ich davon anfing, hat meine Mutter sich in das Gespräch eingemischt oder das Thema gewechselt oder mich sonstwie unterbrochen. Und du darfst nicht vergessen, Alice, du warst ihre Freundin, nicht meine. Ich war bloß das junge Mädchen, fast noch ein Kind. Ich wäre nie auf die Idee gekommen, daß du für mich gegen sie Partei ergreifen würdest.»

«Ging es darum? Partei zu ergreifen?»

«Es wäre darauf hinausgelaufen. Du weißt, was für ein Snob sie war.»

«O ja, sicher, aber das war harmlos.»

«Nein, Alice, es war nicht harmlos. Es war schrecklich gefährlich. Es berührte alles, was sie tat. Es hat sie verdorben.»

«Virginia!» Alice war entsetzt.

«Deswegen sind wir so plötzlich nach London abgereist. Weißt du, sie hat geahnt, daß ich mich in Eustace verliebt hatte.»

Das Wasser kochte. Alice nahm den Kessel vom Herd und füllte die Kaffeekanne. Die Küche war von köstlichem Duft durchflutet. Alice zog vorsichtig einen Löffel über die Oberfläche des Kaffees.

«Ist das wahr? Warst du wirklich in Eustace verliebt?»

«Natürlich. Hättest du dich mit siebzehn nicht in ihn verliebt?»

«Aber du hast Anthony geheiratet.»

«Ja.»

«Hast du ihn geliebt?»

«Ich... ich habe ihn geheiratet.»

«Warst du glücklich?»

«Ich war einsam.»

«Aber Virginia, ich dachte immer... ich meine, deine Mutter sagte immer... ich dachte, ihr wart so glücklich», endete Alice in hoffnungsloser Konfusion.

«Nein. Aber Anthony war nicht allein schuld. Es war genauso meine Schuld.»

«Hat Lady Keile das gewußt?»

«Nein.» Sie wußte auch nichts von den Begleitumständen von Anthonys Tod. Und sie wußte nichts von Liz. Und würde es auch nie erfahren. «Warum sollte sie? Sie hat uns oft besucht, aber nie länger als eine Woche. Es war nicht schwer, ihr eine idyllisch glückliche Ehe vorzugaukeln. Es war das mindeste, was wir für sie tun konnten.»

«Es wundert mich, daß Nanny nie etwas gesagt hat.»

«Nanny hat nie gesehen, was sie nicht sehen wollte. Für sie war Anthony die Vollkommenheit in Person.»

«Dann hast du es sicher nicht leicht gehabt.»

«Nein, aber wie gesagt, Anthony war nicht allein schuld.»

«Und Eustace?»

«Alice, ich war siebzehn; ein Mädchen, das darauf wartete, daß jemand ihr ein Eis kaufte.»

179

«Aber jetzt nicht…» sagte Alice.

«Nein. Jetzt bin ich siebenundzwanzig und Mutter von zwei Kindern. Und ich warte nicht mehr auf ein Eis.»

«Du meinst, er hat dir nichts zu geben.»

«Und er braucht nichts von mir. Er ist sich selbst genug. Er hat sein eigenes Leben. Er hat Penfolda.»

«Hast du mit ihm darüber gesprochen?»

«Ach, Alice…»

«Offensichtlich nicht. Wie kannst du dann so sicher sein?»

«Weil er damals gesagt hatte, er würde mich anrufen. Er sagte, er wolle, daß ich nach Penfolda zum Tee käme, seine Mutter würde mich gerne wiedersehen. Und ich wollte mir dein Auto leihen und hinfahren. Aber er hat nie angerufen. Und bevor ich herausfinden konnte warum oder irgend etwas unternehmen konnte, hat meine Mutter mich schleunigst zurück nach London verfrachtet.»

«Und woher weißt du, daß er nicht angerufen hat?» Alice' Ton wurde ungeduldig.

«Weil er's nicht getan hat.»

«Vielleicht hat deine Mutter das Gespräch angenommen.»

«Ich habe sie gefragt. Und sie hat gesagt, es wäre kein Anruf für mich gekommen.»

«Aber Virginia, sie war durchaus imstande, ein Gespräch anzunehmen und dir nichts davon zu sagen. Vor allem wenn sie den jungen Mann nicht leiden konnte. Das mußte dir doch klarsein.»

Ihre Stimme war forsch und sachlich. Virginia starrte sie an, sie mochte ihren Ohren nicht trauen. Daß Alice so etwas über Rowena Parsons sagte – ausgerechnet Alice, die älteste Freundin ihrer Mutter. Alice kam mit der finsteren Wahrheit ans Licht, die zu entdecken Virginia selbst nie den Mut gehabt hatte. Sie erinnerte sich an das Gesicht ihrer Mutter, das sie im Eisenbahnabteil anlächelte, an ihren lachenden Protest. Liebes! Was für eine Anschuldigung! Natürlich nicht. Du hast doch nicht wirklich gedacht…

Und Virginia hatte ihr geglaubt. Schließlich meinte sie hilflos: «Ich dachte, sie hätte mir die Wahrheit gesagt. Ich hatte nicht angenommen, daß sie lügen könnte.»

«Sagen wir, sie war eine zielstrebige Person. Und du warst ihr einziges Kind. Sie hatte immer ehrgeizige Pläne mit dir.»

«Du hast es gewußt. Du hast gewußt, wie sie war, und warst trotzdem ihre Freundin.»

«Freunde sind keine Leute, die man aus einem besonderen Grund gern hat. Man mag Leute einfach, weil man mit ihnen befreundet ist.»

«Aber wenn sie gelogen hat, dann muß Eustace geglaubt haben, ich wollte ihn nicht wiedersehen. Die ganzen Jahre hat er gedacht, ich habe ihn einfach versetzt.»

«Aber er hat dir einen Brief geschrieben», sagte Alice.

«Einen Brief?»

«Ach Virginia, sei nicht so begriffsstutzig. Der Brief, der für dich gekommen ist. An dem Tag, bevor ihr nach London zurückgefahren seid.» Virginia guckte immer noch verständnislos. «Ich weiß, daß ein Brief gekommen war. Mit der Nachmittagspost. Er lag auf dem Tisch in der Diele, und ich dachte, wie nett, weil du nicht oft Post bekamst. Und dann ging ich wegen irgendwas aus dem Haus, und als ich wiederkam, war der Brief nicht mehr da. Ich dachte, du hättest ihn genommen.»

Ein Brief. Virginia sah den Brief. Sie stellte sich das weiße Couvert vor, schwarz beschriftet, an sie adressiert. Miss Virginia Parsons. Sie sah ihn unbeachtet und schutzlos auf dem runden Tisch liegen, der heute noch in der Diele von Haus Wheal stand. Sie sah ihre Mutter aus dem Wohnzimmer kommen, vielleicht auf dem Weg nach oben; sie blieb stehen, um die Nachmittagspost zu sichten. Sie trug das himbeerrote Kostüm mit der weißen Seidenbluse, sie streckte die Hand nach dem Brief aus, ihre Fingernägel waren in demselben Himbeerrot lackiert, die Anhänger ihres schweren goldenen Armbands klingelten wie Glöckchen.

Virginia sah sie stirnrunzelnd die schwarzen Buchstaben betrachten, die männliche Handschrift, den Poststempel; sie zögerte vielleicht eine Sekunde, schob dann das Couvert in ihre Jackentasche und fuhr seelenruhig mit ihrem Tun fort, als sei nichts geschehen.

Virginia sagte: «Alice, ich habe den Brief nie bekommen.»

«Aber er war da!»

«Verstehst du nicht? Mutter muß ihn genommen und vernichtet haben. Sie war dazu imstande. Alles um Virginias willen, wird sie sich gesagt haben. Zu Virginias Bestem.»

Die Illusionen waren für immer dahin, der Schleier war zerrissen. Sie konnte kühl und objektiv zurückblicken und ihre Mutter so sehen, wie sie wirklich gewesen war, nicht nur snobistisch und zielstrebig, sondern auch unaufrichtig. Seltsamerweise war dies eine Erleichterung. Es hatte einige Mühe gekostet, in all den Jahren die Legende einer untadeligen Mutter aufrechtzuerhalten, selbst wenn Virginia damit niemanden getäuscht hatte als sich selbst. Jetzt, im Rückblick, wirkte ihre Mutter viel menschlicher.

Alice machte ein bestürztes Gesicht, als bereue sie bereits, den Brief erwähnt zu haben.

«Vielleicht war er nicht von Eustace.»

«Doch.»

«Woher willst du das wissen?»

«Wenn er von jemand anderem gewesen wäre, dann hätte sie ihn mir gegeben, mit einer Ausrede, daß sie ihn versehentlich geöffnet hätte.»

«Aber wir wissen nicht, was in dem Brief stand.»

Virginia rutschte von der Tischkante. «Nein. Aber das

werde ich herausfinden. Auf der Stelle. Bleibst du hier, bis die Kinder aufwachen? Sagst du ihnen, ich bin nicht lange weg?»

«Aber wo willst du hin?»

«Zu Eustace natürlich», sagte Virginia, schon an der Tür.

«Aber du hast deinen Kaffee nicht getrunken. Ich hab dir Kaffee gemacht, und du hast ihn nicht mal angerührt. Was willst du ihm sagen? Und wie willst du es erklären?»

Aber Virginia war schon draußen. Alice sprach ins Leere. Mit einem zornigen Seufzer stellte sie ihre Kaffeetasse hin und ging zur Tür, wie um Virginia zurückzurufen, aber Virginia war schon außer Hörweite. Wie ein Kind rannte sie durchs hohe Sommergras querfeldein nach Penfolda.

Sie nahm den Feldweg, weil es zu lange gedauert hätte, ins Auto zu steigen, zu wenden und über die Hauptstraße zu fahren. Und die Zeit war zu kostbar. Sie hatten schon zehn Jahre verloren, es durfte keine Minute mehr vergeudet werden.

Sie lief durch einen heiteren Morgen, der nach Honig und Margeriten duftete und nach dem hohen Gras, das an ihre bloßen Beine klatschte. Das Meer lag in einem violetten Blau da, mit türkisfarbenen Streifen, und der dunstige Horizont verhieß große Hitze. Virginia rannte, ihre langen Beine nahmen auf den Mauertritten immer zwei Stufen auf einmal. Die Gräben der Stoppelfelder waren von roten Mohnblumen übersät, die Luft war von den gelben Blütenblättern des Stechginsters erfüllt, die der Seewind durcheinander blies wie Konfetti.

Sie kam über das letzte Feld, und dann lag Penfolda vor ihr, das Haus und die langgestreckten Scheunen, der kleine Garten, von Mauern vor dem Wind geschützt. Sie stieg über den letzten Tritt, der in den Gemüsegarten führte, ging den Weg entlang und durchs Gatter. Sie sah die Katze mit ihren halb-siamesischen Jungen auf der Türstufe in der Sonne liegen, die Haustür stand offen, und sie ging hinein und rief nach Eustace. Das Haus wirkte dunkel, als sie aus dem blendenden Licht draußen kam.

«Wer ist da?»

Es war Mrs. Thomas, die, ein Staubtuch in der Hand, übers Treppengeländer spähte.

«Ich bin's, Virginia. Virginia Keile. Ich suche Eustace.»

«Er kommt gerade vom Melken...»

«Danke.» Ohne weitere Erklärungen abzuwarten, ging sie wieder nach draußen und wollte über die Wiese zum Kuhstall und zum Melkraum. Aber in diesem Moment kam er durch das Gatter, das in den hinteren Teil des Gartens führte. Er war in Hemdsärmeln, hatte eine Schürze und Gummistiefel an und trug einen blanken Aluminiumeimer mit Milch. Virginia blieb abrupt stehen. Er verriegelte das Gatter hinter sich, blickte auf und sah sie.

Sie hatte sich vorgenommen, vollkommen sachlich zu sein, ruhig zu sagen: «Ich möchte dich nach dem Brief fragen, den du mir geschrieben hast.» Aber es kam ganz anders. Denn alles war in dem langen Augenblick gesagt, als sie dastanden und sich ansahen, und dann stellte Eustace seinen Eimer hin und ging auf sie zu, und sie lief den Grashang hinunter und in seine Arme, und sie lachte, das Gesicht an seine Hemdbrust gedrückt. Und er sagte: «Ist ja gut, ist ja gut», ganz so, als ob sie weinte und nicht lachte.

«Ich liebe dich», stammelte Virginia. Dann brach sie in Tränen aus.

Er erzählte: «Natürlich hab ich angerufen. Drei- oder viermal. Aber du warst nie da. Immer war deine Mutter dran, und jedesmal kam ich mir dämlicher vor, und jedesmal sagte sie, sie würde dir ausrichten, daß ich angerufen habe und daß du zurückrufen würdest. Und ich glaubte, du hast es dir vielleicht anders überlegt. Ich glaubte, daß du vielleicht Besseres zu tun hättest, als mit jemandem wie mir und meiner Mutter Tee zu trinken. Ich vermutete, daß deine Mutter es dir ausgeredet hatte. Sie hatte von Anfang an nichts für mich übrig. Aber das hast du gewußt, oder?»

«Ja. Aber ich hatte keine Ahnung, was los war. Einmal hätte ich dich beinahe angerufen. Ich dachte, du hättest es vielleicht vergessen. Aber dann verließ mich der Mut. Und dann entschied meine Mutter aus heiterem Himmel, wir müßten nach London zurück, und danach blieb keine Zeit mehr. Im Zug habe ich sie rundheraus gefragt, ob du angerufen hättest, und sie sagte, nie. Und ich habe ihr geglaubt. Das war das Schlimme, ich habe ihr immer geglaubt. Ich hätte es wissen müssen. Es war meine Schuld. Ich hätte es wissen müssen. Ach, Eustace, warum war ich nur so ein Dummkopf?»

Sie waren ins Haus gegangen, um ein sauberes Taschentuch für Virginia zu holen, und waren aus keinem besonderen Grund drinnen geblieben. Sie landeten unweigerlich in der Küche, setzten sich an den gescheuerten Tisch. Es duftete nach frischgebackenem Safranbrot, und das einzige Geräusch war das langsame Ticken des altmodischen Uhrpendels.

«Du konntest dich nicht wehren, du warst noch nicht volljährig.»

«Dann hätte ich eben einen hysterischen Anfall bekommen. Einen Nervenzusammenbruch. Ich hätte gräßliche Szenen gemacht. Ich hätte mich krank gestellt.»

«Du wärst trotzdem abgereist.»

Sie wußte, daß er recht hatte. «Ich wußte ja nicht, daß du gewartet hast. Ich hätte Anthony nie geheiratet. Ich wäre nie nach Schottland gezogen. Ich hätte die vielen Jahre nicht verschwendet.»

Eustace hob die Augenbrauen. «Verschwendet? Sie waren nicht verschwendet. Was ist mit Cara und Nicholas?»

185

Virginias Augen brannten plötzlich von Tränen. Sie sagte: «Jetzt wird es viel zu kompliziert.»

Er nahm sie in seine Arme, küßte die Tränen fort, schob ihr die Haare aus dem Gesicht. Er sagte: «Alles kommt, wie es kommen muß. Es hat alles seinen Plan und seinen Sinn. Wenn du zurückblickst, kannst du es sehen. Nichts geschieht ohne Grund. Nichts ist unmöglich, das Wiedersehen, wie ich ins Mermaid's Arms gehe und dich da sitzen sehe, als wärst du nie fort gewesen. Wie ein Wunder.»

«Du hast dich nicht benommen, als wäre es ein Wunder. Kaum warst du da, hast du mich angeblafft.»

«Ich hatte Angst, ein zweites Mal verletzt zu werden. Ich hatte Angst, daß ich mich in dir geirrt hätte, daß all die Dinge, die deiner Mutter so wichtig waren, auch dir wichtig geworden wären.»

«Ich hab's dir gesagt. Sie waren mir nie wichtig.»

Er nahm ihre Hand. «Gestern nach dem Picknick dachte ich, es würde alles gut. Nachdem ich mit dir und Cara und Nicholas zusammen war und wir geschwommen und Fisch gegrillt hatten und es euch allen offenbar großen Spaß gemacht hatte, da glaubte ich, als wir die Klippen hinaufgingen, es wäre so, als wären wir wieder da, wo wir angefangen hatten. Und ich hatte das Gefühl, daß ich über damals reden könnte, als du nach London zurückgefahren bist und ich keine Ahnung hatte, was passiert war und wieso wir uns nicht wiedergesehen haben. Ich hoffte, daß wir darüber reden, vielleicht einen neuen Anfang machen könnten.»

«Und ich habe dasselbe geglaubt, du Dummer. Aber dann hast du nur zu mir gesagt, ich soll nach Schottland zurückgehen und mich um die Landwirtschaft kümmern. Ich will die Frau eines Landwirts sein, aber keine Landwirtin. Ich hätte bei einer Aberdeen Angus-Herde ja nicht mal gewußt, was vorne und hinten ist.»

Eustace grinste ein wenig betreten. «Es waren Caras Fotografien. Wir waren uns den ganzen Tag so nahe gewesen, und
auf einmal wurde mir klar, daß wir uns überhaupt nicht nahe
waren, daß wir verschiedenen Welten angehörten. So war es
immer mit uns, Virginia. Ein Gut wie Kirkton und ein kleiner
Hof wie Penfolda, die nennt man einfach nicht in einem
Atemzug. Und plötzlich schien mir die Vorstellung irrsinnig,
ich könnte dich bitten, das alles aufzugeben, nur um mit
mir zusammenzusein. Denn das ist alles, was ich dir bieten
kann.»

«Und das ist alles, was ich möchte. Das ist alles, was ich mir
je gewünscht habe. Kirkton war Anthonys Haus. Ohne ihn
hat es kein Leben. Ich will es sowieso verkaufen. Das habe ich
heute Nacht beschlossen. Ich muß natürlich noch mal hin, um
alles zu regeln und das Ganze einem Makler zu übergeben.»

«Hast du an die Kinder gedacht?»

«Ich denke ununterbrochen an sie. Sie werden es verstehen.»

«Es ist ihr Zuhause.»

«Penfolda wird ihr Zuhause sein.» Sie lächelte bei diesem
Gedanken, und Eustace nahm ihre Schultern zwischen seine
großen Hände und küßte sie auf den offenen, lächelnden
Mund. «Ein neues Zuhause und ein neuer Vater», schloß sie,
als sie wieder zu Atem kam.

Aber Eustace hörte ihr offenbar nicht mehr zu. «Wenn man
vom Teufel spricht», sagte er.

Und Virginia hörte die Kinder, die mit aufgeregten Stimmen plappernd durch den Garten kamen.

«Guck, da sind die Kätzchen. Guck, sie sind in der Sonne,
sie haben ihre Milch nicht getrunken.»

«Laß sie, Nicholas, sie schlafen.»

«Das hier schläft nicht. Es hat die Augen offen. Guck doch,
es hat die Augen offen.»

«Wo mag Mami bloß sein? Mami!»

«Hier drin», rief Eustace.

«Mami, Tante Alice fragt, ob du überhaupt noch mal nach Hause kommst.» Cara erschien in der Küchentür, ihre Brille saß schief, ihre Haare waren aus der Spange gerutscht. «Sie hat uns Eier mit Speck gemacht, aber wir haben gewartet und gewartet, sie sagt, Mrs. Jilkes denkt bestimmt, sie hätte einen Autounfall gehabt und ist tot…»

«Ja», sagte Nicholas, der ihr dicht auf den Fersen folgte, mit einem Kätzchen, das sich mit nadelspitzen Krallen an seinem Pullover festhielt. «Und wir sind erst um zehn nach zehn aufgewacht, wie Tante Alice zu uns raufgekommen ist, und wir hätten fast gar kein Frühstück gekriegt, wir hätten fast bis zum Mittagessen gewartet… aber ich hatte solchen Hunger.»

Seine Stimme verlor sich. Er merkte, daß außer ihm niemand sprach. Seine Mutter und Eustace saßen bloß da und sahen ihn an, und Cara starrte auf ihre Mutter, als hätte sie sie noch nie gesehen. Nicholas war verwirrt. «Was habt ihr? Warum sagt keiner was?»

«Wir warten, bis du fertig bist», sagte Virginia.

«Warum?»

Virginia sah Eustace an. Eustace zog Cara an sich. Ganz sachte, sehr ernst, rückte er ihre Brille gerade. Dann sah Nicholas, daß er lächelte.

«Wir haben euch etwas zu sagen», sagte Eustace.

Rosamunde Pilcher

Stürmische Begegnung

Roman

Deutsch von Jürgen Abel

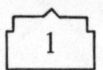

1

An einem Montag Ende Januar fing alles an. An einem grauen Tag in einer grauen Jahreszeit. Weihnachten und Silvester waren vorbei und vergessen, und der Frühling hatte noch nicht angefangen, sein Gesicht zu zeigen. London war kalt und abweisend, die Geschäfte boten voll ungewisser Hoffnung Notwendiges «für die Kreuzfahrt in den Süden» an. Die Bäume im Park zeichneten sich kahl, wie Skelette, am verhangenen Himmel ab, und das plattgetretene Gras darunter war stumpf und tot, so daß man einfach nicht glaubte, es könne sich jemals wieder mit einem dichten Muster von lila und gelben Krokusblüten überziehen.

Es war ein Tag wie jeder andere. Der Wecker riß mich aus dem Schlaf in ein Dunkel, das nur durch die großen, gardinenlosen Fenster erträglich wurde, hinter denen ich die Krone der Platane sah, die vom gelblichen Schein einer fernen Straßenlaterne beleuchtet wurde.

In meinem Zimmer standen nur zwei Möbelstücke, die Schlafcouch, auf der ich lag, und ein Küchentisch, den ich abbeizen und mit Bienenwachs polieren wollte, wenn ich Zeit dafür hatte. Sogar der Fußboden war nackt, Dielenbretter, die schutzlos bis zu den Sockelleisten liefen. Eine Apfelsinenkiste diente als Nachttisch, eine andere als Sitzgelegenheit.

Ich streckte die Hand aus, knipste die Lampe an und sah mich hochbefriedigt in der trostlosen Umgebung um. Sie war mein. Meine erste Wohnung. Ich war erst vor drei Wochen eingezogen, und sie gehörte ganz allein mir. Ich konnte mit ihr machen, was ich wollte. Die weißen Wände mit Postern bedecken oder orangefarben streichen. Die Dielenbretter abschmirgeln oder verschiedenfarbig lackieren. Ich hatte bereits ein besitzergreifendes Interesse an Trödelläden und Antiquitätengeschäften entwickelt und konnte an keinem vorbeigehen, ohne das Schaufenster nach irgendeinem Schatz abzusuchen, den ich mir vielleicht leisten könnte. Auf diese Weise war der Tisch in meinen Besitz gelangt, und ich hatte bereits ein Auge auf einen alten Spiegel mit vergoldetem Rahmen geworfen, allerdings bis jetzt nicht den Mut aufgebracht, in das Geschäft zu gehen und nach dem Preis zu fragen. Vielleicht würde ich ihn über den Kamin hängen oder an die Wand gegenüber vom Fenster, damit sich das Bild des Himmels und des Baumes in seinem verschnörkelten Rahmen spiegelte.

Diese angenehmen Vorstellungen nahmen eine ganze Weile in Anspruch. Dann blickte ich wieder auf die Uhr, sah, daß es spät wurde, stand auf und lief barfuß in die winzige Küche, wo ich die Gasflamme anzündete und den Wasserkessel aufsetzte. Der Tag hatte begonnen.

Die Wohnung war in Fulham, im obersten Stock eines kleinen Reihenhauses, das Maggie und John Trent gehörte. Ich hatte sie erst Weihnachten kennengelernt, als ich bei Stephen Forbes, seiner Frau Mary und ihren vielen ungezogenen Kindern in ihrem großen und total unaufgeräumten Haus in Putney gewesen war. Stephen Forbes war mein Chef, der Besitzer der Buchhandlung in der Walton Street, wo ich seit einem Jahr arbeitete. Er war immer sehr nett und gefällig zu mir gewesen, und als er von den anderen Mädchen erfuhr, daß ich Weihnachten allein sein würde, hatten er und Mary sofort eine kategorische Einladung – in Wahrheit mehr einen Befehl – ausgesprochen, die drei Tage bei ihnen zu verbringen. Sie hätten jede Menge Platz, behauptete er, ein Zimmer auf dem Dachboden, ein Bett in Samanthas Zimmer, irgendwas würde sich bestimmt finden, es würde mir doch nichts ausmachen, nicht wahr? Und ich könnte Mary gut dabei helfen, den Truthahn zu begießen und das viele Geschenkpapier vom Fußboden aufzusammeln.

Das überzeugte mich. Ich nahm die Einladung schließlich an und bereute es nicht. Es gibt nichts Schöneres als Weihnachten im Kreis einer Familie, mit lauter Kindern und Krach und Papier und Geschenken und einem duftenden Tannenbaum, an dem glänzende Kugeln und liebenswerter selbstgebastelter Zierat hängen.

Am zweiten Weihnachtstag gaben die Forbes' eine Erwachsenenparty, bei der wir allerdings fortfuhren, ziemlich kindliche Spiele zu veranstalten, und als die Kinder sicher im Bett waren, kamen die Gäste, auch Maggie und John Trent. Die Trents hatten erst kürzlich geheiratet. Maggie war die Tochter eines Dekans der Universität Oxford, den Stephen in seiner Studienzeit gut gekannt hatte. Sie war eine fröhliche, herzliche und mitteilsame Person; sobald sie das Haus betreten hatte, kam die Party in Schwung. Wir wurden miteinander bekannt gemacht, hatten aber erst später Gelegenheit, uns zu unterhalten, als wir bei einer Scharade auf dem Sofa saßen und den Filmtitel zu erraten versuchten, den Mary mit den absonderlichsten hampelnden Gesten ausdrücken wollte. «*Rosemarys Baby!*» rief jemand ohne erkennbaren Grund.

«*Clockwork Orange!*»

Maggie zündete sich eine Zigarette an und gab sich geschlagen. «Das schaffe ich nie», sagte sie und ließ sich zurücksinken. Dann wandte sie den Kopf und sah mich an. «Sie arbeiten in der Buchhandlung, nicht wahr?»

«Ja.»

«Ich werde nächste Woche vorbeikommen und all die Geschenkgutscheine ausgeben, die ich zu Weihnachten gekriegt habe. Es sind Dutzende.»

«Sie Glückliche.»

«Wir haben gerade ein Haus gekauft, und ich brauche viele Kunstbücher, die ich überall herumliegen lasse, damit unsere Freunde denken, ich sei wahnsinnig intellektuell…» Dann rief jemand: «Maggie, du bist an der Reihe», und sie sagte «Verdammt» und stand auf und überlegte krampfhaft, was sie mimen sollte. Ich weiß nicht mehr, was es war, aber während ich zuschaute, wie sie sich ganz unbefangen zum Narren machte, fand ich sie ausgesprochen sympathisch und hoffte, ich würde sie wiedersehen.

Ich sah sie natürlich wieder. Wie sie gesagt hatte, kam sie ein paar Tage nach Weihnachten in die Buchhandlung, in einem Lammfellmantel und einem langen lila Rock, unter dem Arm eine prallvolle Handtasche mit Geschenkgutscheinen. Ich bediente gerade jemanden und trat hinter einem Stapel Romane mit Hochglanzschutzumschlag hervor. «Hallo.»

«Oh, schön, daß Sie da sind. Ich hatte es gehofft. Könnten Sie mir helfen?»

«Ja, natürlich.»

Wir suchten zusammen ein Kochbuch, eine neue Autobiographie, über die alle Leute redeten, und ein schrecklich teures Buch mit impressionistischen Bildern zum «Herumliegenlassen» aus. Der Preis für die drei Bücher war etwas höher als der Wert der Gutscheine, und sie nahm ein Scheckheft aus der Tasche, um die Differenz zu zahlen.

«John wird stocksauer sein», sagte sie gut gelaunt, während sie den Scheck mit einem roten Filzschreiber ausstellte. Der Scheck war gelb, die Wirkung sehr lustig. «Er sagt, wir geben ohnehin schon viel zuviel aus. Da.» Sie drehte den Scheck um und schrieb ihre Adresse auf die Rückseite. «Bracken Road vierzehn, SW sechs.» Sie sagte es laut für den Fall, daß ich ihre Schrift nicht lesen konnte. «Ich hab mich noch nicht daran gewöhnt, unsere Adresse zu schreiben. Wir sind gerade erst eingezogen. Es ist schrecklich aufregend, wir haben es nämlich gekauft, ob Sie es glauben oder nicht. Unsere Eltern haben uns mit der Anzahlung geholfen, und John hat es geschafft, eine Bausparkasse zu überreden, uns einen Kredit über den Rest zu geben. Aber wir werden den obersten Stock vermieten müssen, um die Hypothek zu zahlen. Ich glaube, dann wird es schon irgendwie klappen.» Sie lächelte. «Sie müssen irgendwann vorbeikommen und es sich ansehen.»

«Ja, gern.» Ich wickelte die Bücher in farblich passendes Geschenkpapier und gab mir Mühe, es sauber zu falten.

Sie sah mir zu. «Hören Sie, es ist furchtbar unhöflich, aber ich weiß Ihren Namen nicht mehr. Ich weiß, Sie heißen Rebecca, aber der Nachname?»

«Rebecca Bayliss.»

«Sie kennen nicht zufällig einen netten, ruhigen Zeitgenossen, der eine unmöblierte Wohnung sucht?»

Ich sah sie an. Unsere Gedanken deckten sich so weitgehend, daß ich kaum etwas zu sagen brauchte. Ich knotete den Bindfaden um das Päckchen und schnitt die Enden ab. «Wie wäre es mit mir?» sagte ich.

«Sie? Suchen Sie denn eine Wohnung?»

«Bis eben noch nicht. Aber jetzt.»

«Es ist nur ein Zimmer und eine Küche. Das Bad müssen wir teilen.»

«Das macht mir nichts aus, wenn es Ihnen nichts ausmacht. Und wenn ich mir die Miete leisten kann. Ich weiß nicht, was Sie sich gedacht haben.»

Maggie sagte es mir. Ich schluckte und rechnete schnell nach. «Das ginge», sagte ich dann.

«Haben Sie denn Möbel?»

«Nein. Ich wohne zusammen mit ein paar anderen Mädchen in einer möblierten Wohnung. Aber ich kann mir welche besorgen.»

«Sie scheinen unbedingt etwas Eigenes haben zu wollen.»

«Nicht unbedingt, aber ich wäre lieber unabhängig.»

«Hm, ehe Sie sich entschließen, müssen Sie natürlich kommen und es sich ansehen. Am frühen Abend, weil wir beide arbeiten.»

«Heute abend?» Es war unmöglich, die Ungeduld und Aufregung aus meiner Stimme zu verbannen.

Maggie lachte. «In Ordnung», antwortete sie. «Heute abend.» Und damit nahm sie die wunderhübsch verpackten Bücher und wandte sich zum Gehen.

Ich geriet plötzlich in Panik. «Äh... ich... ich weiß die Adresse nicht...»

«Oh, sie steht doch hinten auf dem Scheck. Sie nehmen am besten den Zweiundzwanziger-Bus. Ich erwarte Sie gegen sieben.»

«Ich komme bestimmt», versprach ich.

Während der Bus langsam die Kings Road entlangrumpelte, mußte ich mich zur Ordnung rufen und meine Begeisterung zügeln. Ich durfte nicht die Katze im Sack kaufen. Vielleicht war die Wohnung völlig unmöglich, zu groß oder zu klein oder auf irgendeine andere Weise total ungeeignet. Alles war besser, als enttäuscht zu werden. Tatsächlich war das kleine Haus dann von außen ganz unscheinbar, eines von zehn oder zwölf Reihenhäusern aus rotem Backstein, mit kunstvollen Ausfugungen um den Eingang und vielen geschmacklosen Bleiverglasungen. Aber innen war Nr. 14 hell und freundlich – frische Farbe, neue Auslegware und natürlich Maggie selbst, in alten Jeans und einem blauen Pulli.

«Entschuldigung, ich sehe verheerend aus, aber ich muß die ganze Hausarbeit machen, und deshalb ziehe ich mich immer gleich um, wenn ich aus dem Büro komme. Kommen Sie, gehen wir rauf und schauen es uns an... Legen Sie den Mantel ruhig auf den Treppenpfosten. John ist noch nicht zu Haus, aber ich habe ihm gesagt, daß Sie kommen, und er fand, es sei eine großartige Idee...»

Sie redete die ganze Zeit, während sie mich nach oben führte und mir den Vortritt in das leere Zimmer an der rückwärtigen Seite des Hauses ließ. Sie machte Licht. «Es geht nach Süden, zu dem kleinen Park dort. Die Vorbesitzer haben im Erdgeschoß einen Anbau gemacht, und Sie haben einen kleinen Balkon auf dem Dach des Anbaus.» Sie öffnete eine Glastür, und wir traten zusammen in den kalten dunklen Abend hinaus. Ich roch die abgefallenen Blätter, die feuchte Erde vom Park und sah die Konturen der Bäume im Schein der Straßenlaternen ringsum. Eine kalte Bö ließ das schwarze Gerippe der Platane aufstöhnen, doch das Geräusch ging unter im Lärm eines Düsenflugzeugs oben am Himmel.

«Es ist wie auf dem Land», sagte ich.

«Na ja, vielleicht nicht ganz.» Sie fröstelte. «Gehen wir wieder rein, ehe wir hier erfrieren.» Wir traten wieder ins Zimmer, und Maggie zeigte mir die winzige Küche, die einmal ein tiefer Wandschrank gewesen war, und dann, auf halber Höhe der Treppe, das Badezimmer, das wir teilen würden. Schließlich standen wir wieder unten in ihrem behaglichen, unaufgeräumten Wohnzimmer, und sie holte eine Flasche Sherry und ein paar Kartoffelchips, die bestimmt schon muffig schmeckten, wie sie sagte. Ich fand die Chips in Ordnung. «Interessieren Sie sich immer noch für die Wohnung?» fragte sie.

«Mehr denn je.»

«Und wann möchten Sie einziehen?»

«So bald wie möglich. Nächste Woche, wenn es geht?»

«Was werden die Mädchen aus Ihrer Wohngemeinschaft sagen?»

«Sie werden schon jemand anderen finden. Eine von ihnen hat eine Schwester, die in einer Woche nach London kommt. Ich denke, sie wird mein Zimmer nehmen.»

«Und die Möbelfrage?»

«Oh... Ich denke, ich kriege das irgendwie hin.»

«Ihre Eltern werden bestimmt ein paar tolle Sachen hervorzaubern, das ist immer so», sagte Maggie vergnügt. «Als ich nach London gegangen bin, kramte meine Mutter die schönsten Dinge vom Speicher und aus dem Wäscheschrank...» Sie verstummte. Ich sah sie an, ohne etwas zu sagen, und sie lachte schließlich über sich selbst. «Ich plappere wieder drauflos und trete ins Fettnäpfchen. Entschuldigung. Ich habe offensichtlich etwas schrecklich Dummes und Taktloses gesagt.»

«Ich habe keinen Vater mehr, und meine Mutter lebt im Ausland. Auf Ibiza. Das ist der wahre Grund, weshalb ich etwas Eigenes haben möchte.»

«Entschuldigung. Ich hätte es wissen müssen, wo Sie Weihnachten bei den Forbes' gewesen sind... Ich meine, ich hätte es mir irgendwie denken können.»

«Wie hätten Sie darauf kommen sollen?»

«Ist Ihr Vater gestorben?»

Sie war offensichtlich neugierig, aber auf eine so herzliche Art, daß es mir plötzlich lächerlich vorkam, zuzuklappen wie eine Auster, was ich sonst immer machte, wenn jemand Fragen über meine Familie stellte.

«Ich glaube nicht», sagte ich und gab mir Mühe, es so zu sagen, als spielte es keine Rolle. «Ich glaube, er lebt in Los Angeles. Er war Schauspieler. Meine Mutter ist mit ihm durchgebrannt, als sie achtzehn war. Aber das häusliche Leben langweilte ihn bald, oder er fand, daß seine Karriere wichtiger sei als eine Familie. Die Ehe dauerte jedenfalls nur ein paar Monate, und dann ging er auf und davon und ließ meine Mutter mit mir sitzen.»

«Wie furchtbar, so etwas zu tun.»

«Ja, ich nehme an, es ist ziemlich lieblos. Ich habe nie groß darüber nachgedacht. Meine Mutter hat nie von ihm gesprochen. Nicht weil sie sehr verbittert oder verletzt war, nein. Sie hat einfach die Gabe, etwas ohne weiteres zu vergessen, wenn es aus und vorbei ist. Sie ist schon immer so gewesen. Sie sieht nur nach vorn, und immer sehr optimistisch.»

«Aber was ist passiert, als Sie geboren wurden? Ist sie zu ihren Eltern zurückgegangen?»

«Nein. Nie.»

«Sie meinen, es kam kein Telegramm mit den Worten ‹Komm zurück, es ist alles verziehen›?»

«Ich weiß es nicht. Wirklich nicht.»

«Es muß schreckliche Szenen gegeben haben, als Ihre Mutter davonlief, aber trotzdem...» Sie verstummte. Sie war offenbar nicht imstande, eine Situation zu begreifen, die ich mein Leben lang gleichmütig akzeptiert hatte. «Wer könnte seiner Tochter so etwas antun?»

«Ich weiß nicht.»

«Das kann nicht Ihr Ernst sein!»

«Doch. Ich weiß es wirklich nicht.»

«Soll das heißen, Sie kennen Ihre Großeltern gar nicht?»

«Ich weiß nicht mal, wer sie sind. Oder vielleicht, wer sie waren. Ich weiß auch nicht, ob sie noch leben.»

«Sie wissen nichts von ihnen? Hat Ihre Mutter Ihnen denn nie etwas gesagt?»

«O doch... Ab und zu kam sie auf früher zu sprechen, aber es waren immer nur Bruchstücke. Sie wissen ja, wie Mütter mit ihren Kindern reden, wenn sie sich an Dinge erinnern, die sie erlebt haben, als sie selbst noch klein waren.»

«Bayliss...» Sie runzelte die Stirn. «Das ist kein häufiger Name. Und er kommt mir irgendwie bekannt vor, aber ich habe keine Ahnung, warum. Haben Sie denn gar keinen Anhaltspunkt?»

Ich mußte über ihre Hartnäckigkeit lachen. «Sie reden, als ob ich es unbedingt wissen möchte. Aber ich will es gar nicht wissen, verstehen Sie? Wenn man seine Großeltern nie gekannt hat, vermißt man sie auch nicht.»

«Aber möchten Sie nicht manchmal wissen –» sie suchte nach Worten – «wo sie lebten?»

«Das weiß ich. Sie lebten in Cornwall. In einem Haus aus Feldsteinen, mit Wiesen und Feldern, die zum Meer hin abfielen. Und meine Mutter hatte einen Bruder, der Roger hieß und im Krieg gefallen ist.»

«Aber was hat sie gemacht, als Sie auf die Welt kamen? Ich nehme an, sie mußte sich eine Arbeit suchen?»

«Nein, sie hatte etwas eigenes Geld. Sie hatte es von einer Tante geerbt. Wir hatten natürlich nie ein Auto und dergleichen, aber soweit ich weiß, sind wir ganz gut zurechtgekommen. Sie hatte eine Wohnung in Kensington, im Souterrain eines Hauses, das Freunden von ihr gehörte. Dort haben wir gewohnt, bis ich ungefähr acht war, dann kam ich aufs Internat, und danach... danach sind wir von einem Ort zum anderen gezogen.»

«Internate kosten Geld.»

«Meines war nicht sehr vornehm.»

«Hat Ihre Mutter wieder geheiratet?»

Ich sah Maggie an. Sie machte ein schrecklich neugieriges Gesicht, aber ihre Miene war freundlich. Ich fand, jetzt, wo ich schon so weit gegangen war, konnte ich ihr auch den Rest erzählen.

«Sie... sie war irgendwie nicht der Typ, der heiratet... Aber sie war immer sehr attraktiv, und ich kann mich nicht erinnern, sie jemals ohne einen Verehrer erlebt zu haben... Und als ich dann auf dem Internat war, hatte sie sicher keinen Grund mehr, noch groß auf ihren guten Ruf zu achten. Ich wußte nie, wo ich die nächsten Ferien verbringen würde. Einmal fuhren wir nach Frankreich, in die Provence. Manchmal blieben wir hier in England. Zu Weihnachten flogen wir einmal nach New York.»

Maggie schnitt eine Grimasse. «Nicht sehr lustig für Sie.»

«Aber gut für die Bildung.» Ich hatte schon vor langer Zeit gelernt, es von der scherzhaften Seite zu sehen. «Stellen Sie sich all die Orte vor, die ich gesehen habe, und die vielen ungewöhnlichen Plätze, wo ich gewohnt habe. Einmal im *Ritz* in Paris, und dann in einem scheußlich kalten Haus in Denbigshire. Das war ein Dichter, der glaubte, er müsse es mit Schafezüchten versuchen. Ich war in meinem Leben noch nie so froh wie an dem Tag, als diese Beziehung zu Ende ging.»

«Sie muß sehr schön sein.»

«Nein, aber die Männer finden es. Und sie ist sehr, sehr lustig und verschwenderisch und unergründlich und absolut unmoralisch, wie man es ausdrücken würde. Schrill. Alles ist ein Witz, das sagt sie immer. Unbezahlte Rechnungen sind ein Witz, und verlorene Handschuhe und unbeantwortete Briefe, alles ist ein Witz. Sie hat keine Ader für Geld und kein Verantwortungsgefühl. Es ist sehr anstrengend, mit ihr zu leben.»

«Was macht sie in Ibiza?»

«Sie lebt mit einem Schweden zusammen, den sie dort kennengelernt hat. Sie fuhr hin, um ein befreundetes Ehepaar zu besuchen, dann traf sie ihn, und das nächste, was ich von ihr hörte, war die Nachricht, daß sie zu ihm ziehen wollte. Sie sagte, er sei umwerfend nordisch und schrecklich nüchtern, aber er habe ein tolles Haus.»

«Wann haben Sie sie das letzte Mal gesehen?»

«Vor ungefähr zwei Jahren. Ich verschwand mehr oder weniger aus ihrem Leben, als ich siebzehn war. Ich machte damals einen Sekretärinnenkurs und nahm Aushilfsjobs an, und dann bekam ich den Job bei Stephen Forbes.»

«Gefällt er Ihnen?»

«Ja. Wirklich.»

«Wie alt sind Sie?»

«Einundzwanzig.»

Maggie lächelte wieder und schüttelte verwundert den Kopf. «Sie haben eine Menge durchgemacht», sagte sie, und es klang kein bißchen mitleidig, sondern fast ein wenig neidisch. «Ich war mit einundzwanzig eine errötende Braut in einem scheußlichen engen weißen Hochzeitskleid mit einem alten Schleier, der nach Mottenkugeln roch. Ich bin wirklich nicht altmodisch, aber meine Mutter ist es, und da ich sie sehr mag, habe ich gewöhnlich getan, was sie wollte.»

Ich konnte mir ihre Mutter vorstellen. Da mir nichts anderes einfiel, griff ich in die Kiste tröstlicher Platitüden: «Na ja, die Menschen sind verschieden...» Während ich das sagte, hörten wir Johns Schlüssel im Schloß, und damit war das Gespräch über Mütter und Familien beendet.

Es war ein Tag wie jeder andere, aber mit einem Bonus. Ich hatte am Donnerstag Überstunden in der Buchhandlung gemacht, um mit Stephen die Jahresinventur zu beenden, und er hatte mir dafür diesen Vormittag freigegeben, so daß ich den halben Tag zu meiner Verfügung hatte. Ich nutzte ihn, um die Wohnung zu putzen (was höchstens eine halbe Stunde dauerte), einzukaufen und ein paar Sachen zum Waschsalon zu bringen. Gegen halb zwölf hatte ich diese Hausfrauenpflichten getan, zog meinen Mantel an und machte mich auf den Weg zur Arbeit. Ich wollte einen Teil der Strecke zu Fuß gehen und vielleicht irgendwo eine Kleinigkeit essen, ehe ich zur Buchhandlung mußte.

Es war einer jener kalten, dunklen, feuchten Tage, an denen es nie so richtig hell wird. Ich spazierte durch den trüben Schleier zur New Kings Road und bog dann nach Westen ab. Hier gibt es in jedem zweiten Laden Antiquitäten, gebrauchte Betten oder alte Bilderrahmen, und ich glaubte sie alle zu kennen, aber auf einmal stand ich vor einem Geschäft, das mir noch nie aufgefallen war. Es war weiß gestrichen, die Fensterrahmen waren schwarz lackiert, und zum Schutz vor dem drohenden Regen war eine rotweiß gestreifte Markise heruntergelassen.

Ich blickte hoch, um zu sehen, wie der Laden hieß, und sah den Namen TRISTRAM NOLAN in peniblen Großbuchstaben über der Tür. Die Tür war flankiert von Schaufenstern mit dem herrlichsten alten Krimskrams, und ich blieb in dem hellen Schein stehen, den die vielen Lampen drinnen auf den Bürgersteig warfen, und betrachtete die Auslagen. Die meisten Möbel waren viktorianisch, neu gepolstert, aufgearbeitet und hochglanzpoliert. Ein Sofa mit gedrechselten Beinen, ein Nähkasten, ein kleines Bild von mehreren Schoßhündchen auf einem Samtkissen.

Ich schaute weiter in den Laden hinein, und da sah ich die Kirschbaumstühle. Es waren zwei, mit bauchiger Lehne und leicht geschwungenen Beinen, die Bezüge waren mit Rosen bestickt.

Ich mußte sie haben. Ich mußte. Ich stellte sie mir in meiner Wohnung vor, ich wünschte sie mir verzweifelt. Ich zögerte einen Moment lang. Es war kein Trödelladen, und wahrscheinlich würde ich mir die Stühle nicht leisten können. Aber Fragen kostete ja nichts. Ehe ich den Mut verlieren konnte, öffnete ich die Tür und ging hinein.

Im Laden war niemand, aber die Türglocke hatte geläutet, und ich hörte, wie jemand eine Treppe herunterkam. Dann wurde der Filzvorhang vor der Türöffnung an der hinteren Wand zur Seite geschoben, und ich sah einen Mann.

Ich nehme an, ich hatte jemand Älteren erwartet, der irgendwie zu dem Geschäft und den Antiquitäten paßte, aber das Äußere dieses Mannes warf alle meine Erwartungen über den Haufen. Er war jung, großgewachsen, langbeinig und sehr lässig gekleidet, verwaschene Jeans und eine Jeansjacke, ebenso alt und verwaschen, mit aufgekrempelten Ärmeln, unter denen die karierten Manschetten seines Hemds hervorstanden. Er hatte ein Taschentuch um den Hals geschlungen und trug weiche Mokassins mit Fransen.

In jenem Winter sah man in London die unwahrscheinlichsten Typen in Cowboykleidung, aber er wirkte irgendwie echt, und seine abgetragenen Sachen schienen genauso authentisch zu sein wie er selbst. Wir standen da und sahen uns an, und dann lächelte er, was mich aus irgendeinem Grund aus der Fassung brachte. Ich lasse mich nicht gern aus der Fassung bringen und sagte kühler, als es eigentlich meine Art ist: «Guten Morgen.»

Er ließ den Filzvorhang wieder vor die Tür fallen und näherte sich auf seinen leisen Sohlen. «Kann ich etwas für Sie tun?»

Er sah vielleicht aus wie ein waschechter Amerikaner, aber sobald er den Mund aufgemacht hatte, war klar, daß dieser Eindruck täuschte. Das ärgerte mich irgendwie. Das Leben mit meiner Mutter hatte mir einige Erfahrung mit Männern im allgemeinen und Angebern im besonderen beschert, und ich kam sofort zu dem Schluß, daß dieser junge Mann ein Angeber war.

«Ich ... Ich hätte mich gern nach diesen kleinen Stühlen erkundigt. Die mit der bauchigen Lehne.»

«O ja.» Er trat vor und legte die Hand auf einen der Stühle. Sie war lang und schmal, mit schönen geraden Fingern, sehr braun gebrannt. «Ich habe aber nur die beiden.»

Ich starrte auf die Stühle und versuchte, ihn zu ignorieren.

«Was sollen sie kosten?»

Er ging neben mir in die Hocke und suchte das Preisschild, und ich bemerkte sein dichtes, dunkles Haar.

«Sie haben Glück», antwortete er. «Die Stühle sind sehr billig, weil von einem ein Bein abgebrochen ist und nicht sehr fachmännisch angeleimt wurde.» Er richtete sich sehr schnell auf, so daß seine Größe mich unwillkürlich überraschte. Seine dunkelbraunen Augen standen ein klein wenig schräg und hatten einen Ausdruck, den ich verwirrend fand. Er flößte mir Unbehagen ein, und meine Voreingenommenheit gegen ihn verwandelte sich in Abneigung. «Fünfzehn Pfund für beide», sagte er. «Aber wenn Sie ein bißchen Zeit haben und etwas mehr zahlen wollen, kann ich das Bein verstärken und die Bruchstelle vielleicht geschickt furnieren lassen. Dann wäre er stabiler, und man würde nichts mehr sehen.»

«Ist er jetzt nicht stabil?»

«Wenn *Sie* darauf sitzen, ja», sagte der junge Mann. «Aber wenn ein großer dicker älterer Herr zum Essen kommt, wird er wahrscheinlich auf seinen vier Buchstaben landen.»

Ich sagte nichts und sah ihn an – kühl, wie ich hoffte. In seinen Augen funkelte ein belustigter Spott, mit dem ich nichts zu tun haben wollte. Ich fand die Andeutung, die einzigen Männer, die zum Essen zu mir kämen, wären groß, dick und älter, ziemlich frech.

Schließlich sagte ich: «Was würde es kosten, wenn ich das Bein reparieren ließe?»

«Sagen wir fünf Pfund. Das hieße, Sie bekämen sie für zehn das Stück.»

Ich überlegte und kam zu dem Schluß, daß ich sie mir so gerade eben leisten könnte.

«Ich nehme sie.»

«Gut», sagte der junge Mann, stemmte die Hände in die Hüften und lächelte liebenswürdig, als sei unser Geschäft damit abgeschlossen.

Ich fand, daß er hoffnungslos unprofessionell sei. «Möchten Sie, daß ich jetzt gleich zahle, oder soll ich etwas anzahlen…»

«Nein, das spielt keine Rolle. Sie können zahlen, wenn Sie sie abholen.»

«Und wann sind sie fertig?»

«Ungefähr in einer Woche.»

«Brauchen Sie meinen Namen nicht?»

«Nur, wenn sie ihn mir sagen wollen.»

«Und was ist, wenn ich nicht wiederkomme?»

«Dann wird sie wohl jemand anders kaufen.»

«Aber ich möchte sie haben.»

«Sie werden sie bekommen», sagte der junge Mann.

Ich runzelte ärgerlich die Stirn, aber er lächelte nur, ging zur Tür und hielt sie mir auf. Kalte Luft strömte herein, es hatte angefangen zu regnen, und die Straße draußen war dunkel wie in der Nacht.

«Auf Wiedersehen», sagte er. Ich lächelte kühl, senkte dankend den Kopf und trat an ihm vorbei ins Freie. Fast im selben Moment sagte mir die Türglocke, daß er die Tür wieder geschlossen hatte.

Der Tag war auf einmal grau in grau. Meine Freude über die beiden Stühle war dahin, vertrieben von der Mißstimmung, die ich diesem Mann zu verdanken hatte. Normalerweise fasse ich nicht schnell eine Abneigung gegen andere Leute, und ich ärgerte mich nicht nur über ihn, sondern auch über mich selbst, weil ich so empfindlich war. Ich dachte noch darüber nach, während ich die Walton Street hinunterging und die Buchhandlung betrat. Nicht einmal die Gewißheit, nicht mehr draußen in der Kälte zu sein, und der angenehme Geruch von neuem Papier und Druckerschwärze konnten meine schlechte Laune vertreiben.

Die Buchhandlung hatte drei Stockwerke. Im Erdgeschoß standen die neuen Bücher, oben die antiquarischen Bücher und die alten Drucke, und unten im Souterrain lag das Büro von Stephen. Ich sah, daß Jennifer, die zweite Verkäuferin, gerade jemanden bediente, und da die einzige andere Kundin, eine alte Dame in einem Tweedcape, in den Gartenbüchern schmökerte, ging ich zu dem kleinen Garderoberaum und knöpfte dabei meinen Mantel auf. Ich hörte Stephens schwere Schritte auf der Treppe von unten und blieb stehen, um auf ihn zu warten. Im nächsten Augenblick erschien seine große, leicht gebückte Gestalt, und er stand vor mir mit seinem bebrillten Gesicht und seiner immer freundlichen Miene. Er trug immer dunkle Anzüge, die aussahen, als müßten sie dringend aufgebügelt werden, und seine Krawatte war schon jetzt, zu dieser frühen Stunde, ein Stück nach unten gerutscht, so daß der oberste Hemdknopf zu sehen war.

«Rebecca», sagte er.

«Ja, ich bin da.»

«Gut, daß ich Sie erwische.» Er sprach leise, um die Kunden nicht zu stören, und trat zu mir. «Unten ist ein Brief für Sie, er ist aus Ihrer alten Wohnung nachgeschickt worden. Am besten, Sie gehen gleich runter und holen ihn.»

Ich runzelte die Stirn. «Ein Brief?»

«Ja. Luftpost. Ausländische Briefmarken. Er wirkt irgendwie wichtig, ich weiß nicht, warum.»

Mein Ärger und alle Gedanken an neue Stühle wurden plötzlich von heftiger Besorgnis verdrängt.

«Ist er von meiner Mutter?»

«Ich weiß es nicht. Warum gehen Sie nicht runter und lesen ihn?»

Ich lief die steile, nackte Holztreppe ins Souterrain hinunter, die an diesem düsteren Tag von Neonröhren an der Decke beleuchtet wurde. Das Büro war herrlich unordentlich wie immer, übersät mit Briefen und Paketen und Akten, Stößen von alten Büchern und Pappkartons und Aschenbechern, die nie rechtzeitig geleert wurden. Aber der Brief lag mitten auf Stephens Schreibunterlage und war nicht zu übersehen.

Ich nahm ihn. Ein Luftpostumschlag, spanische Briefmarken, ein Poststempel von Ibiza. Aber die Schrift war dünn und krakelig, wie von einer sehr spitzen Feder, und ich kannte sie nicht. Er war an die alte Anschrift gerichtet, aber die Adresse war durchgestrichen und in einer großen, mädchenhaften Handschrift durch die Adresse der Buchhandlung ersetzt. Ich fragte mich, wie lange der Brief wohl auf dem Tisch an der Wohnungstür gelegen haben mochte, ehe eine von meinen ehemaligen Mitbewohnerinnen gemerkt hatte, daß er dort lag, und sich die Mühe gemacht hatte, ihn mir nachzuschicken.

Ich setzte mich auf Stephens Schreibtischstuhl und schlitzte den Umschlag auf. Er enthielt zwei Blatt dünnes Luftpostpapier, und das Datum oben war der dritte Januar. Fast einen Monat alt. Irgendwo in meinem Kopf schrillte eine Alarmsirene, und ich wurde von einer namenlosen Angst gepackt. Ich las:

Liebe Rebecca!

Ich hoffe, Sie haben nichts dagegen, daß ich Sie mit Ihrem Vornamen anrede, aber Ihre Mutter hat mir so oft von Ihnen erzählt. Ich schreibe Ihnen, weil Ihre Mutter sehr krank ist. Sie hat sich schon seit einiger Zeit nicht wohl gefühlt, und ich wollte Ihnen schon vorher schreiben, aber sie hat es nicht zugelassen.

Jetzt tue ich es aber und sage Ihnen mit der ausdrücklichen Zustimmung des Arztes, daß ich finde, es wäre das beste, wenn Sie hierherkämen und sie besuchten.

Wenn Ihnen das möglich ist, würden Sie mir bitte telegraphieren, wann Ihre Maschine kommt, damit ich Sie am Flughafen abholen kann.

Ich weiß, daß Sie arbeiten und daß es Ihnen vielleicht nicht leichtfallen wird, die weite Reise zu machen, aber ich würde

*Ihnen raten, keine Zeit zu verlieren. Ich fürchte, sie werden Ihre
Mutter sehr verändert vorfinden, aber sie ist immer noch guten
Mutes.*

*Mit den besten Wünschen
Ihr Otto Pedersen.*

Ich saß fassungslos da und starrte auf den Brief hinunter. Die
höflichen Wendungen sagten mir alles, und zugleich verschwiegen sie das meiste. Meine Mutter war schwer krank, sie lag
vielleicht im Sterben. Er hatte mich vor vier Wochen aufgefordert, keine Zeit zu verlieren und zu kommen. Inzwischen war ein
Monat vergangen, ich hatte den Brief eben erst bekommen, vielleicht war sie schon tot – und ich war nicht hingefahren. Was
würde er von mir denken, dieser Otto Pedersen, den ich nie gesehen hatte, von dem ich bis eben nicht mal gewußt hatte, wie er
hieß?

2

Ich las den Brief wieder, und dann noch einmal, und die dünnen Blätter raschelten in meiner Hand. Als Stephen schließlich herunterkam, um mich zu suchen, saß ich immer noch da.

Ich drehte mich um und sah ihn über die Schulter hinweg an. Er sah mein Gesicht und sagte: «Etwas Schlimmes?»

Ich versuchte, es ihm zu sagen, konnte es aber nicht. Statt dessen hielt ich ihm den Brief hin, und während er ihn nahm und las, klammerte ich mich an die Armlehnen des Schreibtischstuhls und kämpfte gegen eine schreckliche Angst an.

Er sah auf, legte den Brief zwischen uns auf den Schreibtisch und sagte: «Haben Sie gewußt, daß sie krank ist?»

Ich schüttelte den Kopf.

«Wann haben Sie zuletzt von ihr gehört?»

«Vor vier oder fünf Monaten. Sie hat nie Briefe geschrieben.» Ich sah zu ihm hoch und sagte zornig, halb erstickt von dem großen Kloß in meiner Kehle: «Es war vor fast einem Monat. Der Brief hat in der Wohnung gelegen, und kein Mensch hat sich die Mühe gemacht, ihn mir nachzuschicken. Sie kann inzwischen tot sein, und ich bin nicht hingefahren. Sie wird denken, daß es mir einfach egal war!»

«Wenn sie gestorben wäre, hätten Sie es sicher erfahren», sagte Stephen. «Weinen Sie nicht, dafür ist jetzt nicht der richtige Augenblick. Wir müssen dafür sorgen, daß Sie auf dem schnellsten Weg nach Ibiza kommen, und diesem –» er warf einen Blick auf den Brief – «diesem Mr. Pedersen Bescheid geben, daß Sie kommen. Alles andere ist jetzt unwichtig.»

«Ich kann nicht», sagte ich, und mein Mund zuckte, meine Unterlippe fing an zu beben, als wäre ich ein zehnjähriges Mädchen.

«Warum nicht?»

«Ich habe nicht genug Geld für den Flug.»

«Oh, liebes Kind, lassen Sie mich das machen...»

«Aber das kann ich nicht zulassen.»

«Doch, Sie können, und wenn Sie zu stolz sind, können Sie es mir über die nächsten fünf Jahre in Raten zurückzahlen, ich kann Ihnen auch Zinsen berechnen, wenn Sie das glücklicher macht, und jetzt reden wir um Gottes willen nicht mehr davon...» Er griff bereits nach dem Telefonbuch und wirkte auf einmal gar nicht mehr versponnen. «Haben Sie einen gültigen Reisepaß? Und kein Mensch wird von Ihnen verlangen, daß Sie sich gegen Pocken impfen lassen und dergleichen lästiges Zeug. Hallo, ist dort British Airways? Ich möchte einen Platz in der nächsten Maschine nach Ibiza buchen.» Er lächelte auf mich herunter, und ich kämpfte immer noch gegen Tränen und Wut an, fühlte mich aber schon etwas besser. In Zeiten seelischer Belastung geht nichts über einen großen, freundlichen Mann, der einem alles abnimmt. Er nahm einen Bleistift und machte Notizen. «Ja. Wann? Gut. Reservieren Sie bitte einen Platz, auf den Namen Rebecca Bayliss. Wann ist die Ankunftszeit in Ibiza? Und die Flugnummer? Vielen Dank. Danke.»

Er legte auf und betrachtete mit einer gewissen Befriedigung die unleserlichen Krakel, die er gemacht hatte.

«Sie fliegen morgen früh, steigen in Palma de Mallorca um und kommen gegen halb acht in Ibiza an. Ich bringe Sie zum Flughafen. Nein, keine Widerworte, ich werde erst beruhigt sein, wenn ich gesehen habe, wie Sie an Bord gehen. Und jetzt schicken wir ein Telegramm an Otto Pedersen –» er nahm den Brief wieder auf – «in der Villa Margareta in Santa Catarina und sagen ihm Bescheid, daß Sie kommen.» Er lächelte so aufmunternd und tröstlich, daß ich plötzlich voll Hoffnung war.

«Ich kann Ihnen nicht genug danken...»

«Unsinn», sagte Stephen. «Es ist das mindeste, was ich tun kann.»

Ich flog am nächsten Morgen, in einer Maschine, die zur Hälfte mit hoffnungsfrohen Wintertouristen besetzt war. Sie hatten sogar Strohhüte auf, um sich vor der vermeintlich sengenden Sonne zu schützen, und als wir in Palma in grauen Nieselregen hinaustraten, machten sie zuerst enttäuschte Gesichter, blickten dann aber wieder entschlossen optimistisch drein, als ob es morgen ganz bestimmt besser werden würde.

Es hörte während der gesamten vier Stunden, die ich in der Transit-Lounge verbrachte, nicht auf zu regnen, und nach dem Start rumpelte die Maschine durch lauter dicke Regenwolken. Aber als wir die Wolken unter uns ließen und das Meer erreichten, klarte es auf. Die Wolken wurden dünner, teilten sich und gaben einen tiefblauen, fast malvenfarbenen Himmel frei, und weit unten zeichnete das rosarote Licht der untergehenden Sonne breite Streifen über das gekräuselte Wasser.

Bei der Landung war es dunkel. Dunkel und feucht. Während ich unter dem südlichen Himmel, an dem zahllose Sterne leuchteten, die Gangway hinunterging, konnte ich nur den Geruch von Flugbenzin wahrnehmen, aber als ich dann über das pfützenbedeckte Vorfeld zum Flughafengebäude ging, spürte ich den lauen Wind im Gesicht. Er war warm, roch nach Kiefern und beschwor all die Sommerferien herauf, die ich im Ausland verbracht hatte.

Auch diese Maschine war zu dieser ruhigen Jahreszeit nicht vollbesetzt gewesen. Ich kam schnell durch den Zoll, und als mein Paß abgestempelt war, nahm ich meinen Koffer und ging in die Ankunftshalle.

Wie gewöhnlich standen kleine Gruppen von wartenden Leuten herum, andere saßen apathisch auf den häßlichen langen Plastikbänken. Ich blieb stehen, schaute mich um und wartete darauf, daß mich jemand entdeckte, sah aber niemanden, der aussah wie ein schwedischer Schriftsteller. Dann drehte sich ein Mann um, der am Bücherkiosk eine Zeitung gekauft hatte. Unsere Blicke begegneten sich, er faltete die Zeitung zusammen und kam auf mich zu. Er war groß, schlank und blond oder weißhaarig – es war unmöglich, die Haarfarbe bei dem grellen Neonlicht zu

erkennen. Während er langsam auf mich zukam, lächelte ich zö
gernd, und als er vor mir stand, sagte er fragend, immer noch
nicht ganz sicher, daß ich es wirklich war: «Rebecca?»

«Ja.»

«Ich bin Otto Pedersen.» Wir gaben uns die Hand, und er
machte dabei eine kleine Verbeugung. Nun sah ich, daß sein
Haar hellblond war und stellenweise ergraute. Sein Gesicht war
knochig und braun gebrannt, mit trockener Haut, die von der
Sonne tausend winzige Runzeln hatte. Seine Augen waren sehr
hell, mehr grau als blau. Er hatte einen schwarzen Pullover an
und einen leichten, hellbraunen Anzug mit gefältelten Taschen
wie bei einem Safarihemd. Sein Gürtel hing so lose, daß die
Schnalle sich beim Gehen bewegte. Er roch nach Rasierwasser
und wirkte peinlich sauber, irgendwie gebleicht.

Jetzt, wo wir uns gegenüberstanden, war es auf einmal
schwierig, Worte zu finden. Wir wurden beide urplötzlich
überwältigt von den Geschehnissen, die uns hier zusammenge-
führt hatten, und ich merkte, daß er genauso befangen war wie
ich. Aber er war gleichzeitig gewandt und höflich und ent-
spannte die Situation, indem er mir den Koffer abnahm und
fragte, ob das mein ganzes Gepäck sei.

«Ja, mehr habe ich nicht.»

«Dann gehen wir am besten. Wenn Sie am Ausgang warten,
hole ich den Wagen und erspare Ihnen den Weg zum Parkplatz.»

«Ich komme mit.»

«Es ist nur über die Straße.»

Wir gingen zusammen hinaus, wieder ins Dunkel. Er führte
mich zu dem halbleeren Parkplatz. Dort blieben wir neben
einem großen schwarzen Mercedes stehen; er schloß auf und
legte meinen Koffer auf den Rücksitz. Dann öffnete er mir die
Beifahrertür, ehe er sich ans Steuer setzte.

«Ich hoffe, Sie hatten einen guten Flug», bemerkte er höflich,
als wir das Flughafengebäude hinter uns ließen und in die Straße
einbogen.

«Nach dem Start von Palma hat die Maschine ein bißchen

geschaukelt. Ich mußte übrigens vier Stunden auf den Anschluß-
flug warten.»

«Ja. Um diese Jahreszeit gibt es keine direkten Flüge von London.»

Ich schluckte. «Ich muß Ihnen erklären, warum ich Ihren
Brief nicht beantwortet habe. Ich bin umgezogen und habe ihn
erst gestern morgen bekommen. Er ist mir nicht gleich nachgeschickt worden, verstehen Sie? Es war sehr freundlich von Ihnen, mir zu schreiben, und Sie haben sich sicher gewundert, daß
ich nicht reagiert habe.»

«Ich habe mir gedacht, daß irgend etwas schiefgegangen ist.»

Sein Englisch war perfekt, nur die abgehackten schwedischen
Vokale verrieten, woher er kam, und eine gewisse Förmlichkeit
in der Wahl der Worte zeigte, daß er Ausländer war.

«Ich hatte solche Angst, als ich den Brief las... Daß es zu spät
sein könnte.»

«Nein», sagte er. «Es ist nicht zu spät.»

Etwas in seiner Stimme veranlaßte mich, ihn anzusehen. Sein
Profil zeichnete sich scharf vor dem gelben Schein der vorüber-
huschenden Straßenlampen ab, sein Ausdruck war sehr ernst.

«Wird sie sterben?» fragte ich.

«Ja», antwortete Otto. «Ja, sie wird sterben.»

«Was hat sie?»

«Blutkrebs. Leukämie.»

«Wie lange ist sie schon krank?»

«Etwa ein Jahr. Aber es ist erst kurz vor Weihnachten ernst
geworden. Der Arzt meinte, man sollte es mit Bluttransfusionen
versuchen, und ich brachte sie ins Krankenhaus, wo sie welche
bekam. Aber es nützte nichts. Als ich sie zurück nach Haus geholt hatte, bekam sie wieder das gleiche schlimme Nasenbluten
wie vorher, und ich mußte den Krankenwagen holen und sie wieder ins Krankenhaus bringen lassen. Sie war über Weihnachten
da und durfte erst danach heimkommen. Dann habe ich Ihnen
geschrieben.»

«Ich wünschte, ich hätte den Brief gleich bekommen. Weiß
sie, daß ich komme?»

«Nein, ich habe es ihr nicht gesagt. Sie wissen ja, wie sehr sie Überraschungen liebt und wie sehr sie es haßt, enttäuscht zu werden. Ich dachte, es könnte vielleicht etwas dazwischenkommen, und Sie wären nicht in der Maschine.» Er lächelte frostig. «Aber Sie sind natürlich gekommen.»

Wir hielten an einer Kreuzung, um einen Maultierkarren vorbeizulassen. Das Trappeln auf der staubbedeckten Straße klang angenehm in meinen Ohren, und hinten am Karren schwang eine Laterne hin und her. Otto benutzte die Gelegenheit, um ein Zigarillo aus der Brusttasche seines Jacketts zu nehmen und es mit dem Feueranzünder vom Instrumentenbrett anzustecken. Als der Karren vorbei war, fuhren wir weiter.

«Wann haben Sie Ihre Mutter zuletzt gesehen?»

«Vor zwei Jahren.»

«Sie müssen sich darauf gefaßt machen, daß sie sehr verändert aussieht. Ich fürchte, Sie werden erschrecken, aber versuchen Sie bitte, es sich nicht anmerken zu lassen. Sie ist immer noch sehr eitel.»

«Sie kennen Sie sehr gut.»

«Natürlich.»

Ich hätte ihn so gern gefragt, ob er sie liebte. Die Frage lag mir auf der Zunge, aber dann wurde mir bewußt, daß es in diesem frühen Stadium unserer Bekanntschaft sehr ungehörig wäre, etwas so Intimes und Persönliches zu fragen. Was für einen Unterschied würde es auch machen? Er war ihr begegnet, hatte mit ihr zusammensein wollen und ihr ein Heim gegeben, und nun, wo sie so krank war, sorgte er auf seine offenbar sehr patente Art für sie. Wenn das nicht Liebe war, was dann?

Nach einer Weile fingen wir an, von anderen Dingen zu reden. Ich fragte, wie lange er schon auf der Insel lebe, und er sagte, seit fünf Jahren. Beim erstenmal sei er mit einer Jacht gekommen, und es habe ihm so gut gefallen, daß er ein Jahr später zurückgekehrt sei, sich ein Haus gekauft und für immer dort niedergelassen habe.

«Sie sind Schriftsteller...»

«Ja, aber ich bin auch Geschichtsprofessor.»

«Schreiben Sie historische Bücher?»

«Früher habe ich das mal getan. Im Moment schreibe ich einen Aufsatz über die Mauren in Südspanien und auf Ibiza.»

Ich war beeindruckt. Soweit ich mich erinnern konnte, war keiner von den früheren Liebhabern meiner Mutter auch nur eine Spur intellektuell gewesen.

«Wie weit ist es noch?»

«Ungefähr acht Kilometer. Santa Catarina war ein kleines intaktes Dorf, als ich hierherkam. Jetzt werden große Hotelanlagen geplant, und ich fürchte, man wird es genauso verderben wie den Rest der Insel. Nein, ich übertreibe. Wie manche Teile der Insel. Wenn man weiß, wohin man gehen muß, und ein Auto oder vielleicht ein Motorboot hat, findet man immer noch unberührte Flecken.»

Da es im Wagen sehr warm war, kurbelte ich ein Fenster herunter. Die laue Abendluft wehte mir ins Gesicht, und ich sah, daß wir jetzt auf dem Land waren und zwischen Olivenhainen hindurch fuhren, wo ab und zu hinter den dornenübersäten Früchten der Kaktusfeigen das erleuchtete Fenster eines kleinen Bauernhauses schimmerte.

«Ich bin froh, daß sie hier ist», sagte ich. «Ich meine, wenn sie krank ist und sterben muß, ist es gut, daß sie hier sein kann, im Süden, in der warmen Sonne und dem Duft von Kiefern.»

«Ja», sagte Otto. Und dann, so sachlich und unverblümt, wie es seine Art zu sein schien: «Ich glaube, sie ist hier sehr glücklich gewesen.»

Wir fuhren schweigend weiter die leere Straße entlang, an der Telegraphenmasten den Scheinwerfern des Autos entgegenhuschten. Ich sah jetzt, daß sie am Meer entlanglief, das sich bis zu einem unsichtbaren dunklen Horizont erstreckte und hier und dort mit den Lichtern von Fischerbooten getupft war. Dann zeichneten sich vor uns die neonbeleuchteten Konturen eines Ortes ab. Wir kamen an einem Ortsschild mit der Inschrift «Santa Catarina» vorbei und fuhren die Hauptstraße hinunter. Es roch nach Zwiebeln, Olivenöl und gebratenem Fleisch. Aus offenen Haustüren drang Flamencomusik; dunkle Gesichter wandten sich uns zu und sahen den Wagen ohne großes Interesse vorbeifahren. Einen Augenblick später hatten wir das Dorf hinter uns gelassen und wurden wieder von der Dunkelheit verschluckt. Fast unmittelbar danach bremste Otto, um in einen Feldweg einzubiegen, der zwischen Mandelbäumen einen Hügel hinaufführte. Die Scheinwerferkegel stachen ins Dunkel, und vor uns sah ich eine weiße, annähernd quadratische Villa mit kleinen Fenstern und einer großen, gezimmerten Haustür, über der eine Laterne baumelte.

Otto hielt und stellte den Motor ab. Wir stiegen aus, er nahm meinen Koffer vom Rücksitz und ging mir voran über den Kies. Dann öffnete er die Tür, trat zur Seite, und ich ging als erste ins Haus.

Die Diele wurde von einem schmiedeeisernen Kronleuchter beleuchtet. An einer Wand stand ein langes Sofa mit einer bunten Decke, und neben der Tür sah ich eine hohe blauweiße Vase, die eine ganze Kollektion von Sonnenschirmen und Spazierstöcken mit Elfenbeingriff enthielt. Als Otto die Tür schloß, wurde vor uns eine andere aufgemacht, und eine kleine, schwarzhaarige Frau, die einen rosa Overall und alte Hausschuhe trug, kam uns entgegen.

«Señor?»

«Maria!»

Sie lächelte und entblößte dabei eine Reihe von Goldkronen. Er redete spanisch mit ihr, stellte eine Frage, die sie beantwortete, dann wandte er sich mir zu und machte uns miteinander bekannt.

«Das ist Maria, unser guter Geist. Ich habe ihr eben erklärt, wer Sie sind.»

Ich streckte die Hand aus, und Maria nahm sie. Wir schlossen Bekanntschaft, indem wir lächelten und uns zunickten. Dann wandte sie sich wieder zu Otto und sagte noch etwas. Er gab ihr meinen Koffer, und sie zog sich zurück.

«Ihre Mutter hat geschlafen, aber sie ist jetzt wach. Geben Sie mir Ihren Mantel.»

Ich knöpfte ihn auf, er half mir heraus und legte ihn auf die

Sofalehne. Dann ging er zu einer anderen Tür und winkte mir dabei, ihm zu folgen. Ich tat es, plötzlich sehr nervös, in ängstlicher Erwartung dessen, was ich sehen würde.

Das Wohnzimmer war ein langer, niedriger Raum, weißgetüncht wie das übrige Haus, mit modernen skandinavischen und antiken spanischen Möbeln, eine Kombination, die sehr reizvoll wirkte. Auf dem Steinboden lagen viele Vorleger, an den Wänden zogen sich Bücherregale und Bilder entlang, und in der Mitte des Zimmers stand ein runder Tisch mit säuberlich gestapelten Zeitungen und Zeitschriften, ein verlockender Anblick.

In dem großen, steingefaßten Kamin brannte ein Feuer, vor dem Kamin stand ein Bett, daneben ein niedriger Tisch mit einem Krug und einem Wasserglas, einigen rosaroten Geranien in einem Becher, ein paar Büchern und einer brennenden Lampe.

Außer der Lampe und dem Schein der Flammen gab es keine Beleuchtung, doch von der Tür aus konnte ich die schmale Gestalt sehen, die in eine rote Wolldecke gehüllt war, und den dünnen Arm, der ausgestreckt wurde, als Otto hinging und auf dem Kaminvorleger stehenblieb.

«Liebling», sagte sie.

«Lisa.» Er nahm ihre Hand und küßte sie.

«Es hat doch nicht so lange gedauert.»

«Maria sagt, du hättest geschlafen. Fühlst du dich bei Kräften für einen Gast?»

«Einen Gast?» Ihre Stimme war wie der dünnste Faden. «Wer ist es?»

Otto blickte mich an, und ich trat neben ihn. «Ich bin es», sagte ich. «Rebecca.»

«Rebecca, Liebling. Mein Kind. Oh, was für ein köstlicher Einfall.» Sie streckte beide Arme nach mir aus, und ich kniete mich neben das Bett und gab ihr einen Kuß. Ihr Körper bot keinen Widerstand und keine Stütze, so mager war sie, und als meine Lippen ihre Wange berührten, war mir, als fühlte ich feinstes Pergament – als ob ich ein Blatt küßte, das der Wind schon vor langer Zeit von seinem Baum geweht hat.

«Aber was *machst* du hier?» Sie sah über meine Schulter zu

Otto, dann wieder auf mich und runzelte die Stirn. «Du hast ihr doch nicht gesagt, daß sie kommen soll?»

«Ich dachte, du würdest sie gern sehen.» Er zögerte. «Ich dachte, es würde dich aufheitern.»

«Aber warum hast du es mir nicht gesagt?»

Ich lächelte. «Wir wollten, daß es eine Überraschung ist.»

«Oh! Ich wünschte, ich hätte es gewußt, dann hätte ich mich darauf freuen können. Das haben wir doch immer vor Weihnachten gemacht. Die Vorfreude war die schönste Freude.» Sie ließ mich los, und ich hockte mich neben das Bett. «Du wirst doch bleiben?»

«Ja, einen Tag oder so.»

«Wie schön! Wir können uns alles erzählen, was inzwischen passiert ist. Otto, weiß Maria, daß sie bleibt?»

«Natürlich.»

«Und was ist mit dem Essen?»

«Es ist alles vorbereitet. Wir essen hier, nur wir drei.»

«Oh, wir müssen darauf trinken. Einen netten kleinen Drink. Ist Champagner da?»

Otto lächelte. «Ich denke, ich werde eine Flasche auftreiben. Ich glaube, ich habe sogar eine auf Eis gelegt, für eine Gelegenheit wie jetzt.»

«Sehr umsichtig.»

«Soll ich sie holen?»

«Bitte, Liebling.»

Sie reichte mir ihre schmale, abgemagerte Hand. «Dann trinken wir darauf, daß wir zusammen sind, ja?»

Er ging, um den Champagner zu holen, und wir waren allein. Ich sah einen kleinen Schemel und zog ihn heran, um neben ihr sitzen zu können. Wir sahen uns an; sie mußte immerfort lächeln. Das strahlende Lächeln und die glänzenden Augen waren noch wie früher, auch das schöne volle Haar, das sich schwarz von dem schneeweißen Kissen abhob. Ansonsten sah sie schrecklich aus. Ich hatte nicht gewußt, daß man so dünn sein und trotzdem noch leben konnte. Und daß sie nicht blaß und fahl war, sondern so braun gebrannt, als hätte sie den ganzen Tag in der Sonne gelegen, machte den Eindruck noch unwirklicher. Aber sie war ganz aufgeregt vor Freude. Es schien, als könnte sie nicht aufhören zu reden.

«Es ist süß von ihm, daß er wußte, wie gern ich dich sehen würde. Das Dumme ist nur, daß ich im Moment zu nichts nütze bin, ich kann mich zu nichts aufraffen, er hätte warten sollen, bis es mir wieder besser geht, dann hätten wir uns amüsieren können und baden. Oder mit dem Boot hinausfahren und ein Picknick machen und...»

«Ich kann doch wiederkommen», sagte ich.

«Ja, natürlich kannst du das.» Sie berührte mein Gesicht, als brauchte sie diesen Kontakt, um sich zu vergewissern, daß ich wirklich da war. «Du siehst umwerfend aus, weißt du das? Du hast die Farben deines Vaters, diese großen grauen Augen und das maisblonde Haar. Es ist doch maisblond, oder eher goldblond? Und mir gefällt deine Frisur.» Ihre Hand glitt zu meinem Zopf, der mir wie ein Tau über die rechte Schulter fiel. «Sie gibt dir etwas von einer Figur aus einem Märchen, wie in den altmodischen Märchenbüchern mit den wunderschönen Bildern. Du bist sehr hübsch.»

Ich schüttelte den Kopf. «Nein, das bin ich nicht.»

«O doch, jedenfalls für alle, die dich aufmerksam betrachten, und das ist fast genausogut. Liebling, was machst du? Es ist eine Ewigkeit her, seit ich dir geschrieben oder von dir gehört habe. Wessen Schuld ist das bloß? Ich nehme an, ich bin hoffnungslos, was Briefeschreiben betrifft.»

Ich erzählte ihr, daß ich in einer Buchhandlung arbeitete und gerade meine erste Wohnung bezogen hatte. Sie fand es amüsant. «Du bist wirklich ein komischer Mensch. Dir ein eigenes Nest zu bauen, ohne jemanden zu haben, der es mit dir teilt! Hast du noch keinen kennengelernt, den du heiraten möchtest?»

«Nein. Keinen, der mich heiraten möchte.»

Sie sah mich augenzwinkernd an. «Und der Herr, für den du arbeitest?»

«Er ist verheiratet, er hat eine sehr nette Frau und eine Menge Kinder.»

Sie kicherte. «Das hat mich nie gestört. O Schatz, ich war sicher eine schreckliche Mutter. Dich an meinem anstößigen Leben teilnehmen zu lassen! Es ist ein Wunder, daß du dir dabei nicht die schlimmsten Neurosen und Verklemmungen geholt hast, oder wie man das heutzutage nennt... Aber du siehst nicht so aus, vielleicht war es also doch ganz gut.»

«Natürlich war es gut. Ich bin eben mit offenen Augen groß geworden, und das ist nicht schlecht.» Ich fügte hinzu: «Otto gefällt mir.»

«Ist er nicht himmlisch? So korrekt und pedantisch und nordisch. Und so umwerfend gebildet... Ein Glück, daß er nicht verlangt, ich solle auch gebildet sein! Er mag es einfach, wenn ich ihn zum Lachen bringe.»

Im Haus schlug eine Uhr sieben, und als der letzte Schlag verklang, kam Otto mit einem Tablett, auf dem ein Champagnerkübel mit einer Flasche und drei Gläsern standen, ins Zimmer zurück. Wir sahen zu, wie er den Champagner geschickt entkorkte und die perlende Flüssigkeit einschenkte, nahmen jeder ein Glas und strahlten, weil es auf einmal eine Party geworden war. Meine Mutter sagte: «Auf uns drei und unsere glückliche Zukunft. Oh, wie hinreißend komisch das alles ist!»

Später zeigte Otto mir mein Zimmer, das ich einfach luxuriös fand. Oder luxuriös einfach, ich wußte nicht, wie ich es bezeichnen sollte. Ein eigenes Badezimmer war direkt nebenan, und ich duschte, zog mir eine Hose an, bürstete mir die Haare, flocht sie neu und ging wieder zurück ins Wohnzimmer. Otto und meine Mutter warteten auf mich. Otto hatte sich auch für den Abend umgezogen, und Mutter trug eine frische himmelblaue Bettjacke. Auf ihren Knien lag eine Stola, die mit rosa Rosen bestickt war und lange Fransen hatte. Wir tranken noch etwas, und dann servierte Maria das Essen auf einem niedrigen Tisch am Kamin. Meine Mutter redete fortwährend, immer nur über die gute alte Zeit, als ich noch ein Kind war, und ich rechnete ständig damit, daß Otto schockiert wäre. Aber er war kein bißchen schockiert, er war neugierig und fand es sehr lustig, stellte viele Fragen und drängte meine Mutter, mehr zu erzählen.

«...und diese trostlose alte Farm in Denbigshire, Rebecca, erinnerst du dich noch an das grauenhafte Haus? Wir sind fast vor Kälte gestorben, und der Kamin qualmte jedesmal fürchterlich, wenn wir ihn anmachten. Das war Sebastian», erklärte sie, zu Otto gewandt. «Wir dachten alle, er würde ein berühmter Dichter werden, aber seine Gedichte waren nicht besser als seine Schafzucht. Eher noch schlimmer. Und ich wußte absolut nicht, wie ich ihn verlassen konnte, ohne ihn zu verletzen, aber dann bekam Rebecca Gott sei Dank eine Bronchitis, und ich hatte den besten Vorwand, den man sich vorstellen kann.»

«Für Rebecca war es wohl kaum ein Glück», bemerkte Otto.

«O doch. Sie haßte es genauso wie ich. Außerdem hatte er einen widerlichen Hund, der sie immer anknurrte. Liebling, ist noch ein bißchen Champagner da?»

Sie aß kaum etwas, trank nur ein Glas eiskalten Champagner nach dem anderen, während Otto und ich uns Marias köstliches Essen schmecken ließen, das aus vier Gängen bestand. Als wir fertig waren und sie das Geschirr abgeräumt hatte, wollte meine Mutter etwas Musik hören, und Otto legte ein Brahms-Konzert auf und stellte die Lautstärke ganz leise. Mutter redete einfach weiter, wie ein aufgedrehtes Spielzeug, das erst aufhört, wenn der Mechanismus versagt, so daß es hilflos über den Boden torkelt.

Dann sagte Otto, er müsse noch ein wenig arbeiten, und ließ uns allein, nachdem er noch einige Scheite aufgelegt und sich vergewissert hatte, daß wir alles hatten, was wir brauchten.

«Arbeitet er abends immer?» fragte ich, als er fort war.

«Fast. Und natürlich morgens. Er ist sehr gewissenhaft. Ich glaube, wir sind bloß deshalb so gut miteinander ausgekommen, weil wir so verschieden sind.»

«Er betet dich an», sagte ich.

«Ja», antwortete sie, nicht sehr bescheiden. «Das beste ist aber, daß er nie versucht hat, mich zu ändern. Er hat mich einfach akzeptiert, mit all meinen verrückten Angewohnheiten und meiner anrüchigen Vergangenheit.» Sie berührte wieder meinen Zopf. «Du wirst mehr wie dein Vater... Ich dachte immer, du sähest aus wie ich, aber das stimmt nicht. Du siehst aus wie er. Er war sehr attraktiv.»

«Weißt du, ich weiß nicht mal, wie er hieß.»

«Sam Bellamy. Aber Bayliss ist ein viel schönerer Name, findest du nicht? Außerdem hatte ich immer das Gefühl, daß du mein Kind warst und niemand anderem gehörtest, weil ich dich immer ganz allein für mich hatte.»

«Ich wünschte, du hättest mir von ihm erzählt. Du hast es nie getan.»

«Es gibt so wenig zu erzählen. Er war Schauspieler und sah unbeschreiblich gut aus.»

«Aber wo hast du ihn kennengelernt?»

«Er kam mit einer Sommertruppe herunter nach Cornwall, und sie spielten Shakespeare in einem Freilichttheater. Es war alles himmlisch romantisch, dunkelblaue Sommernächte, und das Gras duftete nach Tau... Und diese himmlische Musik von Mendelssohn, und Sam spielte den Oberon.

> Bei des Feuers mattem Flimmern,
> Geister, Elfen, stellt euch ein!
> Tanzet in den bunten Zimmern
> Manchen leichten Ringelreihn!

Es war wunderbar. Und ich mußte mich einfach in ihn verlieben.»

«War er verliebt in dich?»

«Wir bildeten es uns ein, alle beide.»

«Aber du bist mit ihm durchgebrannt und hast ihn geheiratet...»

«Ja. Aber nur, weil meine Eltern mir keine andere Wahl ließen.»

«Das verstehe ich nicht.»

«Sie mochten ihn nicht. Sie waren nicht damit einverstanden. Sie sagten, ich sei zu jung. Meine Mutter sagte, warum heiratest du nicht einen netten jungen Mann von hier, warum gründest du nicht eine Familie und hörst auf, dich zum Gespött zu machen?

Und was werden die Leute bloß sagen, wenn du einen Schauspieler heiratest? Ich hatte manchmal den Eindruck, das sei das einzige, was für sie eine Rolle spielte, was die Leute sagen würden. Als ob es darauf ankäme, was irgend jemand sagen würde.»

Es war, so unfaßlich es klingt, das erste Mal, daß sie mir gegenüber jemals ihre Mutter erwähnt hatte. Ich sagte vorsichtig: «Mochtest du sie nicht?»

«O Schatz, es ist so lange her. Es ist schwer, sich daran zu erinnern. Aber sie hat mich nie verstanden, sie hat mich unterdrückt. Mir war manchmal, als würde sie mich mit ihren konventionellen Ansichten ersticken. Und Roger war gefallen, und er fehlte mir schrecklich. Wenn er dagewesen wäre, wäre alles anders gewesen.» Sie lächelte. «Er war so lieb. Fast zu lieb. Von Anfang an ein richtiger Pechvogel, was Mädchen betraf.»

«Wieso?»

«Er verliebte sich immer in die unmöglichsten Frauen. Und schließlich heiratete er eine von ihnen. Ein blondes Püppchen, mit Puppenhaaren und blauen Puppenaugen. Meine Mutter fand sie sehr süß. Ich konnte sie nicht ausstehen.»

«Wie hieß sie?»

«Mollie.» Sie machte ein Gesicht, als ob der Name schlecht schmeckte.

Ich mußte lachen. «So schlimm kann sie doch nicht gewesen sein.»

«Für mich schon. Sie brachte mich mit ihrem Ordnungsfimmel zum Wahnsinn. Sie sortierte in einem fort den Inhalt ihrer Handtasche oder stellte ihre Schuhe zum Lüften raus oder sterilisierte das Spielzeug des Babys.»

«Dann hatten sie ein Kind?»

«O ja, einen Jungen. Der arme Kerl, sie mußte ihn partout Eliot nennen.»

«Ich finde, das ist ein schöner Name.»

«Oh, Rebecca, es ist ein scheußlicher Name!» Offensichtlich konnte nichts, was Mollie getan hatte, Gnade vor den Augen meiner Mutter finden. «Der Kleine hat mir immer leid getan, weil er mit so einem schrecklichen Namen geschlagen war. Und er wurde ihm irgendwie gerecht, das ist ja oft so. Nach Rogers Tod war das arme Wurm schlimmer dran denn je, es hing ständig am Rock seiner Mutter und mußte nachts eine Lampe am Bett brennen haben.»

«Ich finde, du bist sehr ungerecht.»

Sie lachte. «Ja, ich weiß, und es war nicht seine Schuld. Wenn seine Mutter ihm eine kleine Chance gegeben hat, ist vielleicht noch ein ganz passabler junger Mann aus ihm geworden.»

«Was ist eigentlich aus Mollie geworden?»

«Keine Ahnung. Es ist mir auch ziemlich schnuppe.» Meine Mutter konnte schrecklich gleichgültig sein. «Es ist wie ein Traum. Wie wenn man sich an Leute aus einem Traum erinnert. Oder vielleicht –» ihre Stimme wurde sehr leise – «vielleicht waren sie real, und ich war nur der Traum.»

Mir war unbehaglich, denn dies kam der Wahrheit zu nahe, die ich abzuwehren versuchte. Also sagte ich hastig: «Leben deine Eltern noch?»

«Meine Mutter ist an dem Weihnachten gestorben, das wir in New York verbracht haben. Erinnerst du dich an den Winter? Die Kälte und der Schnee und all die Geschäfte, in denen *Jingle Bells* gespielt wurde? Als Weihnachten vorbei war, wollte ich das blöde Lied nie wieder hören. Mein Vater schrieb mir, aber ich habe den Brief natürlich erst Monate später bekommen, als er mir um die halbe Welt gefolgt war. Da war es wirklich zu spät, um zu schreiben und etwas zu sagen. Außerdem sind meine Briefe eine Katastrophe. Wahrscheinlich dachte er, es sei mir gleichgültig.»

«Hast du ihm denn nie geschrieben?»

«Nein.»

«Hast du ihn auch nicht gemocht?» Ich fand es sehr traurig.

«Im Gegenteil, ich habe ihn angebetet. Er war großartig. Sehr attraktiv, alle Frauen mochten ihn, sehr stolz und grimmig. Er war Maler. Habe ich es dir nie erzählt?»

Ein Maler. Ich hatte mir alles mögliche vorgestellt, nur das nicht. «Nein.»

«Na ja, wenn du auch nur ein bißchen Bildung hättest, hättest du es wahrscheinlich selbst herausgefunden. Grenville Bayliss. Sagt dir der Name nichts?»

Ich schüttelte betrübt den Kopf. Es war furchtbar, nie etwas von seinem berühmten Großvater gehört zu haben.

«Hm, warum sollte er auch? Ich hab dich ja nie in Galerien und Museen geführt. Ich hab überhaupt nie etwas mit dir gemacht, was das betrifft. Es ist ein Wunder, daß du bei all der mütterlichen Vernachlässigung so gut geraten bist.»

«Wie sah er aus?»

«Wer?»

«Dein Vater.»

«Wie stellst du ihn dir vor?»

Ich überlegte und dachte auf einmal an Augustus John. «Wie ein Bohemien, bärtig, mit einer Löwenmähne...»

«Falsch», sagte sie. «Er war ein ganz anderer Typ. Er war zuerst bei der Navy, und die hat ihn für immer geprägt. Weißt du, er hat erst mit dreißig beschlossen, Maler zu werden. Da hat er seine vielversprechende Karriere aufgegeben und sich beim Slade-Institut eingeschrieben. Es hat meiner Mutter fast das Herz gebrochen. Und dann sind sie nach Cornwall gegangen und haben sich in Porthkerris niedergelassen, für sie schlug das dem Faß den Boden aus. Ich glaube, sie hat ihm nie verziehen, daß er so egoistisch war. Sie hatte für ihr Leben gern in Malta hofgehalten und sich sicher schon ausgemalt, sie wäre die Gattin des Standortkommandanten. Ich muß sagen, er war mit seinen blauen Augen und seinem eindrucksvollen und schneidigen Auftreten wie geschaffen für die Rolle. Er hat übrigens nie aufgehört, sich wie ein Offizier zu benehmen.»

«Aber du hattest keine Angst vor ihm?»

«Nein. Ich liebte ihn.»

«Warum bist du dann nicht wieder nach Hause gegangen?»

Sie machte ein verschlossenes Gesicht. «Ich konnte nicht. Und ich wollte nicht. Wir hatten einander furchtbare Dinge gesagt, wir alle. Alte Ressentiments und längst vergangene Ereignisse waren an die Oberfläche gekommen, es gab Drohungen und Ultimaten. Je mehr sie gegen mich waren, um so entschlossener wurde ich und um so unmöglicher war es dann zuzugeben, daß sie recht gehabt hatten und daß ich einen furchtbaren Fehler gemacht hatte. Ich meine, später, als dein Vater gegangen war. Außerdem… Wenn ich nach Hause zurückgekehrt wäre, wäre ich nie wieder fortgekommen. Das wußte ich. Und du hättest mir nicht mehr gehört, du hättest deiner Großmutter gehört. Das hätte ich nicht ertragen können. Du warst so ein liebes, süßes Ding.» Sie lächelte und fügte ein bißchen wehmütig hinzu: «Und wir haben doch viel Spaß gehabt, nicht wahr?»

«O ja, das haben wir.»

«Ich wäre gern zurückgegangen. Manchmal war ich kurz davor. Es war ein so schönes Haus. Es hieß Boscarva, und es war ein bißchen wie diese Villa hier, es stand auf einem Hügel direkt am Meer. Als Otto mich hierherbrachte, mußte ich sofort an Boscarva denken. Hier ist es warm, und der Wind ist sanft wie ein Streicheln, aber dort war es wild und stürmisch, und der Garten war von Hecken durchzogen, um die Blumenbeete vor dem Wind vom Meer zu schützen. Ich glaube, der Wind war das, was meine Mutter am meisten haßte. Sie machte immer alle Fenster zu und blieb drinnen, spielte Bridge mit ihren Freundinnen oder saß mit ihrem Stickrahmen da.»

«Hat sie nie etwas mit dir gemacht?»

«Eigentlich nicht.»

«Aber wer hat für dich gesorgt?»

«Pettifer. Und Mrs. Pettifer.»

«Wer war das?»

«Pettifer war auch bei der Navy gewesen. Er kümmerte sich um meinen Vater und putzte Silber, manchmal fuhr er auch den Wagen. Mrs. Pettifer war die Köchin. Ich kann dir sicher nicht begreiflich machen, wieviel Sicherheit sie mir gaben. Wenn ich bei ihnen in der Küche am Herd saß, machten sie Toast, und ich hörte, wie der Wind an den Fenstern rüttelte, und wußte, daß er nicht hereinkommen konnte. Es war ein unbeschreibliches Gefühl der Geborgenheit. Und wir lasen die Zukunft aus den Teeblättern…» Ihre Stimme erstarb, als hätte die Erinnerung sie überwältigt. Leise fuhr sie fort: «Und dann gab es noch Sophia.»

«Wer war Sophia?»

Sie antwortete nicht. Sie starrte in die Flammen und schien irgendwo anders zu sein. Vielleicht hatte sie mich nicht gehört. Endlich sagte sie, sehr leise: «Als meine Mutter gestorben war, hätte ich hinfahren müssen. Es war gewissenlos, es nicht zu tun, aber ich habe leider nicht allzuviel Anstand und Moral mitbekommen. Außerdem gibt es in Boscarva Dinge, die mir gehören.»

«Was für Dinge?»

«Ein Sekretär, ich erinnere mich genau an ihn. Ein ganz kleiner Sekretär mit einer Schreibklappe, ich glaube, man nennt so etwas einen Davenport. Und eine Jadefigur, die mein Vater mir aus China mitgebracht hatte, und ein venezianischer Spiegel. Sie gehörten alle mir. Andererseits bin ich so oft umgezogen, daß sie absolut lästig gewesen wären.» Sie sah mich an und runzelte ein wenig die Stirn. «Aber du würdest sie vielleicht nicht lästig finden. Hast du überhaupt schon Möbel in deiner Wohnung?»

«Nein. Nur eine Liege und einen alten Küchentisch.»

«Dann könnte ich versuchen, sie irgendwie für dich zu sichern. Sie müssen noch in Boscarva sein, wenn es nicht verkauft oder abgebrannt ist. Möchtest du, daß ich es versuche?»

«Das wäre wunderbar. Nicht nur, weil ich Möbel brauche, auch weil sie dir gehört haben.»

«O Schatz, wie lieb, es ist wirklich zu komisch, wie du dich nach irgendwelchen Wurzeln sehnst, wo ich es nie ertragen konnte, welche zu haben. Ich fand immer, sie würden mich an einem Ort festhalten und anbinden. Und zu einer Gefangenen machen.»

«Und ich finde, ich hätte dann etwas, wozu ich gehöre.»

Sie lächelte. «Du gehörst zu mir.»

Wir redeten bis in die frühen Morgenstunden. Gegen Mitternacht bat sie mich, den Wasserkrug zu füllen. Ich ging in die Küche, und erst da wurde mir bewußt, daß Otto wahrscheinlich taktvoll zu Bett gegangen war, ohne gute Nacht zu sagen, damit wir allein sein konnten. Als sie dann endlich müde wurde und allmählich erschöpft wirkte, sagte ich, ich sei auch müde – was stimmte. Ich stand auf, reckte mich, um meine vom Sitzen verspannten Muskeln zu lockern, und legte einige Scheite nach. Dann nahm ich ihr zweites Kopfkissen fort, so daß sie flach lag, so, wie sie schlafen würde. Die Seidenstola war hinuntergerutscht, und ich hob sie auf, faltete sie zusammen und legte sie auf einen Stuhl. Dann beugte ich mich zu ihr hinunter, gab ihr einen Kuß, knipste die Lampe aus und ließ sie allein im Schein der Flammen. Als ich in der Tür war, sagte sie wie früher, als ich klein gewesen war: «Gute Nacht, mein Liebes. Auf Wiedersehen bis morgen.»

Am nächsten Morgen war ich früh wach und genoß den Sonnenschein, der durch die Ritzen der Fensterläden ins Zimmer drang. Ich stand auf, öffnete die Läden und sah den strahlenden Mittelmeermorgen. Durch die Fenstertür trat ich auf die mit Natursteinen belegte Terrasse, die an der ganzen Hauswand entlanglief, und blickte den Hang hinunter zum Meer, das gut einen Kilometer entfernt war. Über dem ockerfarbenen Land lag hier und dort ein rosaroter Schleier; die ersten zarten Blüten der Mandelbäume. Ich ging zurück in mein Zimmer, zog mich an und trat wieder hinaus. Ich ging über die Terrasse und ein paar Stufen hinunter in den symmetrisch angelegten Garten, der von einer niedrigen Mauer umgeben war. Ich kletterte über die Mauer und ging auf einer großen Wiese mit Mandelbäumen zum Meer hinunter. Auf halbem Wege blieb ich stehen und sah hinauf zu den zarten Blüten und dem hellblauen, wolkenlosen Himmel darüber.

Ich wußte, daß jede Blüte eine kostbare Frucht hervorbringen würde, die roh gepflückt werden würde, wenn die Zeit kam, aber ich konnte der Versuchung nicht widerstehen, einen kleinen Zweig zu brechen, und als ich eine Stunde später vom Meer zurückkam und den Hügel wieder hinaufging, hatte ich ihn immer noch in der Hand.

Der Hang war steiler, als mir vorhin bewußt gewesen war. Als ich kurz stehenblieb, um Atem zu holen, bemerkte ich, daß Otto Pedersen oben auf der Terrasse stand und mich beobachtete. Wir standen beide einen Moment ganz still, dann kam er die Stufen herunter durch den Garten, um mir entgegenzugehen.

Ich ging weiter, langsamer als eben. Ich hatte den Blütenzweig immer noch in der Hand. Da wußte ich es. Ich wußte es, ehe er so nahe war, daß ich den Ausdruck in seinem Gesicht sehen konnte, aber ich ging weiter, über die Wiese mit den Mandelbäumen, und wir trafen uns an der niedrigen Feldsteinmauer.

Er sagte meinen Namen. Mehr nicht.

Ich nickte. «Ich weiß. Sie brauchen es mir nicht zu sagen.»

«Sie ist heute nacht gestorben. Als Maria hineinging, um sie zu wecken... Es war vorbei. Es war so friedlich.»

Mir wurde bewußt, daß wir nicht viel taten, um einander zu trösten. Vielleicht war das nicht notwendig. Er streckte die Hand aus, um mir über die Mauer zu helfen, und behielt meine Hand in seiner, als wir durch den Garten zum Haus gingen.

Sie wurde entsprechend den gesetzlichen Vorschriften in Spanien noch am selben Tag beerdigt, auf dem kleinen Dorffriedhof. Außer Otto, Maria und mir war nur der Geistliche da. Als es vorbei war, legte ich den Mandelblütenzweig auf ihr Grab.

Am nächsten Morgen flog ich zurück nach London. Otto brachte mich mit dem Auto zum Flughafen. Wir schwiegen die meiste Zeit, doch als wir uns dem Flughafengebäude näherten, sagte er plötzlich: «Rebecca, ich weiß nicht, ob es wichtig ist, aber ich hätte Lisa geheiratet. Ich hätte sie geheiratet, aber ich habe schon eine Frau, in Schweden. Wir leben getrennt, schon seit Jahren, aber sie wollte sich nicht von mir scheiden lassen, weil ihre Religion es nicht erlaubt.»

«Sie brauchen es mir nicht zu sagen, Otto.»

«Ich möchte, daß Sie es wissen.»

«Sie haben sie so glücklich gemacht. Sie haben so rührend für sie gesorgt.»

«Ich bin froh, daß Sie gekommen sind. Ich bin froh, daß Sie sie noch einmal gesehen haben.»

«Ja.» Ich hatte auf einmal einen dicken Kloß im Hals, und mir stiegen brennende Tränen in die Augen. «Ja, ich bin auch froh.»

Als ich eingecheckt hatte, standen wir in der Abflughalle und sahen uns an.

«Warten Sie nicht», sagte ich. «Gehen Sie. Ich hasse lange Abschiede.»

«Gut... Aber ehe ich es vergesse...» Er griff in seine Tasche und holte drei dünne, oft getragene Silberarmreife heraus. Meine Mutter hatte sie immer getragen. Auch gestern abend. «Sie müssen sie nehmen.» Er nahm meine Hand und schob die Armreife darüber. «Und das auch.» Damit holte er einige zusammengefaltete britische Geldscheine aus der anderen Tasche. Er drückte sie mir in die Hand und schloß meine Finger darüber. «Es war in ihrer Handtasche... Also gehört es Ihnen.»

Ich wußte, daß es nicht in ihrer Handtasche gewesen war. Sie hatte nie Geld in ihrer Handtasche gehabt, bis auf ein paar Münzen für das Telefon. Und einige längst fällige Rechnungen, mit Eselsohren. Aber in Ottos Gesicht war etwas, das keine Widerrede duldete, und so nahm ich das Geld und gab ihm einen Kuß auf die Wange. Er wandte sich ab und ging, ohne noch ein Wort zu sagen.

Ich flog zurück, mit einem Gefühl kläglicher Unschlüssigkeit. Ich war vollkommen ausgelaugt, konnte nicht einmal Kummer spüren. Obwohl ich körperlich total erschöpft war, konnte ich nicht schlafen und schüttelte dankend den Kopf, als die Stewardess mir etwas zu essen geben wollte. Sie brachte mir einen Tee, und ich versuchte, ihn zu trinken, aber er schmeckte bitter, also ließ ich ihn stehen.

Es war, als wäre eine lange verschlossene Tür geöffnet worden, aber nur einen Spalt weit, und nun lag es bei mir, sie ganz zu öffnen, obgleich das, was dahinter lag, dunkel und voll Ungewißheit war.

Vielleicht sollte ich nach Cornwall fahren und die Familie meiner Mutter ausfindig machen, aber das wenige, was sie mir von den Verhältnissen in Porthkerris erzählt hatte, war nicht sehr ermutigend. Mein Großvater mußte jetzt sehr alt sein, einsam und wahrscheinlich verbittert. Mir wurde bewußt, daß ich mit

Otto Pedersen nicht darüber gesprochen hatte, wer ihm mitteilen sollte, daß meine Mutter gestorben war. Also bestand zumindest die Möglichkeit, daß ich, wenn ich ihn besuchte, diejenige sein mußte, die ihm die traurige Nachricht überbrachte. Außerdem machte ich ihm einen gewissen Vorwurf, weil er zugelassen hatte, daß seine Tochter ihr Leben so wegwarf. Ich wußte, sie war impulsiv und leichtsinnig gewesen, und auch dickköpfig, aber er hätte ein bißchen mehr Verständnis für sie haben können. Er hätte sie ausfindig machen können, ihr seine Hilfe anbieten, mich, seine Enkelin, besuchen können. Aber er hatte nichts von alldem getan, und das würde mit Sicherheit immer wie eine Mauer zwischen uns stehen.

Und doch sehnte ich mich nach meinen Wurzeln, nach meiner Familie. Ich wollte nicht unbedingt mit ihr leben, aber ich wollte, daß es sie gab. Es gab in Boscarva Dinge, die meiner Mutter gehört hatten, und deshalb gehörten sie nun mir. Sie hatte gewollt, daß ich sie bekam, sie hatte es sogar gesagt, und deshalb war ich vielleicht verpflichtet, nach Cornwall zu fahren und sie zu holen, aber allein aus diesem Grund hinzufahren kam mir herzlos und egoistisch vor. Ich lehnte mich zurück, nickte ein und hörte wieder die Stimme meiner Mutter.

«*Ich hatte keine Angst vor ihm. Ich liebte ihn. Ich hätte hinfahren sollen.*»

Und sie hatte einen Namen – Sophia – gesagt, aber ich hatte nicht gefragt, wer Sophia war, und sie hatte es nicht von sich aus gesagt.

Irgendwann schlief ich fest und träumte, ich sei dort. Aber das Haus in dem Traum war verschwommen, ohne eine bestimmte Form, das einzig Wirkliche war das Geräusch des kalten Windes, der vom Meer her über das Land peitschte.

Ich war am frühen Nachmittag in London, aber der dunkle Tag hatte seine Bedeutung verloren, und ich wußte einfach nicht, was ich mit den Stunden anfangen sollte, die von ihm blieben. Ich nahm schließlich ein Taxi und fuhr in die Walton Street, um mit Stephen Forbes zu reden.

Er war oben und sah eine Kiste mit Büchern durch, aus einem alten Haus, dessen Inventar verkauft worden war. Es war niemand bei ihm, und als ich oben an der Treppe war, kam er auf mich zu, da er mich für einen Kunden hielt. Als er sah, daß ich es war, änderte seine Miene sich.

«Rebecca! Sie sind wieder da.»

Ich stand da mit den Händen in den Manteltaschen.

«Ja. Ich bin gegen zwei angekommen.» Er sah mich fragend an. «Meine Mutter ist gestern nacht gestorben. Ich kam gerade noch rechtzeitig. Wir waren einen Abend zusammen und haben stundenlang geredet.»

«Oh», sagte Stephen. «Ich bin froh, daß Sie sie besucht haben.» Er nahm einige Bücher vom Rand eines Tisches, lehnte sich dagegen, verschränkte die Arme und sah mich durch seine Brillengläser an. «Was werden Sie jetzt tun?» sagte er dann.

«Ich weiß nicht.»

«Sie sehen ganz erschöpft aus. Warum machen Sie nicht ein paar Tage Urlaub?»

«Ich weiß nicht», sagte ich wieder.

Er runzelte die Stirn. «Was wissen Sie nicht?»

«Ich weiß nicht, was ich machen soll.»

«Wo liegt das Problem?»

«Stephen, haben Sie schon mal von einem Maler namens Grenville Bayliss gehört?»

«Aber ja. Warum?»

«Er ist mein Großvater.»

Stephen sperrte Mund und Augen auf. «Großer Gott. Wann haben Sie das herausgefunden?»

«Meine Mutter hat es mir gesagt. Ich hatte nie von ihm gehört», mußte ich eingestehen.

«Sie hätten ihn kennen müssen.»

«Ist er berühmt?»

«Er war es vor zwanzig Jahren, als ich ein Junge war. Im alten Haus meines Vaters in Oxford hing ein Grenville Bayliss im Eßzimmer über dem Kamin. Er war ein Teil meiner Jugend, könnte man sagen. Ein Fischerboot mit einem braunen Segel auf einem aufgewühlten grauen Meer. Ich wurde immer fast seekrank, wenn ich es betrachtete. Er hatte sich auf Seestücke spezialisiert.»

«Er war ursprünglich Seemann. Ich meine, er war bei der Royal Navy.»

«Das erklärt es.»

Ich wartete, daß er weitersprach, aber er schwieg. Schließlich sagte ich: «Was soll ich tun, Stephen?»

«Was möchten Sie tun?»

«Ich habe nie eine Familie gehabt.»

«Ist das so wichtig?»

«Ja, auf einmal.»

«Dann fahren Sie hin und besuchen Sie ihn. Oder gibt es irgendeinen Grund, es nicht zu tun?»

«Ich habe Angst.»

«Wovor?»

«Ich weiß nicht. Vielleicht zeigt er mir die kalte Schulter. Oder er ignoriert mich.»

«Gab es damals schreckliche Szenen in der Familie?»

«Ja. Sie haben gesagt, meine Mutter dürfe nie wieder den Fuß über ihre Schwelle setzen und all das. Sie wissen schon.»

«Hat Ihre Mutter gesagt, Sie sollten hinfahren?»

«Nein, jedenfalls nicht ausdrücklich. Aber sie sagte, es seien noch einige Sachen da, die ihr gehörten. Sie fand, ich sollte sie haben.»

«Was für Sachen?»

Ich erzählte es ihm. «Ich weiß, es ist nicht sehr viel. Vielleicht sind sie nicht mal die Reise wert. Aber ich hätte gern etwas, das ihr gehört hat. Außerdem –» ich versuchte scherzhaft zu klingen – «kann ich sie gerade jetzt gut für die Wohnung gebrauchen. Ich meine, wo ich mir noch keine Möbel leisten kann.»

«Ich denke, die Möbel sollten nicht der Hauptgrund dafür sein, nach Cornwall zu fahren. Der eigentliche Grund sollte sein, Ihren Großvater kennenzulernen und… Ja, seine Freundschaft zu gewinnen.»

«Und wenn er nicht will?»

«Dann haben Sie es wenigstens versucht. Vielleicht wird Ihr

Stolz ein bißchen verletzt sein, aber es wird Sie nicht umbringen.»

«Sie treiben mich da richtig hinein», sagte ich.

«Warum haben Sie mich gefragt, wenn Sie meinen Rat nicht hören wollen?»

Das war logisch. Ich zuckte die Achseln. «Ich weiß nicht.»

Er lachte. «Sie wissen heute nicht sehr viel, nicht wahr?» Als ich sein Lächeln dann endlich erwiderte, fuhr er fort: «Hören Sie, heute ist Donnerstag. Fahren Sie nach Hause und schlafen Sie gründlich aus. Und wenn morgen zu früh ist, fahren Sie Sonntag oder Montag nach Cornwall hinunter. Fahren Sie einfach hin. Schauen Sie sich an, wie das Land ist, sehen Sie, wie es dem alten Knaben geht. Kommen Sie nicht zurück nach London, ehe Sie alles getan haben, was Sie können. Und wenn Sie die Sachen bekommen, schön und gut, aber denken Sie daran, daß sie nicht der eigentliche Grund sind.»

«Ja, ich werd daran denken.»

Er richtete sich auf. «Dann fort mit Ihnen. Ich habe genug um die Ohren, ohne meine Zeit mit guten Ratschlägen für andere Leute zu verschwenden.»

«Kann ich wieder hier arbeiten, wenn alles vorbei ist?»

«Das bitte ich mir aus. Ich schaffe es nicht ohne Sie.»

«Dann auf Wiedersehen.»

«*Au revoir*», sagte er. Nach kurzem Überlegen beugte er sich vor und küßte mich linkisch auf die Wange. «Und viel Glück.»

Da ich schon genug Geld für Taxis ausgegeben hatte, marschierte ich mit meinem Koffer zur Bushaltestelle, wartete, bis ein Bus kam und fuhr nach Fulham. Geistesabwesend, ohne eigentlich etwas zu sehen, schaute ich hinaus auf die grauen geschäftigen Straßen und versuchte, Pläne zu machen. Ich würde, wie Stephen vorgeschlagen hatte, nach Cornwall fahren, am Montag. Zu dieser Jahreszeit dürfte es nicht weiter schwer sein, eine Platzkarte zu bekommen und in Porthkerris ein billiges Zimmer zu finden. Und Maggie würde solange auf meine Wohnung achtgeben.

Als ich an die Wohnung dachte, fielen mir wieder die Stühle

ein, die ich gekauft hatte, ehe ich nach Ibiza geflogen war. Jener Tag schien eine Ewigkeit her zu sein. Wenn ich sie aber nicht abholte, würde der unsympathische junge Mann sie anderweitig verkaufen, wie er angedroht hatte. Deshalb stieg ich ein paar Haltestellen vor Fulham aus, um zu dem Geschäft zu gehen und die Stühle zu bezahlen, damit ich sicher sein konnte, daß sie dort bleiben würden, bis ich zurückkam.

Ich hatte mich dafür gewappnet, wieder mit dem jungen Mann in Jeans zu verhandeln, aber als ich hineinging und die Türglocke läutete, sah ich zu meiner Erleichterung, daß nicht er es war, der sich hinter einem Schreibtisch hinten im Geschäft erhob, sondern ein älterer Mann mit grauen Haaren und einem schwarzen Bart.

Er trat vor und nahm seine Hornbrille ab, während ich erleichtert meinen Koffer abstellte.

«Guten Tag.»

«Guten Tag. Ich bin wegen zweier Stühle gekommen, die ich Montag gekauft habe. Aus Kirschbaumholz, mit bauchiger Lehne.»

«O ja, ich weiß.»

«Einer von ihnen mußte repariert werden.»

«Er ist fertig. Möchten Sie sie gleich mitnehmen?»

«Nein. Ich habe Gepäck dabei und kann sie nicht tragen. Und ich muß für ein paar Tage verreisen. Ich dachte, wenn ich sie jetzt zahle, könnten Sie sie vielleicht aufbewahren, bis ich wiederkomme.»

«Ja, selbstverständlich.» Er hatte eine angenehme tiefe Stimme, und wenn er lächelte, hellte sich seine ansonsten recht finstere Miene auf.

Ich machte meine Tasche auf. «Kann ich mit einem Scheck bezahlen? Ich habe die Scheckkarte dabei.»

«Ja, natürlich. Setzen Sie sich doch dort an den Schreibtisch. Hier ist ein Kugelschreiber.»

Ich fing an zu schreiben. «Auf wen soll ich ihn ausstellen?»

«Auf mich. Tristram Nolan.»

Es freute mich, daß das schöne Geschäft ihm gehörte und nicht dem flegelhaften Pseudo-Cowboy. Ich stellte den Scheck aus, machte oben links zwei Striche und reichte ihn weiter. Er stand mit gesenktem Kopf da, las den Scheck und brauchte dafür so lange, daß ich dachte, ich müsse etwas vergessen haben.

«Habe ich das Datum geschrieben?»

«Ja, ja, es ist alles in Ordnung.» Er sah auf. «Es ist nur wegen des Namens. Er ist nicht sehr häufig.»

«Nein.»

«Sind Sie vielleicht verwandt mit Grenville Bayliss?»

Seinen Namen so aus heiterem Himmel zu hören, war sonderbar und zugleich ganz normal, wie wenn man einen bekannten Namen oder eine wichtige Einzelheit plötzlich, ohne darauf gefaßt zu sein, in einem Buch oder einer Zeitung liest.

«Ja», antwortete ich. Und dann, da ich keinen Grund sah, es zu verschweigen: «Er ist mein Großvater.»

«Das ist ja hochinteressant», sagte er.

«Warum?» sagte ich verwirrt.

«Ich werde es Ihnen zeigen.» Er legte den Scheck auf den Schreibtisch, ging zur Wand und zog ein großes Ölgemälde in einem massiven vergoldeten Rahmen hinter einem niedrigen Klapptisch hervor. Er hob es hoch, stellte eine Ecke auf den Schreibtisch, und ich sah, daß es von meinem Großvater war. Die Signatur unten rechts war gut zu lesen, und darunter stand das Jahr, in dem er es gemalt hatte, 1932.

«Ich habe es erst vor ein paar Tagen gekauft. Es muß natürlich gereinigt werden, aber ich finde es sehr schön.»

Ich trat näher, um es zu betrachten. Es zeigte Sanddünen im Schein der Abendsonne und zwei kleine nackte Jungen, die sich über einen Haufen Muscheln beugten. Es war vielleicht etwas altmodisch, aber der Aufbau war meisterhaft, die Farben fein und dennoch kräftig, so daß die Jungen ungeachtet ihrer verletzlichen Nacktheit ganz robust wirkten – als ob sie nicht mit sich spaßen lassen würden.

«Er hat gut gemalt, nicht wahr?» Ich konnte den Stolz in meiner Stimme nicht unterdrücken.

«Ja. Ein großartiger Kolorist.» Er stellte das Bild wieder hin. «Kennen Sie ihn gut?»

«Nein, ich kenne ihn gar nicht. Ich habe ihn nie kennengelernt.»

Er sagte nichts, sondern stand da und wartete, daß ich diese merkwürdige Tatsache näher erklärte. Um das Schweigen zu beenden, fuhr ich fort: «Aber ich finde, es wird langsam Zeit, daß ich es tue. Ich fahre Montag nach Cornwall.»

«Das ist ja großartig. Die Straßen werden um diese Jahreszeit frei sein, und es ist eine wunderschöne Fahrt.»

«Ich fahre mit dem Zug. Ich habe kein Auto.»

«Auch mit dem Zug ist es eine sehr schöne Fahrt. Ich hoffe, daß die Sonne scheinen wird.»

«Vielen Dank.»

Wir gingen zur Tür. Er hielt sie mir auf, und ich nahm meinen Koffer. «Sie werden gut auf meine Stühle aufpassen?»

«Natürlich. Auf Wiedersehen. Und eine schöne Zeit in Cornwall.»

3

Aber die Sonne schien nicht. Der Montagmorgen graute so trübe und abweisend wie die Tage davor, und meine schwache Hoffnung, daß es aufklaren würde, während der Zug nach Westen brauste, erstarb bald, denn der Himmel wurde mit jedem Kilometer düsterer, und schließlich regnete es in Strömen. Ich konnte kaum etwas durch das klatschnasse Fenster sehen, nur die verwischten Umrisse von Hügeln und Bauernhöfen huschten vorbei, und dann und wann die dicht aneinandergedrängten Dächer eines Dorfes, oder wir sausten durch den halbleeren Bahnhof einer unscheinbaren Kleinstadt.

Hinter Plymouth würde es anders sein, tröstete ich mich. Wir würden die Saltash-Brücke überqueren und uns in einem anderen Land befinden, mit einem anderen Klima, rosa getünchten Häusern, Palmen und dem hellen Schein der Wintersonne. Aber es regnete natürlich nur noch heftiger, und während ich auf die nassen Felder und die kahlen, vom Wind geschüttelten Bäume hinausstarrte, verlor ich allmählich jeden Mut.

Als wir in den Bahnhof einfuhren, wo ich umsteigen mußte, war es fast Viertel vor fünf, und der düstere Nachmittag war schon in die Abenddämmerung übergegangen. Der Zug hielt am Bahnsteig, eine einsame Palme zeichnete sich wie ein zerbrochener Regenschirm vor dem Nieseldunst ab, und das Schild mit der Aufschrift *St. Abbotts, nach Porthkerris bitte umsteigen* tanzte im Wind. Ich schulterte meinen Rucksack und öffnete die schwere Tür, die mir sofort von einer Bö aus der Hand gerissen wurde. Der eisige Wind, der vom dunklen Meer über das Land jagte, nahm mir den Atem. Ich nahm meine Tasche, sprang auf den Bahnsteig und folgte dem Strom der Reisenden über die Holzbrücke zum Bahnhofsgebäude auf der anderen Seite. Offenbar wurden die meisten Leute von Freunden abgeholt, oder sie schritten zielsicher durch die Sperre, als wüßten sie, daß dort ein Wagen auf sie wartete. Ich folgte ihnen einfach durch die neue, sonderbare Umgebung und hoffte, daß sie mich zu einem Taxi führen würden. Doch als ich auf den Bahnhofsplatz trat, sah ich weit und breit keines. Ich war zu schüchtern, um zu fragen, und dann verschwanden auch die Rücklichter des letzten Wagens auf der kleinen Straße, die den Hang zur Hauptstraße hinaufführte, und ich mußte zum Fahrkartenschalter zurückgehen, um mich zu erkundigen.

Ein Träger verstaute Hühnerkisten in einem Lagerraum, in dem es nach vielerlei Dingen roch.

«Entschuldigung, ich muß nach Porthkerris. Kann ich hier vielleicht ein Taxi bekommen?»

Er schüttelte langsam, beinahe mitleidig, den Kopf. «Nein, junge Frau, das gibt's hier nicht. Nach Porthkerris müssen Sie den Bus nehmen, der fährt alle Stunde.» Er blickte zu der langsam tickenden Uhr an der Wand. «Jetzt ist er gerade weg. Sie werden etwas warten müssen.»

«Kann ich nicht telefonisch ein Taxi bestellen?»

«Jetzt im Winter sind Taxen nicht sehr gefragt.»

Ich ließ meinen Rucksack auf die Erde rutschen, und wir standen, von der Härte des Schicksals schier überwältigt, da und sahen uns an. Meine Füße verwandelten sich allmählich in Eisklumpen. Plötzlich wurde das Geräusch des Sturms vom Motor eines Autos übertönt, das schnell den Hügel von der Hauptstraße herunterkam.

Ich hob die Stimme, um meinen Worten Nachdruck zu verleihen. «Ich muß ein Taxi haben. Wo kann ich telefonieren?»

«Da drüben ist eine Telefonzelle...»

Ich wandte mich um und ging, den Rucksack hinter mir herschleifend, in die Richtung, in die er zeigte. Dabei hörte ich, wie das Auto draußen auf dem Bahnhofsplatz hielt. Eine Tür wurde zugeschlagen, jemand näherte sich im Laufschritt, und dann stieß ein Mann die Tür auf und kam in die Halle. Er schüttelte sich wie ein nasser Hund, ehe er durch die Halle ging und im Lagerraum verschwand.

Ich hörte, wie er sagte: «Hallo, Ernie. Ich glaube, hier ist ein Paket für mich. Aus London.»

«Tag, Mr. Gardner. Scheußlicher Abend.»

«Ja. Die Straße steht unter Wasser. Das da sieht so aus… das da drüben. Ja, das ist es. Soll ich unterschreiben?»

«O ja, das ist Vorschrift. Da…»

Ich stellte mir vor, wie ein Blatt Papier auf einem Tisch auseinandergefaltet wurde, wie Ernie einen Bleistiftstummel hinter dem Ohr hervornahm. Und ich konnte mich beim besten Willen nicht erinnern, wo ich die Stimme schon einmal gehört hatte oder warum ich sie so gut kannte.

«Sehr gut. Vielen Dank.»

«Keine Ursache.»

Ich vergaß für den Augenblick Telefon, Taxi und alles, starrte auf die Tür und wartete. Schließlich kam er heraus, in den Armen ein großes Paket mit roten *Vorsicht-Glas*-Aufklebern. Ich sah die langen Beine, die bis zum Knie mit Schmutz vollgespritzten Jeans und eine glänzende schwarze Öljacke, an der Wassertropfen herunterliefen. Sein schwarzes Haar klebte am Kopf, und nun erblickte er mich und blieb, das Paket wie eine Opfergabe vor sich haltend, wie angewurzelt stehen. Die großen dunklen Augen sahen mich verwirrt an, dann lächelte er. «Großer Gott!»

Es war der junge Mann, der mir die beiden Kirschholz-Stühle verkauft hatte.

Ich stand mit offenem Mund da und hatte das unbestimmte Gefühl, irgend jemand hätte mir einen schlechten und unfairen Streich gespielt. Wenn ich jemals einen Freund gebraucht hatte, dann in diesem Moment, aber das Schicksal hatte beschlossen, mir so ziemlich den letzten Menschen zu schicken, den ich wiedersehen wollte. Und daß er mich so, pudelnaß und niedergeschlagen, zu Gesicht bekam, war buchstäblich der letzte Tropfen.

Sein Lächeln wurde breiter. «Was für ein phantastischer Zufall. Was machen Sie hier?»

«Ich bin eben aus dem Zug gestiegen.»

«Und wohin wollen Sie?»

Ich mußte es sagen. «Nach Porthkerris.»

«Werden Sie abgeholt?»

Um ein Haar hätte ich gelogen und ja gesagt. Alles, um ihn loszuwerden. Aber ich wurde jedesmal rot, wenn ich log, und er würde die Wahrheit bestimmt erraten. «Nein», sagte ich und zwang mich, möglichst gelassen fortzufahren, als ob ich sehr gut allein zurechtkommen könnte: «Ich wollte mir gerade ein Taxi bestellen.»

«Das kann Stunden dauern. Ich fahre nach Porthkerris, ich nehme Sie mit.»

«Oh, Sie brauchen sich meinetwegen keine Umstände zu machen...»

«Es ist kein Umstand, ich muß sowieso hin. Ist das Ihr ganzes Gepäck?»

«Ja, aber...»

«Dann kommen Sie.»

Ich zögerte immer noch, aber er schien die Angelegenheit als erledigt zu betrachten, ging voran und hielt mir die Tür auf. Schließlich gab ich mir einen Ruck, trat vorsichtig an ihm vorbei und stand in der tosenden Dunkelheit. Wir gingen hinüber zu dem Mini-Pritschenwagen, dessen Parkleuchten brannten. Mein Begleiter stellte das Paket behutsam auf die Ladefläche, nahm meinen Rucksack, legte ihn daneben und deckte beide nachlässig mit einer alten Plane zu. «Steigen Sie ein», sagte er, «es hat keinen Sinn, wenn wir beide noch mal naß werden.» Ich tat es und schob mir die Reisetasche zwischen die Beine. Er schwang sich auf den Fahrersitz, knallte die Tür schrecklich laut zu und ließ fast gleichzeitig, als hätte er keine Sekunde zu verlieren, den Motor an. Wir brausten den Hügel hinauf, und einen Augenblick später war er auf die Hauptstraße gebogen, die nach Porthkerris führte.

«Und jetzt erzählen Sie mir mehr», sagte er. «Ich dachte, Sie leben in London.»

«Das tue ich auch.»

«Wollen Sie Urlaub machen?»

«So ungefähr.»

«Das klingt ziemlich vage. Wohnen Sie bei Freunden?»

«Ja. Nein. Ich weiß nicht.»

«Was soll das heißen?»

«Genau das. Es heißt, ich weiß es nicht.» Es klang sehr unhöflich, aber ich konnte nichts dafür. Mir war, als hätte ich keine Kontrolle über das, was ich redete.

«Sie sollten es sich vielleicht überlegen, ehe wir in Porthkerris sind, sonst werden Sie die Nacht noch am Strand verbringen.»

«Ich... Ich gehe in ein Hotel. Nur bis morgen.»

«Oh, sehr gut. In welches?»

Ich sah ihn genervt an, und er sagte, ganz einleuchtend: «Na ja, wenn ich es nicht weiß, kann ich Sie auch nicht hinbringen, nicht?»

Jetzt stand ich mit dem Rücken zur Wand. «Ich habe nirgends ein Zimmer bestellt. Ich meine, ich könnte mir eines suchen, wenn ich da bin. Es gibt doch Hotels, nicht wahr?»

«Oh, jede Menge. In Porthkerris ist jedes zweite Haus ein Hotel. Aber um diese Jahreszeit sind die meisten geschlossen.»

«Kennen Sie welche, die geöffnet sind?»

«Ja. Aber es kommt darauf an, was sie zahlen wollen.»

Er sah mich von der Seite an und registrierte meine geflickten Jeans, die schäbigen Schuhe und den uralten pelzgefütterten Ledermantel, den ich anhatte, weil ich ihn liebte und weil er so schön warm hielt. Im Moment roch er wie ein nasser Hund, und er sah auch so aus.

«Ich werde Ihnen zuerst die Extreme nennen. Es gibt das *Castle Hotel*, oben auf dem Berg, wo man sich zum Dinner umzieht und zu den Klängen einer Drei-Mann-Kapelle Foxtrott tanzt, und unten in der Fish Lane Nummer zwei das *Bed-and-Breakfast* von Mrs. Kernow. Ich kann Mrs. Kernow empfehlen. Sie hat mich drei Monate lang umsorgt, ehe ich in meine eigene Wohnung gezogen bin, und der Preis ist erschwinglich.»

Mein Interesse erwachte. «Ihre Wohnung? Sie meinen, Sie leben hier?»

«Ja, im Moment. Das heißt, jetzt schon seit einem halben Jahr.»

«Aber… Das Geschäft in der New Kings Road, wo ich die Stühle gekauft habe?»

«Da hab ich nur ein paar Tage ausgeholfen.»

Wir kamen an eine Kreuzung, und er nahm Gas weg und wandte sich mir zu. «Haben Sie die Stühle schon abgeholt?»

«Nein. Aber ich habe sie bezahlt. Ich werde sie holen, wenn ich wieder zurück bin.»

«Gut.» Er nickte.

Wir fuhren eine Weile schweigend weiter, durch ein Dorf und über ein unbebautes, urwüchsiges Plateau hoch über dem Meer. Dann lief die Straße wieder bergab, und links und rechts standen Bäume. Zwischen ihren vom Wind gezausten nackten Ästen und Zweigen blitzten die Lichter eines kleinen Orts.

«Ist das Porthkerris?»

«Ja. Sie müssen mir jetzt bald sagen, ob Sie ins *Castle* oder in die Fish Lane wollen.»

Ich schluckte. Das *Castle* kam offensichtlich nicht in Frage, aber wenn ich in das *Bed-and-Breakfast* in der Fish Lane ging, wäre ich diesem aufdringlichen Menschen verpflichtet. Ich fuhr einzig und allein deshalb nach Porthkerris, weil ich Grenville Bayliss besuchen wollte, und ich hatte das unangenehme Gefühl, daß dieser Knabe mir auf der Pelle sitzen würde, wenn ich seinem Rat folgte und zu Mrs. Kernow ging.

«Nein, nicht das *Castle Hotel*», sagte ich und wollte nach einem anderen, bescheidenen Hotel fragen, aber er kam mir zuvor.

«Sehr gut», sagte er mit einem breiten Lächeln. «Also in die Fish Lane. Sie werden es nicht bereuen.»

Mein erster Eindruck von Porthkerris, bei Wind und Regen, war zwiespältig, um es vorsichtig auszudrücken. Der Ort war an diesem unwirtlichen Abend so gut wie menschenleer, die verlassenen Straßen glänzten im Licht der Laternen vom Regen, und in den Abflußrinnen plätscherte das Wasser.

Wir sausten mit halsbrecherischem Tempo in ein Gewirr kleiner Gassen und Gänge und kamen zu einer Straße, die am Hafen entlangführte, um dann wieder in das Labyrinth von schmalen

Straßen mit Kopfsteinplaster und malerischen kleinen Häusern zurückzukehren.

Schließlich bogen wir in eine Gasse mit grauen Reihenhäusern, deren Türen sich ohne Eingangsstufe zum Bürgersteig öffneten.

Alles wirkte sauber und gepflegt. Hinter den Fenstern hingen Spitzengardinen; in einigen sah ich kleine Figuren von Mädchen mit Hunden oder Töpfe mit Weihnachtssternen.

Er fuhr endlich langsamer und hielt.

«Hier ist es.» Als er den Motor abgestellt hatte, hörte ich den Wind und, über seinem Ächzen, die Geräusche der See. Große Brecher donnerten auf den Strand, und dann ertönte das lange Gurgeln der zurückweichenden Wellen.

«Hören Sie, ich weiß Ihren Namen nicht», sagte er.

«Rebecca Bayliss. Ich weiß Ihren auch nicht.»

«Joss Gardner... Joss ist eine Kurzform von Jocelyn, nicht Joseph.» Nachdem er mir diese nützliche Information gegeben hatte, stieg er aus, drückte auf einen Klingelknopf und holte meinen Rucksack unter der Plane hervor. Als er ihn von der Pritsche nahm, wurde die Tür geöffnet, und ein warmer Lichtschein fiel aus der Türöffnung.

«Joss!»

«Guten Abend, Mrs. Kernow.»

«Was machen Sie hier?»

«Ich bringe Ihnen einen Gast. Ich habe gesagt, Sie seien das beste Hotel in Porthkerris.»

«Oh, meine Güte, eigentlich nehme ich jetzt im Winter keine Gäste. Aber kommen Sie doch rein, was für ein schreckliches Wetter, nicht wahr? Tom ist unten bei der Küstenwache, sie hatten eine Frühwarnung von Trevose, aber ich weiß nicht, ich habe keine Leuchtraketen gehört...»

Dann waren wir alle im Haus und standen in einer winzigen Diele.

«Kommen Sie ans Feuer... Es ist warm und gemütlich, ich mache Ihnen einen Tee, wenn Sie möchten...» Wir folgten ihr in ein kleines, vollgestelltes, behagliches Wohnzimmer. Sie kniete sich hin, um das Feuer zu schüren und Kohlen nachzulegen, und ich hatte zum erstenmal Zeit, sie richtig zu betrachten. Ich sah eine kleine, schon recht alte Frau mit Brille, die Hausschuhe trug und eine Kittelschürze über ihrem guten braunen Kleid.

«Wir hätten gern einen Tee», sagte Joss. «Wir möchten nur wissen, ob Sie Rebecca aufnehmen könnten, für eine Nacht oder vielleicht für zwei.»

Sie richtete sich auf. «Nun ja, ich weiß nicht...» Zweifelnd sah sie mich an. Mit meinem ramponierten Äußeren und dem nach Hund riechenden Mantel konnte ich es ihr nicht verdenken.

Ich wollte den Mund aufmachen, doch ehe ich ein Wort hervorbringen konnte, kam Joss mir zu Hilfe. «Sie ist sehr brav und wird keine silbernen Löffel stehlen. Ich bürge für sie.»

«Also gut.» Mrs. Kernow lächelte. «Das Zimmer ist sowieso frei, also kann sie es ruhig haben. Aber ich kann ihr heute abend nichts zu essen geben, ich habe niemanden erwartet und habe nur eine kleine Fleischpastete im Haus.»

«Das macht nichts», sagte Joss. «Ich sorge schon dafür, daß sie nicht verhungert.»

Ich wollte protestieren, aber er kam mir wieder zuvor. «Ich gehe jetzt, damit sie sich frisch machen und auspacken kann, und ich komme gegen —» er sah auf seine Uhr – «gegen halb acht wieder und hole sie ab. In Ordnung?» fragte er beiläufig, in meine Richtung gewandt. «Mrs. Kernow, Sie sind ein Engel, und ich liebe Sie wie eine Mutter.» Er faßte sie um die Taille und gab ihr einen Kuß. Sie strahlte. Dann sah er mich an, grinste breit, sagte: «Bis dann» und war fort. Wir hörten, wie der Pritschenwagen die Straße hinunterbrauste.

«Er ist ein lieber Junge», informierte mich Mrs. Kernow. «Er hat drei Monate hier gewohnt, vielleicht war es auch etwas länger... Kommen Sie, nehmen Sie Ihre Tasche, ich zeige Ihnen das Zimmer. Es ist jetzt natürlich kalt, aber ich habe einen elektrischen Heizofen, den Sie haben können, und das Wasser im Boiler ist schön heiß, wenn Sie baden wollen... Ich sage immer, man kommt sich ganz schmuddelig vor, wenn man aus diesen schmutzigen Zügen kommt...»

Das Zimmer war genauso winzig wie die anderen Räume des

kleinen Hauses, und ein gewaltiges Doppelbett nahm fast den gesamten Platz ein. Aber es war sauber, und es wurde schnell warm, und nachdem Mrs. Kernow mir das Bad gezeigt hatte, ließ sie mich allein und ging nach unten.

Ich kniete mich vor das niedrige Fenster und zog den Vorhang zurück. Die alten Rahmen waren mit Gummikeilen fixiert, damit der Wind nicht durch die Ritzen drang, und der Regen klatschte an die Scheiben. Es gab nichts zu sehen, aber ich kniete noch eine ganze Weile dort und fragte mich, wie ich plötzlich in dieses Puppenhäuschen geraten war und warum das unerwartete Wiederauftauchen von Joss Gardner mir solches Unbehagen bereitete.

4

Ich brauchte einen Panzer. Ich mußte mein Selbstvertrauen stärken und Sicherheit gewinnen, denn ich hatte etwas gegen die Rolle der geretteten Obdachlosen, die mir da aufgezwungen worden war. Ein heißes Bad und saubere, frische Sachen trugen eine Menge dazu bei, mich innerlich zu wappnen. Ich kämmte mir die Haare, trug ein wenig Lidschatten auf, betupfte mich mit dem Rest aus einer teuren Parfumflasche und fühlte mich der Situation schon halbwegs gewachsen. Ich hatte bereits ein Kleid aus dem Rucksack genommen und in der Hoffnung aufgehängt, die Knitterfalten würden verschwinden, ein schwarzes Wollkleid mit langen Ärmeln. Nun zog ich es an, dazu sehr feine dunkle Strümpfe und Pumps mit hübschen altmodischen Schnallen, die ich vor langer Zeit auf dem Trödelmarkt in der Portobello Road gefunden hatte. Als ich meine Perlen-Ohrclips befestigte, hörte ich trotz des heulenden Winds, wie Joss Gardners Pritschenwagen die Straße herunterbrauste. Bremsen quietschten, und er hielt vor dem Haus. Einen Moment später hörte ich, wie er unten rief, zuerst Mrs. Kernow und dann mich.

Ich befestigte langsam den zweiten Clip, nahm meine Handtasche, dann den Ledermantel. Ich hatte ihn zum Trocknen über einen Stuhl vor dem elektrischen Heizofen gehängt, aber er war immer noch naß. Die Hitze hatte nur bewirkt, daß er noch penetranter roch – wie ein Spaniel, den man im Regen ausgeführt hatte, und er wog noch genauso bleischwer wie vorhin. Ich nahm ihn über den Arm und ging nach unten.

«Hallo, wie geht's.» Joss stand in der Diele und sah zu mir herauf. «Oh, welch eine Verwandlung. Fühlen Sie sich jetzt besser?»

«Ja.»

«Geben Sie mir den Mantel…»

Er nahm den Mantel, um mir hineinzuhelfen, und ließ sich mit einer komischen Grimasse unter der Last in die Knie sinken.

«Sie können ihn nicht anziehen, er wird Sie zu Boden drücken. Außerdem ist er noch ganz naß.»

«Ich hab keinen anderen dabei.»

Den Mantel immer noch im Arm, fing er an zu lachen. Mein Selbstbewußtsein sank auf den Nullpunkt, was sich wohl in meinem Gesichtsausdruck spiegelte, denn er hörte plötzlich auf zu lachen und rief Mrs. Kernow. Sie kam in die Diele und sah ihn liebevoll und zugleich ungehalten an. Er reichte ihr meinen Mantel, bat sie, ihn für mich zu trocknen, zog seine schwarze Öljacke aus und legte sie mir fürsorglich um die Schultern.

Er trug darunter einen weichen grauen Pullover und ein Halstuch. «Jetzt können wir», sagte er und öffnete die Tür. Es goß immer noch in Strömen.

«Aber Sie werden ganz naß», wandte ich ein. Er seufzte. «Wollen wir hier den Rest des Abends stehen und diskutieren, oder gehen wir jetzt?» Ich rannte los, er auch, und einen Moment später saßen wir im Auto und knallten schnell die Türen zu, um Wind und Regen auszusperren. Einige nasse Stellen auf dem Sitz und dem Boden ließen freilich vermuten, daß das treue kleine Gefährt nicht mehr so wasserdicht war wie in seinen besten Zeiten. Der Motor sprang mit ohrenbetäubendem Scheppern an, und mit all dem Wasser draußen und drinnen kam ich mir vor wie in einem leckgeschlagenen Motorboot.

«Wohin fahren wir?» fragte er.

«Zum *Anchor*, gleich um die Ecke. Nicht besonders elegant. Macht es Ihnen etwas aus?»

«Warum sollte es?»

«Ich dachte nur. Vielleicht wären Sie gern ins *Castle* gegangen.»

«Sie meinen, zu der Drei-Mann-Kapelle, um Foxtrott zu tanzen?»

Er grinste. «Ich kann keinen Foxtrott. Mir hat es nie jemand beigebracht.»

Wir fuhren die Fish Lane hinunter, bogen um ein paar rechtwinklige Ecken und fuhren unter einem Torbogen hindurch auf einen kleinen Platz. Ein niedriges altes Gasthaus mit einem neueren Anbau bildete die eine Seite. Aus kleinen Fenstern und den Türritzen drang anheimelndes Licht, und das Wirtshausschild über dem Eingang schaukelte und quietschte im Wind. Vor dem Haus standen bereits vier oder fünf Autos. Joss bugsierte den Pritschenwagen geschickt in eine schmale Lücke, stellte den Motor ab und sagte: «Auf drei rennen wir los. Eins, zwei, drei...» Wir stiegen aus und stürzten zum schützenden Eingang.

Joss schüttelte sich kurz, wischte sich Tropfen vom Pullover, nahm mir die Öljacke von den Schultern und machte mir die Tür auf.

Drinnen war es herrlich warm. Der niedrige Gastraum roch genauso, wie alte Pubs seit undenklichen Zeiten gerochen haben, nach Bier und Pfeifenqualm und modrigem Holz. Es gab eine Theke mit Barhockern; der andere Teil des Raums wurde von Tischen eingenommen. Zwei alte Männer spielten Darts.

Der Mann hinter der Theke blickte auf und sagte: «Hi, Joss.» Joss hängte die Öljacke an einen Haken und führte mich zur Theke. «Tommy, das ist Rebecca. Rebecca, darf ich Ihnen Tommy Williams vorstellen? Er ist sein Leben lang in Porthkerris gewesen. Wenn Sie etwas über das Dorf wissen wollen oder über die Leute, die hier leben, kommen Sie einfach her und fragen Sie ihn.»

Wir gaben uns die Hand. Tommy hatte graue Haare und viele Runzeln. Er sah aus, als führe er in seiner freien Zeit zum Fischen hinaus. Wir setzten uns an die Theke, und Joss bestellte einen Scotch mit Soda für mich und für sich einen Scotch mit Wasser. Während Tommy einschenkte, fingen die beiden Männer an zu reden und waren bald in ein typisches Kneipengespräch vertieft.

«Wie läuft's so bei Ihnen?» Das war Tommy.

«Kann nicht klagen.»

«Wann machen Sie auf?»

«Ostern, mit ein bißchen Glück.»

«Es ist doch schon fertig, oder?»

«Mehr oder weniger.»

«Wer macht die Tischlerarbeiten?»

«Ich selbst.»

«Dann sparen Sie einen ganzen Batzen.»

Meine Aufmerksamkeit erlahmte. Ich steckte mir eine Zigarette an und schaute mich um. Was ich sah, gefiel mir. Die beiden alten Männer, die ihre Pfeile auf das Holzbrett warfen, ein Junge und ein Mädchen in Jeans und dicken Pullovern, die über einem Bier an einem der Tische saßen und eifrig diskutierten – Existentialismus? Gegenständliche Malerei? Woher sie die nächste Miete nehmen sollten? Über irgend etwas. Aber für sie war es ungeheuer wichtig.

Und dann zwei ältere, teuer gekleidete Ehepaare, die Männer betont sportlich – ein bißchen lächerlich sportlich –, die Frauen eine Spur zu elegant. Ich nahm an, daß sie im *Castle Hotel* wohnten, sich vielleicht bei dem schlechten Wetter langweilten und heruntergekommen waren, um sich unter das Volk zu mischen. Sie schienen sich nicht recht wohl zu fühlen, als wüßten sie, daß sie hier fehl am Platz waren, und könnten es kaum erwarten, zum plüschigen Komfort des großen Hotels auf dem Berg zurückzukehren.

Mein Blick wanderte weiter durch den Raum, und nun erst sah ich den Hund. Es war ein wunderschöner Hund, ein Irischer Setter mit seidenweichem, glänzendem Fell. Seine Rute lag wie eine seidige, elegant geschwungene Feder auf den grauen Steinplatten. Er saß regungslos neben seinem Herrn, nur dann und wann ruckte die Rute hin und her, als wollte er ihm zustimmen oder insgeheim applaudieren.

Neugierig betrachtete ich den Mann, dem das schöne Tier zu gehören schien, und fand ihn fast so interessant wie den Hund. Er saß an einem Tisch, hatte das Kinn in die Hand gestützt und wandte mir sein ausgeprägtes Profil zu, fast so, als posierte er für mich. Er hatte einen richtigen Charakterkopf, sein graues Haar sah aus wie eine Silberfuchsmähne. Das Auge, das ich sehen konnte, lag tief, unter einer dichten Braue, die Nase war lang und leicht gebogen, der Mund männlich und voll, das Kinn markant. Er trug ein graues Tweedsakko und wirkte, soweit man das im

Sitzen beurteilen konnte, recht groß, wahrscheinlich gut eins-fünfundachtzig.

Während ich ihn betrachtete, lachte er plötzlich über etwas, das sein Begleiter gesagt hatte. Das lenkte meine Aufmerksamkeit auf den anderen Mann, und ich war unangenehm berührt, denn sie paßten einfach nicht zueinander. Während der eine schlank und elegant wirkte, war der andere klein, dick, rotgesichtig und in einen viel zu engen marineblauen Blazer gezwängt. Sein Hemdkragen drohte ihn jeden Moment zu erdrosseln. Es war nicht sehr warm im Pub, aber seine wulstige Stirn glänzte schweißnaß, und ich stellte fest, daß er sein dünnes und fettiges schwarzes Haar so von der Seite nach oben drapiert hatte, daß eine lange Strähne eine große kahle Stelle bedeckte, allerdings nur sehr notdürftig.

Der Mann mit dem Hund rauchte nicht, während der dicke Mann gerade seine Zigarette ruckartig in dem randvollen Aschenbecher ausdrückte, als wolle er seinen Worten dadurch Nachdruck verleihen. Fast unmittelbar danach griff er in die Tasche, holte ein silbernes Etui heraus und nahm sich eine neue Zigarette.

Der Mann mit dem Hund wollte offensichtlich gehen. Er nahm den Ellbogen vom Tisch, schob die Manschette zurück, sah auf die Uhr und trank sein Glas aus. Offenbar darauf bedacht, sich ganz nach ihm zu richten, zündete der dicke Mann die Zigarette hastig an und kippte den Rest in seinem Whiskyglas hinunter. Sie standen auf und schoben ihre Stühle dabei mit einem häßlichen scharrenden Geräusch zurück. Der Hund stand ebenfalls auf und fing an, begeistert mit dem Schwanz zu wedeln.

Jetzt, wo die beiden standen, der eine groß und schlank und der andere klein und dick, bildeten sie einen noch auffälligeren Kontrast als eben. Der Schlanke nahm einen Trenchcoat, der über seiner Stuhllehne gelegen hatte, legte ihn sich wie ein Cape um die Schultern und wandte sich zur Tür, in unsere Richtung. Ich war einen Moment lang enttäuscht, denn von vorn gesehen erfüllten die feinen, attraktiven Züge nicht ganz die Erwartungen, die das Profil geweckt hatte. Dann vergaß ich meine Enttäuschung, weil er plötzlich Joss bemerkte. Joss spürte vielleicht seinen Blick, denn er hörte auf, mit Tommy Williams zu reden, und drehte sich um. Sie sahen sich einen Moment lang verwirrt an, und dann lächelte der große Mann, das Lächeln zog tausend Fältchen um seine lebhaften Augen, und das Gesicht strahlte auf einmal einen unwiderstehlichen Charme aus.

«Joss!» sagte er. «Lange nicht gesehen.» Die Stimme war wohlklingend und freundlich.

«Hi», sagte Joss und blieb auf dem Barhocker sitzen.

«Ich dachte, Sie seien in London.»

«Nein. Ich bin wieder da.»

Die Tür knarrte, und ich registrierte flüchtig, daß der andere Mann, der dicke, wortlos gegangen war.

«Ich werd dem alten Knaben sagen, daß ich Sie getroffen habe.»

«Ja, tun Sie das.»

Die tiefliegenden Augen sahen mich an und blickten dann wieder fort. Ich wartete darauf, daß Joss uns miteinander bekannt machte, aber er tat es nicht. Diese Unhöflichkeit traf mich aus irgendeinem Grund wie ein Schlag ins Gesicht.

«Dann bis bald», sagte der Mann und wandte sich zum Gehen.

«Ja.»

«Gute Nacht, Tommy», rief er dem Barkeeper zu, während er die Tür öffnete und den Hund zuerst hinauslaufen ließ.

«Gute Nacht, Mr. Bayliss», sagte der Barkeeper.

Mein Kopf flog herum, als hätte ihn jemand an einer Schnur gezogen. Er war bereits fort, und die Tür schwang noch leicht hin und her. Ohne zu überlegen, rutschte ich vom Hocker, um hinter ihm herzustürzen, aber eine Hand ergriff meinen Arm und hielt mich fest. Ich drehte mich um und sah, daß es Joss war. Draußen wurde ein Motor angelassen. Jetzt war es zu spät.

«Wer war das?» fragte ich.

«Eliot Bayliss.»

Eliot. Rogers Sohn. Mollies Kind. Der Enkel von Grenville Bayliss. Mein Vetter ersten Grades. Familie.

«Er ist mein Vetter.»

«Das hab ich nicht gewußt.»

«Sie wissen doch meinen Namen. Warum haben Sie uns nicht bekannt gemacht? Und warum haben Sie mich eben festgehalten?»

«Sie werden ihn noch schnell genug kennenlernen. Heute abend ist es zu spät, zu naß und zu dunkel für Familientreffen.»

«Grenville Bayliss ist auch mein Großvater.»

«Ich hab mir schon gedacht, daß Sie wahrscheinlich was mit ihm zu tun haben», sagte Joss kühl. «Trinken Sie noch was.»

Aber jetzt war ich wirklich zornig. «Danke, ich möchte nichts mehr», fauchte ich.

«Dann essen wir jetzt am besten etwas.»

«Ich möchte auch nichts essen.»

Mir war der Appetit vergangen, jedenfalls bildete ich mir das ein. Ich wollte keinen Moment länger mit diesem flegelhaften und arroganten Menschen zusammensein. Ich sah zu, wie er austrank und vom Barhocker rutschte, und eine Sekunde lang dachte ich, er würde mich beim Wort nehmen, mich in die Fish Lane zurückfahren und mich dort mit leerem Magen absetzen. Aber zum Glück tat er so, als hätte er nichts gehört, zahlte einfach die Drinks und ging mir wortlos voran durch eine Tür am anderen Ende des Gastraums, die einige Stufen hinauf zu einem kleinen Restaurant führte. Ich folgte ihm, weil ich nicht wußte, was ich sonst tun sollte. Außerdem hatte ich Hunger.

Die meisten Tische waren schon besetzt, aber eine Kellnerin erkannte Joss, begrüßte uns und führte uns zu einem sehr schönen Tisch, offensichtlich dem besten im Restaurant, in einem kleinen Erker. Durch das Fenster sah ich die Umrisse wasserglänzender Dächer und dahinter das glitzernde Dunkel des Hafens mit dem Schein der Laternen an der Uferstraße und den winzigen Lichtern der Fischerboote.

Wir saßen einander gegenüber. Ich war immer noch wütend, mied seinen Blick, zeichnete mit dem Finger Muster auf das Tischtuch und hörte zu, wie er bestellte, was ich essen sollte. Offenbar hielt er mich nicht für fähig, selbst zu wählen. Ich hörte die Kellnerin sagen: «Für die junge Dame das gleiche?» – als ob sogar sie über das rücksichtslose Benehmen staunte – und seine barsche Antwort: «Ja, bitte.» Sie ging, und wir waren wieder allein.

Nach einer Weile blickte ich auf. Er sah mich unverwandt an. Das Schweigen vertiefte sich, und es kam mir idiotischerweise so vor, als erwarte er eine Entschuldigung von mir.

«Wenn Sie nicht wollen, daß ich mit Eliot Bayliss spreche, erzählen Sie mir vielleicht etwas über ihn?» fragte ich kühl.

«Was wollen Sie wissen?»

«Ist er verheiratet?» war das erste, was mir einfiel.

«Nein.»

«Er sieht sehr gut aus.» Joss nickte. «Lebt er allein?»

«Nein, bei seiner Mutter. Sie haben ein Haus oben in High Cross, etwa zehn Kilometer von hier, aber sie sind vor rund einem Jahr nach Boscarva gezogen, um für den alten Herrn zu sorgen.»

«Ist mein Großvater krank?»

«Sie scheinen nicht viel über Ihre Familie zu wissen?»

«Nein», antwortete ich ein bißchen patzig.

«Er hatte vor ungefähr zehn Jahren einen Herzanfall. Danach hörte er auf zu malen. Aber er hatte wohl immer eine bewundernswerte Konstitution und wurde wieder vollkommen gesund. Er wollte Boscarva nicht verlassen, ein altes Ehepaar sorgte für ihn…»

«Die Pettifers?»

Joss runzelte die Stirn. «Woher kennen Sie die Pettifers?»

«Meine Mutter hat mir von ihnen erzählt.» Ich dachte an die gemütlichen Teestunden am Küchenherd, vor langer, langer Zeit. «Ich hätte nicht gedacht, daß sie noch da sind.»

«Mrs. Pettifer ist letztes Jahr gestorben, und ihr Mann und Ihr Großvater waren auf sich gestellt. Grenville Bayliss ist jetzt achtzig, und Pettifer kann nicht viel jünger sein. Mollie Bayliss wollte, daß sie Boscarva verkaufen und nach High Cross ziehen, aber der alte Herr blieb hart, und so waren sie und Eliot schließlich diejenigen, die umzogen. Ohne große Begeisterung, wenn ich das sagen darf.» Er lehnte sich zurück und legte seine langen

252

schmalen Hände auf den Tischrand. «Ihre Mutter… Heißt sie nicht Lisa?»

Ich nickte.

«Ich wußte, daß Grenville eine Tochter hatte, die wiederum eine Tochter hatte, aber die Tatsache, daß Sie Bayliss heißen, machte mich etwas perplex.»

«Mein Vater verließ meine Mutter, bevor ich geboren wurde. Sie hat seinen Namen nie benutzt.»

«Wo ist sie jetzt?»

«Sie ist… Sie ist vor ein paar Tagen gestorben. Auf Ibiza. Vor ein paar Tagen», wiederholte ich, denn es kam mir auf einmal wie eine Ewigkeit vor.

«Das tut mir leid.» Er zögerte einen Moment. «Weiß Ihr Großvater davon?»

«Ich bin nicht sicher.»

«Sind Sie gekommen, um es ihm zu sagen?»

«Ich glaube, ich werde unter Umständen diejenige sein, die es ihm sagen muß.» Der Gedanke daran war beängstigend.

«Weiß er, daß Sie hier in Porthkerris sind?»

Ich schüttelte den Kopf. «Er kennt mich gar nicht. Ich meine, wir sind uns nie begegnet. Ich bin zum erstenmal hier. Ehrlich gesagt, ich weiß nicht mal, wie ich zu ihm kommen soll.»

«Es wird auf jeden Fall ein Schock für ihn sein.»

«Ist seine Gesundheit angegriffen?» fragte ich besorgt.

«Nein. Er ist zäh wie Leder. Aber er wird alt.»

«Meine Mutter hat gesagt, er sei furchterregend. Ist er das immer noch?»

Joss verzog das Gesicht, was mich nicht gerade beruhigte. «Das kann man wohl sagen», antwortete er.

Die Kellnerin kam mit der Suppe. Es war Ochsenschwanz-suppe, herrlich dunkel, wunderbar sämig und sehr heiß. Ich war so hungrig, daß ich alles aufaß, ohne ein Wort zu sagen. Als ich endlich den Löffel hingelegt hatte, blickte ich auf und saß, daß Joss lachte.

«Für jemanden, der noch vor ein paar Minuten nichts essen wollte, haben Sie ihre Portion ganz gut bewältigt.»

Aber diesmal stand ich nicht auf. Ich schob den leeren Teller fort und stützte die Ellbogen auf den Tisch. «Wie kommt es, daß Sie soviel über die Bayliss' wissen?»

Joss hatte seine Suppe nicht so schnell hinuntergeschlungen wie ich. Er ließ sich Zeit, bestrich zuerst ein Brötchen mit Butter und aß entnervend langsam.

«Ganz einfach», sagte er. «Ich arbeite ab und zu oben in Boscarva.»

«Was machen Sie denn?»

«Hm, ich restauriere antike Möbel. Sperren Sie nicht so den Mund auf, es steht Ihnen nicht besonders.»

«Sie restaurieren antike Möbel? Das soll wohl ein Witz sein?»

«Aber nein. Grenville Bayliss hat das ganze Haus voll alter und sehr wertvoller Sachen. Er hat in seiner guten Zeit eine Menge Geld verdient und das meiste davon in Antiquitäten investiert. Einige dieser alten Sachen sind jetzt in einem mitleiderregenden Zustand. Zwar sind sie ständig poliert worden, bis fast das ganze Holz wegpoliert war, aber er hat vor zehn Jahren Zentralheizung legen lassen, und die trockene Heizungsluft ist der Tod für alte Möbel. Die Schubladen verziehen sich, die Furniere werden wellig und rissig, und Beine fallen von Stühlen. Übrigens –» offensichtlich war ihm etwas eingefallen – «war ich derjenige, der Ihren Kirschbaumstuhl repariert hat.»

«Wie lange machen Sie das schon?»

«Warten Sie… Ich bin mit siebzehn von der Schule abgegangen, und jetzt bin ich vierundzwanzig. Das wären also rund sieben Jahre.»

«Aber Sie mußten es doch erst lernen…»

«Ja, sicher. Ich habe zuerst eine Tischlerlehre gemacht und war vier Jahre auf der Berufsschule in London, und als ich das alles intus hatte, bin ich für zwei Jahre zu einem alten Kunsttischler unten in Sussex gegangen. Ich habe bei ihm und seiner Frau gewohnt, alle mögliche Dreckarbeit in der Werkstatt gemacht und alles gelernt, was es zu lernen gibt.»

Ich rechnete nach. «Das sind erst sechs Jahre. Sie haben sieben gesagt.»

Er lachte. «Ich habe mittendrin ein Jahr blaugemacht und bin herumgereist. Meine Eltern sagten, ich würde zu engstirnig. Mein Vater hat einen Vetter, der in Amerika eine Rinderranch hat, in den Rocky Mountains, im südwestlichen Colorado. Ich habe gut neun Monate als Cowboy bei ihm gearbeitet.» Er runzelte die Stirn. «Was gibt es da zu grinsen?»

«Als ich Sie zum erstenmal sah, in dem Geschäft, sahen Sie aus wie ein Cowboy... Sie wirkten ganz echt. Und es ärgerte mich irgendwie, daß Sie dann doch keiner waren.»

Er lächelte. «Und wissen Sie, wie Sie aussahen?»

Mein Lächeln erstarb. «Nein.»

«Wie die Musterschülerin eines Mädchenpensionats. Und das hat *mich* geärgert.»

Ein rasches Klingenkreuzen, und wir standen wieder auf verschiedenen Seiten des Zauns.

Ich beobachtete ihn mißmutig, während er seine Suppe mit sichtlichem Appetit aufaß. Die Kellnerin kam, um die Teller abzuräumen, und brachte uns eine Karaffe Rotwein. Ich hatte nicht gehört, daß er Wein bestellt hatte, und sah zu, wie er zwei Gläser einschenkte, betrachtete seine geraden Finger mit den flachen Kuppen. Mir gefiel die Vorstellung, daß sie mit alten und schönen Dingen arbeiteten, sie maßen und zusägten, ölten und in ihre endgültige Form brachten. Ich nahm mein Glas, und als ich es ans Licht hielt, leuchtete der Wein rubinrot. «Ist das alles, was Sie in Porthkerris machen?» fragte ich. «Die Möbel von Grenville Bayliss restaurieren?»

«Großer Gott, nein. Ich mache gerade einen Laden auf. Ich habe vor einem halben Jahr unten am Hafen ein kleines Haus gefunden und gemietet. Seitdem bin ich oft hier gewesen. Jetzt versuche ich, bis Ostern oder Pfingsten soweit zu sein. Bis das Sommergeschäft so richtig anfängt.»

«Ist es ein Antiquitätengeschäft?»

«Nein. Moderne Möbel, Glas, Stoffe. Aber ich werde weiter antike Möbel restaurieren. Ich meine, hinter dem Laden ist eine Werkstatt. Und im zweiten Stock liegt eine kleine Wohnung, wo ich jetzt wohne. Deshalb haben Sie mein Zimmer bei Mrs.

Kernow bekommen. Sollten Sie eines Tages zu dem Schluß gelangen, daß ich kein Monster bin, können Sie die wacklige Treppe hochklettern, und ich werd Ihnen mein Domizil zeigen.»

Ich ignorierte die neue Spitze.

«Wenn Sie hier arbeiten, was haben Sie dann in dem Geschäft in London gemacht?»

«Bei Tristram? Ich hab Ihnen doch gesagt, er ist ein Freund von mir. Ich besuche ihn jedesmal, wenn ich in der Stadt bin.»

Ich runzelte die Stirn. Es gab so viele merkwürdige Zusammentreffen. Sie schienen uns beide zu umwinden wie Bindfäden ein Paket. Ich sah zu, wie er seinen Wein austrank, und spürte wieder das Unbehagen, das mich vorhin überkommen hatte. Ich wußte, ich hätte ihn eigentlich tausend Dinge fragen müssen, doch ehe ich eine Frage aussprechen konnte, kam die Kellnerin mit Steaks, Gemüse, Pommes frites und kleinen Schüsseln mit Salat. Als sie wieder fort war, sagte ich: «Was macht Eliot Bayliss?»

«Eliot? Er hat eine Autowerkstatt oben in High Cross, er spezialisiert sich auf große Gebrauchtwagen, Mercedes und Alfas und so. Wenn Sie ein dickes Bankkonto haben, kann er Ihnen praktisch alles besorgen, was Sie haben wollen.»

«Sie mögen ihn nicht, stimmt's?»

«Das habe ich nicht gesagt.»

«Aber Sie mögen ihn nicht.»

«Vielleicht kommt es anders herum der Wahrheit näher. Er mag mich nicht.»

«Warum nicht?»

Er sah auf, und seine Augen blitzten amüsiert. «Keine Ahnung. Warum essen Sie jetzt nicht Ihr Steak auf, ehe es kalt wird?»

Er brachte mich nach Haus. Es regnete immer noch, und ich war auf einmal todmüde. Er hielt vor der Haustür, ließ den Motor aber laufen. Ich dankte ihm, sagte gute Nacht und wollte die Tür öffnen, als er nach meinem Arm griff. Ich sah ihn an.

«Morgen», sagte er. «Wollen Sie morgen nach Boscarva?»

«Ja.»

«Ich bringe Sie hin.»

«Ich schaffe es schon allein.»

«Erstens wissen Sie nicht, wo das Haus ist, und zweitens ist der Weg den Berg hoch sehr anstrengend. Ich hole Sie mit dem Auto ab. Gegen elf?»

Er walzte jeden Widerstand einfach nieder. Und ich war total erschöpft. «Meinetwegen», gab ich nach.

Er öffnete die Beifahrertür und stieß sie auf.

«Gute Nacht, Rebecca.»

«Gute Nacht.»

«Bis morgen.»

5

Der Wind legte sich die ganze Nacht nicht. Als ich aufwachte, konnte ich jedoch durch das kleine Fenster von Mrs. Kernows Gästezimmer ein Stück hellblauen Himmel sehen, über den flaumige Wolken ziemlich schnell dahinzogen. Es war sehr kalt, aber ich stand tapfer auf, zog mich an und ging hinunter. Mrs. Kernow hängte in dem winzigen Garten hinter dem Haus Wäsche auf. Da sie mit flatternden Laken und Frotteetüchern zu kämpfen hatte, sah sie mich nicht gleich, doch als ich zwischen ein Hemd und einen züchtigen gewirkten Unterrock trat, fuhr sie überrascht zusammen. Sie fand es offensichtlich lustig, daß sie so erschrocken war, und schüttelte sich vor Lachen, als ob wir beide eine komische Nummer wären.

«Sie haben mich aber erschreckt. Ich dachte, Sie schlafen noch! Haben Sie gut geschlafen? Der verflixte Wind hat nicht nachgelassen, aber der Regen hat Gott sei Dank aufgehört. Sie möchten sicher frühstücken, oder?»

«Eine Tasse Tee wäre nicht schlecht.»

Ich half ihr, die restliche Wäsche aufzuhängen, dann nahm sie den leeren Korb und ging mir voran ins Haus. Ich setzte mich an den Küchentisch, und sie stellte eine Pfanne auf den Herd und fing an, Bacon zu braten.

«Haben Sie gestern abend gut gegessen? Sie waren doch im *Anchor*? Tommy Williams ist ein guter Wirt, das Lokal ist immer voll, im Winter wie im Sommer. Ich hab gehört, wie Joss Sie nach Haus gebracht hat. Er ist ein guter Junge. Er hat mir gefehlt, als er ausgezogen ist. Manchmal geh ich noch bei ihm vorbei, bringe seine Wohnung ein bißchen in Ordnung, nehme seine Wäsche mit und mache sie hier. Schade, ein so netter junger Mann, und immer noch allein. Es ist nicht richtig, daß er keine Frau hat, die für ihn sorgt.»

«Ich habe den Eindruck, er wird ganz gut allein fertig.»

«Es ist nicht gut, wenn ein Mann Frauenarbeit macht.» Mrs. Kernow glaubte offensichtlich nicht an die Frauenbewegung. «Außerdem hat er mehr als genug für Mr. Bayliss zu tun.»

«Kennen Sie Mr. Bayliss?»

«Alle kennen ihn. Er lebt jetzt schon seit fast fünfzig Jahren hier. Einer von der alten Garde, sozusagen. Er hat wunderschön gemalt, ehe er krank geworden ist. Hatte jedes Jahr eine Ausstellung, und alle möglichen Leute kamen von London her, berühmte Leute, viele Prominente. Natürlich haben wir ihn in letzter Zeit nicht oft gesehen. Er kann den Berg nicht mehr so wie früher rauf- und runterlaufen, und Pettifer hat Mühe, den großen Wagen auf den schmalen Straßen zu fahren. Außerdem stolpert man im Sommer bei jedem Schritt über die Touristen, und hier ist soviel Verkehr, daß man kaum noch durchkommt. Es ist wirklich schlimm. Manchmal könnte man meinen, das ganze Land drängt sich hier zusammen.»

Sie ließ den Bacon auf einen angewärmten Teller gleiten und stellte ihn auf den Tisch. «Da, essen Sie, ehe es kalt wird.»

«Mrs. Kernow… Mr. Bayliss ist mein Großvater», sagte ich.

Sie starrte mich stirnrunzelnd an. «Ihr Großvater?» Und dann: «Wessen Kind sind Sie?»

«Ich bin Lisas Tochter.»

«Lisas Tochter…» Sie zog einen Stuhl heran und ließ sich langsam darauf sinken. Ich sah, daß es ein Schock für sie war. «Weiß Joss das?»

Was hatte Joss damit zu tun? «Ja, ich hab es ihm gestern abend gesagt.»

«Sie war so ein niedliches kleines Mädchen.» Sie sah mich aufmerksam an. «Ich kann sie in Ihnen erkennen… Nur daß sie fast schwarze Haare hatte, und Sie sind blond. Wir haben sie vermißt, als sie fortging und nie wiederkam. Wo ist sie jetzt?»

Ich erzählte es ihr. Als ich ausgeredet hatte, sagte sie: «Und Mr. Bayliss weiß nicht, daß Sie hier sind?»

«Nein.»

«Sie müssen zu ihm gehen. Sofort. Oh, ich wollte, ich könnte dabeisein und sein Gesicht sehen. Er hat Ihre Mutter angebetet...»

In ihren Augen glänzte eine Träne. Ehe wir beide von unseren Gefühlen übermannt wurden, sagte ich schnell: «Ich weiß überhaupt nicht, wie ich hinkommen soll.»

Sie versuchte es mir zu erklären, und dabei verhedderten wir uns beide so sehr, daß sie schließlich einen alten Briefumschlag und einen Bleistiftstummel hervorkramte und eine Skizze machte. Während ich ihr zusah, fiel mir ein, daß Joss versprochen hatte, um elf Uhr mit seinem ramponierten Pritschenwagen zu kommen und mich nach Boscarva zu bringen, aber es erschien mir auf einmal viel naheliegender, sofort hinzugehen, allein. Außerdem war ich gestern abend viel zu fügsam gewesen und hatte mich herumkommandieren lassen wie eine dumme Gans. Es würde seinem enormen Ego nicht schaden, wenn er hierherkam und feststellte, daß ich schon fort war. Der Gedanke daran heiterte mich beträchtlich auf, und ich ging nach oben, um meinen Mantel zu holen.

Ich war kaum aus der Tür, als mich der Wind erfaßte, der wie der Luftzug in einem Kamin die Straße hinunterpfiff. Er war kalt und roch nach Meer, doch als die Sonne hinter den Wolken hervorkam, wurde es auf einmal wunderbar licht, die Helligkeit blendete fast, und über mir zeichneten sich vor dem Blau des Himmels die Flügel der Möwen ab, die sich schreiend von den Böen dahintragen ließen wie kleine weiße Segel.

Ich marschierte weiter, und bald ging es bergan, schmale Straßen mit Kopfsteinpflaster hoch, die links und rechts von malerischen kleinen Häusern gesäumt waren. Dann und wann kamen Stufen und Gassen, so schmal, daß man sie kaum als Gänge bezeichnen konnte. Je höher ich kam, um so stärker wurde der Wind. Als der Ort unter mir lag, breitete sich die See wie ein endloser jadefarben und purpurn geflammter, hier und dort mit weißen Tupfen verzierter Teppich bis an den Horizont aus. Dort vereinigte er sich mit dem Himmel, und der Ort und der Hafen unten wirkten davor wie Spielzeugbauten.

Ich stand da, hielt den Atem an und betrachtete das Panorama, und da geschah auf einmal etwas sehr Merkwürdiges. Die neue Umgebung kam mir plötzlich gar nicht neu vor, sondern absolut vertraut. Ich fühlte mich daheim, als wäre ich an einen Ort zurückgekehrt, den ich mein Leben lang gekannt hatte. Und obgleich ich seit meinem Entschluß, nach Porthkerris zu fahren, kaum mehr an meine Mutter gedacht hatte, war sie plötzlich neben mir und ging mit langen Schritten, atemlos und genau wie ich vor Anstrengung schwitzend, die steilen Straßen hoch.

Dieses Gefühl des *déjà-vu* hatte eine beruhigende Wirkung auf mich. Auf einmal fühlte ich mich nicht mehr so einsam und viel mutiger. Ich ging weiter, froh, daß ich nicht auf Joss gewartet hatte. Seine Nähe brachte mich durcheinander, aber ich wußte partout nicht, warum. Er war schließlich ganz offen zu mir gewesen, hatte meine Fragen beantwortet und vollkommen plausible Gründe für sein Handeln genannt.

Es lag auf der Hand, daß er und Eliot Bayliss einander unsympathisch waren, und das konnte ich sehr gut verstehen. Die beiden jungen Männer hatten sicher nichts gemeinsam. Eliot wohnte, wenn auch gegen seinen Willen, in Boscarva. Er war ein Bayliss, und das Haus war im Moment sein Heim. Joss stand es wegen seiner Arbeit frei, das Haus zu betreten und zu verlassen, wann er wollte. Vielleicht trafen die Bewohner ihn zu ungewohnten Zeiten im Haus an, vielleicht sogar dann, wenn seine Anwesenheit unpassend oder unerwünscht war. Ich stellte mir vor, daß er sich in seiner Unbekümmertheit gar nicht der Probleme bewußt war, die er womöglich verursachte. Jemand wie Eliot würde ihn das irgendwie spüren lassen, und er, Joss, würde entsprechend darauf reagieren.

Mit diesen Gedanken beschäftigt, marschierte ich schwer atmend weiter hügelan und achtete nicht mehr auf die Umgebung. Aber nun wurde die Straße wieder eben, und ich blieb stehen, um mich zu orientieren. Ich war oben auf dem Hügel, das stand fest. Hinter mir, weit unten, lag Porthkerris, vor mir verlor sich die zerklüftete Küste in der Ferne. Grünes Land, von kleinen Farmen und winzigen Feldern unterbrochen, zog sich fast bis zum Meer hin. Es wurde durchzogen von tiefen Tälern, wo schmale

Flüsse sich ihren Weg zum Meer hinunter bahnten, dazwischen sah man überall Weißdornhecken und Haine von verkrüppelten Ulmen.

Ich schaute mich um. Auch hier war freies Land, zumindest war es noch bis vor einem Jahr freies Land gewesen. Dann hatte jemand die Wiesen und Felder gekauft, Bulldozer hergeschickt, alte Hecken ausreißen lassen, die fruchtbare Erde aufgewühlt und planiert, und nun standen bereits die Grundmauern einer Siedlung, vermutlich lauter Ferienwohnungen. Der Anblick war häßlich, eine Verschandelung. Zementmischer drehten sich, ein Laster wühlte sich durch ein Meer von Schlamm, ich sah Stapel von Backsteinen und scheußliche Betonpfeiler, aus denen Eisenstangen herausragten, und davor erhob sich, wie ein stolzes Banner, eine große Tafel, auf der stand, wer für diese Vergewaltigung der Natur verantwortlich war:

ERNEST PADLOW
Komfortable Einfamilienhäuser in
bester Lage
Näheres: Porthkerris
Sea Lane, Tel. 873

Die Häuser standen wohl in bester Lage, aber kaum mehr als einen Meter voneinander entfernt; die Seitenfenster glotzten einander förmlich an.

Ich dachte traurig an die gemordete Natur und die vertanen Chancen. Während ich dort stand und das ganze Bauvorhaben im Geiste von Grund auf neu entwarf, kam hinter mir ein Auto den Berg hoch und hielt vor der Tafel. Es war ein alter dunkelblauer Jaguar, und der Mann, der ausstieg und die Tür mit einem lauten Knall zuschlug, trug eine blaue Arbeitsjacke und hatte eine Schreibunterlage in der Hand. Die darauf festgeklemmten Papiere flatterten im Wind. Er wandte sich um, sah mich, zögerte kurz und kam dann, sich ein paar Strähnen auf den ziemlich kahlen Schädel drückend, auf mich zu.

«Morgen.» Er lächelte, als wären wir alte Freunde.

«Guten Morgen.»

Ich hatte ihn schon mal gesehen, gestern abend, im *Anchor*. Er hatte bei Eliot Bayliss am Tisch gesessen.

Er blickte zu der Tafel hoch.

«Interessieren Sie sich für ein Haus?»

«Nein.»

«Sollten Sie aber. Fabelhafter Blick von hier oben.»

Ich runzelte die Stirn. «Vielen Dank, kein Interesse.»

«Wäre eine erstklassige Geldanlage.»

«Sind Sie der Bauleiter?»

«Nein.» Er sah stolz zu der Tafel hoch, die uns überragte. «Ich bin Ernest Padlow.»

«Aha.»

«Phantastisches Fleckchen hier...» Er schaute sich befriedigt in der zerstörten Natur um. «Eine Menge Leute waren hinter dem Land her, aber das alte Mädel, dem es gehörte, war eine Witwe, und ich hab so lange meinen Charme spielen lassen, bis sie es mir verkaufte.»

Ich war überrascht. Während er redete, holte er eine Zigarette aus der Schachtel und steckte sie an, ohne mir eine anzubieten. Seine Finger hatten Nikotinflecken. Ich war noch nie einem Mann begegnet, der so wenig Charme hatte.

Er wandte seine Aufmerksamkeit wieder mir zu. «Ich hab Sie hier noch nie gesehen, stimmt's?»

«Stimmt.»

«Auf Besuch?»

«Ja, so ungefähr.»

«Besser, wenn man nicht in der Saison kommt. Nicht so voll.»

«Ich suche Boscarva», sagte ich.

Darauf war er nicht vorbereitet, und die aufgesetzte Jovialität war auf einmal wie weggeblasen. Seine Augen bekamen einen stechenden Blick. «Boscarva? Sie meinen das Haus vom alten Bayliss?»

«Genau.»

Sein Ausdruck wurde verschmitzt. «Sie wollen zu Eliot?»

«Nein.»

Er wartete, daß ich weiterredete. Als ich es nicht tat, versuchte er meine Wortkargheit scherzhaft auszulegen: «Na ja, Schweigen ist Gold, wie man so sagt. Wenn Sie nach Boscarva wollen, nehmen Sie den Feldweg da. Einen knappen Kilometer, dann können Sie das Haus weiter unten sehen, zum Meer hin. Es hat ein Schieferdach und einen großen Garten. Sie können es nicht verfehlen.»

«Vielen Dank.» Ich lächelte höflich. «Auf Wiedersehen.»

Als ich mich abwandte und ging, spürte ich seinen Blick im Rücken. Dann sagte er noch etwas, und ich drehte mich um. Er war wieder ausnehmend freundlich und lächelte.

«Wenn Sie eins von den Häusern haben wollen, entschließen Sie sich schnell. Sie gehen weg wie warme Semmeln.»

«Ja, das glaube ich. Aber ich möchte keines. Vielen Dank.»

Der Weg führte nach unten zu der großen blauen Bucht, und nun war ich wirklich auf dem Land, mitten in hohen Wiesen, wo gutmütig dreinblickende Guernsey-Rinder weideten. An den Grasböschungen wuchsen wilde Veilchen und Primeln, die Sonne kam hervor und verwandelte das üppige Gras in einen Teppich von Smaragden. Dann bog ich um eine Ecke und sah das weiße Tor in einer niedrigen Feldsteinmauer, eine Zufahrt führte vom Weg hinunter und verschwand in einer eleganten Kurve, gesäumt von hohen Hecken aus Steinbrech und Ulmen, die der Wind zu unnatürlichen Formen verkrümmt hatte.

Das Haus war nicht zu sehen. Am offenen Tor blieb ich stehen und blickte die Zufahrt hinunter, und mein Mut schwand wie Badewasser, wenn der Stöpsel aus der Wanne gezogen ist. Ich hatte keine Ahnung, was ich tun sollte oder was ich, wenn ich es denn getan hatte, sagen sollte.

Zum Glück nahm mir jemand anders den Entschluß ab. Ich hörte, wie unten am Haus, außerhalb meines Blickfelds, ein Motor angelassen wurde und ein Wagen mit ziemlich großer Geschwindigkeit bergan auf mich zukam. Es war ein offener Sportwagen, ein älteres und teures Modell, soweit ich es beurteilen konnte, und ich trat zur Seite, um es vorbeizulassen. Es sauste den Hügel hinauf, in die Richtung, aus der ich gekommen war, aber ich hatte genug Zeit gehabt, um den Fahrer zu sehen, und den schönen Irischen Setter, der mit dem hingerissenen und glücklichen Ausdruck aller Hunde, die auf eine Spazierfahrt mitgenommen werden, auf dem Rücksitz thronte.

Ich dachte, der Fahrer hätte mich gar nicht bemerkt, aber ich irrte mich. Einen Moment später hielt das Auto mit quietschenden Bremsen, und hinter den Reifen spritzten kleine Kieselsteine hervor. Dann näherte es sich mir im Rückwärtsgang, fast ebenso schnell, wie es eben gefahren war. Es hielt, der Motor wurde abgestellt, und Eliot Bayliss betrachtete mich, einen Arm auf dem Lenker, über den freien Beifahrersitz hinweg. Er hatte keine Mütze auf und trug eine Lammfelljacke. Halb amüsiert, halb neugierig sah er mich an.

«Hallo», sagte er.

«Guten Morgen.» Ich kam mir in meinem alten Mantel und mit den vom Wind zerzausten Strähnen im Gesicht ein bißchen blöd vor. Verstohlen strich ich mir das Haar aus dem Gesicht.

«Haben Sie sich verirrt?»

«Nein.»

Er fuhr fort, mich zu betrachten, nun mit einem leichten Stirnrunzeln. «Ich hab Sie doch gestern abend gesehen, nicht wahr? Unten im *Anchor*? Mit Joss.»

«Ja.»

«Suchen Sie ihn? Soweit ich weiß, ist er noch nicht gekommen. Das heißt, wenn er beschlossen hat, heute zu kommen.»

«Nein. Ich meine, ich suche ihn nicht.»

«Wen suchen Sie dann?» fragte Eliot Bayliss freundlich.

«Ich... Ich möchte zu dem alten Mr. Bayliss.»

«Dazu ist es noch etwas zu früh. Er pflegt erst gegen Mittag zu erscheinen.»

«Oh.» Daran hatte ich nicht gedacht. Ich muß ein bißchen enttäuscht dreingeblickt haben, denn er fuhr ebenso freundlich und verbindlich fort: «Vielleicht kann ich Ihnen helfen. Ich bin Eliot Bayliss.»

«Ich weiß. Ich meine... Joss hat es mir gestern abend gesagt.»

Er runzelte wieder die Stirn. Offensichtlich wußte er nicht, welchen Reim er sich aus meiner Beziehung zu Joss machen sollte.

«Warum möchten Sie meinen Großvater besuchen?»

Als ich nicht antwortete, lehnte er sich plötzlich herüber, machte die Beifahrertür auf und sagte in einem Ton, der keinen Widerspruch duldete: «Steigen Sie ein.»

Ich tat es und machte die Tür wieder zu. Ich spürte seinen Blick auf mir, dem formlosen Mantel, den geflickten Jeans. Der Hund beugte sich vor und beschnüffelte mein Ohr. Seine Nase war kalt. Ich langte nach hinten und streichelte sein langes seidiges Fell.

«Wie heißt er?»

«Rufus. Der rote Rufus. Aber Sie haben meine Frage nicht beantwortet.»

Wieder kam etwas dazwischen, das mich rettete. Ein anderer Wagen. Diesmal war es das knallrote Postauto, das munter den Feldweg herunterbrauste. Es hielt, und der Postbote kurbelte das Fenster herunter und rief Eliot aufgekratzt zu: «Wie soll ich die Post bringen, wenn Sie das ganze Tor versperren?»

«Entschuldigung», sagte Eliot ungerührt, stieg aus und ließ sich eine Handvoll Briefe und eine Zeitung geben. «Ich nehm sie mit, dann brauchen Sie nicht ganz zum Haus runter.»

«Sehr gut», sagte der Postbote. «Wär schön, wenn mir jeder so die Arbeit abnehmen würde.» Dann wendete er und fuhr mit einem breiten Lächeln und einem Winken wieder fort, vermutlich zu dem nächsten abgelegenen Haus.

Eliot stieg wieder ins Auto. «Hm...» Er lächelte. «Was soll ich mit Ihnen machen?»

Aber ich hörte ihn kaum. Die Post lag auf seinem Schoß, zuoberst ein Luftpostbrief mit dem Poststempel von Ibiza, an Mr. Grenville Bayliss. Die krakelige Handschrift war unverkennbar.

Ein Auto ist ein guter Platz für wichtige Gespräche. Es gibt kein Telefon, so daß man nicht unvermutet gestört werden kann. «Der Brief da», sagte ich. «Der Brief ganz oben. Er ist von einem Mann, der Otto Pedersen heißt. Er lebt auf Ibiza.»

Eliot nahm den Brief stirnrunzelnd hoch. Er drehte ihn um

und las Ottos Namen. Dann sah er mich an. «Woher haben Sie das gewußt?»

«Ich kenne seine Handschrift. Ich kenne ihn. Er ... Er schreibt Ihrem Großvater, daß Lisa gestorben ist. Sie ist vor ungefähr einer Woche gestorben. Sie lebte mit ihm zusammen auf Ibiza.»

«Lisa. Sie meinen Lisa Bayliss?»

«Ja. Die Schwester von Roger. Ihre Tante. Meine Mutter.»

«Sie sind Lisas Tochter?»

«Ja.» Ich drehte mich zu ihm und sah ihn an. «Ich bin Ihre Cousine. Grenville Bayliss ist auch mein Großvater.»

Seine Augen hatten eine merkwürdige Farbe, graugrün, wie Kieselsteine, gewaschen und geschliffen von einem Gebirgsbach. Sie gaben weder Überraschung noch Freude preis, musterten mich einfach ohne jeden Ausdruck. Endlich sagte er: «Das darf doch wohl nicht wahr sein.»

Es war nicht gerade das, was ich erwartet hatte. Wir saßen stumm da, weil mir nichts zu sagen einfiel, und dann warf er mir die Briefe in den Schoß, als wäre er plötzlich zu einem Entschluß gekommen, ließ den Motor wieder an, riß das Steuer herum und wendete.

«Was machen Sie?» fragte ich.

«Was glauben Sie? Ich bringe Sie nach Hause, was denn sonst.»

Nach Hause. Boscarva. Wir fuhren durch die Biegung der Zufahrt, und da war es. Da wartete es auf mich. Es war nicht klein, aber auch nicht groß. Grauer Naturstein, an vielen Stellen von Kletterpflanzen verdeckt, ein grauschwarzes Schieferdach, eine halbrunde Veranda, dahinter eine offene Tür, um die Sonne hereinzulassen, und drinnen rote Steinplatten, Blumentöpfe, rosa Geranien und scharlachrote Fuchsien. Hinter einem offenen Fenster im ersten Stock bauschte sich ein Vorhang im Wind, und aus einem der Schornsteine quoll Rauch. Als wir aus dem Wagen stiegen, kam die Sonne hinter einer Wolke hervor.

Da wir durch das Haus vor dem Nordwind geschützt wurden, war es auf einmal richtig warm.

«Kommen Sie», sagte Eliot und ging mir, den Hund auf den

Fersen, voran über die Veranda. Wir betraten eine düstere, holzgetäfelte Diele, die ihr Licht von einem großen Fenster über der gewendelten Treppe bekam. Ich hatte mir vorgestellt, Boscarva sei ein Haus der Vergangenheit, traurig und wehmütig, voll toter Erinnerungen, die einen frösteln machten. Aber es war nichts von alledem, es strahlte Bewegung und Leben aus. Auf dem Tisch lagen Zeitungen, ein Paar Gartenhandschuhe, eine Hundeleine. Aus einer Türöffnung hörte ich Stimmen und Geschirrklappern. Oben summte ein Staubsauger. Und es roch nach gescheuerten Steinplatten, Bohnerwachs und vielen Jahren Holzfeuer.

Eliot blieb am Fuß der Treppe stehen und rief: «Mama.» Doch es blieb still, nur das stete Summen des Staubsaugers war zu hören. Eliot zuckte die Achseln und führte mich durch die Diele in ein langes, holzgetäfeltes Wohnzimmer, voller Frühlingsblumen mit ihren sinnlichen Farben und Gerüchen. An einem Ende sah ich einen Kamin mit einer Einfassung aus geschnitztem Fichtenholz und Delfter Kacheln, in dem ein Feuer brannte, und drei hohe Fenstertüren mit Vorhängen aus verblichener gelber Seide. Sie führten auf eine Terrasse hinaus, hinter deren Brüstung ich die blaue Linie des Meeres erkennen konnte.

Ich stand mitten in diesem wunderschönen Raum, als Eliot die Tür zumachte und sagte: «Nun, Sie sind da. Warum ziehen Sie Ihren Mantel nicht aus?»

Es war wirklich sehr warm. Ich zog den Mantel aus und legte ihn über einen Stuhl, wo er wie ein großes totes Tier hing.

«Wann sind Sie hergekommen?» fragte er.

«Gestern abend, mit dem Zug. Von London.»

«Sie leben dort?»

«Ja.»

«Und Sie sind noch nie hier gewesen?»

«Nein. Ich wußte nichts von Boscarva. Ich wußte auch nicht, daß Grenville Bayliss mein Großvater ist. Meine Mutter hat es mir erst am Abend ihres Todes erzählt.»

«Was hat Joss damit zu tun?»

«Ich...» Es war zu kompliziert, um es zu erklären. «Ich habe ihn in London kennengelernt. Dann war er zufällig hier am Bahnhof, als ich ankam.»

«Wo wohnen Sie?»

«Bei Mrs. Kernow, in der Fish Lane.»

«Grenville ist ein alter Mann. Er ist krank. Das wissen Sie, nicht wahr?»

«Ja.»

«Ich denke... Wir sind besser vorsichtig, was diesen Brief von Mr. Pedersen angeht. Vielleicht wäre es das beste, wenn meine Mutter...»

«Ja, natürlich.»

«Es ist ein Glück, daß Sie den Brief gesehen haben.»

«Ja. Ich hatte mir gedacht, daß er wahrscheinlich schreiben würde. Aber ich fürchtete, ich würde diejenige sein, die Ihnen die Nachricht überbringt.»

«Und nun ist es Ihnen abgenommen worden.» Er lächelte und sah auf einmal viel jünger aus, ungeachtet der merkwürdigen Augen und der dichten Silberhaare. «Warum warten Sie nicht hier, und ich hole meine Mutter und erkläre ihr kurz alles. Möchten Sie eine Tasse Kaffee oder etwas anderes zu trinken?»

«Nur, wenn es keine Umstände macht.»

«Es macht keine. Ich sage Pettifer Bescheid.» Er öffnete die Tür. «Machen Sie es sich bequem.»

Die Tür fiel leise ins Schloß, und er war fort. Pettifer. *Pettifer war auch bei der Navy gewesen, er kümmerte sich um meinen Vater und fuhr manchmal den Wagen, und Mrs. Pettifer war die Köchin.* Das hatte meine Mutter mir erzählt. Und Joss hatte mir erzählt, daß Mrs. Pettifer gestorben sei. Aber damals waren Lisa und ihr Bruder oft zu ihr in die Küche gegangen, und sie hatte ihnen Toast mit Butter gegeben. Sie hatte die Vorhänge zugezogen, um Regen und Dunkelheit fernzuhalten, und bei ihr hatten die Kinder sich sicher und geborgen gefühlt.

Ich betrachtete das Wohnzimmer. Ich sah eine Aufsatzvitrine, die orientalische Schätze enthielt, darunter einige kleine Jadefiguren, und fragte mich, ob es die waren, die meine Mutter erwähnt hatte. Ich blickte mich um und dachte, daß ich vielleicht auch den venezianischen Spiegel und den kleinen Schreibsekretär entdecken würde, aber dann wurde meine Aufmerksamkeit von dem Bild über dem Kaminsims gefesselt. Ich vergaß alles andere und trat näher, um es zu betrachten.

Es war das Porträt eines Mädchens, gekleidet nach der Mode der frühen dreißiger Jahre, schlank, knabenhaft, in einem weißen Kleid, das gerade, ohne jede Andeutung von Taille, herunterhing. Sie hatte dunkles Haar und einen Pagenschnitt, der den langen schmalen Hals besonders zur Geltung kommen ließ. In der Hand hielt sie eine langstielige Rose; das Gesicht konnte man nicht sehen, denn sie blickte fort vom Betrachter, aus irgendeinem unsichtbaren Fenster in den Sonnenschein hinaus. Der Kopf war rosa und golden überhaucht, und Sonnenschein schien den dünnen Stoff des Kleides zu tränken und zu durchdringen. Die Wirkung war unbeschreiblich, beinahe verzaubernd.

Die Tür wurde plötzlich geöffnet, und ich fuhr erschrocken herum, als ein stattlicher alter Mann mit Glatze den Raum betrat. Seine Haltung war etwas gebückt, und er machte vorsichtige Schritte. Er hatte eine randlose Brille auf der Nase und trug ein gestreiftes Hemd mit einem altmodischen gestärkten Kragen und darüber eine blauweiße Metzgerschürze.

«Sind Sie die junge Dame, die einen Kaffee möchte?» Er hatte eine tiefe, kummervolle Stimme, die mich zusammen mit dem Äußeren unwillkürlich an einen griesgrämigen Bestattungsunternehmer denken ließ.

«Ja, wenn es nicht zuviel Mühe macht.»

«Milch und Zucker?»

«Keinen Zucker, nur ein bißchen Milch. Ich hab mir gerade das Bild angesehen.»

«Ja. Es ist sehr hübsch. Es heißt ‹Dame mit Rose›.»

«Man kann das Gesicht nicht erkennen.»

«Nein.»

«Ist es von meinem… Ist es von Mr. Bayliss?»

«O ja. Es hing in der Akademie und hätte hundertmal verkauft werden können, aber der Commander wollte sich nicht davon trennen.» Während er dies sagte, nahm er behutsam seine

Brille ab, und nun starrte er mich an. Seine alten Augen waren wasserhell. «Sie haben mich eben, als Sie gesprochen haben, einen Moment lang an jemanden erinnert. Aber Sie sind jung, sie muß jetzt schon sehr viel älter sein. Und ihre Haare waren schwarz, wie eine Amsel, hat Mrs. Pettifer immer gesagt. Schwarz wie der Flügel einer Amsel.»

«Hat Eliot es Ihnen nicht gesagt?» sagte ich.

«Was denn?»

«Sie sprechen von Lisa, nicht wahr? Ich bin Rebecca. Ihre Tochter.»

«Oh…» Er setzte die Brille wieder auf, und ich glaubte zu sehen, daß seine Hände ein klein wenig zitterten. Seine kummervollen Züge hellten sich auf. «Dann habe ich recht gehabt. Ich irre mich nicht oft in solchen Dingen.» Damit trat er vor und streckte eine schwielige Hand aus. «Ich freue mich sehr, Sie kennenzulernen… Ich hätte nicht gedacht, daß ich es noch erleben würde. Ich dachte, Sie würden nie kommen. Sind Sie mit Ihrer Mutter hier?»

Ich wünschte, Eliot hätte es mir etwas leichter gemacht.

«Meine Mutter ist tot. Sie ist vor einer Woche gestorben. Auf Ibiza. Deshalb bin ich hier.»

«Sie ist gestorben.» Sein Blick verdüsterte sich wieder. «Das tut mir leid. Es tut mir wirklich leid. Sie hätte zurückkommen sollen. Sie hätte nach Haus kommen sollen. Wir hätten sie alle gern wieder hier gehabt.» Er zog ein großes Taschentuch hervor und schneuzte sich. «Und wer wird es dem Commander sagen?» fragte er.

«Ich glaube… Ich glaube, Eliot holt gerade seine Mutter. Vorhin ist ein Brief an meinen Großvater gekommen, ein Brief aus Ibiza, von dem Mann, der… der für meine Mutter gesorgt hat. Aber wenn Sie meinen, es ist keine gute Idee…»

«Was ich meine, spielt keine Rolle», entgegnete Pettifer. «Und wer immer es dem Commander sagen wird, an seinem Kummer wird es nichts ändern. Aber ich will Ihnen etwas sagen. Daß Sie hier sind, wird viel ausmachen.»

«Danke.»

Er putzte sich wieder die Nase und steckte das Taschentuch ein.

«Mr. Eliot und seine Mutter... Na ja, dies ist nicht ihr Zuhause. Aber es gab nur zwei Möglichkeiten, entweder der alte Commander und ich ziehen hoch nach High Cross, oder sie kommen hier herunter. Und wenn der Arzt nicht darauf bestanden hätte, wären sie nicht hierhergezogen. Ich habe ihnen gesagt, wir würden es schon schaffen, der Commander und ich. Wir sind all die Jahre zusammengewesen... Aber wir sind beide nicht mehr jung, und außerdem hatte der Commander einen Herzanfall...»

«Ja, ich weiß.»

«Und als Mrs. Pettifer gestorben ist, war niemand zum Kochen da. Sehen Sie, ich kann ganz gut kochen, aber ich muß mich die meiste Zeit um den Commander kümmern, und ich möchte nicht, daß er nachlässig gekleidet herumläuft.»

«Nein, natürlich nicht.»

Eine Tür wurde zugeschlagen, dann rief eine energische Männerstimme: «Pettifer!» Und Pettifer sagte: «Entschuldigen Sie mich einen Moment, Miss» und ging hinaus. Er ließ die Tür hinter sich offen.

«Pettifer!»

Ich hörte, wie Pettifer, offenbar mit großer Befriedigung, sagte: «Hallo, Joss.»

«Ist sie da?»

«Wer?»

«Rebecca.»

«Ja, sie ist im Wohnzimmer. Ich wollte ihr gerade eine Tasse Kaffee bringen.»

«Seien Sie so nett und bringen Sie zwei. Für mich schwarz. Und stark, wenn's geht.»

Seine Schritte näherten sich, und dann stand die große Gestalt mit den schwarzen Haaren in der Tür. Er war offensichtlich wütend.

«Was zum Teufel fällt Ihnen ein?» fragte er.

Ich spürte, wie sich die Haare in meinem Nacken sträubten, wie bei einem mißtrauischen Hund. Zuhause, hatte Eliot gesagt.

Dies war Boscarva, mein Zuhause, und es hatte nichts mit Joss zu tun, ob ich hier war oder nicht.

«Ich weiß nicht, was Sie meinen.»

«Ich wollte Sie abholen, und Mrs. Kernow hat mir gesagt, Sie seien schon fort.»

«Und?»

«Ich hatte doch gesagt, Sie sollten auf mich warten.»

«Ich habe beschlossen, nicht zu warten.»

Er schwieg, immer noch wütend, aber dann schien er sich mit dieser unabänderlichen Tatsache abzufinden.

«Weiß jemand, daß Sie hier sind?»

«Ich habe Eliot oben am Tor getroffen. Er ist mit mir hergekommen.»

«Wo ist er jetzt?»

«Bei seiner Mutter.»

«Haben Sie sonst schon jemanden gesehen? Grenville?»

«Nein.»

«Hat ihm schon jemand gesagt, daß Ihre Mutter gestorben ist?»

«Heute morgen ist ein Brief von Otto Pedersen gekommen. Aber ich glaube nicht, daß er ihn schon gelesen hat.»

«Pettifer muß ihm den Brief bringen. Pettifer muß dabeisein, wenn er ihn liest.»

«Pettifer fand das offenbar nicht.»

«Das kann ich mir vorstellen.»

Seine dreiste Einmischung machte mich mehr oder weniger sprachlos, aber als wir da auf dem wunderschönen Orientteppich standen, durch eine Schale mit duftenden Narzissen getrennt, hörte ich Stimmen und Schritte auf der Holztreppe. Sie kamen durch die Diele und näherten sich.

Ich hörte, wie eine Frau sagte: «Im Wohnzimmer, Eliot?»

Joss murmelte etwas, das klang, als wäre es nicht druckfähig, und marschierte zum Kamin, wo er mit dem Rücken zu mir stehenblieb und in die Flammen starrte. Einen Augenblick darauf erschien Mollie an der Schwelle, zögerte kurz und kam dann mit ausgestreckten Händen auf mich zu.

«Rebecca.» (Es sollte also ein herzliches Willkommen sein.) Eliot, der ihr auf dem Fuß gefolgt war, schloß die Tür. Joss drehte sich nicht mal um.

Ich rechnete mir aus, daß Mollie inzwischen über fünfzig sein mußte, doch das war kaum zu glauben, wenn man sie ansah. Sie war vollschlank und ausgesprochen hübsch, mit hellblonden, perfekt frisierten Haaren, blauen Augen und einem frischen, rosigen Teint mit ein paar Sommersprossen. Die Sommersprossen trugen zu einem verblüffend jugendlichen Eindruck bei. Sie trug einen blauen Rock und eine Strickjacke, ebenfalls blau, und eine cremefarbene Seidenbluse. Ihre Beine waren schlank und wohlgeformt, ihre Hände hervorragend manikürt, mit rosarot lackierten Fingernägeln und zahllosen Ringen. Als sie da, parfumduftend und makellos gepflegt, vor mir stand, mußte ich unwillkürlich an eine reizende kleine Tigerkatze denken, die sich schnurrend auf ihrem Seidenkissen zusammenrollt.

«Ich fürchte, dies muß ein Schock für Sie sein», sagte ich.

«Nein, ich bitte Sie, kein Schock, eine Überraschung. Und Ihre Mutter... Es tut mir so leid. Eliot hat mir von dem Brief erzählt...»

Bei diesen Worten fuhr Joss herum.

«Wo ist der Brief?»

Mollie sah ihn an, und es war unmöglich zu sagen, ob sie erst jetzt bemerkt hatte, daß er im Zimmer war, oder ob sie ihn schon vorher gesehen und einfach beschlossen hatte, ihn zu ignorieren.

«Joss! Ich dachte, Sie kämen heute morgen nicht.»

«Doch. Ich bin eben gekommen.»

«Sie kennen Rebecca, glaube ich.»

«Ja, seit kurzem.» Er zögerte, anscheinend versuchte er sich zusammenzureißen. Dann lächelte er bekümmert und lehnte sich an die Kamineinfassung. «Entschuldigung. Ich weiß, daß es mich nichts angeht, aber dieser Brief, der heute morgen gekommen ist... Wo ist er?»

«Ich hab ihn in der Tasche», sagte Eliot, der zum erstenmal den Mund aufmachte. «Warum?»

«Es ist nur... Ich finde, Pettifer sollte derjenige sein, der dem alten Herrn die Nachricht überbringt. Ich finde, Pettifer ist der einzige, der es kann.»

Das wurde mit Schweigen quittiert. Dann ließ Mollie meine Hände los und wandte sich zu ihrem Sohn.

«Er hat recht», sagte sie. «Pettifer steht Grenville am nächsten.»

«Von mir aus», sagte Eliot, aber er starrte Joss feindselig an. Ich konnte es verstehen. Mir ging es ganz ähnlich – ich war auf Eliots Seite.

«Entschuldigung», sagte Joss noch einmal.

Mollie blieb höflich. «Keine Ursache. Es spricht für Sie, daß Sie sich um ihn sorgen.»

«Es geht mich wirklich nichts an», sagte Joss. Eliot und seine Mutter warteten mit hochgezogenen Augenbrauen. Schließlich kapierte er, richtete sich auf und sagte: «Hm, wenn Sie mich jetzt entschuldigen würden, ich mache besser weiter mit meiner Arbeit.»

«Werden Sie zum Lunch hiersein?»

«Nein, ich hab nur ein paar Stunden Zeit. Ich muß zurück zum Laden. Ich esse schnell im Pub einen Sandwich.» Er lächelte uns freundlich an, sein Zorn von eben schien total verflogen. «Trotzdem vielen Dank.»

Und so, in seine Schranken gewiesen, mit einer fast unterwürfigen Entschuldigung, verließ er das Zimmer. Ganz der junge Handwerker, der dafür bezahlt wird, daß er seinen Auftrag erledigt.

6

Mollie sagte: «Sie müssen ihm verzeihen. Er ist manchmal ein bißchen... ungeschliffen.»

Eliot lachte auf. «Das ist die Untertreibung des Jahres.»

Sie wandte sich zu mir und erklärte: «Er restauriert einige von unseren Möbeln. Sie sind alt und in ziemlich schlechtem Zustand. Er ist ein hervorragender Handwerker, aber man weiß nie, wann er kommt und wann er geht.»

«Eines Tages werde ich die Geduld verlieren und ihn aus dem Haus werfen», sagte ihr Sohn und lächelte mich mit tausend Falten um die Augen an, so daß ich nicht wußte, ob er seine Worte ernst meinte oder nicht. «Ich muß unbedingt los. Ich war ohnehin schon spät dran, und jetzt ist schon der halbe Tag weg. Sie entschuldigen mich, Rebecca?»

«Natürlich. Es tut mir leid, es war meine Schuld. Vielen Dank, daß Sie so freundlich zu mir waren...»

«Ich bin froh, daß ich gehalten habe. Ich muß irgendwie gespürt haben, wie wichtig es war. Wir sehen uns...»

«Natürlich seht ihr euch», bemerkte Mollie. «Jetzt, wo sie uns gefunden hat, kann sie nicht wieder fortgehen.»

«Dann überlasse ich das weitere euch.» Er ging zur Tür, doch seine Mutter rief ihm freundlich nach: «Eliot...»

Er drehte sich um.

«Der Brief.»

«Ach ja, natürlich.» Er nahm den schicksalhaften Brief, der inzwischen ein bißchen zerknittert war, aus der Tasche und reichte ihn ihr. «Hoffentlich macht Pettifer keine zu große Szene. Er ist ein sentimentaler alter Mann.»

«Ich werd's ihm sagen.»

Er lächelte wieder und verabschiedete sich von uns. «Bis nachher, zum Essen.»

Damit verließ er das Zimmer und pfiff in der Diele nach seinem Hund. Wir hörten, wie die Haustür geöffnet und wieder geschlossen wurde, wie der Motor ansprang. Mollie wandte sich zu mir.

«Nun kommen Sie, wir setzen uns hierher an den Kamin, und Sie erzählen mir alles.»

Und das tat ich, wie ich bereits Joss und Mrs. Kernow alles berichtet hatte. Allerdings geriet ich unwillkürlich ein wenig ins Stocken, als ich erzählte, daß Otto und Lisa zusammengelebt hatten, als ob ich mich deswegen schämte, was ich nie eine Sekunde lang getan hatte. Während ich sprach und Mollie zuhörte, dachte ich darüber nach, warum meine Mutter sie nicht hatte ausstehen können. Vielleicht war es einfach eine instinktive Abneigung gewesen. Es lag auf der Hand, daß sie nichts gemeinsam hatten. Außerdem hatte meine Mutter nie viel Nachsicht für Frauen aufgebracht, die sie langweilten. Bei Männern war das etwas anderes, Männer waren immer amüsant. Aber eine Frau mußte schon außergewöhnlich sein, damit meine Mutter ihre Gesellschaft duldete. Nein, es konnte nicht allein an Mollie gelegen haben. Während ich ihr dort am Feuer gegenübersaß, beschloß ich, mich mit ihr anzufreunden. Vielleicht würde ich auf irgendeine Weise wiedergutmachen können, daß Lisa ihr die kalte Schulter gezeigt hatte.

«Und wie lange können Sie in Porthkerris bleiben? Ihre Arbeit... Müssen Sie wieder zurück?»

«Nun... Eigentlich nicht. Ich glaube, ich kann bleiben, so lange ich will.»

«Sie wohnen doch hier, bei uns?»

«Ich habe ein Zimmer bei Mrs. Kernow.»

«Ja, aber Sie wären hier viel besser untergebracht. Das einzige ist, daß wir nicht viel Platz haben. Sie müßten oben im Dachzimmer schlafen, aber es ist ein sehr hübscher Raum, wenn die schräge Decke Ihnen nichts ausmacht und Sie sich nicht überall blaue Flecken holen. Eliot und ich haben die Gästezimmer in Beschlag genommen, und außerdem ist meine Nichte gerade für ein paar Tage da. Sie werden sich bestimmt gut mit ihr verstehen. Sie wird sich freuen, jemand Jüngeren hier zu haben.»

Ich fragte mich, wie die Nichte wohl sein mochte. «Wie alt ist sie denn?»

«Erst siebzehn. Es ist ein schwieriges Alter, und ich glaube, ihre Mutter war der Ansicht, es wäre gut, wenn sie eine Zeitlang nicht in London ist. Sie wohnen dort, das Mädchen hat natürlich eine Menge Freunde, und es sind gewisse Dinge geschehen...» Es fiel ihr offensichtlich schwer, die richtigen Worte zu finden. «Jedenfalls ist Andrea für ein oder zwei Wochen hier, weil sie einen kleinen Tapetenwechsel braucht, aber ich fürchte, sie langweilt sich die meiste Zeit.»

Ich stellte mir vor, ich wäre dieses unbekannte Mädchen, erst siebzehn Jahre alt, zu Gast in diesem behaglichen und schönen Heim, umsorgt von Mollie und Pettifer, mit dem Meer und den Klippen gleich hinter dem Haus, der wunderschönen Landschaft, die zu langen Spaziergängen einlud, und den geheimen winkligen Gassen von Porthkerris, die darauf warteten, erkundet zu werden. Mit Sicherheit hätte ich mich nicht gelangweilt. Ich fragte mich, ob ich wohl viel mit Mollies Nichte gemeinsam hatte.

«Wie Sie sich denken können, sind Eliot und ich natürlich nur hier, weil Mrs. Pettifer gestorben ist», fuhr sie fort. «Die beiden alten Herren konnten wirklich nicht allein zurechtkommen. Wir haben zwar Mrs. Thomas, die jeden Morgen kommt und bei der Hausarbeit hilft, aber ich koche und sorge so gut ich kann dafür, daß wir es hübsch und gemütlich haben.»

«Die Blumen sind wunderschön.»

«Ich könnte kein Haus ohne Blumen ertragen.»

«Was ist mit Ihrem eigenen Haus?»

«Oh, es steht leer. Wir müssen bei Gelegenheit hinauffahren, damit ich es Ihnen zeigen kann. Kurz nach dem Krieg habe ich ein paar alte Bauernhäuser gekauft und umgebaut. Ich sollte es wirklich nicht sagen, aber es ist wunderhübsch. Und es ist natürlich sehr praktisch für Eliot, weil sein Geschäft gleich um die Ecke ist, während er jetzt, wo wir hier wohnen, die meiste Zeit auf der Straße zu sein scheint.»

«Ja, das verstehe ich.»

Ich hörte wieder Schritte in der Diele, und kurz darauf wurde die Tür geöffnet, und Pettifer kam vorsichtig mit einem Tablett ins Zimmer, auf dem ein komplettes zweites Frühstück angerichtet war. In der Mitte stand eine große silberne Kaffeekanne, aus deren Tülle verlockend duftender Dampf quoll.

«Oh, Pettifer, vielen Dank.»

Er wankte ein wenig unter der Last des Tabletts, und Mollie holte rasch einen Schemel, damit er es absetzen konnte, ehe das Kaffeegeschirr hinunterrutschte und in tausend Scherben zersprang.

«Sehr schön, Pettifer.»

«Eine Tasse war für Joss.»

«Er ist oben und arbeitet. Den Kaffee hat er sicher vergessen. Keine Sorge, ich trinke eine Tasse für ihn mit. Und, Pettifer…»

Er richtete sich langsam auf, es sah aus, als schmerzten alle seine alten Gelenke. Mollie nahm den Brief aus Ibiza vom Kaminsims, wo sie ihn sicherheitshalber hingelegt hatte. «Wir fanden alle, Sie sollten dem Commander sagen, daß seine Tochter gestorben ist, und ihm dann diesen Brief geben. Wir dachten, es wäre am besten, wenn es von Ihnen käme. Würde es Ihnen etwas ausmachen?»

Pettifer nahm den dünnen blauen Umschlag.

«Nein, Madam. Ich werde es tun. Ich wollte sowieso gerade nach oben gehen und dem Commander beim Anziehen helfen.»

«Sie würden uns einen großen Gefallen tun, Pettifer.»

«Das ist doch selbstverständlich, Madam.»

«Und sagen Sie ihm, daß Rebecca hier ist. Und daß sie bei uns wohnt. Wir werden das Bett in der Dachkammer beziehen müssen, aber ich denke, sie wird sich dort oben ganz wohl fühlen.»

Pettifers Miene hellte sich wieder auf. Ich fragte mich, ob er jemals richtig lächelte oder ob diese pessimistischen Furchen sich bereits so in sein Gesicht eingraviert hatten, daß es ihm physisch unmöglich war, fröhlich auszusehen.

«Ich freue mich, daß Sie bleiben», sagte er zu mir. «Der Commander freut sich bestimmt auch.»

Als er gegangen war, sagte ich: «Sie haben sicher eine Menge zu tun. Ich denke, ich gehe jetzt besser, damit ich Ihnen nicht im Wege bin.»

«Sie werden ohnehin Ihre Sachen von Mrs. Kernow holen müssen. Wie machen wir das am besten… Pettifer könnte Sie hinfahren, aber er ist jetzt für eine Weile mit Grenville beschäftigt. Ich muß wegen Ihres Zimmers mit Mrs. Thomas sprechen, und dann wird es Zeit, an das Essen zu denken. Wie machen wir das bloß?» Ich wußte keine Antwort. Ich konnte mein Gepäck unmöglich den ganzen Weg vom Dorf den Berg hinaufschleppen. Zum Glück beantwortete Mollie ihre Frage dann selbst. «Ich hab's – Joss! Er kann Sie in seinem Wagen mitnehmen und dann wieder zurückbringen.»

«Aber er arbeitet doch?»

«Oh, dieses eine Mal werden wir ihn dabei stören. Er wird nicht oft gebeten, eine Pause einzulegen, ich bin sicher, er wird nichts dagegen haben. Kommen Sie, wir gehen zu ihm.»

Ich hatte gedacht, sie würde mich zu einem halbverfallenen Gartenhaus oder Schuppen bringen, wo Joss inmitten von Sägespänen und umgeben von dem Geruch warmen Holzleims vor sich hin werkelte. Doch zu meiner Überraschung führte sie mich nach oben, und ich vergaß Joss fürs erste, denn dies waren meine ersten Eindrücke von Boscarva, wo meine Mutter groß geworden war. Ich wollte alles in mich aufnehmen. Die Treppe hatte keinen Teppichbelag, die Wände waren bis zu halber Höhe getäfelt, darüber dunkel tapeziert und mit schweren, düsteren Ölgemälden behangen. Alles stand in Kontrast zu dem hübschen, feminin- wirkenden Wohnzimmer im Erdgeschoß, wo wir bis eben gewesen waren. Im ersten Stock führte ein Flur nach links und rechts, ich bemerkte eine Etagere aus poliertem Walnußholz und niedrige Regale voller Bücher, und dann gingen wir weiter hoch, ins Dachgeschoß. Hier waren die Wände mit grobem rotem Wollstoff ausgeschlagen und darüber weiß getüncht. Wieder ging ein Flur nach rechts und links, und Mollie wandte sich nach rechts. Am Ende des Flurs befand sich eine offene Tür, und dahinter hörte man Stimmen, die eines Mannes und eine Mädchenstimme.

Mollie schien zu zögern, und.dann ging sie entschlossen weiter, mit schnelleren Schritten. Sie wirkte so, von hinten, auf einmal ausgesprochen respekteinflößend. Mit mir im Schlepptau schritt sie den Flur entlang in den Raum hinter der Tür, eine Dachstube, die mit einem Oberlicht in ein Arbeitszimmer umfunktioniert worden war, vielleicht auch in ein Billardzimmer. An der einen Wand stand ein großes Ledersofa mit Armlehnen und Füßen aus Eichenholz. Jetzt wurde der kalte und helle Raum jedenfalls als Werkstatt benutzt. Joss stand in der Mitte, umgeben von Stühlen, zerbrochenen Bilderrahmen, einem Tisch mit einem schiefen Bein. Werkzeuge und Nägel lagen herum. Ich sah einen primitiven Gaskocher, auf dem ein nicht sehr verlockend aussehender Topf mit Leim stand. Joss hatte eine alte blaue Schürze an und zog gerade ein Stück wunderschönes rotes Leder auf einen der Stühle. Dabei hatte er sich offenbar mit einem jungen Mädchen unterhalten. Sie sah zur Tür, um festzustellen, wer hereingekommen war und das traute Tête-à-tête störte.

«Andrea!» sagte Mollie, und dann, nicht mehr so scharf: «Ich habe gar nicht gewußt, daß du hier oben bist.»

«Oh, ich bin schon seit Stunden hier.»

«Hast du gefrühstückt?»

«Nein, ich hatte keinen Hunger.»

«Andrea, das ist Rebecca. Rebecca Bayliss.»

«Ah.» Sie sah mich an. «Joss hat mir schon von Ihnen erzählt.»

«Ich freue mich», sagte ich. Sie war sehr jung und sehr dünn, mit langen strähnigen Haaren, die ein recht hübsches Gesicht umrahmten, in dem nur zwei Dinge störten, die leicht hervorstehenden Augen und die dilettantisch aufgetragene Wimperntusche. Sie trug natürlich Jeans und ein T-Shirt aus Baumwolle, das nicht mehr ganz sauber war und ohne den Schatten eines Zweifels erkennen ließ, daß sie keinen BH anhatte. Ihre Sandalen sahen aus wie grünweiß gestreifte Schwesternschuhe. Um den Hals trug sie eine Silberkette mit einem Medaillon. Das ist also Andrea, dachte ich. Die sich in Boscarva langweilt. Und der Gedanke, daß sie und Joss über mich geredet hatten, bereitete mir ein gewisses Unbehagen. Ich fragte mich, was sie wohl gesagt haben mochten.

Sie rührte sich nicht, sondern blieb breitbeinig, an einen schweren alten Mahagonitisch gelehnt, stehen.

«Hi», sagte sie.

«Rebecca wird bei uns wohnen», teilte Mollie ihnen mit. Joss blickte interessiert auf. Er hatte ein paar Heftklammern zwischen den Lippen, und eine schwarze Locke fiel ihm in die Stirn.

«Wo schläft sie denn?» fragte Andrea. «Ich dachte, das Haus ist voll.»

«In dem Zimmer hinten am Flur», antwortete ihre Tante kurz. «Joss, würden Sie mir einen Gefallen tun?»

Er spie die Heftklammern zielsicher in seine Hand, richtete sich auf und strich sich die Locke aus der Stirn.

«Würden Sie Rebecca bitte jetzt gleich zu Mrs. Kernow bringen, Mrs. Kernow sagen, daß sie zu uns zieht, und ihr dann mit ihrem Gepäck helfen und sie wieder herbringen? Ich weiß, es ist ein bißchen viel verlangt, aber...»

«Kein Problem», sagte Joss, während Andrea eine halb resignierte, halb gelangweilte Miene aufsetzte.

«Ich weiß, Sie haben etwas dagegen, wenn man Sie bei der Arbeit stört, aber wir wissen nicht, wie wir es sonst machen sollen.»

«Es ist wirklich kein Problem.» Er legte den kleinen Hammer hin, band sich die Schürze ab und grinste mich an. «Ich bekomme langsam Übung darin, Rebecca herumzukutschieren.»

Andrea gab einen prustenden Ton von sich, vor Ungeduld oder weil sie alles anödete. Sie stieß sich vom Tisch ab und stakste aus dem Zimmer. Wir konnten uns sicher glücklich schätzen, daß sie die Tür nicht laut zuknallte.

Da war ich nun wieder, wo ich angefangen hatte, neben Joss in seinem kleinen zerbeulten Pritschenwagen. Wir fuhren schweigend los, ließen Boscarva hinter uns, kamen durch Mr. Padlows trostloses Ferienhausgelände und erreichten den Hang zum Ort hinunter.

Es war Joss, der das Schweigen brach.

«Dann hat ja alles geklappt.»

«Ja.»

«Wie gefällt Ihnen Ihre Familie?»

«Ich hab noch nicht alle kennengelernt. Grenville war noch oben.»

«Sie werden ihn mögen», sagte er, mit der Betonung auf *ihn*.

«Ich mag sie eigentlich alle.»

«Das ist ja schön.»

Ich sah ihn an. Sein Gesicht war unbewegt. Ich ertappte mich bei dem Gedanken, daß er einen leicht zur Weißglut bringen konnte.

«Erzählen Sie von Andrea», sagte ich.

«Was wollen Sie über sie wissen?»

«Ich weiß nicht. Erzählen Sie einfach.»

«Na ja, sie ist siebzehn und glaubt, sie ist in einen Jungen von der Kunstschule verliebt. Ihre Eltern sind nicht damit einverstanden und haben sie der Einfachheit halber aufs Land expediert, zu Mollie. Sie langweilt sich tödlich.»

«Sie hat in Ihnen offenbar jemanden gefunden, mit dem sie reden kann.»

«Sonst ist ja niemand zum Reden da.»

«Warum fährt sie nicht nach London zurück?»

«Weil sie erst siebzehn ist... Sie hat nicht genug Geld dafür. Und ich glaube, sie ist noch nicht ganz so weit, daß sie sich ernsthaft gegen ihre Eltern auflehnen kann.»

«Was macht sie den ganzen Tag?»

«Ich weiß nicht. Ich bin nicht immer da. Sie scheint erst kurz vor dem Mittagessen aufzustehen, und dann sitzt sie herum und sieht fern. Boscarva ist ein Haus mit alten Leuten. Man kann es ihr nicht verdenken, wenn sie sich langweilt.»

«Nur langweilige Menschen langweilen sich», sagte ich, ohne zu überlegen. Es war mir früher einmal von einer klugen und wohlmeinenden Schulleiterin eingebleut worden.

«Das klingt ziemlich altklug», bemerkte Joss.

«Es ist mir so rausgerutscht.»

Er lächelte. «Haben Sie sich noch nie gelangweilt?»

«Wer mit meiner Mutter zusammenlebte, kannte keine Langeweile.»

«Sie muß eine tolle Frau gewesen sein. Genau mein Typ.»

Ich seufzte. «Das fanden die meisten Männer, die sie kannten.»

Als wir in der Fish Lane klingelten, war Mrs. Kernow nicht da, aber Joss hatte einen Schlüssel. Ich ging nach oben, um meine Tasche und meinen Rucksack zu packen, während Joss einen Zettel für Mrs. Kernow schrieb und die neue Lage kurz erläuterte.

«Ich muß noch zahlen», sagte ich, als ich mit dem Rucksack nach unten kam.

«Das erledige ich, wenn ich sie das nächste Mal sehe. Ich hab es ihr geschrieben.»

«Aber ich kann selbst zahlen.»

«Natürlich können Sie, aber lassen Sie es mich für Sie tun.» Er nahm meine Tasche und ging zur Tür und öffnete, und es schien keine Gelegenheit für weitere Einwände zu geben.

Meine Siebensachen wurden wieder auf die Ladepritsche gewuchtet, und wieder fuhren wir nach Boscarva, nur daß Joss diesmal die Straße am Hafen nahm.

«Ich möchte Ihnen meinen Laden zeigen... Ich meine, ich möchte Ihnen nur zeigen, wo er ist. Wenn Sie mich dann aus irgendeinem Grund brauchen, wissen Sie, wo Sie mich finden können.»

«Warum sollte ich Sie brauchen?»

«Keine Ahnung. Vielleicht brauchen Sie irgendwann einen guten Rat oder Geld, oder Sie haben einfach das Bedürfnis, mal wieder richtig zu lachen. Da ist es, Sie können es nicht verfehlen.»

Es war ein schmales, hohes Haus, eingeklemmt zwischen zwei niedrigen, breiteren Häusern. Drei Geschosse, in jedem nur ein

Fenster, das Erdgeschoß noch mitten im Ausbau begriffen, mit großen weißen Farbklecksen auf dem Schaufenster und viel rohem Holz.

Während wir vorbeisausten und die Reifen über das Kopfsteinpflaster holperten, bemerkte ich: «Eine gute Lage. Die Touristen werden in Scharen vorbeikommen und ihr Geld bei Ihnen ausgeben.»

«Das hoffe ich auch.»

«Wann kann ich alles sehen?»

«Kommen Sie nächste Woche vorbei. Bis dahin ist es mehr oder weniger fertig.»

«Gut. Nächste Woche.»

«Abgemacht», sagte er und bog bei der Kirche um die Ecke. Er legte den zweiten Gang ein, und wir sausten mit dem Geheul eines überdrehten Motorrades den Hügel hinauf.

Pettifer hörte uns und trat aus dem Haus, als Joss gerade meine Tasche von der Pritsche nahm.

«Joss, der Commander ist unten, in seinem Arbeitszimmer. Er hat gesagt, Sie sollen Rebecca sofort zu ihm bringen, wenn Sie wieder da sind.»

Joss sah ihn an. «Wie geht es ihm?»

Pettifer zog den Kopf ein. «Nicht allzu schlecht.»

«Hat es ihn sehr mitgenommen?»

«Es geht… Lassen Sie die Tasche stehen, ich bring sie nach oben.»

«Kommt nicht in Frage», entgegnete Joss, und diesmal war ich froh über seinen Dickschädel. «Ich nehme das Gepäck. Wo soll sie schlafen?»

«In der Dachkammer, am anderen Ende des Flurs vom Billardzimmer aus, aber der Commander hat gesagt, sie soll sofort kommen.»

«Ich weiß», Joss grinste. «Und bei der Navy gehen die Uhren fünf Minuten vor. Aber es ist noch genug Zeit, um sie nach oben zu bringen, also haben Sie Mitleid und regen Sie sich nicht auf.»

Pettifer protestierte immer noch gedämpft, als ich ihm die

zwei Treppen hinauffolgte, die ich heute morgen schon einmal gegangen war. Der Staubsauger lief nicht mehr, aber ich roch den Duft von Lammbraten. Jetzt merkte ich, daß ich sehr hungrig war, und mir lief das Wasser im Mund zusammen. Joss eilte mir mit seinen langen Beinen ein ganzes Stück voraus. Als ich das Zimmer mit den schrägen Wänden betrat, das nun mir gehören sollte, hatte er die Tasche und den Rucksack bereits auf das Bett gelegt und das Gaubenfenster weit geöffnet, so daß ich von einem kalten, salzigen Luftzug begrüßt wurde.

«Kommen Sie und sehen Sie sich die Aussicht an.»

Als ich neben ihn trat, sah ich das Meer, die Klippen, das Gold des Adlerfarns und die ersten gelben Kerzen der Ginsterbüsche. Unten lag der Garten von Boscarva, den ich wegen der Terrassenbrüstung vom Wohnzimmer auch nicht hatte sehen können. Er lief in Terrassen den Hang hinunter, und ganz unten, in eine Ecke der Gartenmauer geschmiegt, sah man ein kleines Häuschen aus Feldstein, mit einem Schieferdach. Nein, kein Häuschen, eher ein Schuppen mit einem geräumigen Dachboden.

«Was ist das für ein Schuppen?» fragte ich.

«Es ist kein Schuppen, sondern das Atelier. Dort hat Ihr Großvater gemalt.»

«Es sieht gar nicht wie ein Atelier aus.»

«Doch, von der anderen Seite. Die ganze Nordwand ist aus Glas. Er hat es selbst entworfen und von einem Maurer aus dem Ort bauen lassen.»

«Es wirkt so zugesperrt.»

«Das ist es auch. Verschlossen und verrammelt. Seit er den Herzanfall hatte und aufgehört hat zu malen, ist niemand mehr drin gewesen.»

Ich erschauerte plötzlich.

«Frieren Sie?» fragte Joss.

«Ich weiß nicht.» Ich trat vom Fenster fort, zog meinen Mantel aus und legte ihn über das Fußende des Betts. Das Zimmer war weiß, der Teppich dunkelrot. Es gab einen Einbauschrank, Regale mit Büchern, ein Waschbecken. Ich wusch mir die Hände und drehte dabei die Seife in dem warmen Wasserstrahl hin und her. Über dem Waschbecken hing ein Spiegel, und das Gesicht, das mich daraus ansah, wirkte ängstlich und von zerzausten Haaren eingerahmt. Mir wurde bewußt, wie nervös ich der ersten Begegnung mit Grenville entgegenblickte und wie wichtig es war, daß er einen guten Eindruck von mir bekam.

Ich trocknete mir die Hände ab, machte meinen Rucksack auf und holte meine Haarbürste und den Kamm heraus. «War er ein guter Maler, Joss? Glauben Sie, daß er ein großer Künstler war?»

«Ja. Natürlich von der alten Schule, aber er malte hervorragend. Und er hatte einen großartigen Sinn für Farben.»

Ich zog das Gummiband vom Ende meines Zopfes, schüttelte die Flechten aus und ging wieder zum Spiegel, um mir das Haar zu bürsten. Im Spiegel konnte ich sehen, daß Joss mich beobachtete. Schweigend sah er zu, wie ich bürstete und kämmte und zuletzt wieder den Zopf flocht. Als ich das Band darüber schob, sagte er: «Eine wunderbare Farbe. Wie Mais.»

Ich legte Kamm und Bürste hin. «Joss, wir dürfen ihn nicht warten lassen.»

«Möchten Sie, daß ich mitkomme?»

«Ja, bitte.»

Mir wurde bewußt, daß es das erste Mal war, daß ich ihn um etwas gebeten hatte.

Ich folgte ihm nach unten, durch die Diele und am Wohnzimmer vorbei zu einer Tür am anderen Ende. Joss öffnete sie und steckte den Kopf ins Zimmer.

«Guten Morgen!» sagte er.

«Wer ist da? Joss? Herein mit Ihnen.» Die Stimme war höher, als ich erwartet hatte, sie klang wie die Stimme eines viel jüngeren Mannes.

«Ich hab Besuch für Sie mitgebracht...»

Er machte die Tür ganz auf und schob mich sanft ins Zimmer. Es war ein kleiner Raum, der auf eine mit Steinplatten belegte Terrasse und einen Teil des Gartens hinausging, den ich noch nicht gesehen hatte. Die Sonne schien durch die Terrassentür herein.

Ich sah ein Feuer im Kamin, holzgetäfelte Wände mit Bücher-regalen und Bildern, auf dem Kaminsims das Modell eines alten Marinekreuzers, Fotografien in silbernen Rahmen, einen Tisch, der mit Papieren und Zeitschriften bedeckt war, und eine blau-weiße chinesische Vase mit Narzissen.

Als ich hineinging, stemmte er sich mit Hilfe eines Stocks aus einem mit rotem Leder bezogenen Armstuhl am Feuer. Ich war überrascht, daß Joss keine Anstalten traf, ihm zu helfen, und sagte: «Oh, bemühen Sie sich bitte nicht…» Aber da stand er schon kerzengerade da, und zwei tiefliegende blaue Augen unter buschigen weißen Brauen musterten mich aufmerksam und ge-spannt.

Mir wurde klar, daß ich damit gerechnet hatte, einem Greis gegenüberzutreten, der Mitleid erregte, weil er vielleicht einen leidenden Eindruck machte oder nicht mehr ganz sicher auf den Füßen stand. Aber der achtzigjährige Grenville Bayliss war alles andere als mitleiderregend. Er war sehr groß, trug ein frischge-stärktes Hemd und verströmte – sicher dank Pettifers Fürsorge – einen Duft von herbem Rasierwasser. Er trug einen dunkel-blauen Marine-Blazer, frisch gebügelte graue Flanellhosen und Samthausschuhe mit goldgesticktem Monogramm. Er war sehr braun gebrannt, sogar seine Schädeldecke war ganz braun unter den schütteren weißen Haarsträhnen, und ich stellte mir vor, daß er viel Zeit in jenem durch Hecken abgetrennten kleinen Garten verbrachte, in der Sonne Zeitung las, dabei eine Pfeife schmauchte und dann stillvergnügt beobachtete, wie die Möwen und die weißen Wolken am Himmel entlangzogen.

Wir sahen uns an. Ich wünschte, er würde etwas sagen, aber er schaute nur. Ich war froh, daß ich mir vorhin die Zeit genommen hatte, mich zu frisieren. Endlich sagte er: «Ich bin noch nie in einer solchen Situation gewesen. Ich weiß nicht recht, wie wir einander begrüßen sollen.»

«Ich könnte Ihnen vielleicht einen Kuß geben», sagte ich.

«Warum tun Sie das nicht?»

Ich trat zu ihm, er beugte sich ein wenig nach unten, und meine Lippen berührten die glatte, duftende Wange.

«Warum setzen wir uns nicht?» sagte er. «Joss, kommen Sie, setzen Sie sich.»

Joss entschuldigte sich jedoch und sagte, wenn er nicht endlich anfinge, würde er den ganzen Tag nichts schaffen. Aber er blieb lange genug, um dem alten Herrn in seinen Sessel zu helfen und uns beiden aus einer Karaffe ein Glas Sherry einzuschenken. Dann sagte er: «Ich muß jetzt wieder nach oben. Sie haben sich bestimmt eine Menge zu erzählen.» Er verließ das Zimmer mit einem freundlichen Winken. Die Tür fiel leise hinter ihm ins Schloß.

«Sie kennen ihn sicher recht gut?» sagte Grenville.

Ich zog einen Schemel her, damit ich mich ihm gegenüber hinsetzen konnte. «Eigentlich nicht. Aber er ist sehr freundlich gewesen und...» Ich suchte das richtige Wort. «Und immer zur Stelle. Ich meine, er scheint immer dann dazusein, wenn man ihn braucht.»

«Und nie, wenn man ihn nicht braucht?» Ich war nicht sicher, ob ich dem uneingeschränkt zustimmen konnte. «Er ist ein sehr tüchtiger Junge. Er setzt alle meine Möbel instand.»

«Ja, ich weiß.»

«Guter Handwerker. Sehr schöne Hände.» Er stellte seinen Sherry ab, und wieder wurde ich von den durchdringend blikkenden Augen gemustert. «Ihre Mutter ist gestorben.»

«Ja.»

«Dieser Pedersen hat mir geschrieben. Er sagt, es sei Leukämie gewesen.»

«Ja.»

«Kennen Sie ihn?»

Ich erzählte von der Reise nach Ibiza und von dem Abend, den ich mit Pedersen und meiner Mutter verbracht hatte.

«Er war also ein anständiger Bursche? Gut zu ihr?»

«Ja. Er war sehr, sehr freundlich. Und er betete sie an.»

«Ich bin froh, daß sie zuletzt mit einem anständigen Menschen zusammen war. Die meisten von den Burschen, mit denen sie sich einließ, waren nichtsnutzige Lumpen.»

Ich lächelte über das altmodische Wort. Ich dachte an den

Schafzüchter und den Amerikaner mit den eleganten Streifen-
hemden und fragte mich, wie es ihnen gefallen hätte, als Lumpen
bezeichnet zu werden. Wahrscheinlich nicht besonders.

«Ich glaube, sie hat sich manchmal zu sehr von ihren Gefühlen
leiten lassen.»

In seinen Augen blitzte der Schalk. «Sie scheinen das Leben
sehr nüchtern zu betrachten?»

«Ja. Schon lange.»

«Sie konnte einen zum Wahnsinn bringen. Aber als kleines
Mädchen war sie einfach entzückend, unwiderstehlich. Ich habe
sie oft gemalt. Ich habe noch zwei Bilder von ihr als Kind. Pettifer muß sie einmal suchen und Ihnen zeigen. Dann wurde sie
groß, und alles wurde anders. Roger, mein Sohn, fiel im Krieg,
und Lisa lag sich ständig mit ihrer Mutter in den Haaren. Sie fuhr
mit ihrem kleinen Auto fort, ohne zu sagen wohin, und kam
abends nie pünktlich nach Haus. Schließlich verknallte sie sich in
diesen Schauspieler, und das war es dann.»

«Sie war wirklich in ihn verliebt.»

«Verliebt.» Es klang angewidert. «Ein überschätzter Ausdruck. Das Leben besteht nicht aus Verliebtsein.»

«Ja, aber das muß jeder für sich selbst herausfinden.»

Er sah mich amüsiert an. «Haben Sie es schon herausgefunden?»

«Nein.»

«Wie alt sind Sie?»

«Einundzwanzig.»

«Sie wirken sehr reif für einundzwanzig. Und Ihr Haar gefällt
mir. Sie sehen nicht so aus wie Lisa. Sie sehen auch nicht aus wie
Ihr Vater. Sie sehen aus wie Sie selbst.» Er griff nach seinem Glas,
hob es vorsichtig an die Lippen, trank einen kleinen Schluck und
stellte es dann auf den Tisch neben seinem Sessel zurück. Seine
behutsamen Bewegungen verrieten sein Alter und seinen Ge-
sundheitszustand.

«Sie hätte nach Boscarva zurückkommen sollen», sagte er.
«Wir hätten sie jederzeit willkommen geheißen. Aber was das
betrifft – warum sind *Sie* nicht gekommen?»

«Ich wußte nichts von Boscarva. Ich habe erst an dem Abend, bevor sie starb, davon erfahren.»

«Sie hat die Vergangenheit wohl aus ihrem Leben streichen wollen. Als ihre Mutter starb, schrieb ich ihr, aber sie hat nie geantwortet.»

«Wir waren damals in New York. Sie hat den Brief erst Monate später bekommen, und dann dachte sie, es sei zu spät, um zu schreiben. Sie schrieb ohnehin nie gern.»

«Sie nehmen sie in Schutz. Sind Sie ihr nicht böse, weil sie Sie von Boscarva ferngehalten hat? Sie hätten hier aufwachsen können, Boscarva hätte Ihr Zuhause sein können.»

«Sie war meine Mutter. Nur darauf kam es an.»

«Sie widersprechen mir. Neuerdings widerspricht mir hier niemand mehr, nicht einmal Pettifer. Das ist überaus langweilig.» Die blauen Augen fixierten mich wieder. «Haben Sie Pettifer kennengelernt? Er und ich waren bei der Navy, es ist ungefähr ein Jahrhundert her. Und Mollie und Eliot? Haben Sie sie kennengelernt?»

«Ja.»

«Natürlich sollten sie nicht alle hier wohnen, aber der Arzt hat darauf bestanden. Mich persönlich stört es ja nicht so sehr, aber es ist ein Unglück für den armen Pettifer. Und Mollie hat jetzt noch eine Nichte ins Haus geholt, ein schreckliches Geschöpf mit Hängebrüsten. Haben Sie sie gesehen?»

Ich unterdrückte ein Kichern. «Ja, kurz.»

«Mehr wäre auch zu lange. Und Boscarva. Wie finden Sie Boscarva?»

«Ich finde es wunderbar. Ich finde alles wunderbar, was ich bis jetzt gesehen habe.»

«Der Ort breitet sich immer mehr aus, bis über den Hügel. Oben war vorher eine Farm, sie gehörte einer alten Dame, Mrs. Gregory. Aber dieser verdammte Baumensch hat sie beschwatzt, ihm alles zu verkaufen, und jetzt haben sie die Felder plattgewalzt wie einen Pfannkuchen und stellen billige Häuser darauf.»

«Ich weiß. Ich habe sie gesehen.»

«Zum Glück können sie nicht weiter, weil die Farm hinter diesem Grundstück und das Land links und rechts vom Weg mir gehören. Ich hab alles gekauft, als ich Boscarva kaufte, damals, 1922. Ich sage Ihnen lieber nicht, wie wenig ich dafür zahlen mußte. Aber ein bißchen Land um einen herum gibt einem ein Gefühl der Sicherheit. Merken Sie sich das für später.»

Ich nickte. «Das werde ich tun.»

Er runzelte die Stirn. «Wie heißen Sie doch gleich? Ich habe es schon wieder vergessen.»

«Rebecca.»

«Rebecca. Und wie werden Sie mich nennen?»

«Ich weiß nicht. Sagen Sie es.»

«Eliot sagt Grenville zu mir. Tun Sie das auch. Es klingt freundlicher.»

«Gut.»

Lächelnd und miteinander zufrieden tranken wir unseren Sherry. Dann wurde irgendwo im Haus ein Gong geschlagen. Grenville stellte das Glas hin und richtete sich mühsam auf, und ich öffnete ihm die Tür. Zusammen gingen wir durch die Diele ins Eßzimmer, zum Mittagessen im Kreis der Familie.

7

Am Ende jenes langen und er-
eignisreichen Tages wurde ich urplötzlich, zum Unglück mitten
beim Dinner, von Erschöpfung übermannt. Zu Mittag hatte es
solide Hausmannskost gegeben, und wir hatten an einem runden
Tisch im Erker des großen Speisezimmers gegessen. Er war mit
einem karierten Tischtuch und einfachem Geschirr und Gläsern
für den täglichen Gebrauch gedeckt gewesen. Das Dinner dagegen war eine ausgesprochen feierliche Angelegenheit.

Der lange polierte Tisch in der Mitte des Raums war für uns
fünf gedeckt, mit feinsten Leinensets, altem Tafelsilber und Kri-
stallgläsern, in denen sich der Kerzenschein spiegelte.

Offenbar war es üblich, daß sich alle für dieses Ritual, das
wohl allabendlich stattfand, umzogen. Mollie kam in einem
saphirblauen Brokatkleid nach unten, das ihre Augen noch
leuchtender erscheinen ließen als sonst. Grenville trug ein altmo-
disches Dinnerjackett aus Samt und Eliot einen hellen Flanell-
anzug, in dem er überaus elegant wirkte. Selbst Andrea hatte,
sicher unter lautem Protest, eine andere Hose und eine Bluse
angezogen, die offensichtlich seit längerer Zeit weder gewaschen
noch gebügelt worden war. Ihr strähniges Haar war mit einer
Schleife nach hinten gebunden, ihre Miene so aggressiv und gelangweilt wie immer.

Ich war nicht gerade häufig bei gesetzten Dinner-Parties zu
Gast, hatte aber vorsichtshalber ein Kleid mitgenommen, das ich
nun sicher jeden Abend würde anziehen müssen, denn ich hatte
kein anderes. Es war ein schmalgeschnittenes Kleid aus weichem
schwarzem Wolljersey mit einer silbernen Stickerei am Aus-
schnitt und an den Ärmeln. Dazu trug ich meine silbernen Arm-
reifen und die kleinen Ohrringe, die meine Mutter mir zum ein-
undzwanzigsten Geburtstag geschenkt hatte.

Als ich mich an den Tisch setzte, fühlte ich mich unwohl. Ich wollte nicht mit meiner neuerworbenen Familie zu Abend essen. Ich wollte keine höfliche Konversation machen, nicht zuhören, intelligent erscheinen und charmant sein müssen. Ich wollte schlafen gehen, und ich wollte, daß man mir irgend etwas Einfaches brachte, ein wenig Brühe oder ein gekochtes Ei. Vor allem wollte ich allein sein.

Aber es gab Suppe und Ente und Rotwein. Eliot legte vor und schenkte ein. Die Ente war fett, das Zimmer überheizt. Die Zeit verging sehr langsam, und ich fühlte mich immer sonderbarer, körperlos, wie auf Wolken. Ich versuchte, mich auf die Kerzenflammen vor mir zu konzentrieren, doch während ich auf sie starrte, glitten sie auseinander und vervielfachten sich, und die Stimmen ringsum wurden unverständlich wie das Summen einer Unterhaltung aus einem anderen Zimmer. Ich schob instinktiv meinen Teller fort, wobei mein Weinglas umfiel, und sah entsetzt zu, wie die rote Flüssigkeit sich zwischen den Kristallscherben ausbreitete.

In gewisser Hinsicht war das kleine Mißgeschick ein Segen, denn sie hörten alle auf zu reden und sahen mich an. Ich muß sehr blaß geworden sein, denn Eliot sprang sofort auf und trat zu mir.

«Ist Ihnen nicht gut?»

«Ich glaube nicht. Es tut mir furchtbar leid...»

«Oh, ich bitte Sie.» Mollie legte ihre Serviette hin und erhob sich ebenfalls. Andrea, die auf der anderen Seite des Tisches saß, beobachtete mich mit klinischem Interesse.

«Das schöne Glas... Es tut mir so leid...»

Grenville, der am Ende der Tafel saß, schüttelte den Kopf. «Das Glas spielt keine Rolle. Vergessen Sie es. Sie ist total erschöpft. Mollie, begleite sie doch bitte nach oben und bring sie zu Bett.»

Ich versuchte zu protestieren, aber nicht sehr nachdrücklich. Eliot zog meinen Stuhl zurück und half mir auf die Füße. Mollie war schon an der Tür und machte sie auf, und ich spürte einen kühlen Luftzug von der Diele her. Ich fühlte mich schon etwas besser.

«Es tut mir leid», sagte ich – zum drittenmal –, als ich an

294

Grenville vorbeiging. «Ich bitte um Entschuldigung. Gute Nacht.» Ich beugte mich hinunter, gab ihm einen Kuß auf die Wange, und dann ging ich hinaus. Mollie schloß die Tür und kam mit mir nach oben. Sie half mir beim Ausziehen und ins Bett, und ich war bereits eingeschlafen, ehe sie das Licht ausgemacht hatte.

Ich schlief vierzehn Stunden und erwachte um zehn Uhr morgens. Seit Jahren hatte ich nicht mehr so lange geschlafen. Der Himmel hinter dem Fenster war strahlend blau, und die schrägen weißen Wände des Zimmers reflektierten das kalte nördliche Licht. Ich stand auf, zog einen Morgenmantel an, ging hinunter und nahm ein Bad. Als ich mich angezogen hatte, fühlte ich mich abgesehen davon, daß mir mein Benehmen am vorigen Abend peinlich war, pudelwohl. Hoffentlich hatten sie nicht gedacht, ich sei betrunken.

Ich fand Mollie schließlich in der kleinen Speisekammer, die von der Küche abging. Sie arrangierte gerade einen großen Strauß von tiefroten und rosa Schlüsselblumen in einer bauchigen Vase.

«Wie haben Sie geschlafen?» fragte sie als erstes.

«Wie eine Tote. Ich bitte um Entschuldigung wegen gestern abend…»

«Meine Liebe, Sie müssen todmüde gewesen sein. Es tut mir leid, daß ich es nicht vorher gemerkt habe. Sie möchten sicher frühstücken.»

«Bitte nur einen Kaffee.»

Sie ging mit mir in die Küche und stellte Wasser auf, während ich mir Toast machte. «Wo sind die anderen?» fragte ich.

«Eliot ist oben in der Werkstatt, wie immer, und Pettifer ist mit dem Wagen nach Fourbourne gefahren, um ein paar Besorgungen für Grenville zu machen.»

«Was kann ich tun? Ich möchte mich gern irgendwie nützlich machen.»

«Hm…» Mollie zögerte. Ich sah sie an. Sie trug heute morgen einen karamelfarbenen Kaschmirpulli und einen schmalgeschnittenen Tweedrock. Wie sie da vor mir stand, makellos ge-

pflegt, jedes Haar an seinem Platz, wirkte sie auf beinahe ein-
schüchternde Weise adrett. «Sie könnten vielleicht für mich nach
Porthkerris fahren und den Fisch abholen. Der Fischhändler hat
angerufen und gesagt, er habe Heilbutt bekommen, und ich
dachte, wir könnten heute abend welchen essen. Ich werde Ihnen
mein Auto leihen. Haben Sie einen Führerschein?»

«Ja, aber kann ich nicht zu Fuß hinuntergehen? Ich laufe gern,
und es ist ein so schöner Morgen.»

«Natürlich, wenn Sie möchten. Sie können die Abkürzung
über die Felder und die Klippen entlang nehmen.» Plötzlich
hatte sie eine Idee: «Nehmen Sie doch Andrea mit, sie kann Ihnen den Weg zeigen und Ihnen sagen, wo das Fischgeschäft ist.
Außerdem bekommt sie nie Bewegung, wenn sie nicht zu ihrem
Glück gezwungen wird, und ein Spaziergang würde ihr guttun.»
Es klang, als wäre Andrea ein träger Haushund. Der Gedanke,
fast den ganzen Morgen mit Andrea zu verbringen, begeisterte
mich nicht gerade, aber ich hatte Mitleid mit Mollie, die dieses
unangenehme Mädchen am Hals hatte. Nachdem ich meinen
Kaffee ausgetrunken hatte, machte ich mich auf die Suche nach
ihr. Mollie sagte, sie hätte sie zuletzt auf der Terrasse gesehen.

Ich fand sie in eine Wolldecke gehüllt in einem Liegestuhl aus
Korbgeflecht. Sie ließ sich von der Sonne bescheinen und starrte
trübsinnig in die Gegend, wie ein seekranker Passagier auf einem
Ozeandampfer.

«Möchten Sie mit nach Porthkerris?» fragte ich.

Sie sah mich mit ihren hervorstehenden Augen an. «Wozu?»

«Mollie hat mich gebeten, Fisch zu holen, und ich weiß nicht,
wo das Geschäft ist. Außerdem ist es ein schöner Morgen, und
ich dachte, wir könnten zu den Klippen hinuntergehen.»

Sie zuckte die Achseln. «Meinetwegen.» Als sie sich aus der
Decke schälte und aufstand, bemerkte ich, daß sie dieselben
schmuddeligen Jeans trug wie gestern und dazu einen ausgeleier-
ten schwarzweißen Pulli, der bis über ihre schmalen Hüften
reichte. Wir gingen zur Küche, holten einen Korb und gingen
dann über die Terrasse den Garten hinunter zum Meer hin.

Am Ende des Gartens führten Stufen über die Mauer. Andrea

ging vor mir, aber ich blieb stehen, weil ich mir das Atelier von dieser Seite ansehen wollte. Wie Joss gesagt hatte, war es verschlossen und wirkte ein bißchen heruntergekommen. Die Vorhänge hinter dem großen Fenster an der Nordseite waren dicht zugezogen, so daß kein Neugieriger einen Blick hineinwerfen konnte.

Andrea stand auf der Mauer, ihr Blick folgte meinem.

«Er malt nicht mehr», sagte sie.

«Ich weiß.»

«Ich kann mir nicht vorstellen, warum. Er ist vollkommen gesund.» Sie sprang mit wehendem Haar von der Mauer, und ich konnte sie nicht mehr sehen. Ich warf noch einen Blick auf das Atelier und folgte ihr dann. Wir nahmen einen ausgetretenen Pfad, der zwischen kleinen unregelmäßig geformten Feldern und Wiesen nach unten führte, und erreichten hinter einigen hüfthohen Ginsterbüschen einen Zauntritt, hinter dem der Weg zu den Klippen lag.

Offensichtlich war dieser Spaziergang sehr beliebt bei Touristen, denn an geschützten Aussichtspunkten standen Bänke, es gab Abfalltonnen für Müll, und dann sah ich einige Schilder, die davor warnten, sich dem Rand des Steilufers zu sehr zu nähern, weil sich Felsbrocken lösen könnten.

Andrea trat sofort an den Rand der Klippen und spähte hinunter. Möwen sausten neugierig um sie herum und schrien, der Wind zauste an ihrem Haar und ihrem Pullover, und von weit unten hörte ich das dumpfe Brausen der Brandung. Sie breitete die Arme aus und schwankte ein wenig, als würde sie gleich hinabstürzen, doch als sie sah, daß es mir gleich war, ob sie mit ihrem Leben spielte oder nicht, kehrte sie auf den Weg zurück, und wir gingen im Gänsemarsch weiter, Andrea voran.

Die Klippen machten eine Biegung, und vor uns kam der Ort in Sicht. Die niedrigen grauen Häuser schmiegten sich rings um die Bucht und sprenkelten den steilen Hang zum Hochmoor. Wir gingen durch ein schmales Tor und waren nun auf einer richtigen Straße, wo wir nebeneinander gehen konnten.

Andrea wurde allmählich gesprächig.

«Ihre Mutter ist kürzlich gestorben, nicht wahr?»

«Ja.»

«Tante Mollie hat mir von ihr erzählt. Sie hat gesagt, sie sei ein Flittchen gewesen.»

Es kostete mich Mühe, ruhig zu bleiben. Ich wollte Andrea nicht den Triumph gönnen, daß ich aus der Haut fuhr.

«Sie hat sie kaum gekannt. Sie haben sich jahrelang nicht gesehen.»

«War sie ein Flittchen?»

«Nein.»

«Mollie hat gesagt, sie habe mit mehreren Männern zusammengelebt.»

Da wurde mir bewußt, daß Andrea nicht versuchte, mich auf die Palme zu bringen, sondern wirklich neugierig war und vielleicht auch ein klein wenig neidisch.

«Sie war sehr lebenslustig und sehr attraktiv», sagte ich.

Das akzeptierte sie. «Wo wohnen Sie eigentlich?» wollte sie wissen.

«In London. Ich habe eine kleine Wohnung.»

«Leben Sie allein oder mit jemandem zusammen?»

«Nein. Ich lebe allein.»

«Gehen Sie oft auf Parties?»

«Manchmal, wenn ich eingeladen werde und Lust habe.»

«Arbeiten Sie? Haben Sie einen Job?»

«Ja. In einer Buchhandlung.»

«Gott, wie langweilig.»

«Mir gefällt es.»

«Woher kennen Sie Joss?»

Jetzt kommen wir langsam zum springenden Punkt, dachte ich, aber ihr Gesicht war ausdruckslos.

«Ich habe ihn in London kennengelernt... Er hat einen Stuhl für mich restauriert.»

«Mögen Sie ihn?»

«Ich kenne ihn nicht gut genug, um ihn nicht zu mögen.»

«Eliot kann ihn nicht ausstehen. Tante Mollie auch nicht.»

«Warum?»

«Weil sie was dagegen haben, daß er dauernd da ist. Sie behandeln ihn, als müßte er in ihrer Gegenwart die Hacken zusammenschlagen und strammstehen. Und er redet oft mit Grenville und bringt ihn zum Lachen. Ich habe gehört, wie sie sich unterhielten.»

Ich stellte mir vor, wie sie sich an geschlossene Zimmertüren heranschlich und am Schlüsselloch horchte.

«Es ist doch schön, wenn er den alten Herrn zum Lachen bringt.»

«Die beiden hatten mal einen furchtbaren Krach. Es ging um ein Auto, das Eliot einem Freund von Joss verkauft hatte. Joss sagte, es sei eine zurechtgefummelte Klapperkiste, und Eliot sagte, er sei ein unverschämter Kerl und solle sich gefälligst um seine eigenen Angelegenheiten kümmern.»

«Haben Sie das auch mitgehört?»

«Ja, ich konnte nicht anders. Ich war auf dem Klo, das Fenster stand offen, und sie waren unten an der Haustür.»

«Wie lange sind Sie schon in Boscarva?» Es interessierte mich, wie lange sie gebraucht hatte, um all diese Leichen im Keller der Familie zu entdecken.

«Zwei Wochen. Es kommt mir vor wie eine Ewigkeit.»

«Ich dachte, Sie wären gern hier unten.»

«Um Gottes willen, ich bin doch kein Kind mehr. Was soll man hier bloß anfangen? Soll ich vielleicht mit Eimer und Schaufel am Strand spielen?»

«Was machen Sie in London?»

Sie demonstrierte ihren Haß auf Cornwall, indem sie heftig nach einem Kieselstein trat. «Ich war auf einer Kunstschule, aber meine Eltern hatten was gegen meine Freunde da. Sie haben mich einfach abgemeldet und hierhergeschickt.»

«Aber Sie können nicht für immer hierbleiben. Was wollen Sie tun, wenn Sie wieder zurück sind?»

«Das liegt bei meinen Eltern, oder?»

Ich hatte ein bißchen Mitgefühl mit ihren Eltern, obgleich sie sicher nicht ganz schuldlos waren, daß ihre Tochter sich zu einem so störrischen Geschöpf entwickelt hatte.

«Ich meine, gibt es denn nichts, wozu Sie Lust hätten?»

«Ja, einfach von zu Hause weggehen und machen, was ich will. Danus, das ist der Junge, mit dem ich gegangen bin, ein toller Typ… Also, er hatte einen Freund, der eine Töpferei auf der Isle of Skye hatte, und er wollte, daß ich bei ihm arbeite. Wissen Sie, ich fand es toll, in einer Art Kommune zu leben und alles hinter mir zu lassen… Aber meine blöde Mutter ist dahintergekommen und hat alles kaputtgemacht.»

«Wo ist Danus jetzt?»

«Oh, er ist nach Skye gegangen.»

«Hat er Ihnen geschrieben und es Ihnen erzählt?»

Sie warf den Kopf zurück, fingerte an ihren Haaren und wollte mir nicht in die Augen sehen. «Ja, lange Briefe. Haufenweise. Er will immer noch, daß ich hinkomme, und ich werde es auch tun, sobald ich achtzehn bin und mir nichts mehr von ihnen sagen lassen muß.»

«Warum gehen Sie nicht zuerst zurück auf die Kunstschule und machen irgendeinen Abschluß? Dann hätten Sie Zeit zu…»

Sie fuhr herum. «Wissen Sie was? Sie reden genauso wie die anderen. Wie alt sind Sie überhaupt? Sie reden wie jemand, der mit einem Fuß im Grab steht.»

«Es ist verrückt, sich das Leben zu versauen, ehe es auch nur angefangen hat.»

«Es ist mein Leben. Nicht Ihres.»

«Das stimmt. Es ist nicht mein Leben.»

Nach diesem törichten Streit setzten wir den Weg zum Ort schweigend fort, und Andrea machte den Mund nur wieder auf, um zu sagen: «Da ist das Fischgeschäft.» Dabei zeigte sie in die Richtung.

«Danke.» Ich ging hinein, um den Heilbutt abzuholen, während sie draußen auf dem Trottoir wartete. Als ich zurückkam, war sie fort, aber einen Moment später trat sie aus einem Zeitungsladen nebenan, wo sie ein Porno-Magazin namens *True Sex* gekauft hatte.

«Sollen wir zurückgehen?» fragte ich. «Oder möchten Sie noch etwas einkaufen?»

«Ich kann nicht einkaufen, ich hab kein Geld. Nur noch ein paar Pence.»

Sie tat mir plötzlich leid. «Ich spendiere Ihnen eine Tasse Kaffee, wenn Sie möchten.»

Sie sah mich freudig an, und ich dachte schon, sie sei ganz begeistert über mein bescheidenes Angebot, als sie hinzufügte: «Gehen wir zu Joss und besuchen ihn.»

Ich war überrascht. «Warum wollen Sie Joss besuchen?»

«Einfach so. Ich tue es oft, wenn ich hier im Ort bin. Er freut sich immer, wenn ich komme. Ich hab ihm versprechen müssen, jedesmal vorbeizukommen, wenn ich in Porthkerris bin.»

«Wie wollen Sie wissen, daß er da ist?»

«Na ja, er ist heute nicht in Boscarva, also muß er im Laden sein. Sind Sie schon mal dagewesen? Es ist super, er hat im obersten Stock eine Bude wie aus einer Illustrierten, mit einem riesigen Polsterbett und jeder Menge Kissen und so, und einem Kamin. Und abends –» ihre Stimme wurde träumerisch – «ist es ganz verwunschen und romantisch, nur vom Feuer beleuchtet.»

Ich gab mir Mühe, nicht den Mund aufzusperren. «Sie meinen... Sie und Joss...»

Sie zuckte mit den Schultern und warf die Haare zurück. «Ein- oder zweimal, aber niemand weiß es. Ich weiß gar nicht, warum ich es Ihnen erzählt habe. Sie werden es doch nicht den anderen sagen?»

«Aber... fragen sie denn nicht... Ich meine, stellt Mollie keine Fragen?»

«Oh, ich sag ihr einfach, ich gehe ins Kino. Sie scheint nichts dagegen zu haben, daß ich ins Kino gehe. Kommen Sie, gehen wir zu Joss.»

Doch nach dieser Enthüllung hätte mich nichts dazu bewegen können, Joss' Geschäft zu nahe zu kommen. «Er hat bestimmt zu tun und möchte nicht gestört werden. Außerdem haben wir nicht genug Zeit. Und ich habe keine Lust.»

«Sie haben doch gesagt, Sie wollen mir eine Tasse Kaffee spendieren, dafür hätten wir doch auch genug Zeit gehabt. Warum nicht für Joss?»

«Andrea, ich sage Ihnen doch, ich möchte nicht.»

Sie lächelte spöttisch. «Ich dachte, Sie mögen ihn?»

«Darum geht es nicht. Er hat bestimmt etwas dagegen, wenn er auf Schritt und Tritt über uns stolpert.»

«Meinen Sie mich?»

«Ich meine uns beide.» Ich verzweifelte allmählich.

«Mich will er immer sehen. Das weiß ich.»

«Ja, sicher», sagte ich freundlich. «Gehen wir jetzt zurück nach Boscarva.»

Ich rief mir ins Gedächtnis, daß ich Joss von Anfang an unsympathisch gefunden hatte. Trotz seiner Fürsorge und seiner augenscheinlichen Freundlichkeit hatte ich in seiner Gegenwart immer ein sonderbares Unbehagen gespürt. Gestern hatte ich angefangen, den anfänglichen Widerwillen zu vergessen und ihn ein klein wenig zu mögen, doch nach Andreas Geständnis fiel es mir nicht schwer, die Abneigung gegen ihn wieder zu wecken. Er sah zu gut aus, er war zu charmant. Andrea war vielleicht eine Lügnerin, aber sie war nicht dumm, im Gegenteil, sie hatte den Rest der Familie mit beunruhigendem Scharfblick nach kurzer Zeit durchschaut, und wenn an dem, was sie über Joss gesagt hatte, auch nur ein Körnchen Wahrheit war, wollte ich nichts damit zu tun haben.

Wenn ich ihn besser gekannt und lieber gemocht hätte, hätte ich ihn beiseite genommen und mit dem konfrontiert, was sie mir eben erzählt hatte. Aber so war es nicht weiter wichtig für mich. Außerdem gab es genug anderes, woran ich denken mußte.

Grenville kam an jenem Tag nicht zum Mittagessen herunter.

«Er ist ein bißchen abgespannt», erklärte Mollie. «Er will heute im Bett bleiben. Vielleicht kommt er zum Dinner. Pettifer wird ihm etwas zu essen hinaufbringen.»

So aßen wir drei allein. Mollie hatte ein dezentes Wollkleid angezogen und trug eine zweireihige Perlenkette. Sie sagte, sie wolle nachher zu Freunden nach Fourbourne, zum Bridge. Sie hoffte, ich würde mich allein beschäftigen können.

Ich versicherte, daß ich selbstverständlich sehr gut allein zurechtkäme. Wir lächelten uns an, und ich fragte mich, ob sie meine Mutter wirklich als Flittchen bezeichnet hatte, oder ob das nur Andreas Interpretation einer wohlwollenderen Beschreibung war. Warum hatte Mollie es überhaupt für nötig gehalten, mit ihr über meine Mutter zu sprechen? Sie war jetzt tot, aber sie war früher lustig und hinreißend gewesen, voll Charme. Warum konnten wir sie nicht so im Gedächtnis behalten?

Während wir bei Tisch saßen, schlug das Wetter um. Von Westen kam ein Sturm auf, der eine große graue Wolkenbank über den blauen Himmel trieb, hinter der die Sonne verschwand, und dann fing es an zu regnen. Während es immer noch in Strömen goß, fuhr Mollie mit ihrem kleinen Wagen zu der besagten Bridgeparty, nachdem sie verkündet hatte, sie werde gegen sechs Uhr wieder dasein. Andrea zog sich mit ihrem neuen Magazin auf ihr Zimmer zurück, weil der morgendliche Marsch sie erschöpft hatte oder, was wahrscheinlicher war, weil sie meine Gesellschaft sterbenslangweilig fand. Ich stand allein unten an der Treppe und überlegte, wie ich mir die Zeit vertreiben sollte. Die Stille des trüben Nachmittags wurde nur durch das Ticken der alten Standuhr unterbrochen und durch ein leises Scheppern aus der Küche, das, wie ich bei näherer Erkundung feststellte, von Pettifer kam, der am Tisch saß und Silber putzte.

Er sah auf, als ich den Kopf durch die Tür steckte.

«Hallo. Ich hab Sie gar nicht gehört.»

«Wie geht es meinem Großvater?»

«Oh, alles in Ordnung. Er ist nur ein bißchen müde nach der Aufregung gestern. Wir dachten, es ist besser, wenn er einen Tag im Bett bleibt. Ist Mrs. Roger weg?»

«Ja.» Ich zog mir einen Stuhl her und setzte mich gegenüber von ihm an den Tisch.

«Dachte ich mir. Ich hab das Auto gehört.»

«Soll ich Ihnen helfen?»

«Das wäre sehr freundlich… Die Löffel da müssen richtig mit dem Zeug bearbeitet werden. Ich habe keine Ahnung, woher sie all die Flecken gekriegt haben. Das heißt… Jetzt weiß ich es.

Wenn Silber eines nicht vertragen kann, dann ist es diese feuchte Seeluft.» Ich rieb das von jahrzehntelanger Benutzung ganz dünn gewordene Mundstück eines Löffels mit dem Silberputzmittel ein. Pettifer sah mich über den Rand seiner Brillengläser hinweg an. «Komisch, daß Sie nach all den Jahren auf einmal da sitzen. Ihre Mutter war immer die halbe Zeit in der Küche... Als Roger aufs Internat ging, war sonst niemand mehr da, mit dem sie reden konnte. Also kam sie hierher und saß bei Mrs. Pettifer und mir. Mrs. Pettifer brachte ihr bei, wie man Kekse backt und zu zweit Whist spielt. Wir hatten viel Spaß. Und an einem Tag wie heute machte sie Toast in dem alten Backofen... Er ist schon lange nicht mehr da, wir haben jetzt einen neuen, er ist sehr gut... Aber der alte Herd war so schön gemütlich, man konnte das Feuer hinter der Klappe sehen, und die schönen Messingknäufe waren immer blitzblank poliert.»

«Wie lange sind Sie schon in Boscarva, Pettifer?»

«Seit der Commander es gekauft hat... 1922. In jenem Jahr beschloß er, Maler zu werden, und nahm den Abschied von der Navy. Der alten Mrs. Bayliss gefiel das gar nicht. Sie redete drei Monate oder noch länger kein Wort mit ihm.»

«Warum war sie so böse mit ihm?»

«Sie war ihr ganzes Leben bei der Navy gewesen. Ihr Vater war Kapitän der *Imperious*, als der Commander noch Kapitänleutnant war. In der Zeit haben sie sich kennengelernt. Sie haben in Malta geheiratet. Eine großartige Hochzeit mit Degenspalier und allem, was dazugehört. Für Mrs. Bayliss bedeutete die Navy eine Menge. Als der Commander sagte, daß er den Abschied nehmen wollte, sind sie sich furchtbar in die Haare geraten, aber sie konnte ihn nicht dazu bringen, seinen Entschluß zu ändern. Also verließen wir Malta für immer, der Commander fand dieses Haus, und wir zogen alle hierher.»

«Und seitdem sind Sie immer hier gewesen?»

«Mehr oder weniger. Der Commander schrieb sich am Slade-Institut ein, deshalb mußte er dort arbeiten. Er nahm sich eine kleine Stadtwohnung gleich hinter St. James's, und wenn er dort war, kam ich immer mit, um ein Auge auf ihn zu haben, während

Mrs. Pettifer hier blieb, bei Mrs. Bayliss und Roger. Ihre Mutter war damals noch nicht da.»

«Aber als er sein Studium beendet hatte...»

«Na ja, da kam er für immer hierher. Und baute das Atelier. Damals hat er am besten gemalt. Wunderschöne Sachen, großartige Bilder vom Meer, sie wirkten so kalt und hell, daß man den Wind riechen und das Salz auf den Lippen spüren konnte.»

«Sind hier viele von seinen Bildern?»

«Nein, nicht viele. Das Fischerboot über dem Kamin im Eßzimmer und eine oder zwei Zeichnungen im Flur im ersten Stock. In seinem Atelier sind noch drei oder vier, und ein paar hängen in dem Zimmer, wo Mrs. Roger schläft.»

«Und das im Wohnzimmer...»

«O ja, natürlich. Die ‹Dame mit Rose›.»

«Wer war sie?»

Er antwortete nicht, vielleicht war er zu sehr mit seinem Silber beschäftigt, jedenfalls rieb er an einer Gabel herum, als sei er fest entschlossen, das Muster wegzupolieren.

«Wer war sie? Das Mädchen auf dem Bild?»

«Ach», sagte er. «Das war Sophia.»

Sophia. Seit meine Mutter sie beiläufig erwähnt hatte, hatte ich wissen wollen, wer sie war, und nun ließ Pettifer ihren Namen fallen, als wäre es das Natürlichste von der Welt.

«Sie war das Mädchen, das dem Commander Modell saß. Ich glaube, sie hat schon in London für ihn gearbeitet, als er noch studierte, und dann kam sie manchmal im Sommer herunter, wohnte in Porthkerris und saß für jeden Maler, der sie haben wollte und genug Geld hatte, um sie zu zahlen.»

«War sie sehr schön?»

«Nicht für meinen Geschmack. Aber sehr lebhaft, und sie konnte reden wie ein Buch! Sie war Irin, sie kam aus der Grafschaft Cork.»

«Was sagte meine Großmutter dazu?»

«Sie redeten nie miteinander, genausowenig, wie Ihre Großmutter gesellschaftlichen Verkehr mit dem Schlachter oder mit ihrer Friseuse gepflegt hätte.»

«Dann kam Sophia nie hierher nach Boscarva?»

«O doch, sie kam oft. Sie war unten im Atelier bei dem Commander, und wenn er müde wurde oder die Geduld mit ihr verlor und den Pinsel hinlegte, kam sie durch den Garten hoch zur Küchentür und rief: ‹Gibt es hier zufällig eine Tasse Tee?› Und weil sie es war, hatte Mrs. Pettifer immer heißes Wasser auf dem Herd.»

«Sie hat aus Teeblättern die Zukunft gelesen.»

«Wer hat Ihnen das erzählt?»

«Meine Mutter.»

«Es stimmt, das tat sie. Und sie hat uns die schönsten Dinge vorausgesagt. Natürlich sind sie dann nicht eingetroffen, aber es hat trotzdem Spaß gemacht, ihr zuzuhören. Sie und Ihre Mutter waren eng befreundet. Sophia hat sie oft mitgenommen zum Strand, und dann hat Mrs. Pettifer ihnen einen Picknickkorb gemacht. Und bei schlechtem Wetter sind sie hochgegangen ins Moor.»

«Aber was hat meine Großmutter die ganze Zeit gemacht?»

«Oh, sie hat nachmittags fast immer Bridge gespielt oder Mah-Jongg. Sie hatte einen sehr vornehmen Kreis von Freundinnen. Sie war recht freundlich, aber sie interessierte sich nicht besonders für Kinder. Wenn sie sich mehr für Lisa interessiert hätte, als sie klein war, hätten sie vielleicht später mehr gemeinsam gehabt, ich meine, als Lisa dann groß wurde, und dann wäre Ihre Mutter vielleicht nicht davongelaufen und hätte uns allen nicht das Herz gebrochen.»

«Was ist aus Sophia geworden?»

«Sie ging wieder zurück nach London, und ich glaube, sie hat geheiratet und ein Kind bekommen. 1942 ist sie dann bei einem Bombenangriff der Deutschen ums Leben gekommen. Das Baby war auf dem Land bei Verwandten, und ihr Mann war im Ausland, aber sie blieb in London, weil sie dort in einem Krankenhaus gearbeitet hat. Wir haben es erst viel später erfahren. Mrs. Pettifer und ich hatten beide das Gefühl, ein Licht in unserem Leben wäre ausgelöscht worden.»

«Und mein Großvater?»

«Es hat ihm natürlich leid getan. Aber er hatte sie seit Jahren nicht mehr gesehen. Sie war nur ein Mädchen, das einmal für ihn gearbeitet hatte.»

«Gibt es noch mehr Bilder von ihr?»

«Viele, im ganzen Land, in kleinen Kunstmuseen. Eines hängt im Museum von Porthkerris, Sie können ja mal hingehen, wenn Sie es sehen möchten. Und zwei sind oben im Schlafzimmer von Mrs. Roger.»

«Könnten wir nicht hinaufgehen, damit ich sie sehen kann? Ich meine, jetzt gleich?» sagte ich eifrig, und Pettifer machte ein überraschtes Gesicht, als ob ich etwas vorgeschlagen hätte, das sich nicht recht gehörte. «Ich meine, Mrs. Bayliss hätte doch nichts dagegen, oder?»

«Nein, sicher nicht. Ich sehe nicht, warum nicht... Kommen Sie.»

Er stemmte sich hoch, und ich folgte ihm in den ersten Stock, in das Zimmer über dem Wohnzimmer, einen großen Raum, sehr feminin eingerichtet, mit schönen alten viktorianischen Möbeln und einem verschossenen Teppich, rosa und cremefarben. Alles war peinlich sauber und ordentlich. Die beiden kleinen Ölbilder hingen nebeneinander zwischen den Fenstern. Eines zeigte eine Kastanie, in deren Schatten ein Mädchen lag, das andere dasselbe Mädchen beim Wäscheaufhängen. Es waren kaum mehr als Skizzen, und ich war enttäuscht.

«Ich weiß immer noch nicht, wie Sophia aussah.»

Pettifer wollte gerade antworten, als irgendwo im Haus eine Klingel läutete. Er legte den Kopf zur Seite wie ein lauschender Hund. «Das ist der Commander, er hat uns durch die Wand gehört. Entschuldigen Sie mich einen Moment.»

Ich folgte ihm aus Mollies Zimmer und machte die Tür hinter mir zu. Er ging ein kleines Stück den Flur entlang und öffnete die nächste Tür, und dann hörte ich Grenvilles Stimme.

«Was habt ihr beide da drin zu tuscheln?»

«Ich habe Rebecca nur die beiden Bilder im Zimmer von Mrs. Roger gezeigt...»

«Ist Rebecca da? Sagen Sie ihr, sie soll hereinkommen.»

Ich trat an Pettifer vorbei in das Zimmer. Grenville lag nicht im Bett, er saß in einem bequemen Ohrensessel und hatte die Füße auf einen Schemel gelegt. Er war angezogen, aber auf seinen Knien lag eine Wolldecke, und im Kamin knisterte ein Feuer. Alles war tadellos aufgeräumt; der Duft seines altmodischen Haarwassers hing im Raum.

«Ich dachte, Sie wären im Bett», sagte ich.

«Pettifer hat mich nach dem Essen hochgescheucht. Ich langweile mich zu Tode, wenn ich den ganzen Tag im Bett liege. Worüber haben Sie gesprochen?»

«Pettifer hat mir ein paar von Ihren Bildern gezeigt.»

«Ich nehme an, Sie finden sie hoffnungslos konservativ. Aber, wissen Sie, die jungen Künstler fangen jetzt wieder an, gegenständlich zu malen. Ich habe gewußt, daß es so kommen würde. Sie müssen eines von meinen Bildern haben. Im Atelier stehen noch eine ganze Menge herum, die nie sortiert und geordnet worden sind. Ich hab es vor zehn Jahren verschlossen und bin seitdem nie wieder dagewesen. Pettifer, wo ist der Schlüssel?»

«An einem sicheren Platz, Sir.»

«Lassen Sie sich ihn von Pettifer geben, gehen Sie hinunter und schauen Sie, ob Ihnen etwas davon gefällt. Haben Sie einen Platz, wo Sie es aufhängen können?»

«Ich habe eine kleine Wohnung in London. Sie braucht dringend ein Bild.»

«Mir fällt noch etwas ein, das hier nur herumsteht: Die Jadefigur in der Aufsatzvitrine unten. Ich hab sie vor Jahren aus China mitgebracht und Lisa geschenkt. Sie gehört jetzt Ihnen. Und der Spiegel, den ihre Großmutter ihr vermacht hat – wo ist der, Pettifer?»

«Im Frühstückszimmer, Sir.»

«Hm, wir werden ihn abnehmen und richtig polieren müssen. Sie hätten ihn doch bestimmt gern, nicht wahr?»

«O ja.» Ich war ungeheuer erleichtert. Ich hatte mich schon gefragt, wie ich das Thema, die Sachen von meiner Mutter, zur Sprache bringen sollte, und nun hatte Grenville es mir von allein abgenommen. Ich zögerte, beschloß, das Eisen zu schmieden, solange es noch heiß war, und brachte den dritten Gegenstand zur Sprache: «Da war noch ein Davenport-Sekretär…»

«Bitte?» Er fixierte mich mit seinem durchdringenden Blick. «Woher wissen Sie das?»

«Meine Mutter hat mir von der Jadefigur und dem Spiegel erzählt, und sie sagte, außerdem gebe es noch einen Davenport-Sekretär.» Er fuhr fort, mich zu mustern. Ich wünschte auf einmal, ich hätte nichts gesagt. «Ich meine, es ist nicht weiter wichtig, es ist nur, wenn ihn niemand haben will… Wenn er nicht gebraucht wird…»

«Pettifer, erinnern Sie sich an den Sekretär?»

«Ja, Sir, jetzt, wo Sie davon sprechen. Er stand oben in der anderen Dachkammer, aber ich kann mich nicht erinnern, ihn in letzter Zeit irgendwo gesehen zu haben.»

«Nun, seien Sie so nett und suchen Sie ein bißchen. Und legen Sie bitte etwas Holz nach…» Grenville schaute zu, wie Pettifer das Feuer schürte, und sagte dann unvermittelt: «Wo sind die anderen? Im Haus ist alles so still. Man hört nur den Regen.»

«Mrs. Roger ist zu einer Bridgeparty gefahren. Ich glaube, Miss Andrea ist in ihrem Zimmer.»

«Wie wär's mit einer Tasse Tee?» Grenville blickte kurz in meine Richtung. «Sie würden doch gern eine Tasse trinken, nicht wahr? Wir hatten noch keine Gelegenheit, uns etwas besser kennenzulernen. Entweder Sie kippen mitten beim Dinner um, oder ich bin zu alt und gebrechlich, um das Bett zu verlassen. Wir geben ein schönes Paar ab, finden Sie nicht auch?»

«Ich würde sehr gern eine Tasse mit Ihnen trinken.»

«Pettifer wird uns eine Kanne bringen.»

«Ich werde den Tee kochen», sagte ich. «Pettifer ist den ganzen Tag herumgerannt. Er kann sich ein bißchen ausruhen.»

Grenville lächelte. «Meinetwegen. Machen Sie den Tee, und bringen Sie außerdem einen großen Teller heißen Toast mit Butter.»

Ich sollte mir noch sehnlichst wünschen, den Davenport-Sekretär nie zur Sprache gebracht zu haben. Er war einfach nirgends zu finden. Während Grenville und ich unseren Tee tranken und Toast mit Butter aßen, fing Pettifer an, ihn zu suchen. Als er kam, um das Tablett zu holen, hatte er das Haus vom Speicher bis zum Keller durchstöbert, aber der Sekretär war nirgends.

Grenville wollte es nicht glauben. «Sie haben ihn einfach übersehen. Ihre Augen werden langsam genauso schlecht wie meine.»

«Ich würde einen Sekretär nicht übersehen», sagte Pettifer bekümmert.

«Vielleicht ist er weggegeben worden, ich meine, zur Reparatur», bemerkte ich wenig hilfreich. Sie sahen mich beide an, als hätte ich einen Dachschaden, und ich verstummte.

«Könnte er vielleicht im Atelier sein?» fragte Pettifer.

«Was hätte ich mit einem Sekretär im Atelier tun sollen? Ich habe dort gemalt und keine Briefe geschrieben. So ein Möbel hätte nur unnütz Platz weggenommen…» Grenville wurde ganz aufgeregt. «Oh, er wird schon wieder auftauchen», sagte ich leichthin und nahm das Teetablett, um es hinunterzubringen. Pettifer kam mir nach, ganz außer Fassung über das, was geschehen war.

«Es ist nicht gut für den Commander, wenn er sich aufregt… Er wird den Sekretär suchen wie ein Terrier eine Ratte, das versichere ich Ihnen. Er wird nicht lockerlassen, bis er ihn gefunden hat.»

«Es ist alles meine Schuld. Ich weiß nicht, warum ich überhaupt davon gesprochen habe.»

«Aber ich erinnere mich genau an ihn. Ich kann mich nur nicht erinnern, daß ich ihn in letzter Zeit gesehen habe.» Ich fing an, die Tassen und Untertassen zu spülen, und er nahm ein Geschirrtuch, um abzutrocknen. «Und da ist noch was. Ein Chippendale-Armstuhl, der immer davor gestanden hat… Verstehen Sie, eigentlich paßten sie gar nicht zusammen, der Stuhl und der Sekretär, aber sie haben immer zusammengehört. Der Sitz hatte einen Tapisseriebezug, ziemlich abgewetzt, mit Blumen und Vögeln. Na ja, der Stuhl ist nun auch verschwunden, aber ich werde es dem Commander nicht sagen, und Sie bitte auch nicht.»

Ich nickte. «Es ist für mich sowieso nicht weiter wichtig.»

«Aber für den Commander. Er mag ja ein Künstler gewesen sein, aber er hatte immer ein Gedächtnis wie ein Elefant, und das hat er bis heute nicht verloren. Ich wünschte manchmal, er wäre vergeßlicher», fügte er mißmutig hinzu.

Als ich an jenem Abend, wieder in meinem silberbestickten schwarzen Kleid, nach unten ins Wohnzimmer ging, fand ich dort Eliot. Abgesehen von seinem treuen Irischen Setter war er allein. Er saß mit einem Drink und der Abendzeitung am Kamin, und Rufus lag, malerisch wie ein prachtvolles rotbraunes Fell, auf dem Vorleger. Mein Eintreten störte die friedliche Szene, und Eliot stand auf und legte die Zeitung hinter sich auf den Sessel.

«Rebecca! Wie geht es Ihnen?»

«Danke, sehr gut.»

«Gestern abend fürchtete ich schon, Sie seien krank geworden.»

«Nein, ich glaube, ich war einfach todmüde. Ich hab bis zehn geschlafen.»

«Meine Mutter hat es mir erzählt. Möchten Sie einen Drink?»

Ich bejahte, und er schenkte mir einen Sherry ein. Ich hockte mich damit an den Kamin und kraulte den Hund hinter seinen seidigen Ohren.

«Begleitet er Sie überallhin?» fragte ich.

«Ja, überall. Zur Werkstatt, ins Büro, zum Mittagessen, in den Pub, auf Schritt und Tritt. Hier in der Gegend kennt ihn jeder.»

Ich setzte mich auf den Vorleger, und er ließ sich wieder in den Sessel sinken und griff nach seinem Glas. «Morgen muß ich rüber nach Falmouth und wegen eines Autos mit jemandem reden. Vielleicht haben Sie Lust, mitzukommen und ein bißchen von der Umgebung zu sehen? Wie wär's?»

Ich war überrascht, daß ich mich so sehr über den Vorschlag freute. «Ja, sehr gern.»

«Es wird nicht allzu aufregend werden. Aber Sie können sich vielleicht ein oder zwei Stunden allein beschäftigen, während ich das Geschäftliche erledige, und auf der Rückfahrt halten wir an einem kleinen Pub, den ich kenne. Dort gibt es ausgezeichneten Fisch und Muscheln. Mögen Sie Austern?»

«Ja.»

«Gut. Ich auch. Und dann kommen wir über High Cross, und Sie können sehen, wo wir normalerweise wohnen, ich meine, meine Mutter und ich.»

«Ihre Mutter hat mir davon erzählt. Es muß sehr schön sein.»

«Besser als dieses Mausoleum hier.»

«Oh, Eliot, es ist doch kein Mausoleum.»

«Ich hab noch nie viel für viktorianische Relikte übriggehabt.»

Ehe ich weiter protestieren konnte, kam Grenville. Wir hörten seine Schritte auf der Treppe, dann sprach er mit Pettifer, und sie kamen beide durch die Diele. Grenvilles Stock klopfte laut und deutlich auf die gebohnerten Dielenbretter.

Eliot verzog das Gesicht, ging zur Tür und öffnete sie. Grenville trat ein. Er wirkte dabei ein bißchen wie der Bug eines großen Schiffes, dem nichts etwas anhaben kann.

«Schon gut, Pettifer, ich komm jetzt allein zurecht.» Ich war aufgestanden, um ihm den Sessel heranzuziehen, in dem er am vorigen Abend gesessen hatte, aber diese Geste schien ihn eher nervös zu machen. Er war offenbar nicht in bester Stimmung.

«Um Gottes willen, Mädchen, machen Sie nicht so einen Aufstand. Glauben Sie, ich will im Feuer sitzen? Es ist mir da viel zu heiß.»

Ich schob den Sessel zurück, und er ließ sich hineinsinken.

«Wie wär's mit einem Drink?» fragte Eliot ihn.

«Ich nehme einen Whisky.»

Eliot sah ihn verblüfft an. «Whisky?»

«Ja, Whisky. Ich weiß, was dieser Idiot von Arzt gesagt hat, aber heute abend trinke ich einen Whisky!»

Eliot entgegnete nichts, nickte nur geduldig und ging zum Sideboard, um einzuschenken. Während er es tat, drehte Grenville sich halb zu ihm und sagte: «Eliot, hast du den Davenport-Sekretär irgendwo gesehen?»

Hätte ich nur nie danach gefragt! «Bitte, Grenville, fangen Sie nicht schon wieder damit an...»

«Was soll das heißen, schon wieder? Wir müssen das verdammte Ding finden. Ich hab Pettifer eben gesagt, er soll ihn so lange suchen, bis er ihn gefunden hat.»

Eliot kam mit einem Glas Whisky zurück. Er zog einen Beistelltisch heran und stellte das Glas in Grenvilles Reichweite.

«Was für einen Sekretär meinst du eigentlich?» fragte er.

«Dieser kleine Sekretär, der immer in einem der Schlafzimmer stand. Er hat Lisa gehört, und jetzt gehört er Rebecca. Sie möchte ihn haben. Sie hat eine Wohnung in London, sie braucht ihn dafür. Und Pettifer kann ihn nirgends finden, er sagt, er hat das ganze Haus abgesucht, aber er kann ihn nicht finden. Du hast ihn nicht vielleicht irgendwo gesehen?»

«Ich hab ihn nie im Leben gesehen. Ich weiß nicht mal, was ein Davenport-Sekretär ist.»

«Ein kleiner Schreibsekretär, an der Seite sind Schubladen, und die Schreibtischplatte ist mit Leder bezogen. Ich glaube, sie sind heutzutage ziemlich selten und eine ganze Menge Geld wert.»

«Wahrscheinlich hat Pettifer ihn irgendwohin gestellt und dann vergessen.»

«Pettifer vergißt nicht so leicht etwas.»

«Nun, dann hat Mrs. Pettifer vielleicht was damit gemacht und vergessen, es ihm zu sagen.»

«Sie hätte es bestimmt nicht vergessen.»

In diesem Augenblick kam Mollie ins Zimmer, mit einem entschlossenen Lächeln, als hätte sie in der Diele Grenvilles zornige Stimme gehört und sich beeilt, um Öl auf die Wogen zu gießen.

«Hallo, meine Lieben, ich fürchte, ich hab mich ein bißchen verspätet. Ich mußte noch rasch in die Küche und etwas mit diesem köstlichen Heilbutt machen, den Rebecca heute morgen für uns besorgt hat. Eliot...» Sie gab ihm einen Kuß, offenbar hatte sie ihn den ganzen Tag nicht gesehen. «Und Grenville.» Sie beugte sich nach unten, um ihm ebenfalls einen Kuß zu geben. «Du siehst ausgeruhter aus als gestern.» Ehe er ihr widersprechen konnte, lächelte sie mir zu. «Hatten Sie einen schönen Nachmittag, Rebecca?»

«Ja, danke. Wie war es beim Bridge?»

«Nicht übel. Ich habe zwanzig Pence gewonnen. Eliot, sei bitte ein Schatz und bring mir auch etwas zu trinken. Andrea kommt sofort. Es kann nur noch einen Moment dauern…» Dann fiel ihr nichts mehr ein, um ihren Schwiegervater abzulenken, und Grenville eröffnete erneut das Feuer. «Wir haben etwas verloren», verkündete er.

«Was hast du verloren? Wieder deine Manschettenknöpfe?»

«Nein. Einen Davenport-Sekretär.»

Es wurde allmählich absurd.

«Du hast einen Davenport-Sekretär *verloren*?»

Grenville spulte die ganze Geschichte noch einmal ab. Als klar wurde, daß ich diejenige gewesen war, die das Problem verursacht hatte, sah Mollie mich vorwurfsvoll an, als wollte sie sagen, dies sei ein schlechter Dank für ihre Gastfreundschaft. Ich war geneigt, ihr zuzustimmen.

«Aber er muß irgendwo sein.» Sie nahm das Glas, das Eliot ihr reichte, zog sich einen Schemel heran und setzte sich mit einem konzentrierten Ausdruck, als sei sie entschlossen, das Rätsel umgehend zu lösen. «Irgend jemand muß ihn an einen sicheren Platz gestellt haben.»

«Pettifer hat überall gesucht.»

«Vielleicht hat er ihn übersehen. Ich bin sicher, er sollte sich eine neue Brille verschreiben lassen. Vielleicht ist er irgendwo abgestellt worden, und er hat es vergessen.»

Grenville schlug mit der geballten Faust auf die Sessellehne. «Pettifer pflegt nichts zu vergessen.»

«Leider doch», sagte Eliot kühl. «Er vergißt dauernd irgendwas.»

Grenville sah ihn böse an. «Was soll das heißen?»

«Nichts gegen ihn persönlich. Aber er wird allmählich älter.»

«Ich nehme an, du gibst Pettifer die Schuld…»

«Ich gebe niemandem die Schuld.»

«Du hast gesagt, er sei zu alt, um zu wissen, was er tue. Wenn er zu alt ist, was zum Teufel bin ich dann in deinen Augen?»

«Ich habe nie gesagt, daß…»

«Du hast ihm die Schuld gegeben.»

314

Eliot verlor die Geduld. «Wenn ich jemandem die Schuld geben wollte», sagte er mit gehobener Stimme, fast so laut wie Grenville, «dann würde ich diesem Joss Gardner einige Fragen stellen.» Als die Worte heraus waren, entstand eine Pause. Dann fuhr er, wieder beherrscht und kühl, fort. «In Ordnung, niemand will irgend jemandem vorwerfen, etwas gestohlen zu haben. Aber Joss geht hier fast jeden Tag ein und aus, er hat Zugang zu allen Zimmern. Er kennt die Möbel hier besser als wir alle. Und er ist ein Fachmann, er weiß, was jedes einzelne Stück wert ist.»

«Warum sollte er aber einen Sekretär mitnehmen?» fragte Mollie.

«Einen wertvollen Sekretär. Vergiß das nicht. Er ist selten, und er ist eine Menge wert, wie Grenville eben gesagt hat. Vielleicht brauchte er Geld. Man braucht ihn nur anzusehen, um sich auszurechnen, daß er ein bißchen Bargeld nötig hat. Und er ist ein Fachmann. Er fährt alle paar Tage nach London. Er würde wissen, wo man ein solches Stück am besten verkaufen kann.»

Abrupt hielt er inne, als würde ihm bewußt, daß er bereits zuviel gesagt hatte. Er trank seinen Whisky aus und schenkte sich wortlos nach.

Das Schweigen wurde unbehaglich. Um es zu brechen, setzte Mollie an: «Ich glaube nicht, daß Joss...»

«Das ist doch ein verdammter Blödsinn», unterbrach Grenville sie unhöflich.

Eliot knallte das Glas hin. «Wie willst du das wissen? Wie willst du irgend etwas über Joss Gardner wissen? Er kreuzt hier aus dem Nichts auf und sagt, er will einen Laden aufmachen, und sofort beherbergst du ihn hier gastlich und gibst ihm den Auftrag, sämtliche Möbel zu restaurieren. Was weißt du über ihn? Was wissen wir alle über ihn?»

«Ich weiß, daß ich ihm vertrauen kann. Ich habe eine sehr gute Menschenkenntnis...»

«Du könntest dich irren.»

Grenville hob die Stimme und übertönte Eliot: «...und es wäre nicht schlecht, wenn du dir deine Freunde etwas genauer ansähest, ehe du dich mit ihnen einläßt.»

Eliot runzelte die Stirn. «Was soll das heißen?»

«Es soll heißen, daß du ruhig mit diesem miesen kleinen Gauner, diesem Ernest Padlow, Geschäfte machen sollst, wenn du dich unbedingt zum Narren machen willst.»

Wenn ich in diesem Moment hätte fliehen können, hätte ich es getan. Aber ich stand in der Ecke hinter Grenvilles Sessel, und jeder Fluchtweg war mir versperrt.

«Was weißt du über Ernest Padlow?»

«Ich weiß, daß du oft mit ihm zusammensteckst, ihr sitzt im Pub zusammen…»

Eliot warf mir einen Blick zu und zischte leise: «Dieser verdammte Joss Gardner.»

«Joss hat es mir nicht erzählt, es war Hargreaves, von der Bank. Er ist neulich auf einen Sherry vorbeigekommen. Und als Mrs. Thomas heute morgen oben den Kamin angemacht hat, sagte sie, sie habe dich mit Padlow gesehen, da oben bei diesem Gruselpark, den er Wohnanlage nennt.»

«Klatsch und Tratsch.»

«Von ehrlichen Leuten hört man die Wahrheit. Was sie tun und woher sie kommen, spielt keine Rolle. Und wenn du glaubst, ich würde diesem Strandräuber mein Land verkaufen, dann irrst du dich gewaltig…»

«Es wird nicht immer dein Land sein.»

«Wenn du so sicher bist, daß es einmal deines sein wird, kann ich dir nur sagen, man soll das Fell des Bären nicht verkaufen, solange er noch im Wald herumläuft. Du bist nämlich nicht mein einziges Enkelkind, mein lieber Junge.»

In diesem dramatischen Augenblick ging, genau wie in einem Boulevardstück der dreißiger Jahre, die Tür auf, und Andrea erschien. Pettifer hatte sie gebeten, uns zum Dinner zu holen.

8

In jener Nacht kam ich einfach nicht zur Ruhe. Ich warf mich hin und her, holte mir ein Glas Wasser, lief im Zimmer auf und ab, sah aus dem Fenster, legte mich wieder hin und versuchte erneut einzuschlafen, doch jedesmal, wenn ich die Augen schloß, liefen die Ereignisse des Abends wie ein Film vor mir ab, Stimmen klangen in meinen Ohren und wollten einfach nicht verstummen.

In Ordnung, niemand will irgend jemandem vorwerfen, etwas gestohlen zu haben. Was wissen wir alle über Joss?

Es soll heißen, daß du ruhig mit diesem miesen Gauner, diesem Ernest Padlow, Geschäfte machen sollst, wenn du dich unbedingt zum Narren machen willst. Und wenn du glaubst, ich würde diesem Strandräuber mein Land verkaufen, dann irrst du dich gewaltig...

Es wird nicht immer dein Land sein...

Du bist nämlich nicht mein einziges Enkelkind, mein lieber Junge...

Das Dinner war eine Qual gewesen. Grenville und Eliot hatten die ganze Zeit kaum ein Wort gewechselt. Um die Spannung zu entschärfen, hatte Mollie in einem fort Belanglosigkeiten geplappert, und ich hatte mich bemüht, darauf einzugehen. Andrea hatte uns alle triumphierend beobachtet, während Pettifer mit schweren Schritten kam und ging, Teller und Schüsseln abräumte und zu guter Letzt ein Zitronensoufflé mit dicker Schlagsahne herumreichte, auf das niemand Appetit hatte.

Als es endlich vorbei war, waren alle schnell verschwunden. Grenville ging in sein Zimmer, Andrea ins Frühstückszimmer, wo sie den Fernseher auf volle Lautstärke drehte. Eliot zog ohne ein Wort der Erklärung seinen Mantel an, pfiff nach seinem Hund, lief hinaus und knallte die Tür hinter sich zu. Ich nahm an, er würde in den Pub gehen und sich betrinken, und hatte Verständnis für ihn. Mollie und ich fanden uns im Wohnzimmer wieder, am Kamin. Sie hatte eine kleine Tapisserie im Schoß und schien durchaus bereit, schweigend dazusitzen und zu sticheln, aber das wäre unerträglich gewesen. Ich kam sofort zum springenden Punkt und sagte, was ich ihr schuldig zu sein glaubte. «Was vorhin geschehen ist, tut mir leid. Ich wünschte, ich hätte den Sekretär nie erwähnt.»

Sie sah mich nicht an. «Oh, es ist nicht mehr zu ändern.»

«Meine Mutter hatte mir davon erzählt, und als Grenville über die Jadefigur und den Spiegel sprach, habe ich den Sekretär eben erwähnt, aber ich hätte nie gedacht, daß ich damit einen solchen Sturm im Wasserglas heraufbeschwören würde.»

«Grenville ist ein eigenwilliger alter Mann. Er läßt nur seine Meinung über jemanden gelten, er sieht nie, daß jedes Ding zwei Seiten haben kann...»

«Sie meinen Joss...»

«Ich weiß nicht, warum er so vernarrt in Joss ist. Es ist beängstigend, fast als hätte Joss in irgendeiner Form Macht über ihn. Eliot und ich waren immer dagegen, daß er hier praktisch jederzeit ein und aus geht. Wenn Grenvilles Möbel restauriert werden mußten, hätte er sie ja mit dem Wagen holen und in seine Werkstatt bringen können, wie es jeder andere Handwerker täte. Wir haben versucht, Grenville die Sache auszureden, aber er ließ sich nicht davon abbringen, und es ist schließlich sein Haus, nicht unseres.»

«Aber es wird eines Tages Eliot gehören.»

Sie warf mir einen kalten Blick zu.

«Nach heute abend ist das nicht so sicher.»

«Oh, Mollie, ich will Boscarva nicht haben. Grenville würde mir niemals einen solchen Besitz vermachen. Er hat das vorhin nur gesagt, um recht zu behalten, vielleicht war es das erste, was ihm einfiel. Er hat es nicht so gemeint.»

«Es hat Eliot sehr verletzt.»

«Eliot wird es verstehen. Bei alten Leuten muß man manchmal ein Auge zudrücken.»

«Ich bin es leid, bei Grenville ein Auge zuzudrücken.» Mollie schnitt mit ihrer silbernen Schere heftig einen Wollfaden durch. «Er hat mein Leben durcheinandergebracht. Er und Pettifer hätten sehr gut nach High Cross kommen und dort wohnen können, wie wir es gewollt hatten. Das Haus ist kleiner und praktischer, es wäre besser für alle gewesen. Außerdem hätte er Boscarva schon vor Jahren Eliot überschreiben müssen. So wird die Erbschaftssteuer unerschwinglich sein. Eliot wird es sich nie leisten können, Boscarva zu halten. Es ist alles so unrealistisch.»

«Sicher ist es schwer, realistisch zu sein, wenn man achtzig ist und den größten Teil seines Lebens in einem Haus gewohnt hat.»

Sie ignorierte den Einwurf. «Und das ganze Land und die Farm! Eliot versucht einfach, das Beste daraus zu machen, aber Grenville will es nicht einsehen. Er hat nie irgendein Interesse gezeigt und Eliot nie ermutigt. Sogar die Werkstatt oben in High Cross hat Eliot ganz allein aufbauen müssen. Zuerst hat er Grenville gebeten, ihm zu helfen, aber Grenville hat gesagt, er wolle nichts mit Gebrauchtwagen zu tun haben. Es gab einen Streit, Eliot hat sich das Geld schließlich von jemand anderem geliehen, und seit jenem Tag hat er seinen Großvater nie wieder um einen Penny gebeten. Man sollte meinen, das spreche für ihn.»

Sie war bleich vor Zorn – eine Tigerin, die für ihr Junges kämpft, dachte ich, und ich erinnerte mich daran, was für abfällige Bemerkungen meine Mutter über die Art und Weise gemacht hatte, wie sie den kleinen Eliot gehätschelt und behütet hatte. Offenbar hatte das Verhältnis zwischen Mutter und Sohn sich nie geändert.

Um das Thema zu wechseln, erzählte ich ihr, daß Eliot mich eingeladen hatte, ihn zu begleiten. «Er hat gesagt, er würde mir auf dem Rückweg High Cross zeigen.»

Aber Mollie ließ sich nur einen Moment lang ablenken. «Sie müssen hineingehen und sich das Haus von innen ansehen, Eliot hat einen Schlüssel. Ich fahre regelmäßig hoch, um nach dem Rechten zu sehen, aber ich werde jedesmal deprimiert, wenn ich das schöne kleine Haus dann wieder verlassen muß und in dieses düstere Gemäuer zurückkehren…» Sie lachte bitter über sich selbst. «Ich darf mich nicht davon unterkriegen lassen, nicht wahr? Ich muß versuchen, mich zusammenzureißen. Aber mir wird wirklich ein Stein vom Herzen fallen, wenn alles vorbei ist.»

Wenn alles vorbei ist. Das bedeutete, wenn Grenville endlich tot war. Ich wollte nicht an seinen Tod denken, ebensowenig wie an Joss' Liebesspiele mit der unappetitlichen Andrea und daran, daß Joss klammheimlich einen Davenport-Sekretär und einen Chippendale-Stuhl auf seinen Pritschenwagen lud und sie an den ersten Händler verkaufte, der ihm ein akzeptables Angebot machte.

Was weißt du über Joss? Was wissen wir alle über ihn?

Was mich anging, so wünschte ich, ich wüßte gar nichts. Ich drehte mich auf die andere Seite und wartete ohne viel Hoffnung auf Schlaf.

In der Nacht regnete es, doch am nächsten Morgen war es windstill und klar, der Himmel zeigte ein verwaschenes Blau, und alles war naß und glänzte in der kalten Frühjahrsluft. Ich beugte mich aus dem Fenster und roch die süße, moosige Feuchtigkeit. Das Meer lag unbewegt und blau wie ein unendliches Seidentuch, Möwen segelten träge über den Rand der Steilküste hinweg, ein Kutter verließ den Hafen und nahm Kurs auf ferne Fischgründe, und die Luft war so still, daß ich das ferne Tuckern seines Motors hören konnte.

Meine Lebensgeister erwachten langsam. Gestern war vorbei, heute würde alles besser werden. Ich war froh, aus dem Haus zu kommen, fort von Mollies vorwurfsvollen Blicken und Andrea, die hier, in diesem Haus, wie ein schriller Mißton wirkte. Ich badete, zog mich an und ging nach unten. Eliot saß im Eßzimmer, aß Spiegeleier mit Bacon und machte – wie ich zu meiner Freude feststellte – einen recht gutgelaunten Eindruck.

Er blickte von der Zeitung auf. «Ich habe mich schon gefragt, ob ich nach oben gehen und Sie wecken müßte. Ich dachte, Sie hätten unsere Verabredung vielleicht vergessen.»

Ich lächelte. «Nein, ich hab sie nicht vergessen.»

«Wir sind als erste auf. Mit ein bißchen Glück werden wir wegkommen, ehe jemand anders erscheint.» Er grinste schuldbewußt, wie ein kleiner Junge, der einen Streich bereut. «Vorwürfe sind das letzte, was ich an einem schönen Morgen wie diesem gebrauchen kann.»

«Es war alles meine Schuld, warum habe ich bloß diesen dummen Sekretär erwähnt? Ich habe gestern abend noch zu Ihrer Mutter gesagt, daß es mir leid tut.»

«Es wird vorübergehen», meinte Eliot. «Wie alle diese kleinen Meinungsverschiedenheiten.» Ich schenkte mir Kaffee ein. «Tut mir nur leid, daß Sie darin verwickelt waren.»

Wir brachen gleich nach dem Frühstück auf, und als ich im Auto saß und hinter mir den Atem von Rufus spürte, der auf dem Notsitz thronte, überkam mich ein herrliches Gefühl der Erleichterung. Wir fuhren die Anhöhe hoch. Die nasse Straße schimmerte blau, weil sich der Himmel in ihr spiegelte, und es roch nach Primeln. Als wir weiter oben waren, über dem Hochmoor, breitete sich ein liebliches Panorama vor uns aus, Hügel, gekrönt von steinzeitlichen Hünengräbern und hohen Steinen, winzige vergessene Dörfer in kleinen Tälern, wo schmale Flüsse dahinströmten, und Eichenwäldchen und Ulmengehölze an alten buckligen Brücken.

Aber ich wußte, daß wir den Tag erst dann genießen, erst dann unbefangen zusammensein konnten, wenn ich meinen Frieden mit ihm gemacht hatte.

«Ich weiß, daß es vorübergehen wird und daß es vielleicht wirklich nicht weiter wichtig war, aber wir müssen über gestern abend sprechen», begann ich.

Er lächelte und sah mich von der Seite an. «Was haben wir uns zu sagen?»

«Grenvilles Bemerkung, daß er noch ein Enkelkind hätte. Er hat es nicht so gemeint. Ich weiß, daß er es nicht so gemeint hat.»

«Hm, vielleicht nicht. Vielleicht hat er nur versucht, uns gegeneinander aufzuhetzen wie zwei Hunde.»

«Er würde mir Boscarva nie vermachen. Nicht in tausend Jahren. Er kennt mich ja nicht einmal, ich bin erst vor ein paar Tagen in sein Leben getreten.»

«Rebecca, vergessen Sie die Sache. Ich hab sie schon fast vergessen.»

321

«Und wenn es Ihnen eines Tages gehören wird, sehe ich nicht, warum sie nicht jetzt schon anfangen sollten, darüber nachzudenken, was Sie damit anfangen werden.»

«Meinen Sie Ernest Padlow? Diese alten Leute haben nichts anderes zu tun, als zu tratschen, Kleinigkeiten aufzubauschen und Unheil zu stiften. Wenn es nicht der Filialleiter der Bank ist und wenn es nicht Mrs. Thomas ist, dann ist es Pettifer.»

«Würden Sie das Land verkaufen?» Ich gab mir Mühe, einen beiläufigen Ton anzuschlagen.

«Wenn ich es täte, könnte ich es mir wahrscheinlich leisten, in Boscarva zu wohnen. Es wird Zeit, auf eigene Füße zu kommen.»

«Aber –» ich wählte meine Worte mit Bedacht – «aber wäre es nicht ziemlich... deprimierend... Ich meine, dort umgeben von Mr. Padlows mickrigen kleinen Häuschen zu leben?»

Er lachte. «Es wäre kein Arme-Leute-Projekt wie oben auf dem Hügel. Es wären lauter villenartige Anwesen, die Mindestgröße der Grundstücke wäre achttausend Quadratmeter, und an den Baustil und die Ausstattung der Häuser würden sehr hohe Bedingungen geknüpft. Es dürfte kein Baum gefällt werden, die Landschaft müßte möglichst unangetastet bleiben. Es wären teure Häuser für gutsituierte Leute, und es wären nicht viele. Was sagen Sie dazu?»

«Haben Sie Grenville davon erzählt?»

«Er würde mir nicht zuhören. Er ist nicht daran interessiert, damit hat sich's.»

«Aber wenn Sie es ihm genau erklärten...»

«Ich hab mein Leben lang versucht, ihm Dinge zu erklären, und bin nie weit gekommen. Gibt es sonst noch etwas, worüber Sie sprechen möchten?»

Ich überlegte. Ich wollte ganz bestimmt nicht über Joss sprechen. «Nein.»

«In dem Fall vergessen wir am besten gestern abend und freuen uns über den schönen Tag.»

Sicher eine gute Idee. Ich nickte, und wir lächelten uns zu. Dann fuhren wir über eine Brücke und kamen zu einem steilen

Hügel, und Eliot legte mit dem altmodischen Ganghebel geschickt den zweiten Gang ein. Der Wagen dröhnte den Hang hinauf, die lange, elegante Kühlerhaube schien direkt in den Himmel zu gleiten.

Wir waren gegen zehn Uhr in Falmouth. Während Eliot seine Geschäfte erledigte, hatte ich Gelegenheit, auf eigene Faust die kleine Stadt zu erkunden. Sie lag, vor dem Nordwind geschützt, ganz nach Süden, die Gärten waren voll von Kamelien und duftendem Seidelbast, so daß ich unwillkürlich an einen Hafen am Mittelmeer dachte, ein Eindruck, der durch das Blau des Meeres an diesem ersten warmen Frühlingstag und die hohen Masten der im Hafenbecken ankernden Jachten noch verstärkt wurde.

Aus irgendeinem Grund überkam mich plötzlich der Drang, etwas zu kaufen. Ich besorgte Fresien für Mollie und ließ die Stiele in feuchtes Moos hüllen, damit sie nicht bis zum Abend welkten, dann eine Kiste Zigarren für Grenville, eine Flasche guten Sherry für Pettifer, eine Schallplatte für Andrea. Auf dem Cover war eine Gruppe Punks in martialischer Lederkleidung. Es kam mir sehr passend vor für sie. Und für Eliot… Ich hatte bemerkt, daß das Krokoband seiner Uhr abgescheuert war. Ich fand ein schmales Uhrarmband aus dunklem Kroko, sehr teuer, genau das Richtige für Eliot. Dann kaufte ich noch eine Tube Zahnpasta für mich, weil ich neue Zahnpasta brauchte. Und für Joss…? Für Joss kaufte ich nichts.

Eliot holte mich wie verabredet im Foyer des großen Hotels am Markt ab. Wir fuhren sehr schnell aus der Stadt hinaus, kamen durch Truro und das kleine Labyrinth von Landstraßen und baumgesäumten Flüßchen dahinter und erreichten ein Dorf, das St. Endon hieß, lauter kleine weiße Häuser, Palmen und Gärten voller Blumen. Die Straße wand sich hinunter zum Fluß, am Wasser war ein kleiner Pub, und jetzt, bei Flut, schwappten die Wellen an die Mauer unterhalb der Terrasse. Auf der Mauer saßen viele kleine Möwen, die im Gegensatz zu den wilden, gierigen Seemöwen von Boscarva ausgesprochen friedlich und freundlich dreinblickten.

Wir saßen draußen in der Sonne und tranken einen Sherry,

und dann gab ich Eliot sein Geschenk. Er schien sich wahnsinnig zu freuen, riß sofort das alte Armband ab, befestigte das neue, das in der Sonne glänzte, und ließ die kleinen Clips mit Hilfe seines Taschenmessers zuspringen.

«Wie sind Sie auf die Idee gekommen?»

«Oh, ich habe gesehen, daß Ihr altes ganz abgescheuert war. Ich dachte, Sie könnten womöglich Ihre Uhr verlieren.»

Er lehnte sich zurück und sah mich an. Es war so warm, daß ich meinen Pulli ausgezogen und die Ärmel meiner Baumwollbluse hochgekrempelt hatte. «Haben Sie für alle Geschenke gekauft?» fragte er.

Ich wurde verlegen. «Ja.»

«Ich dachte es mir schon, als ich Sie mit all den Päckchen sah. Kaufen Sie immer Geschenke für andere?»

«Es ist schön, wenn man Menschen kennt, für die man Geschenke kaufen kann.»

«Gibt es in London niemanden?»

«Eigentlich nicht.»

«Niemand besonderen?»

«Es hat nie jemand besonderen gegeben.»

«Das kann ich nicht glauben.»

«Es stimmt.» Ich hatte keine Ahnung, warum ich so offen mit ihm redete. Vielleicht lag es irgendwie an dem herrlichen Tag, der mich mit seiner Wärme überwältigte und meine Zurückhaltung löste. Vielleicht lag es einfach daran, daß wir, nachdem wir den Streit von gestern abend überstanden hatten, ungestört zusammen waren. Warum auch immer, an jenem Tag fiel es mir ganz leicht, mit Eliot zu reden.

«Wie kommt das?» fragte er.

«Ich weiß nicht. Vielleicht hängt es damit zusammen, wie ich groß geworden bin... Meine Mutter lebte nacheinander mit verschiedenen Männern zusammen, und ich lebte bei ihnen. Und nichts zerstört die Illusion von Liebe und Romantik so gründlich, wie wenn man aus nächster Nähe ihr Ende miterlebt, ein ums andere Mal.»

Eliot nickte. «Eine gute Beobachtung. Aber Sie dürfen nicht

zu vorsichtig sein und sich allem verschließen. Sonst kommt am Ende niemand an Sie heran.»

«Danke, mir geht es gut.»

«Wollen Sie zurück nach London?»

«Ja.»

«Bald?»

«Wahrscheinlich.»

«Warum bleiben Sie nicht eine Weile?»

«Ich möchte niemandem lästig werden.»

«Das würden Sie nicht. Und ich habe kaum Gelegenheit gehabt, mit Ihnen zu reden. Außerdem... Wie dem auch sei, wie können Sie nach London zurückfahren und all das hinter sich lassen?» Die Handbewegung, die er machte, umfaßte alles, die Sonne, die Stille ringsum, das leise Plätschern des Wassers, den Frühling, der in der Luft lag.

«Ich kann es, weil ich muß. Ich habe einen Job, ich habe eine Wohnung, die dringend gestrichen werden muß, und ein Leben, das ich wiederaufnehmen muß.»

«Kann das nicht warten?»

«Nicht ewig.»

«Es gibt keinen Grund zurückzufahren.» Ich antwortete nicht. «Es sei denn, Sie sind gründlich abgestoßen von dem, was gestern abend passiert ist», fuhr er fort. Ich lächelte und schüttelte den Kopf, weil wir uns vorgenommen hatten, nicht wieder davon zu sprechen. Er beugte sich vor und stützte das Kinn in die Hand. «Wenn Sie Arbeit brauchen, könnten Sie auch hier einen Job finden. Wenn Sie eine eigene Wohnung haben möchten, könnten Sie hier eine mieten.»

«Warum sollte ich bleiben?» Aber es schmeichelte mir, daß er mich überreden wollte.

«Weil es gut für Grenville wäre, und auch für Mollie und für mich. Weil ich glaube, wir alle möchten, daß Sie hierbleiben. Vor allem ich.»

«Ach Eliot...»

«Es ist wahr. Sie strahlen eine wunderbare innere Ruhe aus. Wußten Sie das? Ich habe es an dem ersten Abend bemerkt, als ich Sie sah, ohne zu wissen, wer Sie sind. Und ich mag Ihre Nase und Ihr Lachen und die Art, wie Sie aussehen, in Jeans und mit losen Haaren wie eine Range, und dann wieder, mit Ihrem Zopf über der Schulter und dem schönen Kleid, das Sie abends anhaben, wie eine Märchenprinzessin. Ich habe das Gefühl, ich entdecke jeden Tag etwas Neues an Ihnen. Und deshalb möchte ich nicht, daß Sie wieder gehen. Noch nicht.»

Mir fiel nichts ein, was ich auf diesen langen Monolog entgegnen konnte. Ich war ein bißchen gerührt und zugleich verlegen. Aber es war auf jeden Fall wohltuend, daß mich jemand mochte und bewunderte, und noch wohltuender, daß er es mir sagte.

Er lachte. «Sie müßten Ihr Gesicht sehen! Sie wissen nicht, wohin Sie gucken sollen, und sind ganz rot geworden. Kommen Sie, trinken Sie Ihren Sherry aus, dann gehen wir hinein und essen Austern. Und ich gebe Ihnen mein Ehrenwort, daß ich Ihnen keine Komplimente mehr machen werde!»

Wir aßen in dem kleinen, niedrigen Gastzimmer, an einem Tisch, der auf dem unebenen Boden so sehr wackelte, daß Eliot ein zusammengefaltetes Stück Papier unter eines der Beine schieben mußte, und ließen uns beim Essen Zeit. Wir aßen zuerst Austern, dann Steak und grünen Salat und tranken dazu eine Flasche Wein. Den Kaffee nahmen wir draußen in der Sonne, setzten uns auf die Mauer der Terrasse und sahen zu, wie zwei braungebrannte Jungen in kurzen Hosen ein kleines Segelboot takelten und damit auf das blaue Wasser hinausfuhren. Das gestreifte Segel blähte sich in einer geheimnisvollen Brise, die wir nicht wahrnahmen, als das Boot um ein kleines bewaldetes Kap glitt und aus unserem Blickfeld verschwand. Eliot sagte, wenn ich in Cornwall bliebe, würde er ein Boot mieten und mir Segeln beibringen, wir würden von Porthkerris aus hinausfahren und Makrelen fischen, und er würde mir im Sommer all die kleinen Buchten und verschwiegenen Plätze zeigen, die die Touristen nie fänden.

Schließlich war es Zeit aufzubrechen. Der Nachmittag umwand alles wie eine lange, glänzende Seidenschleife. Eliot fuhr, sichtlich müde und zufrieden, langsam nach High Cross, auf der großen Landstraße, die durch vergessene Dörfer und durch das Herz des Landes führte.

Als wir nach High Cross kamen, sah ich, daß es auf der Spitze der Halbinsel lag, so daß das Dorf zwei Gesichter hatte, das eine dem Norden, dem Atlantik zugewandt, und das andere dem Ärmelkanal. Es war wie eine Insel, von salzigen Winden umtost und vom Meer umgeben. Seine Werkstatt war auf halber Höhe der Dorfstraße, ein kleines Stück zurückgesetzt, mit einem gepflasterten Hof, der mit Blumenkästen geschmückt war. Hinter dem großen Fenster des Ausstellungsraums standen chromblitzende, rassige Wagen. Alles wirkte sehr neu, makellos gepflegt und teuer. Als wir über den Hof zum Ausstellungsraum gingen, fragte ich mich, wieviel Eliot wohl in dieses Unternehmen investiert haben mochte und woher er den Mut genommen hatte, ausgerechnet an diesem abgelegenen Platz einen Handel mit Luxusautos aufzumachen.

Er zog eine der gläsernen Schiebetüren auf, und ich ging hinein. Meine Schritte machten nicht das leiseste Geräusch auf dem vor Sauberkeit glänzenden Gummiboden.

«Warum haben Sie die Werkstatt hier aufgemacht, Eliot? Wäre es in Fourbourne oder Falmouth oder Penzance nicht besser gewesen?»

«Verkaufspsychologie, meine Liebe. Wenn man sich einen Namen gemacht hat, kommen die Leute vom Ende der Welt, um das zu kaufen, was man ihnen anbietet.» Er fügte mit entwaffnender Offenheit hinzu: «Außerdem gehörte mir das Grundstück schon, das heißt, es gehörte meiner Mutter, und das war ein gewisser Anreiz, den Laden hier zu bauen.»

«Sind die Wagen alle zu verkaufen?»

«Ja. Wie Sie sehen, spezialisieren wir uns auf Autos vom Kontinent und auf Sportwagen. Wir hatten letzte Woche einen Ferrari da, aber er ist vor ein paar Tagen weggegangen. Er hatte einen Unfall gehabt, aber ich habe da einen ausgezeichneten jungen Mechaniker, und als er fertig war, sah der Wagen so gut wie neu aus.»

Ich legte die Hand auf eine blitzende gelbe Kühlerhaube. «Was ist das für einer?»

«Ein Lancia Zagato. Und das hier ist ein Alfa Romeo Spider, erst zwei Jahre alt. Toller Wagen.»

«Und ein Jensen Interceptor...» Das war der einzige, den ich kannte.

«Kommen Sie, ich zeige Ihnen die Werkstatt.» Ich folgte ihm durch eine andere Schiebetür, an der Rückseite des Ausstellungsraums, und sah ausgebaute Motoren, Ölkanister, lange Kabel, die von der Decke baumelten, nackte Glühbirnen, Werkbänke, alte Reifen und Werkzeugkarren. Sogar ich hätte diesen Raum als eine Autowerkstatt identifiziert.

Weiter hinten stand jemand über den Motor eines arg mitgenommenen Autowracks gebeugt. Er hatte eine Schutzmaske auf, die ihn ein wenig wie ein Tier aussehen ließ, und arbeitete mit einem laut zischenden Lötkolben. Das Geräusch des Kolbens wurde übertönt von Popmusik aus einem überraschend kleinen Transistorradio auf einem Eisenträger über ihm.

Ich wußte nicht, ob er uns kommen hörte oder nicht, doch als Eliot das Radio ausschaltete, stellte er den Lötkolben ab, richtete sich auf und schob die Schutzmaske hoch. Ich sah ein ausgemergeltes junges Gesicht mit dunklen Haaren, ölbefleckt und unrasiert. Die Augen musterten uns aufmerksam.

«Hallo, Morris», sagte Eliot.

«Hallo.»

«Das ist Rebecca Bayliss, sie ist zu Besuch in Boscarva.»

Morris langte nach einer Zigarette, sah in meine Richtung und nickte kurz. «Hallo», sagte ich, um höflich zu sein, wurde aber keiner Antwort gewürdigt. Er steckte die Zigarette an und schob das teure Feuerzeug wieder in die Tasche des ölverschmierten Overalls.

«Ich dachte, Sie würden heute morgen vorbeikommen», sagte er zu Eliot.

«Ich hab Ihnen doch gesagt, ich müßte rüber nach Falmouth.»

«Was gefunden?»

«Einen dreiunddreißiger Bentley.»

«Zustand?»

«Sah ganz gut aus. Ein bißchen Rost.»

«Wir müssen den alten Lack abbrennen. Neulich war ein Typ da, der einen haben wollte.»

«Ich weiß, deshalb hab ich ihn gekauft. Ich dachte, wir fahren morgen oder übermorgen mit dem Transporter rüber und holen ihn.»

Morris nickte, trat zu dem Radio und stellte es wieder an, fast noch lauter als vorhin. Ich betrachtete das Wrack, an dem er gearbeitet hatte, und dann fragte ich Eliot, was für ein Auto es eigentlich sei oder gewesen sei.

«Ein Jaguar XJ-sechs, vier Komma zwei Liter, Baujahr einundsiebzig, wenn Sie es ganz genau wissen wollen. Und wenn Morris damit fertig ist, wird es wieder einer sein. Er hat auch einen Unfall gehabt.»

Morris kam zurück und trat zwischen uns.

«Was machen Sie eigentlich damit?» fragte ich ihn.

«Das Chassis zurechtbiegen, die Spur richten.»

«Was ist mit den Bremstrommeln?» fragte Eliot.

«Er hätte neue gebrauchen können, aber ich hab die alten repariert, damit wir eine Garantie geben können... Übrigens, Mr. Kemback hat aus Birmingham angerufen.»

Sie fingen wieder an, über das Geschäft zu reden. Ich schlenderte in der Werkstatt umher, entfernte mich von der ohrenbetäubenden Rockmusik und trat auf den Hof, wo Rufus geduldig und würdevoll am Steuer von Eliots Wagen wartete. Ich stieg ein, und wir warteten gemeinsam, bis Eliot zurückkam.

Er entschuldigte sich für die Wartezeit. «Ich mußte noch einen anderen Auftrag besprechen. Morris ist ein guter Mechaniker, aber er wird sauer, wenn er außerdem noch das Telefon bedienen muß.»

«Wer ist Mr. Kemback? Auch ein Kunde?»

«Nein, eigentlich nicht. Er hat letzten Sommer hier Urlaub gemacht. Ihm gehören ein Motel und eine Werkstatt an der Schnellstraße. Er hat eine hübsche Sammlung von Oldtimern und möchte gern ein Museum einrichten, als zusätzliche Attraktion für den Motelbetrieb. Anscheinend möchte er, daß ich es leite.»

«Sie meinen, Sie sollen nach Birmingham ziehen?»

«Nicht sehr verlockend, nicht wahr? Aber wie dem auch sei, sehen wir uns jetzt das Haus meiner Mutter an.»

Wir gingen die Straße ein kleines Stück hinunter, bogen ab und schritten durch ein weißes Tor, eine abschüssige Zufahrt hinunter zu einem langen, niedrigen weißen Haus. Ich sah, daß es ursprünglich zwei aneinandergebaute einfache Häuser mit dicken Steinmauern gewesen waren. Eliot holte einen Schlüssel aus der Tasche, öffnete und ließ mir den Vortritt. Drinnen war es kalt, aber nicht feucht oder modrig. Das Haus war eingerichtet wie eine teure Londoner Wohnung, mit heller Auslegware aus Velours, hellgestrichenen Wänden und Sofas mit cremefarbenen Brokatbezügen. An den Wänden waren viele Spiegel, und an der niedrigen Balkendecke hingen kleine Kristallüster.

Es war alles ausnehmend hübsch und geschmackvoll, ungefähr so, wie ich es mir vorgestellt hatte, aber irgendwie stimmte es nicht. Eine Küche wie aus einem Werbeprospekt, ein Eßzimmer mit hochglanzpolierten Mahagonimöbeln, oben vier Schlafzimmer und drei Badezimmer, ein Nähzimmer und ein gewaltiger Wäscheschrank, und überall roch es durchdringend nach parfümierter Seife.

Hinter dem Haus war eine kleine Terrasse, und dahinter erstreckte sich ein langer Garten zu einer fernen Hecke hinunter. Ich betrachtete die Terrasse und sah Mollie und ihre Freundinnen in Korbsesseln vor mir, neben sich einen teuren Servierwagen aus Glas und Messing, auf dem Martinis standen.

«Es ist ein wunderschönes Haus», sagte ich und meinte es auch so. «Perfekt in jeder Beziehung.» Aber ich liebte es nicht, wie ich Boscarva liebte. Vielleicht weil es zu perfekt war.

Wir standen in dem zu eleganten Wohnzimmer und sahen uns an. Der gemeinsame Tag schien sich dem Ende zu nähern. Vielleicht hatte Eliot das gleiche Gefühl und wollte das Ende hinauszögern, denn er sagte: «Ich könnte Ihnen einen Tee machen, aber es ist leider keine Milch im Kühlschrank.»

«Ich denke, wir sollten nach Haus fahren.» Ich mußte auf einmal schrecklich gähnen, und Eliot lachte. Er faßte mich an den Schultern. «Sie sind müde.»

«Zuviel frische Luft», antwortete ich. «Und zuviel Wein.»

Ich legte den Kopf zurück, um ihm ins Gesicht zu sehen, und wir waren einander sehr nahe. Ich spürte, wie der Druck seiner Finger um meine Schultern stärker wurde. Er lachte jetzt nicht mehr, und seine tiefliegenden Augen hatten einen so zärtlichen Ausdruck, wie ich ihn noch nie vorher bei jemandem gesehen hatte.

«Es war ein herrlicher Tag…» sagte ich, doch weiter kam ich nicht, denn er küßte mich, und ich konnte eine Weile kein Wort hervorbringen. Als er zurücktrat, war ich so mitgenommen und durcheinander, daß ich mich nur stumm an ihn lehnte. Ich hätte am liebsten geweint, ich kam mir vor wie eine dumme Gans und war mir bewußt, daß ich die Situation absolut nicht mehr unter Kontrolle hatte. Meine Wange lag an seinem Jackett, und er hatte mich an sich gezogen, so daß ich sein Herz schlagen fühlte, wie einen sanften Trommelwirbel.

«Du darfst nicht nach London zurück. Du darfst nie mehr fortgehen», murmelte er über meinen Kopf hinweg.

9

Meine Einkäufe in Falmouth erwiesen sich als unerwarteter Segen. Sie lieferten genau den Gesprächsstoff, den wir alle brauchten, um über die peinlichen Geschehnisse des vorigen Abends hinwegzukommen. Mollie war begeistert von den Fresien, die sie in Boscarva nicht ziehen konnte, da der Wind zu kalt war und der Garten zu ungeschützt. Sie machte mir ein Kompliment, weil ich sie so wunderhübsch in der Vase arrangiert hätte, viel besser, als sie es gekonnt hätte, und gab ihnen dann einen Ehrenplatz, im Wohnzimmer mitten auf dem Kaminsims. Sie erfüllten den Raum mit ihrem starken süßen Duft, und die Farben, Weiß, Violett und ein tiefes Rosa, lenkten den Blick zu dem darüber hängenden Porträt von Sophia. Die Blüten schienen die leuchtenden Farbtöne der Haut und den feinen Schimmer des weißen Kleides zu ergänzen.

«Wunderschön», sagte Mollie und trat zurück. Ich wußte nicht, ob sie nun die Blumen meinte oder das Bild. «Es war sehr lieb von Ihnen, sie mitzubringen. Übrigens, hat Eliot Ihnen das Haus gezeigt? Dann können Sie jetzt verstehen, was es für mich bedeutet, in diesem riesigen Gemäuer leben zu müssen.» Sie kniff die Augen ein wenig zusammen und sah mich nachdenklich an. «Wissen Sie, ich glaube, der Tag hat Ihnen gutgetan. Sie haben eine schöne Farbe bekommen. Die frische Luft bekommt Ihnen.»

Pettifer nahm seinen Sherry mit Würde entgegen, aber ich konnte sehen, daß er sich freute. Und Grenville freute sich diebisch über die Zigarren, denn der Arzt hatte ihm das Rauchen verboten, und Pettifer hatte seinen gesamten Vorrat versteckt und teilte sie ihm nur äußerst sparsam zu. Grenville nahm sofort eine Zigarre, zündete sie an, paffte mit großer Befriedigung und lehnte sich in seinem Sessel zurück wie jemand, der keinen Gedanken an seine Gesundheit verschwendet. Sogar bei Andrea hatte ich diesmal das Richtige getroffen. «Die Ramones! Wahnsinn! Leider gibt's hier keinen Plattenspieler, und ich habe meinen in London gelassen. Sind sie nicht total scharf? Absolut schrill…» Dann kehrte sie in die Wirklichkeit zurück und suchte nach dem Preisetikett. «Sie hat bestimmt einen Haufen Geld gekostet.»

Es war, als hätten wir alle mit Friedensgaben stillschweigend einen Pakt geschlossen. Über den vergangenen Abend fiel kein Wort. Kein Wort über den Davenport-Sekretär, über Ernest Padlow oder den möglichen Verkauf der Farm von Boscarva. Kein Wort über Joss.

Nach dem Dinner klappte Eliot einen Spieltisch aus, Mollie holte den Rosenholzkasten mit dem Mah-Jongg-Spiel heraus, und wir spielten, bis es Zeit war, zu Bett zu gehen. Andrea saß neben Mollie, um die Regeln zu lernen.

Ich ertappte mich bei dem Gedanken, daß ein Fremder, der uns unerwartet überraschte, sicher hingerissen gewesen wäre von dem trauten Anblick, den wir hier, im Schein der Stehlampe, bei unserer zeitlosen Beschäftigung boten. Der angesehene Maler am Ende seiner Tage, im Kreis seiner Familie, die hübsche Schwiegertochter und der attraktive Enkel. Selbst die sonst so gleichgültige und desinteressierte Andrea schien wie gebannt vom Zauber des Spiels.

Ich hatte es als Kind mit meiner Mutter gespielt, und manchmal war ich als vierter Mann eingesprungen, wenn sie es mit zwei Freundinnen spielte. Ich erinnerte mich, wie die Steine aus Bambus und Elfenbein sich anfühlten, erinnerte mich an ihre Schönheit und an das angenehme Geräusch, das sie machten, wenn wir sie auf dem Brett versetzten – wie Kieselsteine im Meer, die von der Flut in ihrer Ruhe gestört werden. Es hatte eine tröstliche und beruhigende Wirkung auf mich.

Zu Beginn jeder Runde bauten wir die zwei Steine hohen Mauern und schlossen sie zu einem Quadrat, «um die bösen Geister fernzuhalten», wie Grenville sagte. Er hatte das Spiel als junger Oberleutnant zur See in Hongkong gelernt und war mit all seinen uralten abergläubischen Assoziationen vertraut. Wie leicht wäre es doch, dachte ich, wenn man Gespenster, Zweifel und Leichen im Keller auf diese Weise bannen und in Schach halten könnte.

Die Fremdenverkehrsprospekte und Plakate von Porthkerris zeigten samt und sonders ein Dorf, wo Meer und Himmel immer strahlend blau waren, die Häuser in der Sonne weiß glänzten und eine obligate Palme im Vordergrund an warme Mittelmeerstrände erinnerte. Man sollte dann natürlich an frischen Hummer denken, den man im Freien verspeisen konnte, an bärtige Maler in farbbekleckste Kitteln und an wettergegerbte Fischer, malerisch wie Piraten, die auf Pollern saßen, ihre Pfeife rauchten und über den Fang der letzten Woche diskutierten.

Aber im Februar, bei stürmischen Winden aus Nordost, hatte Porthkerris keinerlei Ähnlichkeit mit diesem Traumparadies.

Das Meer, der Himmel, auch der Ort selbst waren grau, und durch das Gewirr der schmalen Gassen fegten eisige Böen. Jetzt, bei Hochwasser, brachen sich die Wellen mit lautem Getöse an der Kaimauer. Wasser spritzte über die Straße, überzog die Fensterscheiben der Häuser an der anderen Seite mit einer weißen Salzschicht und füllte die Rinnsteine mit gelblichem Schaum wie aus einer Waschmaschine.

Es war, als herrschte so etwas wie Belagerungszustand. Die Leute, die Besorgungen machten, hatten ihre Mäntel bis oben zugeknöpft und schützten sich mit Wollschals, Kapuzen und hochgeschlagenen Kragen vor Kälte und Nässe. Männer und Frauen sahen mit ihren Gummistiefeln und ihrer dicken Vermummung alle gleich aus.

Der Himmel war von der Farbe des Windes, überall wirbelten Blätter, kleine Zweige und Papierfetzen herum, dann und wann flog sogar irgendwo ein Ziegel von einem Dach. In den Geschäften vergaßen die Leute, was sie einkaufen wollten, und redeten über das Wetter, den Sturm und den Schaden, den er noch anrichten würde.

Ich ging wieder hinunter, um für Mollie einzukaufen, und kämpfte mich in einem geborgten Regenmantel und geborgten

Gummistiefeln den Hügel hinab, weil ich mich auf meinen zwei Beinen sicherer fühlte als in Mollies allzu leichtem Auto. Jetzt, wo ich den Ort besser kannte, brauchte ich Andrea nicht mehr, um den Weg zu finden. Außerdem hatte Andrea ohnehin noch im Bett gelegen, als ich von Boscarva aufgebrochen war, und dieses eine Mal konnte ich es ihr nicht verdenken. Es war kein einladender Morgen, und ich konnte kaum glauben, daß ich erst gestern in der warmen Frühlingssonne draußen gesessen hatte.

Ich hatte den letzten Einkauf – beim Bäcker – erledigt und verließ den Laden in dem Augenblick, in dem die Uhr am Turm der normannischen Kirche elf schlug. Normalerweise wäre ich unter diesen Umständen sofort wieder nach Boscarva zurückgegangen, aber ich hatte noch etwas vor. Gesenkten Kopfes, den Korb im Arm, machte ich mich auf den Weg zum Hafen.

Ich wußte, daß das Kunstmuseum in einer alten Baptistenkapelle irgendwo im Labyrinth der Gassen im nördlichen Teil des Ortes untergebracht war. Ich hatte gedacht, ich würde einfach losgehen und das Gebäude suchen, doch als ich die Hafenstraße entlangging und abwechselnd gegen Sturm und Spritzwasser ankämpfte, sah ich das alte Fischerhaus, das zu einem Fremdenverkehrsamt umgebaut worden war, und kam zu dem Schluß, daß es Zeit und Energie sparen würde, wenn ich mich dort erkundigte.

Drinnen saß ein mißmutiges Mädchen an einem Ölofen. Sie hatte Stiefel an, fröstelte und sah aus wie die einzige Überlebende einer Polarexpedition. Als ich über die Schwelle trat, rührte sie sich nicht vom Fleck. «Ja?» sagte sie und starrte mich durch die Gläser einer häßlichen Brille an.

Ich versuchte, Mitleid mit ihr zu empfinden. «Ich suche das Kunstmuseum.»

«Welches meinen Sie?»

«Ich wußte nicht, daß es mehrere gibt.»

Hinter mir ging die Tür auf und wurde wieder geschlossen. Das Mädchen sah über meine Schulter hinweg, und in seinen Augen blitzte ein gewisses Interesse auf.

«Es gibt die Städtische Galerie und die Neuen Maler», sagte sie, auf einmal viel lebhafter.

«Ich weiß nicht, welches es ist.»

«Vielleicht kann ich Ihnen helfen», sagte eine bekannte Stimme hinter mir.

Ich fuhr herum, und dort stand Joss, in Gummistiefeln und einer klitschnassen schwarzen Öljacke, eine Fischermütze über beide Ohren gezogen. Sein Gesicht war naß vom Regen, er hatte die Hände in den Jackentaschen vergraben, seine dunklen Augen funkelten belustigt. Einerseits konnte ich gut verstehen, warum das unfreundliche Mädchen am Ofen urplötzlich zum Leben erwacht war. Andererseits störte mich seine ungewöhnliche Gabe, immer dann auf der Bildfläche zu erscheinen, wenn ich ihn am wenigsten erwartete.

Ich dachte an Andrea. Ich dachte an den Sekretär und den Stuhl. «Hallo, Joss», sagte ich kühl.

«Ich habe Sie hineingehen sehen. Was suchen Sie?»

Das Mädchen piepste eifrig: «Sie will zum Kunstmuseum.»

Joss wartete auf eine nähere Erklärung, und mir blieb kaum etwas anderes übrig. «Ich dachte, vielleicht hängen dort ein paar Bilder von Grenville...»

«Sie haben recht, es sind drei da. Ich bring Sie hin.»

«Das ist nicht nötig, ich wüßte nur gern, wie ich hinkomme.»

«Ich begleite Sie aber gern. So...» Er nahm mir den schweren Korb ab, lächelte dem Mädchen zu und ging zur Tür. Eine Bö peitschte gischtige Luft herein, und ein Stoß Prospekte wurde vom Tresen geweht und segelte zu Boden. Ehe wir noch mehr Schaden anrichten konnten, hastete ich hinaus, und die Tür fiel hinter uns ins Schloß. Joss nahm meinen Arm, als ob es die natürlichste Sache von der Welt wäre, und wir schritten mitten auf der Fahrbahn die Straße hinunter. Trotz des tosenden Sturms und meiner erkennbaren Schwierigkeiten, gegen den Wind voranzukommen, machte Joss munter Konversation.

«Was um Himmels willen führt Sie bei dem Wetter hier herunter?»

«Ich habe ein paar Besorgungen für Mollie gemacht.»

«Hätten Sie nicht den Wagen nehmen können?»

«Ich dachte, er würde bloß von der Straße geweht werden.»

«Ich mag solche Tage», erklärte er. So wie er aussah, mit zerzausten Haaren, über und über naß und vor Vitalität berstend, nahm man ihm das ohne weiteres ab. «Hatten Sie gestern einen schönen Tag?»

«Wie kommen Sie darauf?»

«Ich war oben in Boscarva, und Andrea hat mir erzählt, daß Sie mit Eliot nach Falmouth gefahren seien. Ich glaube nicht, daß man hier in der Gegend etwas geheimhalten kann. Wenn Andrea es mir nicht gesagt hätte, hätte Pettifer es getan, oder Mrs. Thomas oder Mrs. Kernow oder Miss Freundlich vom Fremdenverkehrsamt. Es gehört zu dem Charme, in Porthkerris zu leben. Jeder ist bestens darüber informiert, was die anderen machen.»

«Das wird mir langsam klar.»

Wir bogen von der Hafenstraße in eine steile Gasse. Unmittelbar an der Fahrbahn standen kleine Häuser, eine Katze sauste über das Pflaster und verschwand in einem Fenster, das trotz des Wetters einen Spalt weit geöffnet war. Eine Frau mit einem Hut und einer blauen Schürze schrubbte ihre Eingangsstufen. Sie blickte auf und sah uns. «Hallo, mein Junge», sagte sie zu Joss. Ihre Finger sahen von dem warmen Wasser und dem kalten Wind aus wie rosarote Würste.

Die Gasse mündete auf einen kleinen Platz, den ich noch nicht kannte. Eine Seite wurde von einem langgestreckten Bauwerk mit hoch angesetzten Bogenfenstern eingenommen. Über der Tür stand auf dem Schild KUNSTMUSEUM PORTHKERRIS. Joss ließ meinen Arm los, stieß die Tür mit der Schulter auf und trat zur Seite, um mir den Vortritt zu lassen. Drinnen war es bitterkalt, zugig, menschenleer. An den weißgetünchten Wänden hingen Bilder, gegenständliche und abstrakte, große und kleinere, und in der Mitte des Saales ragten zwei Skulpturen auf wie Felsen, die von der Ebbe bloßgelegt worden waren. Neben der Tür stand ein Tisch mit Stapeln von Katalogen, Broschüren und der neuesten Ausgabe der Kunstzeitschrift *The Studio*, doch trotz dieser Dekoration herrschte in der Galerie die Atmosphäre eines freudlosen Sonntagnachmittags.

«So», sagte Joss, stellte den Korb hin, nahm die Mütze ab und schüttelte sie trocken wie ein Hund sein Fell. «Was würden Sie gern sehen?»

«Sophia.»

Er hob den Kopf und sah mich durchdringend an, doch fast im selben Moment lächelte er, setzte die Mütze wieder auf und zog den Schirm bis unmittelbar über die Augen wie ein Gardesoldat.

«Wer hat Ihnen von Sophia erzählt?»

Ich lächelte zuckersüß. «Vielleicht Mrs. Thomas. Vielleicht Mrs. Kernow. Vielleicht Miss Freundlich vom Fremdenverkehrsamt.»

«Wenn Sie frech sind, zeige ich Ihnen gar nichts.»

«Hier ist doch ein Porträt von Sophia? Pettifer hat es mir gesagt.»

«Ja. Hier drüben.»

Ich folgte ihm durch den Saal, unsere Schritte hallten in der leeren Weite wider.

«Da», sagte er. Ich blieb neben ihm stehen und sah hoch. Tatsächlich, da war sie. Sie saß im Lichtkegel einer Lampe mit einer Stickerei in den Händen.

Ich betrachtete es einige Zeit und stieß dann einen enttäuschten Seufzer aus. Joss blickte unter seinem lächerlichen Mützenschirm auf mich herunter.

«Warum stöhnen Sie?»

«Man kann ihr Gesicht auch hier nicht sehen. Ich weiß immer noch nicht, wie sie ausgesehen hat. Warum hat er ihr Gesicht nie gemalt?»

«Er hat es gemalt. Oft.»

«Aber ich hab's immer noch nicht gesehen. Es ist immer der Kopf von hinten, oder es sind ihre Hände, oder das Gesicht ist auf dem Bild so winzig, daß man es nicht erkennen kann.»

«Ist es denn so wichtig, wie sie ausgesehen hat?»

«Nein, wohl nicht. Ich möchte es nur wissen.»

«Wie haben Sie überhaupt von Sophia gehört?»

«Meine Mutter hat mir von ihr erzählt. Und dann Pettifer, und das Bild von ihr, das in Boscarva im Wohnzimmer, ist so

338

schön, daß man das Gefühl hat, sie müsse wunderhübsch gewesen sein.» Wir blickten wieder auf das Bild. Ich sah die Hände und den Schein der Lampe auf ihren dunklen Haaren. «Pettifer sagt, daß Bilder von ihr in vielen englischen Museen hängen. Ich werde wohl nach Manchester und Birmingham und Nottingham und Glasgow fahren müssen, um eines zu finden, das sie nicht im Dreiviertelprofil von hinten zeigt.»

«Und was werden Sie dann tun?»

«Nichts. Ich werde einfach wissen, wie sie ausgesehen hat.»

Ich wandte mich ab und ging zurück zur Tür, wo der volle Einkaufskorb auf mich wartete. Joss war vor mir da und nahm den Korb, ehe ich ihn zu fassen bekam.

«Ich muß zurück», sagte ich.

«Es ist erst –» er sah auf die Uhr – «halb zwölf. Und Sie haben meinen Laden noch nicht gesehen. Kommen Sie mit und schauen Sie ihn sich an. Ich mach Ihnen einen Kaffee, und dann fahr ich Sie nach Haus. Sie können unmöglich mit dieser Zentnerlast den ganzen Hügel hochkraxeln.»

«Natürlich kann ich.»

«Ich lasse es nicht zu.» Er öffnete die Tür. «Kommen Sie.»

Ich konnte schlecht ohne den Korb zurückgehen, und er wollte ihn offensichtlich nicht aus der Hand lassen, so daß ich ihm resigniert und widerstrebend folgte. Trotzig steckte ich die Hände in die Taschen, damit er meinen Arm nicht nehmen konnte. Mein unfreundliches Verhalten schien ihn nicht im geringsten zu stören. Doch als wir wieder zum Hafen kamen und erneut dem Sturm ausgesetzt waren, verlor ich um ein Haar das Gleichgewicht, und er lachte, zog sanft meine Hand aus der Tasche und nahm sie in seine. Eine entwaffnende Geste, fand ich. Jedenfalls äußerte ich kein Wort des Protestes.

Sobald das Geschäft in Sicht kam, das hohe schmale Haus, das zwischen den beiden niedrigen, behäbigen aufragte, sah ich, daß sich in der Tat einiges verändert hatte. Die Fensterrahmen waren nun lackiert, die Schaufensterscheibe war geputzt, und über der Tür hing ein Schild: JOSS GARDNER.

«Na, wie finden Sie es?» In seiner Stimme schwang Stolz mit.

«Sehr hübsch. Und sehr geschmackvoll», mußte ich zugeben.

Er nahm einen Schlüssel aus der Tasche, schloß auf, und wir gingen hinein. Auf dem Boden standen Packkisten, und rings herum an den Wänden zogen sich verschieden breite Holzregale entlang, einige davon noch nicht fertig. In der Mitte des Raumes stand ein Gebilde, das aussah wie ein Klettergerüst für Kinder. Es war ebenfalls ein Regal, und darauf standen moderne skandinavische Trinkgläser, Porzellan und Kochtöpfe in fröhlichen Farben. An einer Seite hingen farbig gestreifte indische Webteppiche. Die Wände waren weiß getüncht, das Holz hatte er überall im natürlichen Zustand belassen, was zusammen mit den grauen Steinplatten einen schlichten und wirkungsvollen Hintergrund für die bunten Sachen abgab, die er verkaufen wollte. Hinten im Laden führte eine nicht verkleidete Holztreppe nach oben, und darunter war eine offenstehende Tür, die vermutlich in einen dunklen Keller führte.

«Kommen Sie mit nach oben...» Er ging voran.

Ich folgte ihm. «Was ist das für eine Tür?»

«Dahinter ist meine Werkstatt. Da drin herrscht jetzt ein furchtbares Durcheinander. Ich werd sie Ihnen ein andermal zeigen. Da...» Wir erreichten den ersten Stock und konnten kaum einen Fuß vor den anderen setzen, weil überall Körbe herumstanden. «Hier hab ich noch nicht aufgeräumt, aber wie Sie sehen, gibt es hier Körbe für Kaminholz, zum Einkaufen, für Babies, für Wäsche – was immer man hineintun will.»

Das schmale Haus war alles andere als geräumig. Im Grunde bestand es nur aus einem Treppenhaus mit einem Treppenabsatz in jedem Stock.

«Und jetzt ganz nach oben. Was machen Ihre Beine? Geht's noch? Nun kommen wir zu den fürstlichen Privatgemächern des Eigentümers.» Ich kam an einem winzigen Badezimmer vorbei, das neben der Treppenbiegung eingebaut war. Als ich da hinter Joss hinaufstieg, mußte ich plötzlich an Andreas sehnsüchtige Beschreibung der Wohnung denken. Irgendwie hoffte ich, sie würde ganz anders sein, als Andrea sie geschildert hatte, damit ich wüßte, daß ihre Phantasie mit ihr durchgegangen war und sie alles erfunden hatte.

Wie aus einer Illustrierten, mit einem riesigen Polsterbett und jeder Menge Kissen und so, und einem Kamin.

Aber es war genauso, wie sie gesagt hatte. Als ich die letzten Stufen hinaufstieg, schwand meine Hoffnung. Das Zimmer hatte tatsächlich etwas Verwunschenes und Geheimes, mit einer Decke, die bis zum Fußboden hinunterging, und einem Fenster in der Giebelwand, unter dem eine Sitzbank stand. Ich sah die Kochnische hinter dem Tresen, die aussah wie eine Bar, den alten türkischen Teppich, die breite, rotbezogene Liege an der Wand. Mit Kissen übersät, wie Andrea gesagt hatte.

Joss hatte meinen Korb hingestellt, zog bereits seine nassen Sachen aus und hängte sie auf einen altmodischen Kleiderständer.

«Ziehen Sie sich aus, ehe Sie sich den Tod holen», sagte er. «Ich mache schnell Feuer.»

«Ich kann nicht lange bleiben...»

«Kein Grund, kein Feuer zu machen. Und ziehen Sie bitte den Mantel aus.»

Ich knöpfte ihn mit klammen Fingern auf, nahm meine nasse Wollmütze ab und schüttelte meinen Zopf zurecht. Während ich meine Sachen an den Kleiderständer hängte, machte Joss sich am Kamin zu schaffen, zerbrach kleine Äste, knüllte Papier zusammen, schob die brennbaren Überreste vom letzten Feuer zusammen und zündete das Ganze mit einem langen Fidibus an. Als kleine Flammen aufzüngelten, nahm er ein paar Stücke von dem teergetränkten Treibholz aus einem Korb neben dem Kamin und schichtete sie rings um die Flammen. Sie knisterten und knackten und fingen rasch Feuer. Und das Zimmer erwachte im Schein der Flammen zum Leben. Er richtete sich auf und wandte sich zu mir.

«Na, was möchten Sie? Kaffee? Tee? Schokolade? Brandy mit Soda?»

«Kaffee?»

«Zweimal Kaffee, kommt sofort.» Er ging hinter den Tresen,

ließ einen Wasserkessel vollaufen und zündete das Gas an. Während er ein Tablett hervorholte und Tassen darauf stellte, ging ich zum Fenster hinüber, kniete mich auf die Bank und schaute hinunter auf die Straße, die von jeder Welle, die sich an der Kaimauer brach, von Gischt und Wasser überspült wurde. Die Boote im Hafen hüpften auf und ab wie verrückt gewordene Korken, und große Heringsmöwen schossen kreischend über die Masten hinweg. Joss bewegte sich in der Mini-Küche mit der Geschicklichkeit und Zielsicherheit eines Seglers in seiner Kombüse. Eigentlich wirkte er ganz harmlos, aber das Beunruhigende an Andreas Geschichten war, daß sie alle einen wahren Kern hatten.

Ich kannte Joss erst seit wenigen Tagen, aber ich hatte ihn schon in jeder erdenklichen inneren Verfassung erlebt. Ich wußte, er konnte sehr charmant sein, stur, zornig und ausgesprochen rüde. Es war nicht weiter schwer, sich ihn als rücksichtslosen und leidenschaftlichen Liebhaber vorzustellen, aber es war unangenehm, sich ihn mit Andrea zusammen vorzustellen.

Er sah plötzlich auf und begegnete meinem Blick. Ich war verlegen, weil ich fürchtete, er würde meine Gedanken erraten. «Bei schönem Wetter muß die Aussicht sehr hübsch sein», sagte ich hastig, um uns beide abzulenken.

«Ja, man kann bis zum Leuchtturm sehen.»

«Im Sommer muß es sein wie im Süden.»

«Im Sommer ist es wie die U-Bahnstation Piccadilly Circus zur Hauptverkehrszeit. Aber das dauert nur zwei Monate.» Er kam mit dem Tablett, auf dem dampfende Tassen, die Zuckerdose und die Milchkanne standen, hinter dem Tresen hervor. Der Kaffee roch köstlich. Er zog mit dem Fuß einen langen Schemel heran, stellte das Tablett auf das eine Ende und setzte sich auf das andere. So saßen wir uns gegenüber.

«Ich möchte mehr von gestern hören», sagte er. «Wohin sind Sie noch gefahren, ich meine, außer nach Falmouth?»

Ich erzählte von St. Endon und dem kleinen Pub am Wasser.

«Ja, ich hab davon gehört, aber ich bin noch nie dagewesen. War das Essen gut?»

«Ja, sehr gut. Und es war so warm, daß wir draußen in der Sonne gesessen haben.»

«Das ist die südliche Küste. Und was ist dann passiert?»

«Nichts. Wir sind nach Haus gefahren.»

Er reichte mir eine Tasse. «Hat Eliot Ihnen High Cross gezeigt?»

«Ja.»

«Haben Sie die Werkstatt gesehen?»

«Ja. Und Mollies Haus.»

«Wie fanden Sie all die aufgemotzten Wagen?»

«Sie waren sehr schick. Was Sie mit aufgemotzt meinen, verstehe ich nicht.»

«Haben Sie einen von den Jungs getroffen, die für ihn arbeiten?»

Er fragte so beiläufig, daß ich auf der Hut war.

«Wen zum Beispiel?»

«Morris Tatcombe?»

«Joss, Sie haben mich nicht hierher eingeladen, um Kaffee mit mir zu trinken. Sie wollen mich aushorchen.»

«Nein, Ehrenwort. Ich hab mich nur gefragt, ob Morris vielleicht für Eliot arbeitet.»

«Was wissen Sie über ihn?»

«Nur daß er ein mieser Kerl ist.»

«Er ist ein guter Mechaniker.»

«Ja, das stimmt. Alle wissen es, und es ist seine einzige gute Seite. Aber er ist kriminell und hinterhältig.»

«Wenn er kriminell ist, warum ist er dann nicht im Gefängnis?»

«Er war da. Er ist gerade erst rausgekommen.»

Das nahm mir den Wind aus den Segeln, aber ich kämpfte tapfer weiter und klang dabei selbstsicherer, als ich war.

«Und wie wollen Sie wissen, daß er hinterhältig ist?»

«Weil er eines Abends im Pub Streit mit mir anfing. Wir gingen nach draußen, ich gab ihm eins auf die Nase, und es war ein Glück, daß ich ihn zuerst traf, denn er hatte ein Messer dabei.»

«Warum erzählen Sie mir das alles?»

«Weil Sie gefragt haben. Wenn Sie nicht wollen, daß man Ihnen etwas erzählt, sollten Sie keine Fragen stellen.»

«Und was soll ich jetzt tun?»

«Nichts. Gar nichts. Tut mir leid, daß ich davon angefangen habe. Ich hatte nur gehört, daß Eliot ihm einen Job gegeben hat, und hoffte, daß es nicht stimmt.»

«Sie mögen Eliot nicht, stimmt's?»

«Ja und nein. Ich habe nichts mit ihm zu schaffen. Aber ich will Ihnen was sagen. Er sucht sich ziemlich üble Freunde aus.»

«Sie meinen Ernest Padlow?»

Joss blickte mich mit kaum verhohlener Bewunderung an. «Sie verschwenden nicht viel Zeit, das muß man Ihnen lassen. Sie scheinen schon alles zu wissen.»

«Ich kenne Ernest Padlow nur, weil ich ihn am ersten Abend zusammen mit Eliot im *Anchor* gesehen habe, als Sie mich zum Essen eingeladen hatten.»

«Aha. Ja, er ist auch ein unangenehmer Zeitgenosse. Wenn er könnte, wie er wollte, wäre ganz Porthkerris schon zu Parkplätzen planiert. Es würde kein einziges Haus mehr stehen. Und wir würden alle nach oben auf den Hügel ziehen müssen, in seine kleinen Talmihäuser, die in zehn Jahren Risse in den Wänden haben werden und undichte Dächer und feuchte Keller. Diese Bruchbuden.»

Ich reagierte nicht auf seinen Ausbruch. Ich trank meinen Kaffee und dachte, wie schön es doch wäre, mich ein bißchen mit jemandem zu unterhalten, ohne sofort in persönliche Ressentiments und Fehden hineingezogen zu werden, die nichts mit mir zu tun hatten. Ich hatte es satt, daß sämtliche Leute, mit denen ich sprach, beim zweiten Satz über alle anderen herzogen.

Ich trank den Kaffee aus, stellte die Tasse hin und sagte: «Ich muß jetzt gehen.»

Joss entschuldigte sich, was ihm offenbar nicht ganz leicht fiel. «Es tut mir leid.»

«Was?»

«Daß ich die Beherrschung verloren habe.»

«Eliot ist mein Cousin.»

«Ich weiß.» Er schaute nach unten und drehte die Tasse in der Hand. «Aber ich bin jetzt auch irgendwie mit Boscarva verbunden. Ohne es gewollt zu haben.»

«Lassen Sie Ihre Vorurteile bitte nicht an mir aus.»

Er sah mich an. «Ich war nicht sauer auf Sie.»

«Ich weiß.» Ich stand auf. «Ich muß jetzt wirklich los.»

«Ich fahre Sie hin.»

«Das ist wirklich nicht…» Aber er hörte nicht auf meinen Protest, sondern nahm einfach meinen Mantel vom Haken und half mir hinein. Ich zog mir die feuchte Wollmütze über die Ohren und nahm den schweren Korb.

Das Telefon klingelte.

Joss, der schon seine Öljacke angezogen hatte, ging hin, um abzunehmen, und ich ging nach unten. Ehe er sich meldete, rief er mir nach: «Rebecca, warten Sie, es dauert nicht lange…» Dann sagte er: «Ja? Ja, hier Joss Gardner.»

Ich trat in den Laden. Es regnete immer noch. Von oben hörte ich Joss reden.

Aus Langeweile, vielleicht auch aus einer gewissen Neugier heraus, stieß ich die Tür zur Werkstatt auf, knipste das Licht an und ging vier Stufen hinunter. Ich sah das Durcheinander, das ich halbwegs erwartet hatte, Werkbänke, Späne, Holzstücke, Werkzeuge, Schraubzwingen, und es roch nach Leim, frischem Holz und Möbelpolitur. In einer Ecke standen ein paar alte Möbel herum, so verstaubt und ramponiert, daß ich nicht sagen konnte, ob sie irgendeinen Wert hatten. Eine Kommode, an der alle Griffe fehlten, ein Nachttisch, an dem ein Bein fehlte.

Und dann sah ich sie, ganz hinten im Raum. Einen Davenport, offenbar in hervorragendem Zustand, und daneben einen Stuhl im Stil des chinesischen Chippendale, mit einem Tapisseriebezug mit Blumenmuster.

Mir wurde richtig übel, als hätte ich einen Tritt in den Magen bekommen. Ich drehte mich, ging wieder hinauf, machte das Licht aus, schloß die Tür und trat mit meinem Korb hinaus in den Regensturm dieses abscheulichen Februartags.

Da drin herrscht jetzt ein furchtbares Durcheinander. Ich werd sie Ihnen ein andermal zeigen.

Ich lief los und merkte, daß ich in Richtung der Kirche ging, durch ein Gewirr kleiner Gassen, wo er mich niemals finden würde. Ich eilte mit dem Korb, der mir bleischwer vorkam, hügelan, mein Herz hämmerte furchtbar, und in meinem Mund war der Geschmack von Blut.

Eliot hatte recht gehabt. Es war einfach zu leicht für Joss gewesen, und er hatte die Chance genutzt. Es war mein Sekretär. Er hatte *meinen* Sekretär gestohlen, aber er hatte ihn aus Grenvilles Haus gestohlen und das Vertrauen des freundlichen alten Mannes furchtbar mißbraucht.

In diesem Moment hätte ich Joss umbringen können. Ich sagte mir, daß ich nie wieder mit ihm reden, seine Nähe nie wieder ertragen könnte. Ich war in meinem ganzen Leben noch nie so zornig gewesen. Auf ihn, vor allem aber auf mich selbst, weil ich auf seinen oberflächlichen Charme hereingefallen war, weil ich mich so grundlegend geirrt hatte. Ich war noch nie so zornig gewesen.

Ich schleppte mich den Hang hinauf.

Aber wenn ich so zornig war, warum weinte ich dann?

10

Der Heimweg nach Boscarva war lang und anstrengend. Heftige Gefühlsstürme hatten bei mir noch nie länger als zehn Minuten angedauert, und während ich mich durch den peitschenden Regen nach oben kämpfte, beruhigte ich mich langsam, wischte mit dem Handschuh die Tränen ab und riß mich zusammen. Selbst in einer scheinbar unerträglichen Situation gibt es immer etwas, das man tun kann, und lange bevor ich Boscarva erreichte, hatte ich beschlossen, was ich tun würde. Ich würde nach London zurückfahren.

Ich stellte den Korb auf den Küchentisch, ging nach oben auf mein Zimmer, zog mich um, wusch mir das Gesicht und flocht meinen Zopf neu. Dann, äußerlich wiederhergestellt und ganz ruhig, suchte ich Grenville und fand ihn in seinem Arbeitszimmer. Er saß am brennenden Kamin und las die Morgenzeitung.

Er ließ sie sinken und sah mich über ihren Rand hinweg an, als ich das Zimmer betrat.

«Rebecca.»

«Hallo. Wie geht es Ihnen heute morgen?» Ich redete gewollt munter, wie eine nervende Krankenschwester.

«Es zwickt und zieht überall. Der Wind bringt einen um, selbst wenn man nicht nach draußen geht. Wo sind Sie gewesen?»

«Unten in Porthkerris. Ich hab ein paar Sachen für Mollie eingekauft.»

«Wie spät ist es?»

«Halb eins.»

«Dann trinken wir einen Sherry.»

«Dürfen Sie das?»

«Es ist mir verdammt egal, ob ich es darf oder nicht. Sie wissen ja, wo die Karaffe ist.»

Ich schenkte zwei Gläser ein und stellte seines vorsichtig auf den kleinen Tisch neben seinem Sessel. Dann zog ich mir einen Schemel heran und setzte mich ihm gegenüber. «Grenville», sagte ich. «Ich muß zurück nach London.»

«Was?»

«Ich muß zurück nach London.» Die blauen Augen wurden schmal, die Kinnbacken traten hervor. Ich schob die Schuld auf Stephen Forbes: «Ich kann nicht ewig fortbleiben. Ich habe schon fast vierzehn Tage nicht mehr gearbeitet, und mein Chef, Stephen Forbes, hat kein Wort gesagt, ich kann seine Freundlichkeit und Großzügigkeit nicht überstrapazieren. Mir ist eben bewußt geworden, daß heute schon Freitag ist. Ich muß dieses Wochenende zurück nach London.»

«Aber Sie sind gerade erst gekommen.» Er nahm es mir offensichtlich sehr übel.

«Ich bin schon drei Tage hier. Sie wissen doch, Gäste und Fisch sind nach drei Tagen nicht mehr frisch.»

«Aber Sie sind kein Gast. Sie sind Lisas Tochter!»

«Trotzdem habe ich Verpflichtungen. Und meine Arbeit gefällt mir, ich möchte nicht damit aufhören.» Ich lächelte, versuchte ihn abzulenken. «Und jetzt, wo ich den Weg nach Boscarva weiß, kann ich vielleicht wiederkommen und Sie besuchen, wenn ich etwas mehr Zeit habe.»

Er antwortete nicht, starrte nur trübsinnig in die Flammen. Auf einmal sah er sehr alt aus.

«Vielleicht bin ich dann nicht mehr da», sagte er dann mürrisch.

«Natürlich werden Sie noch dasein.»

Er seufzte, nahm mit zittriger Hand sein Glas, trank einen Schluck und wandte sich, resigniert, wie es schien, wieder zu mir.

«Wann wollen Sie fahren?»

Ich war überrascht und erleichtert, daß er sich so schnell damit abgefunden hatte.

«Morgen abend, wenn es geht. Ich nehme den Schlafwagen. Dann habe ich den Sonntag für mich und kann die Wohnung wieder auf Vordermann bringen.»

«Sie sollten in London nicht allein in einer Wohnung hausen.

Sie sind nicht dafür geschaffen, allein zu leben. Sie sind geschaffen für einen Mann, ein Heim und Kinder. Wenn ich zwanzig Jahre jünger wäre und noch malen könnte, würde ich Sie so zeigen, auf einer Wiese oder in einem Garten, beim Pflücken von Butterblumen, umgeben von einer Kinderschar.»

«Vielleicht wird es eines Tages so kommen. Dann sage ich Ihnen Bescheid, damit Sie mich besuchen.»

Sein Gesicht war plötzlich voll Schmerz. Er wandte sich ab und sagte: «Ich wünschte, Sie würden bleiben.»

Ich hätte so gern gesagt, es sei auch mein Wunsch, doch es gebe tausend Gründe, die dagegen sprächen. «Ich komme wieder», versprach ich.

Ich war sehr gerührt, als ich sah, wie heftig er mit seiner inneren Bewegung kämpfte. Er räusperte sich, rutschte in seinem Sessel hin und her und sagte dann: «Ihre Jadefigur. Wir müssen Pettifer sagen, daß er sie in eine Schachtel packen soll. Und der Spiegel… Können Sie ihn im Zug mitnehmen, oder ist er zu groß? Sie müßten ein Auto haben, dann gäbe es keine Probleme. Haben Sie eines?»

«Nein, aber es ist nicht weiter wichtig…»

«Und ich nehme an, der Sekretär ist noch nicht…»

«Der Sekretär ist überhaupt nicht wichtig!» unterbrach ich ihn so laut und unvermittelt, daß er mich ein bißchen überrascht ansah, als hätte er mir dieses schlechte Benehmen nicht zugetraut.

«Entschuldigung», fuhr ich rasch fort. «Es ist nur… Er ist wirklich nicht so wichtig. Ich könnte es nicht ertragen, wenn es deswegen noch einmal Streit im Haus gibt. Bitte reden Sie nicht wieder davon, um meinetwillen, denken Sie nicht mehr daran.»

Er sah mich unverwandt an, so lange, daß ich den Blick senkte.

«Finden Sie, ich bin ungerecht zu Eliot?» fragte er.

«Ich denke nur, daß Sie vielleicht nicht genug miteinander reden, daß Sie einander nicht genug sagen.»

«Er wäre anders geworden, wenn Roger nicht gefallen wäre. Er hat als Junge einen Vater gebraucht und hatte keinen. Nur diese Glucke von Mutter.»

«Hätten Sie nicht sein Vater sein können?»

«Mollie hat ihn nicht von ihren Rockschößen gelassen. Sie hat ihm nie beigebracht, bei einer Sache zu bleiben. Er hat alle Naselang die Stelle gewechselt, und dann hat er vor drei Jahren die Werkstatt aufgemacht.»

«Das Geschäft scheint doch sehr gut zu gehen.»

«Gebrauchtwagen!» Seine Stimme war voller Verachtung. «Er hätte zur Navy gehen sollen.»

«Und wenn es nicht sein Wunsch war, zur Navy zu gehen?»

«Hätte seine Mutter es ihm nicht ausgeredet, dann hätte er es vielleicht getan. Sie wollte ihn zu Haus behalten, unter ihren Fittichen.»

«Oh, Grenville, ich fürchte, Sie sind sehr altmodisch und schrecklich ungerecht.»

«Ich habe Sie nicht um Ihre Meinung gebeten.» Aber seine Laune besserte sich bereits. Ein anständiger Streit war für ihn wie eine stärkende Injektion.

«Es ist mir egal, ob Sie mich darum gebeten haben oder nicht. Ich sage sie jedenfalls.»

Da lachte er und zwickte mich zärtlich in die Wange. «Ich wünschte wirklich, ich könnte noch malen. Möchten Sie immer noch ein Bild von mir mit nach London nehmen?»

Ich hatte befürchtet, er hätte es vergessen. «Es ist mein größter Wunsch.»

«Lassen Sie sich von Pettifer den Schlüssel zum Atelier geben. Sagen Sie ihm, es sei mein Wunsch. Schauen Sie sich um und sehen Sie, ob etwas da ist, was Ihnen gefällt.»

«Wollen Sie nicht mitkommen?»

Wieder trat der schmerzhafte Ausdruck in sein Gesicht. «Nein», sagte er barsch und wandte sich ab, um seinen Sherry zu trinken. Er saß da, schaute auf die bernsteinfarbene Flüssigkeit hinunter, drehte das Glas in der Hand. «Nein, lieber nicht.»

Beim Mittagessen sagte ich es den anderen. Andrea war so neidisch, daß ich nach London zurückfuhr, während sie in dem schrecklichen, langweiligen Cornwall bleiben mußte, daß sie mich giftig ansah und den Rest der Mahlzeit kein Wort mehr sagte. Aber die anderen bedauerten meinen Entschluß, was mir natürlich schmeichelte.

«Müssen Sie denn wirklich zurück?» fragte Mollie.

«Ja. Ich habe eine Arbeit und kann nicht ewig wegbleiben.»

«Wir haben Sie wirklich sehr gern hier bei uns.» Wie charmant sie sein konnte, wenn es nicht galt, wahre oder vermeintliche Angriffe auf ihren Sohn abzuwehren oder ihrem Zorn auf ihren Schwiegervater und Boscarva Luft zu machen. Sie hatte etwas von einer hübschen kleinen Katze, aber nun war ich mir darüber klar, daß in den samtweichen Pfoten lange Krallen verborgen waren, und ich wußte, daß sie gegebenenfalls keine Skrupel hätte, sie zu benutzen.

«Ich bin auch sehr gern hier gewesen...»

Pettifer wurde deutlicher. Nach dem Essen ging ich in die Küche, um ihm beim Geschirrspülen zu helfen, und er nahm kein Blatt vor den Mund.

«Warum wollen Sie auf einmal wieder weg, wo Sie doch gerade angefangen haben, sich zu Hause zu fühlen, und wo der Commander anfängt, Sie richtig zu mögen? Also, das geht über meinen Horizont. Ich hätte nicht gedacht, daß Sie eine von denen sind...»

«Ich komme wieder. Ich habe gesagt, ich werde wiederkommen.»

«Er ist jetzt achtzig. Er wird nicht mehr ewig leben. Wie wird es in Ihnen aussehen, wenn Sie wiederkommen und er ist nicht mehr da, sondern zwei Meter unter der Erde und dient den Regenwürmern als Nahrung?»

«Pettifer, *bitte*.»

«Es hat gar keinen Zweck, das ‹Pettifer, *bitte*› wird Ihnen auch nichts nützen. Ich kann nichts daran ändern.»

«Ich habe einen Job. Ich muß zurück.»

«Klingt ziemlich egoistisch.»

«Das ist nicht fair.»

«Er hat seine Tochter die ganzen Jahre nicht gesehen, und dann erscheinen Sie plötzlich und reisen nach drei Tagen wieder ab. Was für eine Enkelin sind Sie eigentlich?»

Ich antwortete nicht, weil es nichts zu sagen gab. Wir arbeiteten stumm weiter, er mit seiner Geschirrbürste, ich mit dem Tuch, doch als wir fertig waren und er das Abtropfbrett mit einem feuchten Lappen abwischte, versuchte ich, Frieden zu schließen.

«Es tut mir leid. Wirklich. Es ist schlimm genug, weg zu müssen, auch ohne daß Sie mich als Ungeheuer hinstellen. Ich komme wieder. Ganz bestimmt. Vielleicht im Sommer... Im Sommer ist er bestimmt noch da, die Sonne wird scheinen, und wir werden zusammen etwas unternehmen. Vielleicht könnten Sie uns mit dem Wagen irgendwohin fahren...»

Meine Stimme erstarb. Pettifer hängte den Lappen säuberlich über den Spülbeckenrand. «Der Commander sagt, ich soll Ihnen den Schlüssel vom Atelier geben», knurrte er. «Ich hab keine Ahnung, was Sie da unten finden werden. Wahrscheinlich jede Menge Staub und Spinnen.»

«Er hat gesagt, ich kann ein Bild von ihm haben. Ich soll hingehen und mir eines aussuchen.»

Er trocknete langsam seine alten, knotigen Hände. «Ich muß den Schlüssel heraussuchen. Ich hab ihn sicher verwahrt. Wollte nicht, daß jeder ihn finden kann. Da unten liegt noch viel wertvolles Zeug rum.»

«Wann es Ihnen paßt.» Ich konnte seine Mißbilligung nicht ertragen. «Pettifer, bitte, seien Sie nicht böse auf mich.»

Da schmolz er dahin. «Unsinn, ich bin nicht böse auf Sie. Vielleicht bin ich auch egoistisch. Vielleicht bin ich es, der nicht will, daß Sie fortgehen.»

Plötzlich war er für mich nicht mehr der allgegenwärtige Pettifer, die Seele des Hauses, sondern ein armer alter Mann, fast so alt wie mein Großvater und sicher ebenso einsam. Ich spürte einen Kloß in der Kehle und dachte einen furchtbaren Augenblick lang, ich würde gleich in Tränen ausbrechen, zum zweitenmal an diesem Tag. Aber dann sagte Pettifer: «Und suchen Sie sich nicht eine von den nackten Frauen aus, das wäre sehr unpassend», und der gefährliche Moment war überstanden, wir lächelten uns an und waren wieder Freunde.

Am Nachmittag borgte Mollie mir ihren Wagen, und ich fuhr die acht Kilometer zum Bahnhof, um mir eine Fahrkarte nach London zu kaufen, für den Nachtzug am Sonnabend, und ein Bett im Schlafwagen zu reservieren. Der Sturm hatte ein wenig nachgelassen, aber es wehten immer noch heftige Böen, und ich sah überall die Spuren der Zerstörung, umgestürzte Bäume, zerbrochene Treibhäuser, abgebrochene Zweige und plattgedrückte Halme und Zierpflanzen.

Als ich heimkam, sah ich Mollie, dick vermummt (selbst Mollie konnte an einem solchen Tag nicht elegant aussehen) im Garten von Boscarva. Sie war damit beschäftigt, einige der empfindlicheren Ziersträucher zu retten, indem sie sie hochband. Als ich den Wagen geparkt hatte und zum Haus ging, kam sie mir entgegen, zog ihre Handschuhe aus und schob eine vorwitzige Haarsträhne zurück unter ihr Kopftuch.

«Ich halte es nicht mehr aus», sagte sie. «Ich hasse Wind, er raubt mir jede Energie. Aber diesen schönen kleinen Seidelbast hat es arg erwischt, und der Sturm hat sämliche Kamelien zerrupft. Sie sind schon ganz braun. Gehen wir ins Haus und trinken wir einen Tee.»

Während sie sich umzog, setzte ich Wasser auf und stellte Tassen auf ein Tablett. «Wo sind die anderen?» fragte ich, als sie, untadelig wie immer, bis hin zu ihren Perlen und den dazu passenden Ohrclips, wieder erschien.

«Grenville hält ein Nickerchen, und Andrea ist oben in ihrem Zimmer…» Sie seufzte. «Ich muß sagen, sie ist wirklich nicht sehr leicht im Umgang. Wenn sie doch nur etwas täte, um sich zu zerstreuen, statt herumzusitzen und zu schmollen. Ich fürchte, es tut ihr überhaupt nicht gut, hier unten zu sein, aber meine arme Schwester war ganz verzweifelt.» Sie blickte sich in der gemütlichen Küche um. «Wirklich nett hier. Trinken wir den Tee doch gleich hier. Im Wohnzimmer zieht es immer schrecklich, wenn der Wind vom Meer kommt, und wir können die Vorhänge schlecht um halb fünf Uhr nachmittags zuziehen.»

Sie hatte recht, es war wirklich sehr behaglich in der Küche.

Sie nahm ein Tischtuch und deckte zum Tee, mit Gebäck, Zwieback, silberner Zuckerdose und Milchkanne. Sogar bei einer Tasse Tee in der Küche hätte sie unter keinen Umständen auf ihren gewohnten Stil verzichtet. Sie schob zwei Stühle an den Tisch und wollte gerade den Tee einschenken, als Andrea hereinkam.

«Oh, Liebes, du kommst zur rechten Zeit. Wir nehmen den Tee heute in der Küche. Möchtest du eine Tasse?»

«Tut mir leid, aber ich hab keine Zeit.»

Bei dieser unerwartet höflichen Antwort blickte Mollie schnell auf. «Gehst du aus?»

«Ja», sagte Andrea. «Ins Kino.»

Wir starrten sie beide an, als sähen wir sie zum erstenmal. Denn das Unmögliche war geschehen – Andrea hatte plötzlich beschlossen, sich große Mühe mit ihrem Äußeren zu geben. Sie hatte sich die Haare gewaschen und nach hinten gebunden, sie hatte ein sauberes Sweat-Shirt hervorgekramt und trug darunter allem Anschein nach sogar einen BH. Die schwarzen Jeans waren frisch gebügelt, die klobigen Schuhe geputzt, das Medaillon blinkte an ihrem Hals. Sie hatte eine Lederhandtasche und einen Trenchcoat über dem Arm. Und – unfaßbare Verwandlung – ihr Gesichtsausdruck war nicht schmollend oder unheilverkündend, sondern durchaus freundlich.

«Ich meine natürlich, wenn du nichts dagegen hast, Tante Mollie», fuhr sie fort.

«Natürlich nicht, Liebes. Was für einen Film willst du dir ansehen?»

«*Maria Stuart*. Im Plaza.»

«Gehst du allein?»

«Nein, mit Joss. Er hat angerufen, als du im Garten warst. Nach der Vorstellung möchte er mich zum Essen einladen.»

«Oh», sagte Mollie schwach. Und dann, da sie das Gefühl hatte, sie müßte noch etwas bemerken: «Wie kommst du in den Ort?»

«Ich gehe zu Fuß, und ich denke, Joss wird mich zurückbringen.»

«Hast du genug Geld dabei?»

«Ja, fünfzig Pence. Das reicht.»

Mollie kapitulierte. «Dann amüsier dich gut.»

«Das werde ich.» Sie schenkte uns beiden ein Lächeln. «Auf Wiedersehen.»

Die Tür fiel hinter ihr ins Schloß.

«Auf Wiedersehen», sagte Mollie. Sie blickte mich an. «Bemerkenswert», sagte sie.

Ich konzentrierte mich auf meine Tasse. «Warum bemerkenswert?» fragte ich beiläufig.

«Andrea und... Joss. Ich meine, er ist ja immer sehr höflich zu ihr gewesen, aber mit ihr auszugehen...?»

«Sie sollten nicht so überrascht sein. Sie ist ganz attraktiv, wenn sie sich wäscht und saubere Sachen anzieht. Und sich die Mühe macht zu lächeln. Wahrscheinlich lächelt sie Joss die ganze Zeit an.»

«Sie meinen, es ist in Ordnung, sie einfach so gehen zu lassen? Ich meine, schließlich habe ich die Verantwortung...»

«Ich sehe ehrlich gesagt nicht, wie Sie es hätten verhindern können. Außerdem ist sie kein Kind mehr, sie ist siebzehn. Alt genug, um selbst auf sich aufzupassen.»

«Das ist ja das Problem», seufzte Mollie. «Das ist schon immer das Problem bei ihr gewesen.»

«Es wird schon nichts passieren.»

Es würde etwas passieren, das wußte ich, aber ich brachte es nicht fertig, Mollie ihre Illusion zu rauben. Außerdem... Was spielte es auch für eine Rolle? Es ging mich nichts an, wenn Joss beschloß, seine Abende bei zärtlichen Liebesspielen mit einem mannstollen Teenager am Kamin zu verbringen. Die beiden paßten zusammen. Sie verdienten einander. Sie hatten sich gesucht und gefunden.

Als wir fertig waren, band Mollie sich eine geblümte Schürze um und fing an, das Abendessen vorzubereiten, während ich das Teegeschirr abräumte und spülte. Als ich den letzten Teller abtrocknete und wegstellte, erschien Pettifer mit einem riesigen Schlüssel, der aussah, als gehöre er zu einem Verlies.

«Ich hab ja gewußt, daß ich ihn an einem sicheren Platz verwahrt hatte. Ich hab ihn ganz hinten in einer Schublade vom Schreibtisch des Commanders gefunden.»

«Was ist das, Pettifer?» fragte Mollie.

«Der Schlüssel vom Atelier, Madam.»

«Großer Gott, wer braucht denn den?»

«Ich», sagte ich. «Grenville hat gesagt, ich könne mir ein Bild aussuchen, für meine Wohnung in London.»

«Da haben Sie sich eine schöne Arbeit aufgehalst, mein Kind. Im Atelier muß eine schreckliche Unordnung herrschen, seit zehn Jahren ist kein Mensch mehr dort drin gewesen.»

«Es macht mir nichts aus.» Ich nahm den Schlüssel, der mir bleischwer vorkam.

«Wollen Sie jetzt gleich hinuntergehen? Es wird dunkel.»

«Gibt es kein Licht?»

«O doch, aber es ist sehr unheimlich. Warten Sie doch bis morgen früh.»

Aber ich wollte nicht warten. «Ich schaff's schon. Ich zieh mir einen Mantel über.»

«Auf dem Tisch in der Diele liegt eine Taschenlampe, nehmen Sie die besser mit, der Weg durch den Garten ist ziemlich abschüssig und rutschig.»

So verließ ich, in meinem Ledermantel, mit Schlüssel und Taschenlampe ausgerüstet, das Haus durch die Gartentür und machte mich auf den Weg. Der Wind vom Meer war immer noch heftig und trieb kalte dünne Regenschleier vor sich her, und es kostete mich Mühe, die Tür hinter mir zu schließen. Dunkelheit senkte sich auf den grauen Nachmittag, doch es war noch hell genug, um den Weg durch den Garten hinunterzugehen, und ich knipste die Taschenlampe erst an, als ich vor dem Atelier stand und das Schlüsselloch suchte.

Das Schloß, das dringend geölt werden mußte, bot zunächst Widerstand, aber dann drehte sich der Schlüssel, und die Tür öffnete sich knarrend nach innen. Es roch feucht und modrig, nach Schimmel und Spinnweben. Ich tastete nach dem Lichtschalter. Eine nackte Glühbirne, die von der Decke baumelte, flammte auf, und ich war umgeben von zuckenden und huschenden Schatten, weil die Strippe im Luftzug hin und her schwang wie ein Pendel.

Ich trat ein und schloß die Tür, und die Schatten kamen allmählich zum Stillstand. Rings um mich herum zeichneten sich im schwachen Licht der Taschenlampe staubbedeckte Gegenstände ab. An der gegenüberliegenden Seite des Raumes sah ich eine Stehlampe mit einem schiefen, zerbrochenen Schirm. Ich bahnte mir einen Weg dorthin, tastete nach dem Schalter, und dann wirkte plötzlich alles nicht mehr so gespenstisch.

Ich stellte fest, daß das Atelier zwei Geschosse hatte. An der Südseite war eine Galerie, offensichtlich zum Schlafen bestimmt, zu der eine Leiter hinaufführte, die wie eine Schiffstreppe aussah.

Ich stieg die Leiter zur Hälfte hoch und sah eine Polsterliege mit einer gestreiften Wolldecke. Über der Liege befand sich ein Fenster, dessen Läden fest geschlossen waren, und aus einem Kopfkissen quollen Daunen. Offenbar war es von einer hungrigen Maus angenagt worden. In einer Ecke lagen die vertrockneten Überreste eines kleinen Vogels. Ich erschauerte ein wenig und stieg rasch wieder hinunter ins Atelier.

Der Wind peitschte gegen das große Nordfenster, dessen Rahmen bedrohlich knarrten. Die langen Vorhänge wurden von einem komplizierten Mechanismus von Seilzügen bedient. Ich mühte mich einen Augenblick damit ab, gab mich dann aber geschlagen und ließ die Vorhänge geschlossen.

In der Mitte des Ateliers erhob sich ein Podium, sicher für die Modelle des Malers, mit einem thronähnlichen, lakenverhängten Gebilde, das sich als kunstvoll gedrechselter, goldgefaßter Lehnstuhl erwies. Die Mäuse hatten sich auch über den Sitz hergemacht – ringsum lagen rote Samtfetzen und Roßhaarbüschel, zusammen mit Mäusekot und dicken Staubflusen.

Unter einem anderen Laken fand ich Grenvilles Arbeitstisch, seine Pinsel, seine Farbtuben, Paletten, Messer, Flaschen mit Leinöl, seine unbenutzten Leinwände, die nach all den Jahren grau und stockfleckig waren. Ich bemerkte auch eine Sammlung kleiner Fundstücke, Gegenstände, die er irgendwo aufgelesen hatte, vielleicht weil sie seine Phantasie angeregt hatten. Einen vom Wasser glattpolierten Kiesel, ein halbes Dutzend Muschelschalen, ein Büschel Möwenfedern, die er sicher gesammelt hatte, um seine Pfeife zu putzen. Daneben lagen ein paar verblichene Schnappschüsse mit hochgebogenen Kanten, von Leuten, die ich nicht kannte. Ein chinesischer Ingwertopf enthielt Bleistifte, einige Fläschchen mit eingetrockneter Tusche, einen Klumpen Siegellack.

Es war, als schnüffelte ich herum, als läse ich heimlich das Tagebuch eines anderen. Ich deckte den Arbeitstisch wieder zu und wandte mich dem eigentlichen Zweck meines Besuches zu, den ungerahmten Leinwänden, die mit dem Bild nach hinten ringsum an den Wänden standen. Sie waren ebenfalls zugedeckt gewesen, doch die Laken waren heruntergerutscht. Als ich das erste Bild berührte, faßte ich in Spinnweben, und eine scheußliche große Spinne huschte über den Fußboden und verschwand im Schatten.

Es nahm viel Zeit in Anspruch. Ich hob fünf oder sechs Bilder hoch, staubte sie notdürftig ab, stellte sie an den Modellthron und rückte die wacklige Stehlampe so hin, daß ihr Licht darauf fiel. Einige waren datiert, aber sie waren ohne jede chronologische Ordnung abgestellt worden, und bei den meisten konnte ich natürlich nicht sagen, wann oder wo er sie gemalt hatte. Ich wußte nur, daß sie das ganze Berufsleben und die Interessen meines Großvaters widerspiegelten.

Es gab Landschaftsbilder, Seestücke – das Meer in all seinen Launen –, hübsche Interieurs, einige Ölskizzen von Paris, einige andere, die offenbar in Italien entstanden waren. Bilder mit Booten und Fischern, Straßenszenen von Porthkerris, eine Reihe von Kohleskizzen, die zwei Kinder zeigten – Roger und Lisa. Keine Porträts.

Ich fing an, meine Wahl zu treffen, indem ich die Bilder, die mir besonders gefielen, beiseite stellte. Schließlich stand etwa ein Dutzend davon an einem Sofa mit durchhängenden Sitzen, ich war schmutzig und fror, und an meinen Kleidungsstücken hingen Spinnwebfetzen. Mit dem angenehmen Gefühl, meine

Arbeit fast beendet zu haben, wandte ich mich dem letzten Stapel zu. Drei Federzeichnungen und die Ansicht eines Hafens mit ankernden Segelbooten. Und dann...

Es war das letzte Bild und das größte von allen. Ich brauchte all meine Kraft, um es mit beiden Händen aus der dunklen Ecke zu wuchten und ins Licht zu drehen. Dann hielt ich es mit einer Hand fest und trat zurück. Das Mädchen sah mich mit seinen ein klein wenig schräg stehenden Augen an, mit einer schelmischen Lebensfreude, ungetrübt durch den Staub der inzwischen vergangenen Jahre. Ich sah das dunkle Haar, die ausgeprägten Wangenknochen und den sinnlichen Mund, der nicht lächelte, aber im nächsten Moment fröhlich auflachen wollte. Sie trug das dünne weiße Kleid, das sie auch für das Porträt über dem Kamin im Wohnzimmer von Boscarva getragen hatte.

Sophia.

Ich war von ihr fasziniert gewesen, seit meine Mutter ihren Namen erwähnt hatte. Dadurch daß ich ihr Gesicht nie gesehen hatte, war meine Neugierde nur noch größer geworden. Aber nun, wo ich sie gefunden hatte und wir uns endlich gegenüberstanden, kam ich mir vor wie Pandora. Ich hatte die Büchse geöffnet, die Geheimnisse waren ans Licht gekommen, und keine Macht der Welt war imstande, sie zurückzudrängen und den Deckel wieder zu schließen.

Ich kannte dieses Gesicht. Ich hatte mit ihm geredet, mit ihm gestritten, es hatte mich finster und freudig angeblickt. Ich hatte erlebt, wie die dunklen Augen zornig funkelten und wie sie belustigt aufblitzten.

Es war das Gesicht von Joss Gardner.

11

Mir war auf einmal bitterkalt. Ich hörte das mühsame Hämmern meines Herzens und fing plötzlich an, heftig zu zittern. Mein erster Impuls war, das Porträt wieder in die Ecke zu stellen, ein paar andere Bilder davorzurücken, es zu verstecken wie ein Verbrecher eine Leiche versteckt.

Doch schließlich stellte ich es vorsichtig auf einen Stuhl, trat mit zitternden Knien zurück und ließ mich vorsichtig auf das altersschwache Sofa sinken.

Sophia und Joss.

Die bezaubernde Sophia und der rätselhafte Joss, dem, wie ich spät, fast zu spät, festgestellt hatte, nicht zu trauen war.

Sie ging wieder zurück nach London, und ich glaube, sie hat geheiratet und ein Kind bekommen, hatte Pettifer mir erzählt. 1942 war sie dann bei einem Bombenangriff der Deutschen ums Leben gekommen.

Er hatte nichts von Joss gesagt. Doch Joss und Sophia waren so offensichtlich, so unauflösbar miteinander verbunden.

Dann dachte ich an meinen Sekretär, den Sekretär meiner Mutter, den sie mir vermacht hatte – der nun hinten in Joss' Werkstatt versteckt war.

Und ich hörte Mollies Stimme: *Ich weiß nicht, warum Grenville so vernarrt in Joss ist. Es ist beängstigend. Es ist, als habe Joss irgendeine Macht über ihn.*

Sophia und Joss.

Es war inzwischen vollkommen dunkel geworden. Ich hatte meine Uhr nicht um, und mir war jedes Zeitgefühl verlorengegangen. Draußen heulte der Wind immer noch heftig und laut, so daß ich nicht hörte, wie Eliot vom Haus durch den Garten kam. Ich hörte nichts, bis die Tür sich plötzlich öffnete, als hätte eine

Bö sie eingedrückt, und die Glühbirne wieder ihren verrückten Tanz begann und mich zu Tode erschreckte. Einen Moment später kam Rufus hereingelaufen. Er sprang neben mir aufs Sofa, und mir wurde bewußt, daß ich Gesellschaft bekommen hatte.

Mein Vetter Eliot stand, von der Dunkelheit umrahmt, in der Tür. Er trug eine Wildlederjacke und einen hellblauen Rollkragenpulli und hatte sich einen Trenchcoat wie ein Cape über die Schultern gelegt. Das grelle Licht trieb alle Farbe aus seinem Gesicht und verwandelte seine tiefliegenden Augen in zwei schwarze Löcher.

«Meine Mutter hat gesagt, daß du hier unten bist. Ich wollte...»

Er hielt inne, und ich wußte, daß er das Porträt gesehen hatte. Ich konnte mich nicht rühren, ich war wie versteinert vor Kälte, und außerdem war es ohnehin zu spät, um etwas zu unternehmen.

Er trat ins Atelier und machte die Tür zu. Die zuckenden Schatten kamen allmählich wieder zum Stillstand.

Keiner von uns sagte etwas. Ich hatte Rufus' Kopf in den Arm genommen und suchte instinktiv Trost in seinem warmen seidigen Fell, während Eliot den Trenchcoat von den Schultern gleiten ließ und ihn auf einen Stuhl legte. Dann trat er langsam näher und setzte sich neben mich. Während der ganzen Zeit wandte er den Blick keine Sekunde von dem Porträt.

Endlich machte er den Mund auf. «Großer Gott.»

Ich sagte nichts.

«Wo war es?»

«Da hinten, in der Ecke.» Meine Stimme klang wie ein Krächzen. Ich räusperte mich und versuchte es noch einmal. «In der Ecke, hinter vier oder fünf anderen Bildern.»

«Es ist Sophia.»

«Ja.»

«Es ist Joss Gardner.»

Es war nicht zu leugnen. «Ja.»

«Sophias Enkel, nicht wahr?»

«Ja. Er muß es sein.»

«Also, ich will verdammt sein.» Er lehnte sich zurück und schlug, plötzlich ganz entspannt, wie ein arroganter Kunstkritiker bei einer Vernissage, seine langen Beine übereinander.

Seine offensichtliche Befriedigung verwirrte mich. Er sollte nicht denken, daß ich sie teilte.

«Ich habe nicht danach gesucht», sagte ich. «Ich hätte gern gewußt, wie Sophia aussah, aber ich hatte keine Ahnung, daß hier unten ein Porträt von ihr herumsteht. Ich bin nur gekommen, um mir ein Bild auszusuchen, weil Grenville gesagt hat, ich dürfe eines haben und nach London mitnehmen.»

«Ich weiß. Meine Mutter hat es mir erzählt.»

«Eliot, wir dürfen niemandem etwas davon sagen.»

Er ignorierte meine Bemerkung. «Weißt du, es war immer irgendwas Sonderbares an Joss, etwas Unerklärliches. Die Art, wie er aus heiterem Himmel in Porthkerris auftauchte. Und wie Grenville plötzlich wußte, daß er da war, wie er ihm einen Job gab und das Haus praktisch von ihm führen ließ. Ich hab ihm nie über den Weg getraut. Und das Verschwinden dieses Sekretärs – immerhin gehörte er dir. Es war alles faul. Oberfaul.»

Ich wußte, ich hätte Eliot in dem Moment sagen sollen, daß ich den Sekretär entdeckt hatte. Ich öffnete den Mund, um es zu tun, und schloß ihn wieder, weil ich die Worte aus irgendeinem Grund nicht herausbringen konnte. Außerdem redete Eliot immer noch und hatte gar nicht bemerkt, daß ich ihn unterbrechen wollte.

«Meine Mutter hat immer behauptet, er habe irgendeine sonderbare Macht über Grenville.»

«Das klingt fast wie Erpressung.»

«Vielleicht war es das in gewisser Weise. Ungefähr so: ‹Hören sie, ich bin der Enkel von Sophia, was tun Sie für mich?› Und Pettifer muß es auch gewußt haben. Pettifer und Grenville haben keine Geheimnisse voreinander.»

«Eliot, wir dürfen nicht sagen, daß wir das Bild gefunden haben.»

Er wandte den Kopf und sah mich an.

«Du klingst ja ganz besorgt, Rebecca. Wegen Joss Gardner?»

«Nein. Wegen Grenville.»

«Aber du magst Joss.»

«Nein.»

Er tat so, als sei er ungemein überrascht. «Aber alle mögen ihn! Offenbar kann niemand seinem jungenhaften Charme widerstehen. Grenville und Pettifer tanzen nach seiner Pfeife. Andrea ist vernarrt in ihn, sie läßt ihn anscheinend keine Sekunde allein, aber ich habe den Eindruck, diese Anziehungskraft ist nicht rein geistig. Ich dachte, du hättest dich dem Reigen inzwischen angeschlossen.» Er runzelte die Stirn. «Du *hast* ihn gemocht.»

«Das ist jetzt vorbei, Eliot.»

Er legte den Arm auf die geschnitzte Rückenlehne des Sofas, hinter meine Schulter, und sah mich aufmerksam an.

«Was ist passiert?» fragte er.

Was war passiert? Nichts. Aber Joss war mir von Anfang an ein bißchen sonderbar vorgekommen, und die vielen Zufälle, die unser Leben zu verketten schienen, waren mir nachgerade unheimlich. Außerdem hatte er den Schreibsekretär meiner Mutter gestohlen. Und jetzt, in diesem Augenblick, hatte er eine klammheimliche Affäre mit der unappetitlichen Andrea. Allein bei diesem Gedanken drohte meine Phantasie mit mir durchzugehen, ich sah rot.

Eliot wartete auf eine Antwort. Aber ich zuckte nur mit den Schultern, schüttelte verzagt den Kopf. «Ich habe es mir eben anders überlegt», sagte ich nur.

«Hat das, was gestern geschehen ist, vielleicht etwas damit zu tun?»

«Gestern?» Ich dachte daran, wie ich mit Eliot auf der sonnenbeschienenen Terrasse des kleinen Gasthauses gesessen hatte, an die beiden Jungen, die mit ihrer Jolle das blaue Wasser des Flusses hinuntergesegelt waren, und zuletzt daran, wie Eliot mich umarmt hatte, an die Berührung seiner Lippen auf meinen, das Gefühl, die Kontrolle zu verlieren und langsam in einen Abgrund zu gleiten.

Ich erschauerte wieder. Meine kalten, schmutzigen Hände

lagen auf meinem Schoß. Eliot legte die Hand darauf und sagte etwas überrascht: «Du frierst ja.»

«Ich weiß, ich bin schon stundenlang hier.»

«Meine Mutter hat gesagt, du wolltest zurück nach London.» Das Thema Joss war offenbar fürs erste abgeschlossen, und ich war dankbar dafür.

«Ja, ich muß zurück.»

«Und wann?»

«Morgen abend.»

«Du hast mir nichts davon gesagt.»

«Ich habe es erst heute morgen beschlossen.»

«Du hast es dir anscheinend anders überlegt und eine ganze Menge Entscheidungen getroffen, alle an einem einzigen Tag.»

«Mir war nicht bewußt, wie schnell die Zeit hier vergangen ist. Ich hab schon fast zwei Wochen nicht mehr gearbeitet.»

«Ich habe dich gestern gebeten zu bleiben.»

«Ich muß zurück.»

«Gibt es nichts, was deinen Entschluß ändern könnte?»

«Nein... Ich meine... Ich kann nicht...» Ich stammelte wie eine Idiotin, aber mir war zu kalt, ich war zu schmutzig und zu erschöpft für ein solches Gespräch.

«Würdest du bleiben, wenn ich dich bäte, mich zu heiraten?» Mein Kopf schnellte hoch. Ich muß einigermaßen entsetzt ausgesehen haben, denn er warf den Kopf zurück und lachte schallend.

«Guck nicht so schockiert. Heiraten ist nichts Schlimmes.»

«Aber wir sind verwandt.»

«Das spielt keine Rolle. Ich meine, nicht zwischen Cousins und Cousinen.»

«Aber wir... Ich meine, du liebst mich doch gar nicht.»

«Rebecca, du stotterst und stammelst wie ein schüchternes Schulmädchen. Vielleicht liebe ich dich. Vielleicht hätte ich dich viele Monate lang geliebt, ehe ich dir einen Heiratsantrag gemacht hätte, aber du hast diese Situation heraufbeschworen, indem du aus heiterem Himmel verkündest, daß du nach London zurückfährst. Wenn ich es also sagen will, sage ich es besser jetzt gleich. Ich möchte, daß du mich heiratest. Ich glaube, es würde sehr gut klappen mit uns.»

Ich war wider Willen bewegt. Bisher hatte mich noch nie jemand gebeten, ihn zu heiraten, und ich fand es schmeichelhaft. Doch während ich Eliot zuhörte, liefen meine Gedanken im Kreis wie ein Eichhörnchen im Käfig. Denn es gab Boscarva und das Land, das Eliot an Ernest Padlow verkaufen wollte.

Du bist nicht mein einziges Enkelkind.

«Ich finde es lächerlich, sich auf Wiedersehen zu sagen und auseinanderzugehen, wenn man sich gerade erst kennengelernt hat, und es gibt so viele Dinge, die für unsere gemeinsame Zukunft sprechen.»

«Zum Beispiel Boscarva», sagte ich gelassen.

Sein Lächeln gefror. Er zog die Augenbrauen hoch. «Boscarva?»

«Seien wir doch ehrlich, Eliot. Du brauchst Boscarva aus irgendeinem Grund. Und du denkst, Grenville könnte es mir vermachen.»

Er holte tief Luft, als wollte er es bestreiten, seufzte dann aber nur schwer.

«Wie geschäftsmäßig du bist. Von einem Moment zum anderen wie aus Eis.»

«Du brauchst Boscarva, damit du das Land an Ernest Padlow verkaufen kannst, der seine schrecklichen Häuser darauf bauen will.»

«Ja», sagte er schließlich. Ich wartete. «Ich habe damals Geld gebraucht, um die Werkstatt zu bauen. Grenville wollte mir nichts geben, und da wandte ich mich an Padlow. Er stimmte zu, und Boscarva sollte die Sicherheit sein. Eine Vereinbarung zwischen Ehrenmännern.»

«Aber es gehörte dir doch gar nicht.»

«Ich war sicher, daß es mir eines Tages gehören würde. Es gab nichts, was dagegen sprach. Und Grenville war alt und krank. Es hätte jeden Tag zu Ende sein können.» Er breitete die Hände aus. «Wer hätte damals gedacht, daß er drei Jahre später immer noch bei uns sein würde?»

«Das klingt, als möchtest du, daß er tot ist.»

«Das Alter ist etwas Furchtbares. Einsam und trostlos. Er hat ein gutes Leben gehabt. Woran um alles in der Welt sollte er sich noch klammern?»

Seine Logik war unmenschlich, ich konnte ihr nicht zustimmen. Alter hieß in Grenvilles Fall Würde und Reife. Ich hatte ihn erst vor kurzem kennengelernt, aber ich liebte ihn bereits und empfand ihn als Teil von mir. Ich konnte den Gedanken nicht ertragen, daß er starb.

Ich gab mir Mühe, nüchtern zu bleiben. «Gibt es keinen anderen Weg, deine Schulden bei Mr. Padlow zu zahlen?»

«Ich könnte die Werkstatt verkaufen. So wie es momentan läuft, werde ich das vielleicht ohnehin tun müssen.»

«Ich dachte, die Geschäfte gingen gut.»

«Das sollen alle denken.»

«Aber was würdest du machen, wenn du die Werkstatt verkauft hast?»

«Hast du vielleicht einen Vorschlag?» Es klang amüsiert, als wäre ich ein Kind, dem man nach dem Mund reden müßte.

«Was ist mit Mr. Kemback und dem Automuseum in Birmingham?» fragte ich.

«Du hast ein schrecklich gutes Gedächtnis.»

«Wäre es so schlimm, für Mr. Kemback zu arbeiten?»

«Und Cornwall zu verlassen?»

«Ich denke, das solltest du tun. Wieder von vorn anfangen. Fort von Boscarva und...» Ich hielt inne. Jetzt ist es auch egal, dachte ich dann und fuhr fort: «Und deiner Mutter.»

«Meiner Mutter?» Es klang immer noch belustigt, als wäre ich eine amüsante kleine Närrin.

«Du weißt, was ich meine.»

Eine lange Pause. Dann sagte er: «Ich glaube, du hast mit Grenville gesprochen.»

«Es tut mir leid.»

«Eines steht fest, entweder geht Joss, oder ich gehe. Wie es in den Wildwestfilmen immer heißt: ‹Diese Stadt ist nicht groß genug für uns beide.› Mir wäre es aber lieber, wenn Joss ginge.»

«Joss ist unwichtig. Er ist es nicht wert, etwas aufs Spiel zu setzen.»

«Wenn ich die Werkstatt verkaufe und nach Birmingham gehe, würdest du dann mitkommen?»

«Ach, Eliot…»

Ich wandte mich ab, und mein Blick fiel wieder auf Sophias Porträt. Ihr Blick begegnete meinem, und es war, als ob Joss dort säße, jedes Wort hörte, das wir sagten, und über uns lachte. Dann faßte Eliot mich unter das Kinn und zog mein Gesicht zu sich herum, so daß ich ihn wieder ansehen mußte.

«Hör bitte zu, was ich sage!»

«Das tue ich.»

«Wir müssen nicht ineinander verliebt sein, das ist dir doch klar, oder?»

«Ich dachte immer, es gehört dazu.»

«Es passiert nicht jedem. Vielleicht wirst du es nie erleben.»

Eine schreckliche Aussicht. «Vielleicht nicht.»

«Wäre ein Kompromiß denn so schlimm?» Seine Stimme war sehr freundlich und eindringlich. «Wäre ein Kompromiß da nicht besser als ein Acht-Stunden-Tag für den Rest deines Lebens und eine leere Wohnung in London?»

Er hatte einen wunden Punkt berührt. Ich war zu lange allein gewesen, und der Gedanke, mein Leben lang allein zu bleiben, war beängstigend. *Du bist für einen Mann, ein Heim und Kinder geschaffen*, hatte Grenville gesagt. Und nun war all das plötzlich in Reichweite gerückt. Ich brauchte nur die Hand auszustrecken und Eliots Antrag anzunehmen.

Ich sagte seinen Namen, und er nahm mich in die Arme, zog mich an sich, küßte meine Augen, meine Wangen, meinen Mund. Sophia beobachtete uns, aber es machte mir nichts aus. Ich sagte mir, daß sie tot sei, und Joss hatte ich bereits aus meinem Leben gedrängt. Warum sollte es mir etwas ausmachen, was sie von mir dachten?

«Wir müssen gehen», sagte Eliot schließlich. «Du mußt dringend baden und dir den Schmutz vom Gesicht waschen, und ich muß die Eiswürfel aus dem Kühlschrank nehmen und mich bereithalten, um Grenville und meiner Mutter ihre Drinks zu servieren.»

«Ja.» Ich löste mich aus seinen Armen und strich mir eine Locke aus der Stirn. Ich war wie ausgelaugt. «Wie spät ist es?»

Er sah auf die Uhr. Das Band, das ich ihm geschenkt hatte, glänzte noch wie neu. «Kurz vor halb acht. Wir könnten die ganze Nacht hierbleiben, aber leider geht das Leben weiter.»

Ich stand langsam auf, nahm das Porträt, ohne noch einen Blick darauf zu werfen, brachte es in seine Ecke zurück und stellte es mit dem Gesicht zur Wand wieder an die grauen Spinnweben. Dann nahm ich wahllos andere Bilder und stellte sie ringsum dagegen, bis es nicht mehr zu sehen war. Alles ist wieder wie vorher, sagte ich mir. Wir schafften rasch ein wenig Ordnung und bedeckten die Bilder wieder mit den heruntergerutschten Bettlaken. Eliot knipste die Stehlampe aus, ich nahm die Taschenlampe, wir gingen hinaus, schalteten das Licht aus und sperrten zu. Eliot nahm mir die Taschenlampe ab, und wir folgten dem hüpfenden Lichtkreis durch den Garten, stolperten hier und da leicht über kleine Böschungen und Grasbüschel und stiegen die naßglänzenden Stufen zur Terrasse hinauf. Vor uns lag das Haus, durch die Vorhänge drang schwacher Lichtschein, und wir waren umgeben von alten Bäumen, die im Wind ächzten.

«Ich habe noch nie ein Unwetter erlebt, das so lange dauert», sagte Eliot, als er die Hintertür öffnete und wir hineingingen. Drinnen in der Diele war es warm und heimelig, und wir rochen das köstliche Hühnerfrikassee, das wir gleich essen würden.

Wir trennten uns. Eliot ging in die Küche, und ich ging rasch nach oben, um meine schmutzigen Sachen auszuziehen, ein Bad einzulassen und mich dem heißen Wasser und dem wohltuenden Dampf hinzugeben. Endlich Ruhe. Ich war zu erschöpft, um zu denken. Ich meinte, ich würde jeden Moment einschlafen und ertrinken. Aus irgendeinem Grund hatte dieser Gedanke nichts Schreckliches an sich.

Ich schlief aber nicht ein, denn während ich in der Wanne lag, hörte ich, als der Sturm kurz nachließ, das Geräusch eines näherkommenden Autos. Das Badezimmerfenster ging nach vorn hinaus, zur Einfahrt und zur Haustür. Ich hatte mir nicht die Mühe gemacht, den Vorhang zuzuziehen, und die Lichtkegel des Wagens huschten über das nachtdunkle Glas. Eine Tür fiel ins Schloß, Stimmen ertönten. Von alldem aufgeschreckt, stieg ich aus der Wanne, trocknete mich ab und ging über den Flur zu meinem Zimmer, doch als die Stimmen lauter als eben durch das Treppenhaus hallten, blieb ich wie angewurzelt stehen.

«... ich hab sie auf halbem Weg gefunden, auf dem Hügel...» Eine Männerstimme, die ich nicht kannte.

Dann Mollie: «... aber mein liebes Kind...» Sie wurde von heftigem Schluchzen unterbrochen. Ich hörte, wie Eliot sagte: «Um Himmels willen, was ist mit dir?» Dann wieder Mollie: «Komm ans Feuer... Nun komm schon, es ist alles wieder gut. Du bist jetzt in Sicherheit...»

Ich ging zurück ins Zimmer, zog mich an, knöpfte mein Kleid zu, bürstete und flocht meine Haare, alles in wenigen Augenblicken. Rasch trug ich ein wenig Lippenstift auf – für mehr reichte die Zeit nicht –, schlüpfte mit bloßen Füßen in Sandalen und eilte nach unten. Im Laufen steckte ich mir die Ohrclips an.

Als ich den Fuß der Treppe erreichte, kam Pettifer mit einem Glas Cognac in der Hand aus der Küche. Sein Gesicht war finster wie eine Gewitterwolke. Daß er das Glas nicht auf ein kleines Silbertablett gestellt hatte, deutete auf den Ernst der Lage hin.

«Pettifer, was ist passiert?»

«Ich weiß nicht genau, was passiert ist, aber es scheint, daß dieses Mädchen hysterisch geworden ist.»

«Ich habe gehört, wie ein Auto gekommen ist. Wer hat sie nach Haus gebracht?»

«Morris Tatcombe. Er sagt, er ist von Porthkerris nach Haus gefahren und hat sie auf der Straße gefunden.»

Ich war entsetzt. «Sie meinen, sie *lag* auf der Straße? Ist sie angefahren worden, oder warum?»

«Keine Ahnung. Wahrscheinlich ist sie nur hingefallen.»

Die Wohnzimmertür, am anderen Ende der Diele, wurde aufgestoßen, und Mollie kam im Laufschritt auf uns zu.

«Oh, Pettifer, stehen Sie da nicht herum, beeilen Sie sich mit dem Cognac.» Sie sah mich ratlos neben ihm stehen. «Oh, meine liebe Rebecca, es ist schrecklich, ganz schrecklich. Ich muß sofort den Arzt anrufen.» Sie trat zum Telefon, blätterte im Telefonbuch, konnte offenbar nichts lesen, weil sie ihre Brille nicht dabei hatte. «Tun Sie mir die Liebe, suchen Sie ihn heraus. Doktor Trevaskis… Er müßte hier drin stehen, ich kann die Nummer nicht finden…»

Pettifer war ins Wohnzimmer gegangen. Ich nahm das Telefonbuch und suchte. «Was ist mit Andrea passiert?» fragte ich.

«Eine furchtbare Sache. Ich kann kaum glauben, daß es wahr ist. Was für ein Glück, daß Morris sie gefunden hat. Sie hätte die ganze Nacht dort liegen können. Sie hätte sterben können…»

«Da, ich hab's. Lionel Trevaskis. Porthkerris acht-siebendrei.»

«Natürlich, ich hätte es auswendig wissen müssen.» Sie nahm den Hörer und wählte. Während sie wartete, redete sie hastig mit mir. «Gehen Sie hin und setzen Sie sich zu ihr, Männer sind in solchen Fällen so unnütz, sie wissen nie, was sie machen sollen.»

Ich war verwirrt, wollte aus einem unerklärlichen Grund gar nicht wissen, was Andrea eigentlich widerfahren war, aber ich tat, was sie gesagt hatte. Im Wohnzimmer herrschte das reine Chaos. Grenville stand, wie betäubt von dem, was sich abgespielt hatte, mit hinter dem Rücken verschränkten Händen am Kamin und sagte nichts. Die anderen standen um das Sofa herum. Eliot hatte Morris einen Drink gegeben, und sie sahen zu, wie Pettifer mit wahrer Engelsgeduld versuchte, Andrea ein wenig Cognac einzuflößen.

Und Andrea… Ich war unwillkürlich entsetzt über ihr Aussehen. Der hübsche Pulli und die gebügelten Jeans, mit denen sie sich so fröhlich auf den Weg gemacht hatte, waren klitschnaß und mit Schlamm verschmiert. Die Jeans waren am Knie aufgerissen, und ich sah eine blutige aufgeschrammte Stelle, die sie wie ein verletzliches Kind wirken ließ. Sie hatte nur noch einen

Schuh an. Die Haare klebten wie Seetang an ihrem Kopf, ihr Gesicht hatte vom Weinen große rote Flecke, und als ich ihren Namen sagte, wandte sie den Kopf und sah mich aus mitleiderregend tränennassen Augen an. Ich sah erschrocken eine große bläuliche Beule an ihrer Schläfe, die von einem brutalen Schlag herzurühren schien. Das Medaillon hing nicht mehr an ihrem Hals, wahrscheinlich hatte sie es bei dem Nahkampf, der hinter ihr lag, verloren.

«Andrea!»

Sie wimmerte laut, preßte das Gesicht an die Rückenlehne des Sofas und stieß dabei so heftig an das Cognacglas, daß es Pettifer aus der Hand fiel.

«Ich will nicht darüber reden. Ich will nicht darüber reden…»

«Aber du mußt!»

Pettifer hob ärgerlich das Glas auf und verließ das Zimmer. Wahrscheinlich hatte er Andrea nie gemocht. Ich setzte mich neben sie, auf den Rand des Sofas, und legte ihr die Hand auf die Schulter.

«Hat dich jemand überfallen?»

Andrea fuhr zu mir herum, ihr Körper zuckte heftig. «Ja!» Sie schrie, als ob ich taub wäre. «Joss!» Und damit wurde sie erneut von krampfhaftem Schluchzen geschüttelt.

Ich sah zu Grenville hoch und begegnete seinem steinernen, ausdruckslosen Blick. Sein Gesicht sah aus wie aus Holz geschnitzt. Ich kam zu dem Schluß, daß von ihm keine Hilfe zu erwarten sei, und wandte mich zu Morris Tatcombe.

«Wo haben Sie sie gefunden?»

Er trat von einem Fuß auf den anderen. Ich sah, daß er sich fein gemacht hatte, wie für einen Abend in der Stadt. Eine Lederjacke mit Stickerei, jetzt regennaß, enge Jeans und Cowboystiefel mit hohen Absätzen. Trotz der Absätze reichte er Eliot kaum bis an die Schulter. Seine nassen Haare hingen strähnig herunter.

Er wand sich in einer aggressiven und zugleich verlegenen Geste. «Auf halber Strecke nach Porthkerris. Wo die Straße schmal wird und es keinen Bürgersteig mehr gibt, wissen Sie. Sie lag halb auf der Böschung und halb im Graben. Wirklich ein Glück, daß ich sie gesehen habe. Ich dachte, sie wäre von einem Auto angefahren worden, aber das war es nicht. Anscheinend hat sie sich mit Joss Gardner gestritten.»

«Er hat sie ins Kino eingeladen», sagte ich.

«Ich weiß nicht, wie es angefangen hat», entgegnete Morris.

«Aber das Ende sehen wir hier», sagte Eliot ernst.

Es mußte eine andere Erklärung geben. Ich wollte es gerade sagen, als Andrea wieder laut loswimmerte, wie ein altes Klageweib an einem Sarg. Ich verlor die Beherrschung.

«Hör endlich auf!» Ich nahm sie an den Schultern und rüttelte sie ein wenig, so daß ihr Kopf wie eine unzureichend ausgestopfte Lumpenpuppe auf das Kissen plumpste. «Hör auf zu jammern und sag endlich, was passiert ist!»

Da kamen die Worte aus ihrem vom Weinen häßlich verzogenen Mund hervorgesprudelt. (*Wenigstens hat sie noch alle Zähne*, dachte ich und haßte mich sogleich für meine Hartherzigkeit.)

«Ich... Wir... sind ins Kino gegangen... und a-als es zu Ende war, sind wir in einen Pub, und...»

«In welchen Pub?»

«Ich weiß nicht...»

«Du mußt doch wissen, in welchen Pub ihr gegangen seid.»

Ich hob vor Ungeduld die Stimme. «Schreien Sie sie bitte nicht an», rief Mollie, die inzwischen zurückgekommen war. «Seien Sie nicht so unfreundlich.»

Ich riß mich zusammen und bemühte mich um einen freundlichen Ton: «Weißt du nicht mehr, wohin ihr gegangen seid?»

«Nein. Es war d-dunkel... und ich... ich konnte nichts sehen. Und dann... und dann...»

Ich hielt ihre Schultern ganz fest, um sie zu beruhigen. «Ja. Und dann?»

«Joss hatte ziemlich viel Whisky getrunken. Er wollte mich nicht nach Haus bringen. Er wollte, daß ich... daß ich mit zu ihm kam... und...»

Ihr Mund klappte auf, ihr Gesicht verzog sich in krampfhaftem Schluchzen. Ich ließ sie los, stand auf und trat zurück. Mollie nahm sofort meinen Platz ein.

«Ist ja gut», sagte sie. «Beruhige dich, Liebes.» Sie war zärtlicher als ich, sprach tröstlich wie eine Mutter. «Du brauchst keine Angst mehr zu haben. Der Arzt kommt gleich, und Pettifer legt dir eine schöne heiße Wärmflasche ins Bett. Du brauchst uns nicht mehr zu erzählen. Du brauchst nicht mehr darüber zu reden.»

Aber Andrea wollte alles loswerden. Vielleicht hatte Mollie es geschafft, sie zu beruhigen, jedenfalls hörten wir nun, nur noch hin und wieder von schluchzenden Lauten unterbrochen, den Rest der Geschichte.

«Ich wollte nicht zu ihm gehen. Ich... ich wollte nach Haus. Ich bin... ich bin einfach losgelaufen. Er kam hinter mir her. Und ich... ich versuchte zu laufen und bin ausgerutscht, und mein einer Schuh... ist vom... vom Fuß gerutscht. Und da hat er mich eingeholt und festgehalten, und er... er hat mich angeschrien... und ich habe um Hilfe gerufen, und er hat mich geschlagen...»

Ich sah auf die Gesichter ringsum, die alle, wenn auch in unterschiedlichem Ausmaß, Bestürzung und Entsetzen widerspiegelten. Nur in Grenvilles Miene zeichnete sich kalter Zorn ab, aber er rührte sich immer noch nicht, sagte immer noch kein Wort.

«Schon gut, jetzt ist alles in Ordnung», sagte Mollie, und ihre Stimme bebte nur ein klein wenig. «Jetzt ist ja alles wieder gut. Komm, wir gehen nach oben.»

Sie zog Andrea sanft vom Sofa, aber Andreas Beine gaben nach, und sie drohte zu Boden zu sinken. Morris, der ihr am nächsten stand, trat vor, hielt sie fest und hob sie mit überraschender Kraft auf seine dünnen Arme.

«So», sagte Mollie. «Morris bringt dich nach oben. Bald ist alles wieder gut...» Sie ging zur Tür. «Bitte hier entlang, Morris.»

«Okay», sagte Morris, der kaum eine andere Wahl hatte.

Ich beobachtete Andreas Gesicht. Als Morris zur Tür ging,

schlug sie die Augen auf und sah mich an, unsere Blicke begegneten sich und hielten einander fest. In diesem Moment wußte ich, daß sie log. Und sie wußte, daß ich es wußte.

Sie legte den Kopf an Morris' Brust und fing wieder an zu weinen. Unmittelbar danach ging er mit ihr aus dem Zimmer.

Wir lauschten seinen schweren Schritten in der Diele und hörten, wie er die Treppe hinaufging. Dann bemerkte Eliot, mit bewundernswerter Untertreibung: «Eine dumme Geschichte.» Er blickte Grenville an. «Soll ich die Polizei jetzt gleich benachrichtigen, oder warten wir noch?»

Grenville machte endlich den Mund auf. «Wer hat etwas davon gesagt, daß wir die Polizei benachrichtigen sollen?»

«Du willst doch wohl nicht, daß er ungestraft davonkommt?»

«Sie hat gelogen», stellte ich fest.

Beide Männer sahen mich überrascht an. Grenvilles Augen wurden schmal, und er wirkte wie die Statue eines zornigen Gottes. Eliot runzelte die Stirn. «Wie bitte?»

«Vielleicht stimmt irgend etwas an ihrer Geschichte. Wahrscheinlich das meiste. Aber sie hat trotzdem gelogen.»

«Inwiefern?»

«Du hast doch selbst gesagt, daß sie in Joss verknallt war. Sie wäre ihm am liebsten nicht von der Seite gewichen. Sie hat mir erzählt, daß sie oft in seiner Wohnung gewesen ist, und es muß wahr sein, weil sie sie genau beschrieben hat, und jede Einzelheit stimmt. Ich weiß nicht, was heute abend geschehen ist. Aber ich weiß, daß sie sofort mit zu ihm gegangen wäre, wenn er es gewollt hätte. Auf der Stelle.»

«Wie erklärst du dann die Beule an ihrer Schläfe?» fragte Eliot wie aus der Pistole geschossen.

«Ich weiß nicht. Ich sagte ja, daß vieles an ihrer Geschichte stimmen kann. Aber anderes hat sie ganz bestimmt erfunden.»

Grenville bewegte sich. Er hatte lange wie versteinert dagestanden. Nun ging er zu seinem Sessel und ließ sich langsam hineinsinken.

«Wir können feststellen, was wirklich geschehen ist», sagte er dann.

«Wie denn?» sagte Eliot fast im selben Moment.

Grenville wandte den Kopf und sah ihn an. «Wir brauchen nur Joss zu fragen.»

Eliot gab einen verächtlichen Laut von sich.

«Wir werden ihn fragen. Und dann werden wir die Wahrheit hören.»

«Er weiß nicht, was Wahrheit bedeutet.»

«Du hast kein Recht, das zu sagen.»

Eliot verlor die Beherrschung. «Mein Gott, muß man dir die Wahrheit denn ins Gesicht werfen, damit du sie erkennst?»

«Sprich nicht in diesem Ton mit mir.»

Eliot starrte den alten Mann ungläubig und angewidert an. Als er wieder sprach, war es kaum mehr als ein Flüstern: «Ich habe genug von Joss Gardner. Ich habe ihm nie getraut und ihn nie gemocht. Ich halte ihn für einen Schwindler, einen Dieb und einen Lügner, und ich weiß, daß ich recht habe. Und eines Tages wirst du es auch wissen. Dies ist dein Haus. Das akzeptiere ich. Ich werde aber nicht akzeptieren, daß er sich das Recht nimmt, es sich anzueignen und uns dazu, nur weil er zufällig…»

«Eliot!» rief ich warnend. Er drehte sich zu mir um, blickte mich an. Es war, als hätte er vergessen, daß ich da war. «Eliot, bitte. Hör auf.»

Er sah auf sein Glas hinunter, trank es mit einem einzigen Schluck leer. «Meinetwegen», sagte er schließlich. «Ich werde vorerst nichts mehr sagen.»

Er ging zum Sideboard, um sich noch einen Whisky einzuschenken. Während Grenville und ich ihm schweigend zusahen, kam Morris Tatcombe ins Zimmer zurück.

«Ich gehe dann wieder», sagte er.

Eliot drehte sich um und sah ihn an. «Geht es ihr einigermaßen?»

«Hm, sie ist oben. Ihre Mutter ist bei ihr.»

«Trinken Sie noch etwas, bevor Sie gehen.»

«Nein, ich muß weiter.»

«Wir können Ihnen nicht genug danken. Was wäre geschehen, wenn Sie sie nicht gefunden hätten…» Er verstummte, und der unvollendete Satz beschwor Visionen von einer an Unterkühlung, Entkräftung oder Blutverlust sterbenden Andrea herauf.

«Nur ein glücklicher Zufall», sagte Morris und trat ein paar Schritte zurück. Offensichtlich wollte er gern so rasch wie möglich gehen, wußte aber nicht recht, wie er es anstellen sollte. Eliot steckte den Stöpsel in die Karaffe zurück, ließ sein neu gefülltes Glas auf dem Sideboard stehen und kam ihm zu Hilfe.

«Ich bringe Sie zur Tür.»

Morris nickte Grenville und mir zu. «Dann gute Nacht.»

Aber Grenville stemmte sich aus dem Sessel und richtete sich zu seiner ganzen Größe auf. «Sie haben uns einen großen Dienst erwiesen, Mr. Tatcombe. Wir sind Ihnen sehr dankbar. Und wir wären Ihnen auch dankbar, wenn Sie das, was Andrea erzählt hat, für sich behielten. Zumindest bis es bestätigt worden ist.»

Morris blickte zweifelnd drein. «So was spricht sich rum.»

«Aber doch sicher nicht durch Sie.»

Morris zuckte mit den Schultern. «Es ist Ihre Sache.»

«Genau. Unsere Sache. Gute Nacht, Mr. Tatcombe.»

Eliot führte ihn aus dem Zimmer.

Grenville ließ sich mühsam wieder in den Sessel sinken. Er fuhr sich mit der Hand über die Augen, und ich dachte unwillkürlich, daß solche Szenen ihm sicher nicht guttaten.

«Ist alles in Ordnung?»

«Ja. Mir geht es gut.»

Ich wünschte, ich hätte mich ihm anvertrauen können, ihm sagen können, daß ich Bescheid wußte über Sophia, daß ich wußte, wessen Enkel Joss war. Doch mir war klar, daß er derjenige sein mußte, der es sagte. Wenn es denn überhaupt gesagt werden sollte.

«Soll ich Ihnen etwas zu trinken bringen?»

«Nein, danke.»

Also ließ ich ihn in Ruhe und machte mir mit den zerdrückten Sofapolstern zu schaffen.

Es dauerte eine Weile, bis Eliot wiederkam, und er wirkte ganz munter, als hätte er die Auseinandersetzung mit Grenville vollkommen vergessen. Er nahm sein Glas. «Zum Wohl», sagte er und hob es zu seinem Großvater hin.

«Ich nehme an, wir sind diesem jungen Mann zu Dank verpflichtet», sagte Grenville. «Ich hoffe, wir werden uns eines Tages revanchieren können.»

«Ich würde mir keine allzu großen Sorgen wegen Morris machen», bemerkte Eliot leichthin. «Ich denke, er ist sehr gut imstande, sich seine Belohnung selbst zu holen. Übrigens hat Pettifer mich gebeten, euch zu sagen, daß das Essen fertig ist.»

Wir drei aßen allein. Mollie blieb oben bei Andrea, und mitten beim Dinner kam der Arzt und wurde von Pettifer hinaufgeführt. Später hörten wir, wie er in der Diele mit Mollie sprach, dann begleitete sie ihn hinaus und kam ins Eßzimmer, um zu berichten, was er gesagt hatte.

«Sie steht natürlich unter Schock. Er hat ihr ein Beruhigungsmittel gegeben, und sie soll ein oder zwei Tage im Bett bleiben.»

Eliot war aufgestanden und hatte einen Stuhl für sie zurechtgerückt. Sie setzte sich und sah auf einmal arg mitgenommen aus. «Wie kann so etwas nur hier bei uns passieren. Wenn ich nur wüßte, wie ich es ihrer Mutter beibringen soll.»

«Morgen ist noch genug Zeit, darüber nachzudenken», bemerkte Eliot.

«Aber was für eine furchtbare Geschichte. Sie ist noch ein Kind. Sie ist erst siebzehn. Was hat Joss sich bloß dabei gedacht? Er muß von Sinnen gewesen sein.»

«Wahrscheinlich war er betrunken», sagte Eliot.

«Ja, vielleicht. Betrunken und gewalttätig.»

Grenville und ich sagten nichts. Es war, als hätten wir uns stillschweigend verschworen, aber das hieß nicht, daß ich Joss verziehen hatte oder irgend etwas von dem, was er getan hatte, guthieß. Später, wenn Grenville ihn befragt hatte, würde wahrscheinlich alles ans Licht kommen. Doch bis dahin würde ich längst wieder in London sein.

Und wenn ich dann noch hier war... Ich aß langsam einige Weintrauben. Dies war mein letztes Abendessen in Boscarva, aber ich wußte wirklich nicht, ob es mein aufrichtiger Wunsch war, abzureisen oder nicht. Ich hatte eine Weggabelung erreicht und hatte keine Ahnung, welche Richtung ich einschlagen sollte. Aber ich würde mich bald entscheiden müssen.

Ein Kompromiß, hatte Eliot gesagt, und es hatte schal geklungen. Nach den Ereignissen von heute abend hatten seine Worte jedoch einen wohltuend vernünftigen und sachlichen Klang bekommen, wie von jemandem, der mit beiden Füßen fest auf dem Boden stand.

Du bist für einen Mann, ein Heim und Kinder geschaffen.

Ich griff nach meinem Weinglas, und als ich aufblickte, sah ich, daß Eliot mich über die polierte Tischplatte hinweg beobachtete. Er lächelte, als wären wir Verschwörer. Der Ausdruck in seinem Gesicht war zuversichtlich und zugleich triumphierend. Vielleicht wußte er bereits, daß ich ihn heiraten würde, während ich noch darüber nachdachte.

Wir waren wieder im Wohnzimmer, saßen am Kamin und tranken unseren Kaffee, als das Telefon klingelte. Ich dachte, Eliot würde abnehmen, aber er saß mit der Zeitung und seinem Drink im Sessel und zauderte so lange, bis Pettifer es schließlich tat. Wir hörten, wie die Küchentür geöffnet wurde und wie er langsam durch die Diele schritt. Das Läuten brach ab. Ich schaute zur Uhr auf dem Kaminsims. Es war fast Viertel vor zehn.

Wir warteten. Die Tür ging auf, und Pettifer steckte den Kopf ins Zimmer. Seine Brillengläser blitzten im Schein der Lampe.

«Wer ist es, Pettifer?» fragte Mollie.

«Es ist für Rebecca», sagte er.

Ich war überrascht. «Für mich?»

«Wer ruft dich zu dieser unmöglichen Zeit an?» fragte Eliot.

Ich zuckte die Achseln. «Keine Ahnung.»

Während ich hinausging, überlegte ich, wer es sein konnte. Vielleicht wollte Maggie mir etwas über die Wohnung sagen. Vielleicht wollte Stephen Forbes wissen, wann ich wieder in die Buchhandlung käme. Ich hatte ein schlechtes Gewissen, denn ich hätte ihm längst sagen müssen, was los war und wann ich nach London zurückkommen wollte.

Ich setzte mich auf die Truhe in der Diele und nahm den Hörer.

«Hallo?»

Eine dünne piepsige Stimme, die sehr weit entfernt klang, plapperte los.

«Oh, Miss Bayliss, wir kamen gerade vorbei, und da hat er gelegen... Mein Mann hat gesagt... Also haben wir ihn die Treppe hoch in die Wohnung gebracht... Ich weiß nicht, was passiert ist. Blutüberströmt, blutbedeckt, und er konnte kaum sprechen. Ich wollte den Arzt holen, aber er wollte nichts davon wissen... Ich hatte solche Angst, ihn da allein zu lassen... Es müßte jemand bei ihm sein... Er hat gesagt, er ist ganz in Ordnung...»

Ich muß außergewöhnlich begriffsstutzig gewesen sein, denn es dauerte eine ganze Weile, bis mir klar wurde, daß es Mrs. Kernow war, die aus der Telefonzelle am Ende der Fish Lane anrief, um mir zu sagen, daß Joss etwas zugestoßen war.

12

Verblüfft stellte ich fest, daß ich vollkommen ruhig und gelassen war. Fast schien es, als wäre ich schon auf diese Krise vorbereitet, als hätte ich genaue Anweisungen erhalten und wüßte, was ich tun mußte. Es gab nicht den leisesten Zweifel, deshalb auch keine Unschlüssigkeit. Ich mußte zu Joss. So einfach war es.

Ich ging nach oben in mein Zimmer, zog den Ledermantel an, knöpfte ihn zu und ging wieder hinunter. Mollies Wagenschlüssel lag noch dort, wo ich ihn hingelegt hatte, auf dem Tisch in der Diele.

Ich nahm ihn, und in diesem Moment wurde die Wohnzimmertür geöffnet, und Eliot kam auf mich zu. Ich kam gar nicht auf die Idee, er könne versuchen, mich aufzuhalten. Es gab nichts, was mich aufhalten würde.

Er sah mich im Mantel, zum Aufbruch bereit. «Wohin willst du?»

«Nach Porthkerris.»

«Wer war das eben am Telefon?»

«Mrs. Kernow.»

«Was wollte sie?»

«Joss ist verletzt. Sie und ihr Mann haben ihn in der Hafenstraße gefunden, als sie von ihrer Schwester zurückkamen.»

«Na und?» Seine Stimme war kalt und sachlich. Einen Moment lang fürchtete ich, es würde ihm gelingen, mich einzuschüchtern, aber ich blieb ganz ruhig.

«Ich nehme den Wagen deiner Mutter. Ich fahre zu ihm.»

Seine markanten Züge verhärteten sich.

«Hast du den Verstand verloren?»

«Ich glaube nicht.»

Er sagte nichts mehr. Ich steckte den Schlüssel in die Tasche und ging zur Tür, aber er war schneller als ich, erreichte sie mit zwei langen Schritten und baute sich mit der Hand am Riegel davor auf.

«Du fährst nicht», sagte er kühl. «Du glaubst doch nicht im Ernst, daß ich dich zu ihm lasse?»

«Er ist verletzt, Eliot.»

«Na und? Du hast selbst gesehen, was er mit Andrea gemacht hat. Er ist schlecht, Rebecca. Du weißt, daß er schlecht ist. Seine Großmutter war eine irische Hure, Gott weiß, wer sein Vater war, und seine Art, mit Frauen zu verfahren, haben wir ja heute abend kennengelernt.»

Die häßlichen Beschimpfungen, die mich schockieren sollten, glitten an mir ab. Eliot bemerkte, daß seine Attacke fruchtlos blieb, und wurde nur noch wütender.

«Warum willst du überhaupt zu ihm? Was kannst du für ihn tun? Er wird es dir nicht danken, daß du dich in seine Angelegenheit einmischst, wenn es Dank ist, was du erwartest. Laß ihn in Ruhe, er gehört nicht zu deinem Leben, er geht dich nichts an.»

Ich stand da und musterte Eliot, hörte, was er sagte, ohne daß es einen Sinn für mich ergab. Aber ich wußte urplötzlich, daß alle Ungewißheit und Unschlüssigkeit vorbei war; mir war auf einmal ganz leicht, als wäre eine große Last von meinen Schultern genommen. Ich stand immer noch an einer Weggabelung. Mein Leben war immer noch ein großes Durcheinander. Aber eines war sonnenklar: Ich konnte Eliot nicht heiraten, auf keinen Fall.

Ein Kompromiß, hatte er gesagt. Aber für mich wäre es ein schlechter Kompromiß. Gut, er war schwach und als Geschäftsmann sicher nicht besonders erfolgreich. Das war mir klar, und ich war bereit gewesen, mich damit abzufinden. Aber sein herzliches Willkommen, seine Gastfreundschaft und der Charme, den er auf- und zudrehen konnte wie einen Wasserhahn, all das hatte mich blind gemacht für seine Rachsucht und seine beängstigende Eifersucht.

«Laß mich gehen, Eliot.»

«Und wenn ich es nicht tue? Wenn ich dich zwinge, hierzubleiben?» Er nahm meinen Kopf in die Hände und drückte so fest, daß ich das Gefühl hatte, meine Schläfen würden zerspringen wie Nußschalen. «Wenn ich dir nun sage, daß ich dich liebe?»

Er widerte mich an. «Du liebst niemanden. Nur dich allein – Eliot Bayliss. In deinem Leben ist kein Platz für jemand anderen.»

«Ich dachte, du seist diejenige, die nicht lieben kann.»

Er drückte noch brutaler. Mein Kopf pochte heftig, und ich schloß die Augen, um den Schmerz besser ertragen zu können.

«Wenn ich jemanden liebe», brachte ich zwischen zusammengebissenen Zähnen hervor, «dann bestimmt nicht dich.»

«Meinetwegen, dann geh...» Er ließ so unvermittelt los, daß ich um ein Haar das Gleichgewicht verloren hätte. Heftig stieß er den Riegel zurück und riß die Tür auf. Der Wind fegte herein wie eine wilde Bestie, die den ganzen Abend darauf gelauert hatte, das Haus in Besitz zu nehmen. Draußen war nur das Dunkel, der Regen. Ohne eine weiteres Wort, ohne noch einen Blick auf Eliot zu werfen, lief ich an ihm vorbei und stürzte hinaus wie in ein sicheres Refugium.

Ich mußte zur Garage und mich mit der Tür abmühen, ehe ich das Auto aufschloß. Ich war überzeugt, daß Eliot wenige Schritte hinter mir war und nur auf eine Gelegenheit wartete, einen Satz zu machen, mich zu packen und wieder ins Haus zu schleppen. Ich zog die Autotür zu; meine Hand zitterte so sehr, daß ich kaum den Zündschlüssel ins Loch stecken konnte. Als ich ihn das erste Mal drehte, sprang der Motor nicht an. Unwillkürlich stieß ich einen kleinen flehentlichen Schrei aus, als ich den Choke zog und es wieder probierte. Diesmal sprang der Motor an. Ich legte den Gang ein, und der kleine Wagen schoß los, hinein in die Dunkelheit und den strömenden Regen, durch die Wasserpfützen auf der Zufahrt, ehe er endlich die Straße erreichte.

Beim Fahren gewann ich meine Ruhe langsam wieder zurück. Ich hatte Eliot abgeschüttelt, ich fuhr zu Joss. Ich mußte vernünftig und umsichtig fahren, durfte nicht in Panik geraten, bei dem schrecklichen Wetter keinen Unfall riskieren. Ich verlangsamte auf fünfzig Stundenkilometer und lockerte bewußt meinen krampfhaften Griff um das Steuer. Die regennasse Straße führte durch das pechschwarze Dunkel hügelab. Die Lichter von Porthkerris kamen mir entgegen. Ich fuhr zu Joss.

Es war Ebbe. Als ich auf der Hafenstraße war, sah ich den Schein der Lampen, der sich auf nassem Sand brach, die Fischerboote, die außer Reichweite des Sturmes gezogen waren. Immer noch jagten Wolkenfetzen über den regenschweren Himmel. Es waren Leute unterwegs, aber nur wenige.

Der Laden war dunkel. Aus dem obersten Fenster drang schwacher Lichtschein. Ich stellte den Wagen am Bürgersteig ab, stieg aus und ging zur Tür. Sie war nicht zugesperrt. Ich roch das frische Holz, meine Füße streiften durch die Späne, die immer noch umherlagen. Im Schein der Straßenlampe draußen konnte ich die Treppe sehen. Langsam stieg ich in den ersten Stock hinauf.

«Joss!» rief ich nach oben.

Keine Antwort. Ich ging weiter zu dem gelblichen Lichtschein hoch. Im Kamin brannte kein Feuer, es war sehr kalt. Ein Regenschwall prasselte auf das Dach über mir.

«Joss!»

Nur notdürftig mit einer Wolldecke zugedeckt, lag er auf dem Bett. Er hatte den Arm schützend über die Augen gelegt, als könnte er das Licht nicht ertragen. Als ich seinen Namen sagte, hob er ein wenig den Kopf, um zu sehen, wer da war. Dann ließ er sich wieder auf das Kissen fallen.

«Großer Gott», sagte er. «Rebecca.»

Ich trat zu ihm. «Ja, ich bin's.»

«Ich habe deine Stimme gehört. Aber ich dachte, es ist ein Traum.»

«Ich hab von unten gerufen, aber du hast nicht geantwortet.»

Sein Gesicht sah furchtbar aus, die ganze linke Seite war geschwollen und zerschrammt, das Auge war halb geschlossen. Eine Lippe war aufgeplatzt, Blut klebte daran. Auf den Knöcheln seiner rechten Hand schien keine Haut mehr zu sein.

«Was machst du hier?» Er sprach dumpf, vielleicht wegen der aufgeplatzten Lippe.

«Mrs. Kernow hat mich angerufen.»

«Ich habe sie gebeten, niemandem etwas zu sagen.»

«Sie hat sich Sorgen um dich gemacht. Joss, was ist passiert?»

«Ich bin unter die Räuber gefallen.»

«Bist du noch woanders verletzt?»

«Ja, überall.»

«Laß sehen…»

«Die Kernows haben mich verbunden.»

Aber ich beugte mich zu ihm hinunter, zog behutsam die Decke weg. Joss trug einen Verband, der aus Streifen von einem Bettlaken zu bestehen schien. Eine große bläuliche Schwellung hatte sich bis zur Brust ausgebreitet, und auf der rechten Seite drang rotes Blut durch den weißen Stoff.

«Joss, wer hat das getan?»

Er antwortete nicht. Statt dessen streckte er den Arm aus und zog mich mit einer Kraft, die in Anbetracht seiner Verletzungen verblüffend war, auf das Bett hinunter. Ich saß da, mein langer blonder Zopf hing über die Schulter nach vorn, und während er mich mit dem rechten Arm festhielt, zog er mit der linken Hand das Gummiband herunter, das den Zopf zusammenhielt, und fuhr mit den Fingern wie mit einem Kamm durch die Haare, die nun seine nackte Brust streiften.

«Das habe ich die ganze Zeit tun wollen», sagte er. «Seit ich dich das erste Mal gesehen habe und dachte, du siehst aus wie die Schülerin von… Was habe ich gesagt?»

«Wie die Musterschülerin eines Mädchenpensionats.»

«Ja. Sonderbar, daß du es behalten hast.»

«Was kann ich tun? Ich muß dir doch irgendwie helfen können?»

«Bleib einfach. Bleib einfach hier bei mir, mein Liebling.»

Die Zärtlichkeit in seiner Stimme… Joss, der immer so abgebrüht gewesen war… Es warf mich einfach um. Mir stiegen Tränen in die Augen, er sah es und zog mich zu sich hinunter, und ich lag bei ihm und spürte, wie seine Hand unter meinem Haar nach oben glitt und sich um meinen Nacken legte.

«Joss, ich tu dir weh…»

«Nicht reden», sagte er, ehe sein suchender Mund meinen

fand. Und dann: «Und das habe ich auch schon die ganze Zeit tun wollen.»

Es war ganz offensichtlich, daß all seine Verletzungen, die blutenden Schrammen, die Male, die aufgeplatzte Lippe, ihn nicht davon abhalten würden.

Und ich, die ich immer gedacht hatte, Liebe habe etwas mit Feuerwerk und einer Explosion von Gefühlen zu tun, ich stellte fest, daß es gar nicht so war. Es war warm, wie unvermittelter Sonnenschein. Es hatte nichts zu tun mit meiner Mutter und der endlosen Prozession von Männern, die durch ihr Leben gegangen waren. Zynismus und vorgefaßte Meinungen flogen im Nu aus einem weitgeöffneten Fenster. Meine letzten Schutzwälle brachen in sich zusammen. Joss war da.

Er sagte meinen Namen, und aus seinem Mund klang er wunderbar.

Später, viel später machte ich Feuer, schichtete Treibholzstücke auf das flammende Zeitungspapier, bis sie knisterten und ihre Wärme im Zimmer verbreiteten. Ich ließ nicht zu, daß Joss mir half; er lag mit aufgestütztem Kopf da, und ich spürte, wie er alle meine Bewegungen mit den Augen verfolgte.

Ich richtete mich auf und trat vom Kamin zurück. Die Haare fielen mir lose über die Schultern, und meine Wangen waren von den Flammen ganz heiß. Eine unendliche Zufriedenheit breitete sich in mir aus.

«Wir müssen reden, nicht wahr?» sagte er.

«Ja.»

«Würdest du mir etwas zu trinken holen?»

«Was möchtest du?»

«Einen Whisky. Er ist in der Kochnische, im Wandschrank über der Spüle.»

Ich nahm die Flasche und zwei Gläser heraus. «Soda oder Wasser?»

«Soda. Da ist irgendwo ein Flaschenöffner, er hängt an einem Haken.»

Ich fand ihn und öffnete die Flasche. Ich stellte mich so ungeschickt an, daß der Kronenkorken hinunterfiel und, wie solche Gegenstände es zu tun pflegen, in die dunkelste Ecke rollte. Ich bückte mich, um ihn aufzuheben, und dabei fiel mein Blick auf einen anderen kleinen, glänzenden Gegenstand, der zur Hälfte unter der Gummimatte unter dem Spülbecken lag. Ich nahm ihn. Es war Andreas Medaillon, daneben lag das Silberkettchen, in der Mitte durchgerissen.

Ich behielt es in der Hand. Ich schenkte den Whisky ein, das Soda, gab Joss ein Glas und kniete mich mit dem anderen neben ihn auf den Boden.

«Das lag unter dem Spülbecken», sagte ich und gab ihm die Kette.

Er konnte es wegen seines geschwollenen Auges nicht gleich erkennen. Er blinzelte krampfhaft.

«Was zum Teufel ist es?»

«Andreas Medaillon.»

«Oh, verdammt», sagte er. «Hol mir bitte noch ein paar Kissen, ja? Ich konnte noch nie im Liegen Whisky trinken.»

Ich nahm einige von den Kissen, die im Zimmer herumlagen, und schob sie ihm unter die Schulter. Es war eine Qual für ihn, sich aufzusetzen, und er stöhnte unwillkürlich auf.

«Ist alles in Ordnung?»

«Ja, natürlich. Mir geht es gut. Wo hast du das Ding gefunden?»

«Ich habe es doch gesagt. Auf dem Boden.»

«Sie ist heute abend hergekommen. Sie sagte, sie sei im Kino gewesen. Ich habe unten gearbeitet, ich wollte die Regale fertig machen. Ich sagte ihr, ich hätte zu tun, aber sie ging einfach nach oben. Ich kam hinterher und sagte noch mal, sie solle nach Hause gehen. Aber sie wollte nicht. Sie wollte etwas zu trinken, sie wollte mit mir reden... Du weißt schon, die ganze Litanei.»

«Sie ist schon vorher hier gewesen.»

«Ja, einmal. Irgendwann morgens. Sie tat mir leid, und ich habe ihr eine Tasse Kaffee gemacht. Aber heute abend hatte ich zu tun. Ich hatte keine Zeit für sie, und sie tat mir nicht leid. Ich habe ihr klar gesagt, sie solle gehen. Aber sie weigerte sich. Sie behauptete, zu Hause haßten sie alle, keiner wolle mit ihr reden. Ich sei der einzige Mensch, mit dem sie reden könne, ich sei der einzige, der sie verstehe.»

«Vielleicht warst du das.»

«Na ja, jedenfalls hatte ich Mitleid mit ihr. Wenn ich in Boscarva arbeitete, konnte sie immer kommen und mit mir reden, weil ich schlecht was dagegen tun konnte. Ich konnte sie schließlich nicht rauswerfen.»

«Hast du das heute abend getan? Sie rausgeworfen?»

«Nicht ausdrücklich. Aber zuletzt hatte ich genug von ihrem dummen Geplapper und ihrer Überzeugung, ich würde nichts lieber tun, als mit ihr ins Bett zu gehen. Es war das letzte, was ich wollte, und schließlich verlor ich die Geduld und sagte es ihr.»

«Was ist dann passiert?»

«Was dann passiert ist? Sie fing an zu schreien, weinte, machte mir Vorwürfe, bekam einen richtigen hysterischen Anfall. Sie beschimpfte mich, fing an um sich zu schlagen. Da wurde ich energisch und schob sie hinaus und warf ihren Regenmantel und ihre scheußliche Handtasche hinter ihr her.»

«Du hast sie nicht verletzt?»

«Nein, wo denkst du hin. Aber ich glaube, ich habe ihr einen Schrecken eingejagt, denn sie lief, so schnell sie konnte. Ich hörte, wie sie die Treppe hinunterlief, und dann muß sie wohl hingefallen sein, denn ich hörte, daß etwas auf den Boden plumpste. Ich rief ihr nach und fragte, ob alles in Ordnung sei, aber sie rannte aus dem Laden und schlug die Tür hinter sich zu, und deshalb glaubte ich, es wäre nichts weiter passiert.»

«Ist es möglich, daß sie sich beim Fallen verletzt hat? Daß sie sich eine Beule im Gesicht geholt hat?»

«Ja, schon möglich. Unten an der Treppe stand eine große Umzugskiste mit Porzellan. Sie könnte darauf gefallen sein… Aber warum fragst du?»

Ich erzählte ihm alles. Als ich ausgeredet hatte, stieß er einen langen, ungläubigen Pfiff aus. Aber er war zugleich wütend.

«Dieses Biest. Ich glaube, sie ist ein bißchen mannstoll und ziemlich überspannt.»

«Das hab ich schon die ganze Zeit gedacht.»

«Sie hat dauernd von einem Burschen namens Danus geredet und ist in alle möglichen intimen Details gegangen. Und diese Frechheit, allen zu sagen, ich hätte sie gebeten, mit mir ins Kino zu gehen. Ich würde sie nicht mal bitten, mit mir den Mülleimer zu leeren... Was macht sie jetzt?»

«Wir haben sie ins Bett gepackt. Mollie hat den Arzt geholt.»

«Wenn er irgend etwas taugt, hat er einen hysterischen Anfall diagnostiziert. Hoffentlich hat er ihr eine Tracht Prügel verschrieben und ihr gesagt, es wäre das beste, wenn sie nach London zurückführe. Damit sie hier kein Unheil mehr anrichten kann.»

«Die arme Andrea. Sie ist sehr unglücklich.»

Er strich mir übers Haar. Ich wandte den Kopf und küßte seinen Handrücken, die aufgeschrammten Knöchel.

«Du hast ihr doch nicht geglaubt?» sagte er.

«Nicht wirklich.»

«Und die anderen?»

«Mollie und Eliot, ja. Eliot wollte die Polizei benachrichtigen, aber Grenville hat es nicht zugelassen.»

«Das ist interessant.»

«Warum?»

«Wer hat sie nach Hause gebracht?»

«Habe ich das nicht gesagt? Morris Tatcombe... Du weißt doch, der Junge, der für Eliot arbeitet.»

«Morris? Also, ich will...» Er verstummte, dann sagte er noch einmal: «Morris Tatcombe.»

«Was ist mit ihm?»

«Oh, Rebecca, hör auf. Denk mal eine Sekunde nach. Was glaubst du, wer das hier mit mir gemacht hat?»

«Doch nicht Morris!» Ich wollte es nicht glauben.

«Morris und drei andere. Ich bin später zum *Anchor* gegangen, um etwas zu essen und ein Bier zu trinken, und als ich nach Hause ging, sind sie über mich hergefallen.»

«Du hast gesehen, daß Morris dabei war?»

«Wer sonst? Er hat Rachepläne geschmiedet, seit wir zuletzt

aneinandergeraten sind und er im Rinnstein landete. Ich dachte, damit wäre die Sache endlich erledigt, aber ich habe mich geirrt.»

Ohne zu überlegen, fing ich an: «Eliot...»

Ich hielt inne, aber es war zu spät. Joss fragte leise: «Was ist mit Eliot?»

«Ich möchte nicht darüber sprechen.»

«Hat er Morris gesagt, er solle mich verprügeln?»

«Ich weiß nicht.»

«Es wäre möglich. Er kann mich nicht ausstehen. Es wäre logisch.»

«Ich... Ich glaube, er ist eifersüchtig auf dich. Er kann es nicht ertragen, daß du Grenville so nahe stehst, daß Grenville dich so mag. Und...» Ich sah auf mein Glas hinunter, drehte es hin und her, war auf einmal sehr nervös. «Da ist noch was.»

«Nach deinem Gesicht zu urteilen, könnte man meinen, du hättest jemanden umgebracht. Was ist es?»

«Es ist... der Sekretär. Der Sekretär unten in deiner Werkstatt. Ich hab ihn heute morgen gesehen, als du telefoniert hast.»

«Ich wunderte mich schon, warum du plötzlich rausgerannt bist, in den Regen. Was ist mit ihm?»

«Der Schreibsekretär und der Chippendale-Stuhl. Sie sind von Boscarva.»

«Ja, ich weiß.»

Seine Gelassenheit schockierte mich. «Du hast sie doch nicht genommen, Joss?»

«Genommen? Nein, ich habe sie nicht genommen. Ich hab sie gekauft.»

«Von wem?»

«Von einem Mann, der oben gleich hinter Fourbourne ein Antiquitätengeschäft hat. Es ist ungefähr einen Monat her. Ich war auf einer Versteigerung und hab danach bei ihm vorbeigeschaut, und da hab ich den Stuhl und den Sekretär in seinem Laden gesehen. Ich kannte inzwischen alle Möbel von Grenville und wußte sofort, daß sie aus Boscarva waren.»

«Aber wer hat sie genommen?»

«Ich zerstöre ja nicht gern deine Illusionen, aber es war dein lieber Cousin. Eliot.»

«Aber Eliot hat nichts von den Möbeln gewußt.»

«Das bezweifle ich. Soweit ich weiß, standen sie in einer Dachkammer, und er dachte wahrscheinlich, niemand würde sie vermissen.»

«Aber warum...»

«Weil Eliot bis zum Hals in Schulden steckt, mein Liebes. Er hat die Werkstatt überhaupt nur mit dem Geld von Ernest Padlow bauen können, sie hat Unsummen gekostet, und er hat in den letzten zwölf Monaten durchgehend Verluste gemacht. Was die fünfzig Pfund ihm bedeutet haben, kann ich mir nicht vorstellen – das Geld war sicher nur ein Tropfen auf den heißen Stein. Vielleicht brauchte er gerade ein bißchen Bargeld, um eine Rechnung zu bezahlen oder auf ein Pferd zu setzen oder so... Ich weiß es nicht. Unter uns gesagt, ich finde, man sollte ihm verbieten, eine eigene Firma zu führen. Er wäre besser dran, wenn er für jemand anderen arbeitete und regelmäßig ein Gehalt bekäme. Du könntest vielleicht versuchen, ihn dazu zu überreden, wenn ihr abends wieder mal in Boscarva am Kamin sitzt und einen Drink nehmt.»

«Diese Ironie paßt nicht zu dir.»

«Ich weiß, aber ich bin allergisch gegen Eliot. Ich war es von Anfang an.»

Ich hatte das unbestimmte Gefühl, daß ich Eliot verteidigen, eine Erklärung für sein Verhalten finden müsse.

«Er glaubt irgendwie, daß Boscarva mit allem Inventar bereits ihm gehört. Vielleicht hat er gar nicht daran gedacht, daß er... daß er etwas gestohlen hat?»

«Wann habt ihr gemerkt, daß die Möbel nicht mehr da sind?»

«Vor ein paar Tagen. Weißt du, der Sekretär gehörte meiner Mutter. Jetzt gehört er mir. Deshalb haben wir ihn gesucht.»

«Pech für Eliot.»

«Ja.»

«Ich nehme an, Eliot behauptet, ich hätte die Möbel gestohlen?»

«Ja», gab ich kläglich zu.

«Was hat Grenville gesagt?»

«Er hat gesagt, du würdest so etwas nie tun.»

«Und da gab es wieder einen Riesenkrach?»

«Ja.»

Joss stieß einen Seufzer aus. Wir schwiegen. Die Flammen erstarben, und es wurde wieder kalt im Zimmer. Ich stand auf, um ein Scheit nachzulegen, aber Joss hinderte mich.

«Laß das.»

Ich sah ihn überrascht an. Er trank sein Glas aus, stellte es neben sich auf den Boden, und dann schlug er die Decke zurück und stand vorsichtig auf.

«Joss, das darfst du nicht!»

Ich lief zu ihm, aber er schob mich von sich und richtete sich langsam, ganz vorsichtig auf. Dann lächelte er triumphierend auf mich herunter. Er bot einen martialischen Anblick, wie er so dastand, mit seinen Wunden, seinem geschwollenen Gesicht, dem notdürftigen Verband und den total zerknitterten Jeans.

«Auf in den Kampf», sagte er.

«Was hast du vor?»

«Wenn du irgendwo ein Hemd und Schuhe für mich findest, ziehe ich mich an. Und dann gehen wir nach unten und steigen in den Wagen und fahren nach Boscarva.»

«Aber du kannst nicht fahren, in deinem Zustand.»

«Ich kann alles, was ich will», entgegnete er, und ich glaubte ihm. «Hol jetzt bitte meine Sachen und hör auf, Widerworte zu geben.»

Er ließ nicht einmal zu, daß ich Mollies Wagen nahm. «Wir lassen ihn da stehen, es wird sich schon niemand daran vergreifen. Morgen früh kann ihn jemand holen.» Sein Pritschenwagen stand um die Ecke, in einem schmalen Gang. Wir stiegen ein, er ließ den Motor an, setzte zurück auf die Straße, und ich dirigierte ihn, weil er sich im Sitzen nicht umdrehen konnte. Wir fuhren durch den Ort, durch Straßen, die mir inzwischen vertraut waren, erreichten die Kreuzung und fuhren den Hügel hoch.

Ich starrte, die Hände im Schoß geballt, angestrengt nach

vorn. Mir war bewußt, daß es noch etwas gab, worüber wir reden mußten. Und es mußte jetzt sein, ehe wir in Boscarva waren.

Joss hatte aus irgendeinem Grund, vielleicht aus schierer Lebensfreude, angefangen zu singen:

> Als ich zum erstenmal dein Gesicht sah,
> Dachte ich, in deinen Augen geht die Sonne auf
> Und der Mond und all die Sterne...

«Joss.»

«Was gibt's nun schon wieder?»

«Da ist noch etwas anderes.»

Er tat entsetzt. «Noch eine Leiche im Keller?»

«Laß den Quatsch.»

«Entschuldige. Was ist es?»

Ich schluckte gegen einen sonderbaren Kloß in meiner Kehle an.

«Sophia.»

«Was ist mit Sophia?»

«Grenville hat mir erlaubt, in sein Atelier zu gehen und mir ein Bild von ihm auszusuchen, für meine Wohnung in London. Ich habe ein Porträt von Sophia gefunden. Ein richtiges Porträt, mit dem Gesicht von vorn. Eliot kam mir nach, um mich zu holen, und er hat es auch gesehen.»

Eine lange Stille. Ich sah ihn an, aber sein Profil war unbewegt, und er sah geraudeaus auf die Straße vor uns. «Ich verstehe», sagte er endlich.

«Sie sieht genauso aus wie du, oder du siehst so aus wie sie.»

«Ganz natürlich. Sie war meine Großmutter.»

«Ja, das hab ich mir gedacht.»

«Das Porträt stand also im Atelier?»

«Ist das... Bist du deshalb nach Porthkerris gekommen und hast hier den Laden gekauft?»

«Ja. Grenville und mein Vater haben es unter sich ausgemacht. Grenville hat die Hälfte von dem Geld für den Laden aufgebracht.»

«Dein Vater…»

«Du kennst ihn. Es ist Tristram Nolan Gardner. Ihm gehört das Antiquitätengeschäft in der New Kings Road. Du hast zwei Kirschholzstühle bei ihm gekauft. Erinnerst du dich?»

«Und er hat auf meinem Scheck gelesen, daß ich Rebecca Bayliss heiße.»

«So ist es. Und dann hat er mit ein paar geschickten Fragen festgestellt, daß du Grenville Bayliss' Enkelin bist. Und daß du mit dem Zug nach Cornwall fahren wolltest – letzten Montag.»

«Also hat er dich angerufen und dir gesagt, du solltest auf dem Bahnhof sein.»

«So ist es.»

«Aber warum?»

«Weil er fand, daß es ihn etwas angeht. Er fand, daß du einen verletzlichen und irgendwie hilflosen Eindruck machst. Er wollte, daß ich ein bißchen auf dich achtgebe.»

«Ich verstehe es immer noch nicht.»

«Weißt du was?» sagte er. «Ich liebe dich sehr.»

«Weil ich so dumm bin?»

«Nein, weil du wunderbar unschuldig bist. Sophia war nicht nur Grenvilles Modell, sie war auch seine Geliebte. Mein Vater wurde gleich am Anfang ihrer Beziehung geboren, lange bevor deine Mutter zur Welt kam. Sophia heiratete zuletzt einen alten Freund, den sie schon als junges Mädchen gekannt hatte, aber sie bekam keine Kinder mehr.»

«Dann ist Tristram…»

«Grenvilles Sohn. Und Grenville ist mein Großvater. Und ich werde meine Halbcousine heiraten.»

«Pettifer hat mir gesagt, Sophia habe Grenville nichts weiter bedeutet. Sie sei nur ein Mädchen gewesen, das ihm Modell stand.»

«Wenn es darum geht, Grenville zu schützen, würde Pettifer schwören, daß Schwarz Weiß ist.»

«Ja, du hast sicher recht.» Aber Grenville war im Zorn nicht so vorsichtig gewesen. «‹Du bist nicht mein einziges Enkelkind!›»

«Hat er das gesagt?»

«Ja, zu Eliot. Und Eliot dachte, er meinte mich.»

Wir hatten den Hügelkamm erreicht. Die Lichter des Ortes lagen weit hinter uns. Vor uns, hinter den geduckten Schatten von Ernest Padlows Häuserkomplex, sah man die dunkle, von den schwachen Lichtern vereinzelter Farmhäuser unterbrochene Linie der Küste, und dahinter die unendliche Schwärze des Meeres.

«Ich erinnere mich nicht, daß du mich gefragt hast, ob ich dich heiraten will», bemerkte ich.

Der alte Pritschenwagen holperte und rumpelte den Feldweg nach Boscarva hinunter. «Ich bin nicht sehr gut im Fragen», antwortete Joss. Er nahm eine Hand vom Steuer und legte sie auf meine. «Meistens sage ich einfach, was ich will.»

Wie schon einmal war es Pettifer, der herauskam, um uns zu begrüßen. Sobald Joss den Motor abgestellt hatte, ging das Licht in der Diele an, und Pettifer öffnete die Tür, als hätte er geahnt, daß wir kamen.

Er sah, wie Joss die Wagentür aufmachte und langsam und vorsichtig, unter offensichtlichen Schmerzen, ausstieg. Er sah Joss' Gesicht.

«Um Himmels willen, was ist mit Ihnen?»

«Ich hatte eine kleine Meinungsverschiedenheit mit unserem alten Freund Morris Tatcombe. Wahrscheinlich würde ich nicht so aussehen, wenn er nicht drei von seinen Kumpeln dabeigehabt hätte.»

«Ist alles in Ordnung?»

«Ja, es geht mir wieder ganz gut. Nichts gebrochen. Kommen Sie, gehen wir rein.»

Wir gingen ins Haus, und Pettifer machte die Tür zu.

«Ich freue mich, Sie zu sehen, Joss, so wahr ich hier stehe. Wir hatten hier vorhin eine schöne Bescherung, das kann ich Ihnen sagen.»

«Geht es Grenville gut?»

«Ja, alles in Ordnung. Er ist noch auf, er wollte im Wohnzimmer warten, bis Rebecca zurückkommt.»

«Und Eliot?»

Pettifer blickte von Joss zu mir.

«Er ist weg.»

«Erzählen Sie uns besser alles», sagte Joss.

Schließlich saßen wir dann in der Küche am Tisch.

«Als Rebecca fort war, ist Eliot zum Atelier gegangen und hat das Porträt von Sophia geholt. Das, was wir gesucht haben, Joss. Und nie finden konnten.»

«Ich verstehe nicht», sagte ich.

«Pettifer wußte, daß Sophia meine Großmutter war», erklärte Joss, «aber sonst wußte es niemand. Niemand sonst erinnerte sich an sie. Es ist alles zu lange her. Grenville wollte, daß es weiter so blieb.»

«Aber warum gibt es nur ein Bild, auf dem man Sophia von vorn sieht? Er muß sie doch Dutzende von Malen gemalt haben. Was ist mit den anderen Bildern geschehen?»

Joss und Pettifer sahen sich an und schwiegen. Dann war Pettifer mit einer Erklärung an der Reihe, und er tat es mit viel Takt. «Es war die alte Mrs. Bayliss. Sie war eifersüchtig auf Sophia... Nicht weil sie die Wahrheit ahnte... Sondern weil Sophia ein Teil vom anderen Leben des Commanders war, ein Teil von dem Leben, für das Mrs. Bayliss keine Zeit hatte.»

«Sie meinen seine Malerei.»

«Sie wollte nie etwas mit Sophia zu tun haben, und wenn sie sie unten im Ort traf, grüßte sie nur kühl. Der Commander wußte es, und er wollte sie nicht verärgern, deshalb gab er alle Bilder von Sophia weg oder verkaufte sie... alle, bis auf das Porträt, das Sie gefunden haben. Wir wußten, daß es irgendwo war. Joss und ich haben es einen ganzen Tag lang gesucht, aber wir konnten es nicht finden.»

«Was hätten Sie damit gemacht, wenn Sie es gefunden hätten?»

«Nichts. Wir wollten nur nicht, daß jemand anders es sieht.»

«Warum war das so wichtig?»

«Grenville wollte nicht, daß jemand erfuhr, was zwischen ihm und Sophia gewesen war», antwortete Joss. «Nicht daß er sich dessen schämte, er hatte sie sehr geliebt. Und wenn er tot ist, wird es keine Rolle mehr spielen, es ist ihm gleich, wer es dann weiß oder nicht. Aber er ist sehr stolz und hat sich sein Leben lang nach bestimmten Konventionen gerichtet. Wir finden sie wahrscheinlich altmodisch, aber er glaubt daran. Verstehst du?»

«Hm...Ja.»

«Die jungen Leute von heute reden über freie Liebe und... und Promiskuität, als ob es etwas ist, das sie erfunden haben», sagte Pettifer langsam. «Aber es ist nichts Neues. Es hat all das schon immer gegeben, seit undenklichen Zeiten, aber früher redete man eben nicht darüber.»

Wir gaben uns damit zufrieden. Nach einer Weile sagte Joss: «Wir sind vom Thema abgekommen. Pettifer wollte von Eliot erzählen.»

Pettifer legte die Stirn in Falten. «Ja, natürlich. Nun ja, Eliot ist ins Wohnzimmer gelaufen, zum Kamin, und hat das Bild darauf gestellt, neben das andere Bild. Der Commander hat kein Wort gesagt, ihn nur beobachtet. Dann hat Eliot gesagt: ‹Was hat das da mit Joss Gardner zu tun?› Da hat der Commander es ihm gesagt. Er hat ihm alles gesagt, sehr ernst und würdevoll. Und Mrs. Roger war auch da, und sie hat fast einen Anfall bekommen. Sie hat gesagt, der Commander hätte sie all die vielen Jahre getäuscht, er hätte Eliot immer in dem Glauben gelassen, daß er sein einziger Enkel ist und Boscarva bekommen würde, wenn der Commander tot wäre. Der Commander hat gesagt, er habe nie etwas Derartiges gesagt, sie hätten es einfach stillschweigend vorausgesetzt, sie hätten das Fell des Bären verkauft, solange er noch im Wald gewesen sei. Dann hat Eliot ganz eiskalt gesagt: ‹Vielleicht wirst du jetzt die Freundlichkeit haben, uns in deine Pläne einzuweihen?› Aber der Commander hat ihm geantwortet, seine Pläne seien seine Sache, und recht hat er, wenn ich mir die Bemerkung erlauben darf.»

Pettifer unterstrich diese kleine subjektive Note damit, daß er mit der Faust auf den Tisch schlug.

«Und wie hat Eliot reagiert?»

«Er hat gesagt, in dem Fall wolle er nichts mehr mit uns zu tun haben... Er meinte natürlich, mit der Familie... Und er habe seine eigenen Pläne und sei froh, daß er uns nicht mehr am Hals hätte. Damit sammelte er ein paar Papiere ein, tat sie in seine Aktentasche, zog seinen Mantel an und pfiff nach seinem Hund und ging. Ich hörte noch, wie sein Wagen die Zufahrt hochfuhr, und das war's.»

«Wohin ist er gefahren?»

«Nach High Cross, nehme ich an.»

«Und Mollie?»

«Sie war in Tränen aufgelöst... Sie wollte versuchen, ihn daran zu hindern, etwas Dummes zu tun, sagte sie. Sie hat ihn angefleht zu bleiben. Dann hat sie zu dem Commander gesagt, es sei alles seine Schuld. Aber sie konnte natürlich nichts tun, um Eliot aufzuhalten. Man kann einen erwachsenen Mann nicht daran hindern, das Haus zu verlassen, nicht mal dann, wenn man zufällig seine Mutter ist.»

Ich spürte nichts als Kummer und Sorge um Mollie.

«Wo ist sie jetzt?»

«Oben in ihrem Zimmer.» Er fügte brummig hinzu: «Ich habe ihr Tee gemacht und ihn hochgebracht. Sie saß wie versteinert an ihrem Frisiertisch.»

Ich war froh, daß ich nicht dabeigewesen war. Es klang furchtbar dramatisch. Ich stand auf. Die arme Mollie. «Ich gehe rauf und rede mit ihr.»

«Und ich gehe zu Grenville», sagte Joss.

«Sag ihm, daß ich gleich komme.»

Mollie saß, schneeweiß im Gesicht und tränenüberströmt, immer noch an ihrem rüschenbehangenen Frisiertisch. (Das war typisch für sie. Nicht einmal der größte Kummer hätte sie dazu gebracht, sich auf ein Bett zu werfen. Sie hätte ja die Bezüge zerknittert.) Als ich ins Zimmer trat, sah sie auf, und ihr Gesicht wurde dreimal von dem dreigeteilten Spiegel reflektiert. Ich fand zum erstenmal, daß sie kein Jahr jünger aussah, als sie war.

«Ist alles in Ordnung?» sagte ich.

Sie schaute nach unten, ballte die Faust um ein nasses Taschentuch. Ich trat zu ihr. «Pettifer hat es mir erzählt. Es tut mir schrecklich leid.»

«Es ist alles so furchtbar ungerecht. Grenville hat Eliot nie gemocht, er hatte immer etwas gegen ihn. Jetzt wissen wir natürlich, warum. Er hat immer versucht, sein Leben in die Hand zu nehmen, sich zwischen ihn und mich zu stellen. Was ich auch für Eliot getan habe, es war immer alles falsch.»

Ich kniete mich neben sie und legte den Arm um sie. «Ich glaube, er hat es nur gut gemeint. Können Sie… kannst du nicht versuchen, auch so zu denken?»

«Ich weiß nicht mal, wohin er gefahren ist. Er wollte es nicht sagen. Er hat nicht mal auf Wiedersehen gesagt.»

Mir wurde klar, daß Eliots überstürzter Aufbruch sie viel mehr mitnahm als die Enthüllungen über Joss. Das war mir nur lieb. Was Eliot betraf, konnte ich versuchen, sie zu trösten. An Joss konnte ich beim besten Willen nichts ändern.

«Vielleicht ist Eliot nach Birmingham gefahren», sagte ich.

Sie sah mich entsetzt an. «Nach *Birmingham*?»

«Da wohnt ein Mann, der ihm eine Stelle angeboten hat. Er hat es mir erzählt. Es hatte etwas mit Oldtimern zu tun. Er fand das Angebot offenbar ganz interessant.»

«Aber ich kann doch nicht nach *Birmingham* ziehen!»

«Oh, Mollie, das brauchst du doch gar nicht. Eliot kann allein leben. Laß ihn gehen. Gib ihm die Chance, etwas aus seinem Leben zu machen.»

«Aber wir sind immer zusammen gewesen.»

«Dann ist es vielleicht Zeit für euch, auch einmal allein zu leben. Du hast das schöne Haus in High Cross, und den herrlichen Garten, all deine Freunde…»

«Ich kann Boscarva nicht verlassen. Ich kann Andrea nicht allein lassen. Ich kann Grenville nicht allein lassen.»

«Doch, das kannst du. Und ich finde, Andrea sollte nach London zurückfahren, zu ihren eigenen Eltern. Du hast alles für sie getan, was du kannst, und sie ist hier unglücklich. Nur deshalb ist diese ganze Sache passiert, weil sie sich hier nicht wohl fühlt und einsam ist. Und was Grenville angeht – ich werde bei ihm bleiben.»

Schließlich ging ich wieder nach unten, mit dem Teetablett. Ich brachte es in die Küche und stellte es auf den Tisch. Pettifer saß da und blickte mich über die Abendzeitung hinweg an.

«Wie geht es ihr?»

«Einigermaßen. Sie meint jetzt auch, daß Andrea wieder nach Hause fahren sollte, zurück nach London. Dann will sie wieder nach High Cross.»

«Das hat sie schon immer gewollt. Und Sie?»

«Ich bleibe hier. Vorausgesetzt natürlich, Sie sind einverstanden.»

Ein befriedigter Ausdruck huschte über sein Gesicht, für seine Verhältnisse schon ein Gefühlsausbruch. Ich brauchte nicht mehr zu sagen. Wir verstanden uns.

Er blätterte die Zeitung um. «Sie werden im Wohnzimmer erwartet», sagte er nur noch und wandte seine ganze Aufmerksamkeit den Berichten über Pferderennen zu.

Ich ging hin und fand sie vor den beiden Porträts von Sophia in ihrem weißen Kleid. Joss stand am Kamin, Grenville ruhte in seinem bequemen Sessel. Als ich hereinkam, sahen sie beide auf, Joss mit spitzbübisch blickenden dunklen Augen und Grenville, der zu müde war, um sich hochzustemmen. Ich trat zu ihnen. Zu den beiden Menschen, die mir auf der Welt die liebsten waren.

rororo Unterhaltung